M. H. SARGENT
Sieben Tage nach Sonntag

amazoncrossing

Das Buch

In diesem temporeichen Thriller macht ein irakischer Top-Terrorist zwei Versprechen. Erstens: Ein entführter amerikanischer Lastwagenfahrer wird an einem bestimmten Tag hingerichtet und seine Leiche in der Grünen Zone von Bagdad entsorgt. Und zweitens: In sieben Tagen wird ein schwerer Terroranschlag stattfinden.

Ein vierköpfiges Team, bestehend aus drei CIA-Agenten und einer attraktiven Ärztin, versucht verzweifelt, den Amerikaner zu retten und den bevorstehenden Anschlag zu verhindern. Was sie jedoch nicht wissen, ist, dass einer der Männer in den Rängen der Terroristen vollkommen unschuldig ist. Er ist ein irakischer Apotheker, der sich in die Gruppe eingeschleust hat mit dem einzigen Ziel, seine verschwundene Verlobte zu finden, die der Terrorist ebenfalls entführt hat.

Der Autor

M. H. Sargent wuchs in Los Angeles auf, machte an der University of Californica (UCLA) ein Diplom in Englischer Literatur und war mehrere Jahre als Journalist im Auftrag verschiedener kalifornischer Zeitungen und Magazine tätig. Später schrieb und verkaufte Sargent einige Drehbücher an Filmstudios, die jedoch noch nicht produziert worden sind. Allerdings verschaffte das Honorar dieser Drehbücher Sargent mehr Freiraum, um persönlich bedeutsamere Geschichten zu schreiben. Letztendlich führte dies zur Veröffentlichung von Sargents erstem Roman »Sieben Tage nach Sonntag«.

M. H. SARGENT
SIEBEN TAGE NACH SONNTAG

THRILLER

Übersetzt von Thomas Zeller

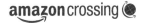

Die Originalausgabe erschien 2010 unter dem Titel
»Seven Days From Sunday«.

Deutsche Erstveröffentlichung bei AmazonCrossing,
Luxemburg, 2014
Copyright © der Originalausgabe 2010
by M. H. Sargent
All rights reserved.
Copyright © der deutschsprachigen Ausgabe 2014
by Thomas Zeller
Umschlaggestaltung: bürosüd⁰ München,
www.buerosued.de
Bildnachweis: GettyImages / Lizenzfrei /
Bild-Nr. 157580518 / Chris Downie

Lektorat: Hilke Bemm
Satz: Verlag Lutz Garnies, www.vlg.de

Printed in Germany
by Amazon Distribution GmbH, Leipzig

ISBN 978-1-477-82228-9

www.amazon.com/crossing

PROLOG

Jadida, Irak ~ Mittwoch, 12. April 2006 ~ 12:08 Uhr
(vier Tage bis Sonntag)

Der Mann zitterte so stark, dass Adnan Hanjour hätte schwören können, das Klappern seiner Zähne zu hören. Er war in einen orangefarbenen Overall gesteckt und in diesen Raum gebracht worden, in dem zwei helle Lampen den schwarzen Hintergrund beleuchteten, der extra für das Ereignis aufgehängt worden war. Der Mann wurde gezwungen, vor den grellen Lampen auf den Boden zu knien. Seine Hände waren hinter dem Rücken gefesselt. Die anderen Männer, insgesamt sechs, standen hinter dem Gefangenen. Alle hatten das Gesicht mit einem langen Kopftuch verhüllt, sodass nur die Augen sichtbar waren, und hielten prahlerisch ein Maschinengewehr – oder, im Fall von al Mudtaji, ein langes, scharfes Schwert – in der Hand.

Al Mudtaji stand direkt hinter dem knienden Mann und verlas die Anklagepunkte, die dem Ungläubigen zur Last gelegt wurden. Einmal murmelte dieser etwas, aber seine Worte waren nicht verständlich, was aber keine Rolle spielte. Denn das Schicksal des Mannes war bereits bei seiner Entführung besiegelt worden.

Adnan zuckte nervös, während al Mudtaji die Anklageschrift mit viel Pathos vortrug. Er schaute zur Videokamera, mit der alles aufgezeichnet wurde. Wer Internetzugang hatte, konnte das Ganze live miterleben. Wer es verpasste, würde die Enthauptung des Amerikaners über den TV-Sender Al Jazeera bald in alle Wohnzimmer und Büros des gesamten Mittleren Ostens geliefert bekommen.

Aus Angst, dass man ihn erkennen könnte, nestelte Adnan unsicher an seinem Kopftuch herum, um sicherzugehen, dass es sich nicht löste. Er wusste, dass man nur seine Augen sehen konnte, und da seine dunklen Augen wie Millionen andere aussahen, dürfte man ihn kaum erkennen können. Sogar das Kopftuch war nicht sein eigenes, sondern nur geliehen, was die Chance, dass ihn ein Freund oder ein Familienmitglied erkennen würde, weiter reduzierte.

Trotzdem macht er sich Sorgen. Al Mudtaji und seine Männer hatten ihm zunächst misstrauisch gegenübergestanden, doch er hatte seine Verlässlichkeit schließlich unter Beweis stellen können und daraufhin als Anerkennung die Chance erhalten, an der Enthauptung des Amerikaners zu Ehren Allahs teilzunehmen. Er blickte den Gefangenen an, der so heftig zitterte, dass Adnan sich fragte, ob dessen Herz nicht gleich aufhören würde zu schlagen. Wenn er selbst nicht so verängstigt gewesen wäre, hätte er angesichts der Ironie dieses Gedankens laut losgelacht.

Der Mann, Lastwagenfahrer bei einer großen amerikanischen Firma, war etwas weiter nördlich von Bagdad entführt worden. Als man herausgefunden hatte, dass er tatsächlich Amerikaner war, hatte man ihn im Rahmen einer Versteigerung zum Kauf angeboten. Adnan fragte sich kurz, ob der Amerikaner das wusste. Oder dass al Mudtaji einen alten Lastwagen und mehrere Waffen gegen ihn eingetauscht hatte. Al Mudtaji hatte gedacht, ein gutes Geschäft gemacht zu haben, aber dann stellte man fest, dass der Amerikaner ein schwaches Herz hatte und medizinisch versorgt werden musste.

Nachdem al Mudtaji den Amerikaner erfolgreich ersteigert hatte, verschlechterte sich der Gesundheitszustand des großen Mannes. Ächzend und keuchend hatte er erklärt, welche Medikamente er benötigte. So kam al Mudtaji höchstpersönlich in die Apotheke, in der Adnan arbeitete. Frisch rasiert, mit westlichen Kleidern und einer randlosen Brille sah man ihm nicht an, dass er einer der meistgesuchten Terroristen des Landes war. Adnan jedoch konnte sein Glück kaum fassen – wochenlang hatte er versucht, herauszufinden, wie er an al Mudtaji herankommen könnte. Und nun stand der Terrorist einfach vor ihm.

Unglaublich.

Er hatte seine Karten genau richtig ausgespielt. Zunächst hatte er sich geweigert, das offensichtlich gefälschte Rezept für das Medikament zu akzeptieren, das al Mudtaji auf den Tresen legte, obwohl dieser ihm das Dreifache des normalen Preises bot. Adnan musste wissen, wo der Terrorist lebte, seine Nächsten kennenlernen und mit etwas Glück mit eigenen Augen sehen, ob Ghaniyah wirklich dort war. Aus diesem Grund hatte Adnan darauf bestanden, den Patienten zu sehen und die Dosierung zu überwachen. Zunächst sperrte sich al Mudtaji dagegen, aber Adnan erklärte ihm, dass bei einer zu geringen Dosierung das Herz des Mannes aufhören könne zu schlagen, eine Überdosierung andererseits den Herzschlag so schnell und unregelmäßig machen könne, dass es ebenfalls einen Herzstillstand nach sich ziehen würde. Natürlich stimmte das nicht ganz. Aber al Mudtaji hatte keine Wahl. Der Amerikaner musste leben, damit er ihn umbringen konnte. Das war die Ironie der Geschichte.

Und so stand Adnan im Kreise Allahs, als al Mudtaji die Anklagepunkte gegen den Ungläubigen verlas. Al Mudtaji verkündete abschließend, dass der Amerikaner schuldig sei und sterben müsse. Adnan schluckte schwer. Er hatte noch nie zuvor gesehen, wie jemand umgebracht wurde. Er blickte al Mudtaji an und bemerkte überrascht, dass dieser ihn ebenfalls anstarrte. Al Mudtaji hielt das Schwert hoch und nickte unmerklich. Adnans Herz schlug wie wild. Wollte al Mudtaji, dass *er* den Amerikaner umbrachte? Er hätte es nicht tun können. Zum Teufel, schon als kleines Kind hatte er Arzt werden wollen. Schließlich absolvierte er ein Pharmaziestudium und arbeitete als Apotheker. Er liebte seinen Job, denn er mochte es, den Menschen zu helfen, ihnen Medizin zu verabreichen, die ihr Leben angenehmer machte, und die Nebenwirkungen von Medikamenten zu erklären.

Schließlich nickte auch Adnan al Mudtaji unmerklich zu. Dieser trat neben den Amerikaner und verpasste ihm einen kräftigen Tritt in die Seite. Der Gefangene fiel um, seine Augen voller Panik. Einer von al Mudtajis Männern drückte ihn mit dem Fuß auf der Brust zu Boden. Der Amerikaner wusste wohl, was ihn erwartete. Obwohl er kein Wort sagte, blickte er verzweifelt um sich. Plötzlich starrte er direkt in Adnans Augen, flehend, gezeichnet von Angst. Adnan wollte wegschauen, aber er konnte nicht.

Das helle Licht spiegelte sich in der Klinge des Schwertes. Adnan musste kurz wegsehen. Als er den Amerikaner wieder anblickte, traf das Schwert gerade seinen Hals. Blut spritzte.

Adnan war entsetzt, als er bemerkte, dass ihn der Amerikaner immer noch anstarrte. Dann stieß die Klinge nochmals zu und der Kopf rollte weg, direkt vor Adnans Füße.

KAPITEL 1

Jadida, Irak ~ Mittwoch, 12. April ~ 13:43 Uhr

Als sich Adnan seinen Weg durch die Hektik der Straßen von Jadida bahnte, war er überrascht, dass alles seinen gewohnten Gang nahm. Zahlreiche Menschen besuchten den Markt, viele lachten und trafen sich mit Freunden. Zwei Männer diskutierten über einen Zeitungsartikel. Teenager spielten Fußball in einer Nebenstraße. Zwei Kübel dienten ihnen als Tor. Eine Mutter wies ihren jungen Sohn an, sich zu beeilen, damit sie nicht zu spät kamen.

Adnan wunderte sich, dass al Mudtaji so falsch gelegen hatte. Der Terrorist hatte geglaubt, dass die Enthauptung die Sunniten im ganzen Land aufstacheln würde. Stattdessen schien in diesem ethnisch durchmischten Viertel, in dem hauptsächlich Sunniten wohnten, niemand etwas von der Exekution gehört zu haben. Adnan fragte sich, ob bei der Internetübertragung etwas schiefgelaufen war. Das würde das Ganze sicherlich erklären.

Er schritt rasch durch die Menge und genoss die frische Luft. Nachdem der Mann getötet worden war, wollte Adnan so schnell wie möglich verschwinden. Er musste sich zusammennehmen, um sich nicht zu übergeben. Al Mudtaji hatte ihn gebeten, an einem Festmahl teilzunehmen, aber Adnan hatte abgewunken und als Grund angegeben, dass er in die Apotheke zurückmüsse. Al Mudtaji umarmte ihn, dankte ihm für seine Hilfe und pries Allah.

Beim Verlassen des stillgelegten Lagerhauses hatte er beinahe erwartet, dass das Gebäude von Soldaten umstellt sein würde, die mit ihren Gewehren nur darauf warteten, sie alle abzuknallen. Aber keine Seele war zu sehen. Und er musste sich beherrschen, nicht einfach draufloszurennen. Erst als er wieder in der Nähe seines Viertels war, konnte er sich langsam entspannen.

Aber egal, wie weit er sich vom Gebäude entfernte, Adnan konnte das Bild des Amerikaners nicht aus seinem Gedächtnis löschen. Als er das Areal verließ, waren zwei von al Mudtajis Männern gerade dabei, den Körper und den Kopf des Amerikaners in den Kofferraum eines Autos zu laden. Sie hatten strikte Anweisung, den Kopf in der Nähe der Grünen Zone – dem Hochsicherheitssektor Bagdads, in dem die Koalitionsstreitkräfte untergebracht waren – abzuladen. Er fragte sich kurz, ob der Amerikaner verheiratet war oder Kinder hatte.

»Adnan! Adnan!«

Adnan drehte sich um. Er war überrascht, seinen Namen zu hören. Es war seine Schwester Daneen. Sie trug ein schlichtes muslimisches Kleid und ein Kopftuch, auch »Hidschab« genannt, und eilte ihm mit einem Paket unter dem Arm hinterher.

»Hörst du schlecht?«

»Was meinst du?«

»Ich habe nach dir gerufen«, erklärte Daneen. »Du hast ein solches Tempo drauf. Kein Wunder, dass du mich nicht hören konntest.«

»Entschuldige«, stieß Adnan reumütig hervor.

»Hast du wieder an Ghaniyah gedacht?«, fragte sie.

»Ghaniyah?«

»Nun, was hätte dich sonst so beschäftigen können?« Daneen hatte sie erst ein paarmal gesehen, aber sie wusste, dass die junge Frau ihrem Bruder sehr gefiel. Sie hatte Adnan mehrmals angeboten, sie zum Essen mitzubringen, aber bisher hatte er ihr Angebot immer ausgeschlagen, weshalb Daneens Ehemann und ihre Kinder die attraktive Frau bisher noch nicht kennengelernt hatten.

Daneen lächelte. Und schließlich lächelte auch Adnan. »Geht's dir gut?«

»Entschuldige. Ich war mit meinem Kopf woanders.«

»Wo bist du gewesen?«

»Nirgendwo«, antwortete er etwas unsanfter, als er beabsichtigt hatte. Er lief weiter, seine Schwester hielt mit ihm Schritt.

»Es ist Mittwoch«, erinnerte ihn Daneen. »Ich wollte mit dir essen gehen, aber Thamer sagte, du seist weg.«

»Ich war an der Uni«, sagte Adnan. Eine glatte Lüge. »Ich wollte einen Gastreferenten an der Fakultät für Pharmazie hören.« Adnan schenkte ihr ein warmes Lächeln. »Entschuldige. Ich habe vergessen, dass wir heute verabredet waren.«

»Hast du etwas von Ghaniyah gehört?«

Adnan schüttelte den Kopf, das Lächeln verschwand aus seinem Gesicht. Daneen musterte ihn für einen Moment und sagte dann: »Sie wird wiederkommen. Es war bestimmt nur die Explosion.«

Adnan nickte. Er kannte die Wahrheit, aber er konnte seiner Schwester nicht sagen, dass das Verschwinden von Ghaniyah nichts mit der Autobombe zu tun hatte, die das Café, in dem sie arbeitete, zerstört hatte. Es hatte vielmehr mit al Mudtaji zu tun.

»Hast du die Pillen dabei?«, fragte seine Schwester und holte ihn so zurück in die Gegenwart.

»Natürlich. Bitte entschuldige, dass ich unsere Verabredung heute vergessen habe.«

Sie lächelte und nahm seinen Arm. Sie liefen schweigend nebeneinander her. Es tat Adnan gut, ihre Nähe zu spüren. Als sie bei der Apotheke ankamen, öffnete Adnan ihr die Tür. Beim Eintreten glitt ihr Blick zu seinen Füßen hinunter und sie rief: »Ist das etwa Blut?«

Adnan folgte ihrem Blick. Der untere Bereich seiner Hosenbeine war voller Blut. Er konnte es nicht glauben. Er war so in Eile gewesen, dass er vergessen hatte, seine Kleider auf Blutspritzer zu untersuchen. Er prüfte sein T-Shirt, aber es war sauber. Nur die Hose war blutverschmiert.

»Woher ist das?«, fragte Daneen beharrlich.

»Äh, ein Mann. Ein Student, glaube ich. An der Uni.«

Daneen schaute skeptisch. »Und der hat auf deine Hose geblutet? Wie ist das denn möglich?«

»Zwei Männer haben sich geprügelt«, erklärte Adnan unruhig. »Weshalb, weiß ich nicht. Ich habe ein paar Jungs geholfen, die beiden zu trennen. Der eine fiel dabei auf meine Füße. Er blutete stark aus der Nase.«

Daneen schien die Wahrscheinlichkeit eines solchen Vorfalls abzuwägen. Schließlich sagte sie: »Du musst die Hose mit kaltem Wasser waschen. Nicht mit heißem. Hörst du? Mit kaltem Wasser kriegst du die Flecken raus.«

Jadida, Irak ~ Mittwoch, 12. April ~ 13:56 Uhr

Die meisten Menschen in Jadida hatten noch nichts von der Enthauptung gehört, aber in der Redaktion des *Iraq National Journal* wusste man sehr wohl Bescheid darüber. Die meisten Mitarbeiter hatten sich um den Computerbildschirm des Chefredakteurs versammelt, um die Exekution auf der Webseite von al Mudtaji live mitzuverfolgen. Einige wandten ihr Gesicht ab, als der maskierte Mann das Schwert über den Kopf des Mannes hob, um die Tötung nicht mitansehen zu müssen.

Maaz, 35 Jahre alt, saß mit gekreuzten Beinen auf dem Boden und fummelte an seiner Digitalkamera herum. Er richtete das Objektiv auf den Redakteur am anderen Ende des Raumes. Er konnte ihn mit seinem Finger heranzoomen, der Auto-Fokus erledigte den Rest. Sein Sohn hatte die Kamera auf der Straße gefunden. Maaz war begeistert gewesen. Am nächsten Tag hatte er die Kamera mit in die Redaktion genommen. Und einer der Redakteure hatte es geschafft, den Inhalt der Speicherkarte auf einen Computer zu übertragen.

Fadhil, das Computergenie der Redaktion, zeigte Maaz, wie er nicht gelungene Fotos von der Speicherkarte löschen und gelungene Fotos auf den Computer laden konnte. Auf der Speicherkarte waren zahlreiche Bilder von amerikanischen Marinesoldaten zu sehen, einige posierten für die Kamera. Dies bestätigte, was Maaz bereits vermutet hatte: Die Kamera hatte einem Marinesoldaten gehört.

Als Fotograf war Maaz immer noch Anfänger. Aber er glaubte, dass der Fund ein Zeichen dafür war, dass er Fotojournalist werden sollte. Jahrelang war er Hausmeister im 9.000 Quadratmeter großen Gebäude gewesen, in dem nun die Redaktion untergebracht war. Nur ein paar Jahre zuvor hatte das Gebäude Saddam Husseins Baath-Partei gehört. Nach dem Einmarsch der Amerikaner war das Gebäude rasch verlassen worden, die Büros jedoch waren unberührt geblieben.

Obwohl ihn niemand für seine Dienste bezahlte, hatte Maaz das Gebäude weiterhin betreut. Wenn kaputte Fensterscheiben ersetzt werden mussten, bezahlte er den Schaden aus eigener Tasche. Dies ging eine Zeit lang so weiter. Mehr als einmal beklagte er sich bei seiner Frau, dass es keinen Sinn machte, unbezahlt zu arbeiten. Daneen jedoch beharrte darauf, dass jemand kommen und das Gebäude in Besitz nehmen würde. Und wenn er sich als nützlich erweisen sollte, würde er bestimmt einen Job erhalten.

Daneen sollte Recht behalten. Die Ersten, die das Gebäude in Beschlag nahmen, waren das Ministerium für Öl und das Ministerium für Gesundheit der neuen irakischen Regierung.

Darauf folgte eine neue Tageszeitung namens *Iraq National Journal*. Da hauptsächlich die Amerikaner für die neue irakische Regierung verantwortlich waren und deren Belegschaft im Gebäude den meisten Platz einnahm, bezahlten sie alle Unterhaltskosten, einschließlich Maaz' Lohn – sie hatten ihm sogar eine Gehaltserhöhung gegeben.

Nachdem er der Redaktion beim Einzug geholfen hatte, verbrachte er quasi Tag und Nacht dort. Es faszinierte ihn, wie Geschichten entstanden. Er stellte den Redakteuren tausend Fragen. Eines Tages kam ein anonymer Anruf. Der Anrufer verkündete, dass in dreißig Minuten eine Autobombe in einem nahe gelegenen Viertel gezündet werden würde. Der diensthabende Fotograf war gerade nicht da, also drückte man Maaz eine Kamera in die Hand und schickte ihn zusammen mit einem Reporter vor Ort. Anonyme Hinweise auf solche Anschläge – insbesondere an Fernsehreporter – waren gang und gäbe. Die Terroristen liebten es, wenn der Anschlag die maximale Aufmerksamkeit der Medien erhielt – erst recht, wenn die Videoclips durch das Internet verbreitet wurden. Maaz blieb in sicherer Distanz und schoss eifrig Fotos, als die Explosion wie vorhergesagt erfolgte.

Der Chefredakteur war zwar sauer gewesen, als er feststellte, dass Maaz einen ganzen Film verschossen hatte, aber nur ein Bild wirklich brauchbar war. Aber durch diesen Job hatte er einen Fuß in der Tür und eine neue Leidenschaft entdeckt: den Fotojournalismus. Als dann sein Sohn die Digitalkamera fand, sah er sich darin bestätigt, dass er Fotograf werden sollte. Doch da ihn die Redaktion nur bezahlen konnte, wenn seine Fotos auch tatsächlich veröffentlicht wurden, arbeitete er weiterhin als Hausmeister und verbrachte so viel Zeit wie möglich in der Redaktion.

»Hey, hört mal zu«, sagte Fadhil mit lauter Stimme und las von seinem Computerbildschirm ab: »*Die sterblichen Überreste des Ungläubigen werden bei der Grünen Zone entsorgt.*«

Dr. Lami, der Besitzer der kürzlich gegründeten Zeitung, kam aus seinem Büro gestürmt. »Ist das von ihrer Webseite?«, fragte er.

Fadhil nickte. »Wurde soeben online gestellt.«

Dr. Lami dachte darüber nach. Dann schüttelte er den Kopf. »Den Kopf in der Nähe der Grünen Zone abladen? Das bezweifle ich.«

»Das braucht Mut, aber den haben sie.«

»Okay«, sagte Dr. Lami, als er im Raum umherblickte. »Wer liefert mir den Bericht?«

Maaz sagte schüchtern: »Ich.«

Dr. Lami blickte Maaz an und fragte dann: »Wo ist Ali?«

»Der ist immer noch krank«, rief jemand. Ali war der Hausfotograf.

Dr. Lami sah Maaz an. »Dann los. Aber komm erst zurück, wenn du ein Foto hast, das ich verwenden kann.« Er sah zum anderen Ende des Raumes, wo Duqaq, ein Journalist mittleren Alters, saß. »Sieh nach, ob das stimmt. Ich will ein Zitat der Amerikaner.« Er starrte Maaz an und wiederholte: »Ich will ein Foto, das ich veröffentlichen kann, verstanden?«

Maaz nickte nervös und blickte Fadhil an, der ihm ein ermutigendes Lächeln zuwarf.

MP-5, Grüne Zone, Bagdad, Irak ~ Mittwoch, 12. April ~ 14:08 Uhr

Rick Gonzalez, den alle außer seiner Mutter nur »Gonz« nannten, war ebenfalls darüber informiert worden, was sich auf der Webseite von al Mudtaji abspielte. Und er wusste, dass die Leiche des toten Amerikaners, Timothy Quizby, nun in der Nähe der Grünen Zone auftauchen würde. Es war undenkbar, dass die Leiche *innerhalb* der Grünen Zone abgeladen werden konnte – das hätte eine katastrophale Sicherheitslücke bei den Koalitionsstreitkräften bedeutet. Auf der Webseite stand, dass die Leiche *bei* der Grünen Zone abgeladen werden würde. Aber was genau sollte das heißen? Genau an der Grenze zur Grünen Zone?

Gonz war sich zwar dessen bewusst, dass al Mudtaji möglicherweise nur ein Spiel spielte, aber sämtliche Verlautbarungen auf seiner Webseite waren bisher immer korrekt gewesen. Zwei Wochen nach Quizbys Entführung prahlte al Mudtaji damit, dass er den Amerikaner in seiner Gewalt hätte, und stellte Bilder von Quizby mit einer Tageszeitung in der Hand ins Internet, sodass jeder das Datum überprüfen konnte, an dem das Foto gemacht worden war. Dann, vor etwas mehr als einer Woche, hatte der Terrorist angekündigt, dass der Gefangene vor ein Gericht gestellt und am Mittwoch, dem 12. April, exekutiert werden würde (wenn er für schuldig erklärt werden sollte). Obwohl die amerikanischen Streitkräfte nichts unversucht gelassen hatten, um Quizby ausfindig zu machen, standen sie am Schluss mit leeren Händen da. Und heute war der Mann, wie angekündigt, exekutiert worden. Genau nach Plan.

Als hätte es nicht noch schlimmer kommen können, hatte al Mudtaji am vergangenen Sonntag angekündigt, dass die ganze Welt die »wunderbare Macht des Islam« durch ein Attentat im Irak demonstriert bekommen würde, das die Anschläge vom 11. September 2001 in den Schatten stellen würde. Der Anschlag sollte »sieben Tage nach Sonntag« stattfinden, also am kommenden 16. April. Somit blieben ihnen weniger als vier Tage, um herauszufinden, was al Mudtajis Plan war, und ihn zu vereiteln. Während der Großteil des Westens die Drohungen al Mudtajis ignorierte, nahmen Gonz und seine Vorgesetzten am Sitz der CIA in Langley diese sehr ernst.

Quizbys Tod war ein herber Schlag für Gonz. Er nahm die Sache nun persönlich. Als man auf der Webseite lesen konnte, dass die Leiche von Quizby bei der Grünen Zone abgeladen werden sollte, positionierte Gonz zusätzliche Soldaten um den gesamten Bereich der Grünen Zone und hoffte so, dass man die Bastarde beim Abladen der Leiche erwischen würde. Mit ein bisschen Glück würden sie dann im Rahmen eines eindringlichen Verhörs erfahren, wo sich der mittlerweile berühmte al Mudtaji aufhielt.

Sie kannten nicht einmal den richtigen Namen des Terroristen. Er hatte sich den Namen »al Mudtaji«, was in etwa so viel bedeutet wie »Einer, der sich einsetzt«, selbst verliehen und verkündet, er sei der wahre Führer des Irak. Er *setze sich ein* für die Muslime und gegen die Ungläubigen. Leider wussten sie so gut wie nichts über den Terroristen. Sie wussten nicht, wie groß seine Terrorzelle war, aus welchen Mitteln er sich finanzierte oder wo er das nächste Mal zuschlagen würde.

Nachdem er sieben Jahre als Special Forces Officer in der US-Armee gedient hatte, arbeitete Gonz nun für die CIA als »Militärspezialist«. Genau genommen bestand sein Job darin, tonnenweise Informationen zu durchforsten – von vagen Tipps irakischer Bürger bis zu Geständnissen von gefassten Rebellen – und die relevanten Informationen von den nicht relevanten zu trennen. Seine Einheit, Marco Polo 5 (MP-5), bestand aus sechs CIA-Agenten. Die meisten von ihnen hatten wie er zuvor beim Militär in einer Einheit der Bodentruppen gedient. Dies bedeutete, dass sie in der Lage waren, selbstständig zu handeln und ohne zu zögern das Feuer zu eröffnen, wenn es die Umstände erforderten. Leider waren zwei Wochen zuvor zwei seiner besten Agenten in geheimer Mission nach Pakistan geschickt worden, sodass Gonz zu wenig Leute zur Verfügung standen für die Aufgabe, die einzelnen

Puzzlestücke in Bezug auf das für Sonntag geplante Attentat von al Mudtaji zusammenzusetzen.

Gonz betrat die beengte Bürofläche von MP-5 im Gebäude am nordöstlichen Rand der Grünen Zone. Er kaute auf einem zernagten Bleistift – ein Tick von ihm – und schritt mit seinen Armeestiefeln geräuschlos über den dicken Kunststoffboden. Das kleine, unscheinbare Gebäude sah von außen relativ unauffällig aus, verfügte aber über die beste Technologie, die auf der Welt zu finden war. Während Gonz auf und ab ging, waren mehrere extrem schnelle Computer dabei, die hereinkommenden Daten zu sammeln und mit Namen, Städten und bekannten Verbindungen abzugleichen. Wenn möglich, wurden Gespräche via Mobiltelefon abgehört. Beim leisesten Verdacht wurde das Gespräch sofort auf einen Computer heruntergeladen, ins Englische übersetzt und nach Querverweisen gesucht.

Gonz verglich seinen Job oft mit einem Spiel, bei dem Zusammenhänge hergestellt werden müssen. Kein Terrorist oder »Rebell«, wie sie von den Medien genannt wurden, agierte alleine. Jeder Terrorist kannte andere Terroristen und traf sich mit ihnen oder kommunizierte zumindest entweder per Festnetz, Mobiltelefon oder E-Mail mit ihnen. Es war die Aufgabe von MP-5, die einzelnen Mitglieder der Terrorzellen zu identifizieren sowie – noch wichtiger – herauszufinden, was die jeweilige Zelle plante, und einzugreifen, bevor sie zur Tat schreiten konnte.

Mit anderen Worten hieß dies, dass sein Team unter der ansässigen Bevölkerung potenzielle Spione ausfindig machen musste. Leider hatten sie bisher nur einen gefunden, und dieser war wenige Wochen, nachdem er auf die Lohnliste der CIA gesetzt worden war, getötet worden. Sie hatten nicht herausfinden können, ob seine Deckung aufgeflogen oder sein Tod ein bloßer Zufall gewesen war.

Gonz stand nun hinter Peterson, der einzigen weiteren Person, die sich momentan im Gebäude befand. Genau genommen war Peterson ein Armeesoldat. Gonz hatte sich den jungen Infanteristen geschnappt, als er hörte, dass dieser über hervorragende Computerkenntnisse verfügte. Peterson, erst 18 Jahre alt, war bei einem Brand außerhalb von Fallujah leicht verletzt worden. Er wurde zur Genesung in die Grüne Zone gebracht, wo Gonz beobachtet hatte, wie er den Laptop eines Armeetechnikers reparierte, der von den Soldaten dazu verwendet wurde, elektronische Videobotschaften an ihre Familien zu Hause zu senden. Gonz kannte sich zwar mit Computern aus, aber Petersons Können stellte alles in den Schatten.

Als Gonz ihn später zur Seite genommen hatte, erfuhr er, dass sich der junge Mann auf der Highschool ins Computersystem gehackt und sich selbst bessere Noten gegeben hatte. Er sagte, er habe nie betrügen wollen, es sei bloß ein Spiel gewesen. Er habe sich gelangweilt. Dann, nur einen Monat vor dem Schulabschluss, wurde er erwischt und prompt von der Schule verwiesen. Um dem Zorn des Bezirksstaatsanwalts zu entkommen, der ein Exempel an ihm statuieren wollte, hatte sich Peterson entschieden, der Armee beizutreten.

Nachdem er sich von seinen Verletzungen erholt hatte, kehrte Peterson nicht mehr zu seiner Einheit zurück. Stattdessen wohnte er praktisch auf dem Gelände der CIA, tat nahezu alles, was man von ihm verlangte, und sorgte dafür, dass sämtliche Computer einwandfrei funktionierten. Er blickte über seine Schulter und sah Gonz an. »Sir, ich habe nachgedacht ...«

Gonz bedeutete ihm mit einem Nicken fortzufahren. Er mochte es, wenn seine Leute Ideen einbrachten, und Petersons Ideen hatten sich bisher stets als ausgesprochen brauchbar erwiesen. Peterson fuhr fort und sagte: »Die wollen doch unbedingt, dass wir die Leiche finden – ob es nun der Kopf oder der Rest von ihm ist.«

»Was meinst du damit?«

»Denken Sie einmal darüber nach. Die Grüne Zone. Das hält viele von hier fern. Die wissen das. Die Idioten, die würden uns gerne ein paar verpassen, aber in Freiheit bleiben. Weshalb? Wenn sie wegen irgendetwas verdächtigt werden, landen sie im Gefängnis. Sie halten also Abstand. Aber dieser Typ, al Mudtaji, sagt, der Körper soll hier abgeladen werden. Damit sagt er all den anderen Idioten da draußen: Bleibt weg. Mischt euch nicht ein.«

Gonz dachte einen Moment darüber nach. Der Junge hatte Recht. Wenn es die Terroristen schaffen sollten, die Leiche bis in die Nähe der Grünen Zone zu bringen, würde dies bedeuten, dass die Amerikaner sie zuerst sehen würden. Dies wiederum bedeutete ...

»Die Leiche ist mit einem Sprengkörper versehen, Sir«, sagte Peterson. »Weshalb sollten sie die Leiche sonst bei uns abladen und die anderen warnen, sich aus der Sache rauszuhalten?«

Gonz nickte nachdenklich. Peterson nannte alle Terroristen »Idioten« und Gonz hatte nichts daran auszusetzen. Es waren Idioten. »Unsere Jungs wissen, dass man sich vorsichtig nähern muss«, erinnerte ihn Gonz.

Peterson nickte. »Ich habe einfach das Gefühl, dass etwas seltsam ist. Sie wollen, dass wir die Leiche kriegen.« Er drückte auf seiner Tastatur herum und auf dem Bildschirm erschien eine Datenbank mit Namen. »Ich habe es überprüft, Sir. Die Leichen sämtlicher Amerikaner, die im Irak enthauptet wurden, sind einfach irgendwo abgeladen worden. Manchmal Kopf und Körper zusammen, manchmal getrennt. Aber noch nie wurde darauf hingewiesen, an welcher Stelle dies erfolgen wird.«

Gonz kaute weiter auf seinem Bleistift, nahm ihn aus dem Mund und sagte schließlich: »Du hast vielleicht Recht.« Ein lauter Alarm ertönte und Gonz drehte sich zur Haupttür um. Da MP-5 zur CIA gehörte, war die Sicherheit von größter Bedeutung. Das Gebäude verfügte nur über zwei Türen: Eine Tür diente als Notausgang und ließ sich nur nach außen öffnen, die andere – der einzige aktive Ein- und Ausgang – verfügte über eine hochmoderne Zutrittskontrolle, bei der mittels Scanner der Daumenabdruck überprüft wurde. Zusätzlich musste eine Keycard durch einen Schlitz gezogen werden, um das Gebäude betreten zu können. Der laute Alarm warnte davor, dass jemand versuchte, sich unbefugt Zutritt zu verschaffen.

Einen Augenblick später kam Heisman mit einer Pizzaschachtel herein. Heisman war ein hochgewachsener Afroamerikaner, der in der oberen Football-Liga als Quarterback aktiv gewesen war, bevor er sich während eines Spiels sein Knie ruiniert hatte. Zwar führte sein Spielzug zu einem Touchdown, beendete aber in der Folge seine Karriere in der NFL. Da er damals nur zehn Punkte davon entfernt gewesen war, die Heisman-Trophäe zu gewinnen, wurde ihm der Spitzname »Heisman« verliehen. Der Name passte sehr gut zu ihm.

Gonz setzte sehr auf den Ex-Sportler, da er fließend arabisch sprach. Er wurde auch nicht müde, die überraschten Gesichter der Iraker zu sehen, wenn sie ihre Muttersprache aus dem Mund eines großen schwarzen Mannes vernahmen.

Gonz sagte zu Heisman: »Wir haben eine neue Vermutung bezüglich der Leiche. Sie informieren uns, dass sie hier abgeladen wird, was bedeuten könnte, dass sie unbedingt wollen, dass *nur wir* sie finden.«

»Ach du Scheiße. Eine versteckte Bombe«, murmelte Heisman.

Gonz schüttelte den Kopf. »Sie würden uns sicher liebend gerne in die Luft sprengen, aber warum uns vorher warnen? Die Frage ist also, warum? Weshalb der Hinweis auf der Webseite und weshalb wollen sie, dass wir die Leiche zuerst finden?«

Grüne Zone, Bagdad, Irak ~ Mittwoch, 12. April ~ 15:17 Uhr

Maaz machte ein paar Fotos von dem Zwei-Sterne-General, der vom Podium aus zur Menge sprach. Er wusste, dass die Zeitung die Fotos nicht abdrucken würde, aber es gab ihm das Gefühl, seinen Job zu erledigen. Am wichtigsten war für ihn, dass er sich dadurch den anderen offiziellen Journalisten im Raum ebenbürtig fühlte. Maaz war zum ersten Mal innerhalb der Grünen Zone. Der Medienraum war voller Journalisten aus aller Welt. Er konnte nicht anders, als sich all die anderen Reporter um sich herum anzuschauen. Einige darunter nahmen die Worte des Generals auf ihrem Mikrokassettengerät auf, andere schrieben etwas in ihr Notizbuch.

Ich bin einer von ihnen, dachte Maaz. Mit dem Presseausweis um den Hals hatte ihn niemand überprüft, als er zusammen mit Duqaq den Raum betreten hatte. Er war ein vollwertiger Journalist. Er stand auf der einen Seite des Podiums, zusammen mit mehreren anderen Fotojournalisten, die ebenfalls Bilder vom General schossen. Der amerikanische General nannte die Enthauptung »einen barbarischen Akt« und sagte, dass dies die Amerikaner nicht davon abhalten werde, die irakische Bevölkerung auf ihrem Weg zur Demokratie zu unterstützen.

Als ein französischer Journalist den General fragte, ob es klug sei, amerikanische Zivilisten im Irak arbeiten zu lassen, überprüfte Maaz gerade auf dem LCD-Display auf der

Rückseite der Kamera seine Fotos. Sie waren qualitativ ganz in Ordnung, sicher gut genug, um abgedruckt werden zu können. Plötzlich packte ihn Duqaq am Arm und bedeutete ihm wortlos, dass er gehen wolle. Überrascht packte Maaz seine Kamera ein und folgte Duqaq. Die beiden Männer bahnten sich ihren Weg durch die Menge.

Als sie den Medienraum verlassen hatten, wandte sich Duqaq ihm zu und flüsterte: »Ich habe eine SMS erhalten. Der Kopf wird um 16 Uhr beim Checkpoint 2 abgeladen.« Duqaq schaute auf die Uhr. »Das ist in fünf Minuten.«

»Von wem weißt du das? Wie kann das irgendjemand wissen?«

»Fadhil weiß es.« Das Computergenie der Redaktion. »Wurde soeben auf ihrer Webseite gepostet. Lass uns gehen.«

Bagdad, Irak ~ Mittwoch, 12. April ~ 16:09 Uhr

Duqaq hatte mit seinem kleinen Toyota Checkpoint 3 passiert, der als Haupteingang zur Grünen Zone diente und am nächsten zur US-Botschaft und zum Hauptsitz der irakischen Interimsregierung lag. Als sie ins Auto gestiegen waren, hatte Duqaq erklärt, dass die Amerikaner mit größter Wahrscheinlichkeit ebenfalls am Checkpoint 2 Ausschau halten würden, was bedeutete, dass in diesem Bereich strengere Sicherheitskontrollen durchgeführt würden.

Sobald sie die Grüne Zone verlassen hatten, war Duqaq durch verschiedene Nebenstraßen gefahren, um mögliche Kontrollen zu umgehen. Aber er hatte nicht die Absicht, die Grüne Zone erneut zu betreten. Er und Maaz hatten das Fahrzeug mehrere Blocks zuvor verlassen und marschierten, so schnell sie konnten.

Die Grüne Zone war eigentlich eine Stadt in einer Stadt. Alles innerhalb der Grünen Zone war durch die Amerikaner und die irakischen Sicherheitskräfte geschützt. Außerhalb der Zone war dem nicht so. Da Maaz der Ansicht war, dass die Grenzlinien willkürlich gezogen worden waren, fragte er sich, wie man festgelegt hatte, dass ein Gebäude innerhalb der Grünen Zone lag und ein anderes gleich nebenan außerhalb.

Nicht, dass dies eine Rolle gespielt hätte.

Maaz und Duqaq befanden sich inzwischen auf dem Dach eines zweistöckigen Gebäudes nur 50 Meter von Checkpoint 2 entfernt. »Du kannst heranzoomen, nicht wahr?«, fragte Duqaq.

Maaz nickte. Seine Canon verfügte über ein ausgezeichnetes Zoom-Objektiv, aber alles, was er momentan fokussieren konnte, war eine Gruppe amerikanischer Soldaten etwa acht bis zehn Meter vom Eingang entfernt, die sich um etwas versammelte. Offensichtlich war etwas passiert, aber es war unmöglich zu sagen, was genau.

»Ist es der Kopf?«, fragte Duqaq besorgt. »Kannst du ihn sehen? Kannst du den Kopf sehen?«

»Ich kann nichts erkennen. Zu viele Leute.«

Duqaq sah sich um und suchte nach einer besseren Perspektive. Und fand sie. Ein höheres Gebäude, etwas weiter weg. Vielleicht konnten sie von dort besser sehen, was vor sich ging. »Komm, lass uns gehen. Beeil dich.«

Grüne Zone, Bagdad, Irak ~ Mittwoch, 12. April ~ 16:09 Uhr

Als Peterson Gonz aufgeregt mitgeteilt hatte, dass auf der Webseite von al Mudtaji soeben ein Bild des abgetrennten Kopfes von Quizby gepostet worden war, mit genauen Angaben dazu, wann der Kopf beim Checkpoint 2 abgeladen werden würde, hatte Gonz sofort gehandelt. Er hatte die Marinesoldaten beim Checkpoint angerufen, um sie zu warnen, aber man hatte ihm mitgeteilt, dass der Kopf bereits abgeladen worden sei. Gonz verlor keine Zeit mit Details, sondern warnte umgehend davor, dass der Kopf eine Sprengladung enthalten könne und der Checkpoint sofort geräumt werden müsse.

Innerhalb weniger Minuten trafen Gonz, Peterson und McKay am Checkpoint 2 ein. McKay war eine attraktive Ärztin mit langen blonden Haaren, die eine Stelle bei der CIA angenommen hatte, weil ihr angeboten worden war, sämtliche Kosten für ihr Medizinstudium zu übernehmen. McKay war bereits seit einem Jahr Mitglied von MP-5 und mindestens so intelligent wie schön – eine tödliche Mischung, die Gonz' Herz von Anfang an ins Stolpern gebracht hatte. Die Anziehung beruhte auf Gegenseitigkeit und einmal hätten sie beinahe den entscheidenden Schritt gemacht. Aber Gonz hatte abgeblockt. Als Leiter von MP-5 musste er objektiv und professionell sein, was nicht möglich wäre, wenn sie miteinander schliefen. In sechs Wochen würde sie ihre Rückreise antreten. In Philadelphia wartete eine Stelle als Stabsärztin im besten Krankenhaus der Stadt auf sie. Ihr Einsatz bei der CIA würde vorbei sein.

Die drei CIA-Agenten trugen Armeekleidung. Ihre Decknamen prangten auf dem Namensschild oberhalb der Brusttasche. McKay stand neben Peterson und hielt einen schwarzen Arztkoffer in der Hand. Gonz schaute Peterson an und bemerkte, dass dieser ganz bleich geworden war. *Wahrscheinlich noch nie einen abgetrennten Kopf gesehen*, dachte sich Gonz. Peterson hatte gefragt, ob er mitkommen dürfe, und Gonz hatte es ihm erlaubt. Das war vielleicht ein Fehler gewesen.

Daneben standen mehrere Marinesoldaten, die sich zusammen mit Gonz, McKay und Peterson um den abgetrennten

Kopf versammelt hatten, der mit dem Gesicht nach unten auf der Straße lag. Gonz hatte die Marinesoldaten angewiesen, eine lange Stange zu suchen, mit der der Kopf auf eine Sprengladung hin untersucht werden konnte.

Gonz beobachtete eine irakische Frau, die mehrere Meter entfernt auf dem Boden saß. Zwei Marinesoldaten richteten ihren M4-Karabiner auf sie. Sie trug eine schwarze Abaja, ein langes arabisches Kleid, mit kunstvoll genähten Mustern an den Ärmeln und ein passendes Kopftuch. Gonz schätzte sie auf Mitte bis Ende zwanzig. Er schaute den verantwortlichen Offizier vom Checkpoint 2 an und deutete durch ein Nicken auf die Frau: »Was ist mit ihr?«

Der Offizier verzog das Gesicht. »Es war seltsam, Sir. Sie lief einfach auf uns zu. Trug den Kopf in einem Schal. Sagte, er sei für uns bestimmt.«

»Hätte eine Bombe sein können«, erinnerte Gonz den Offizier.

»Ja, Sir. Aber wir bewegen uns hier immer auf einem schmalen Grat. Wir müssen sämtliche Fahrzeuge und Ausweise überprüfen, jeden Fußgänger befragen. Aber gleichzeitig sollen wir freundlich bleiben. Man darf sie auf keinen Fall beleidigen.«

Gonz kannte die Prozedur nur zu gut. Im Gegensatz zu allen anderen Kriegen, die die Amerikaner vorher geführt hatten, wurde dieser an zwei strategischen Fronten ausgefochten – auf dem Schlachtfeld, wo alle militärischen Möglichkeiten offen standen, und auf politischer Ebene«, wodurch die amerikanischen Streitkräfte ständig wie auf rohen Eiern liefen, um nur keine Muslime zu brüskieren. Leider prallten diese beiden Fronten oft aufeinander – mit bösen Folgen. Beispielsweise der Befehl, nicht auf Moscheen zu schießen. Bald schon merkten die Rebellen natürlich, dass sie innerhalb der Moscheen geschützt waren und nach Belieben auf amerikanische Soldaten schießen konnten, ohne dass das Feuer erwidert wurde. Angeblich führte dieser Respekt vor dem Islam dazu, dass die Amerikaner zumindest den politischen Krieg gewannen. Gonz hielt dies für lächerlich, denn die meisten Menschen im Mittleren Osten kannten nur rohe Gewalt. Aber Befehl blieb Befehl.

»Als sich einer meiner Männer dem Schal näherte, öffnete sie ihn einfach«, erklärte der Offizier. »Mein Mann schrie und sprang rückwärts, sodass er hinfiel. Ich nehme an, der Tote sah ihn direkt an. Die Augen waren geöffnet.«

Gonz nickte. »Was hat sie gesagt?«

»Wir haben kein Wort mehr aus ihr herausgekriegt. Ich habe fünf irakische Sicherheitskräfte angewiesen, sie zu befragen, aber sie weigerte sich, auch nur ein Wort zu sagen.«

Ein Geländewagen mit einer langen Stange auf dem Dach kam angefahren. Sofort nahm ein Marinesoldat die Stange herunter, und die Gruppe, die sich um den Kopf versammelt hatte, trat zurück. Ein Marineoffizier übernahm die Stange und sagte: »Bitte zurücktreten.«

Gonz, McKay und Peterson entfernten sich noch weiter. Alle Aufmerksamkeit war auf den abgetrennten Kopf gerichtet, als der Offizier ihm mit einem Ende der Stange einen Stoß verpasste. Blut tropfte vom Halsansatz. Gonz begann, sich zu nähern, als der Offizier sagte: »Noch nicht, Sir.«

Alle sahen zu, wie der Offizier die Stange zurückzog und mit Klebeband einen Taser am nun blutigen Ende der Metallstange befestigte. Dann nahm er eine Rolle Schnur aus seiner Jackentasche, band ein Ende am Abzug fest und spannte sie entlang der Stange. Mit methodischer Präzision platzierte der Marinesoldat den Taser direkt auf der einen Seite von Quizbys Kopf. Mit der Schnur betätigte er den Abzug. Der elektrische Impuls tanzte auf dem abgetrennten Kopf, zeigte aber keine Wirkung. Der Offizier richtete den Taser direkt auf den Halsansatz. Auch da keine Wirkung.

»Alles klar«, verkündete der Offizier.

»Keine Sprengladung?«, fragte Peterson, der immer noch verunsichert war.

»Kein Sprengkörper, nein«, antwortete der Offizier.

Gonz gab McKay ein Zeichen. Die beiden begaben sich rasch zum Kopf und knieten jeweils auf einer Seite. McKay öffnete ihren Arztkoffer und reichte Gonz ein Paar Latexhandschuhe. Auch sie stülpte sich welche über, und die beiden bewegten den Kopf vorsichtig, sodass das Gesicht sichtbar wurde. Quizbys Augen waren geöffnet, sein Mund leicht aufgesperrt. McKay entdeckte etwas und beugte sich über den Kopf des toten Mannes. Sie machte ein verdutztes Gesicht.

»Was zum Teufel ...?«, murmelte McKay. Sie öffnete vorsichtig den Mund. Ein gelbes Knäuel wurde sichtbar. Gonz wollte es gerade mit seinen Fingern herausnehmen, als McKay sagte: »Nein, Gonz. Warte.«

Er schaute zu, wie sie eine Pinzette aus ihrer Tasche nahm. Sie und Gonz tauschten Blicke. Gonz versuchte, sie zu beruhigen, und sagte: »Deshalb der Taser. Es ist kein Sprengkörper.«

McKay nickte. Dann versuchte sie, das gelbe Bündel vorsichtig mit der Pinzette zu greifen. Sie hielt es ans Licht, drehte es, um einen Blick aus einem anderen Winkel zu erhalten. Schließlich sagte sie: »Papier.« Sie schaute Gonz an und fragte: »Eine Botschaft für uns?«

KAPITEL 2

Bagdad, Irak ~ Mittwoch, 12. April ~ 16:18 Uhr

»Sei vorsichtig«, warnte Duqaq, als sich Maaz am Pfeiler festhielt, um über den Vorsprung des Daches hinaus ein gutes Bild schießen zu können. Vom Dach des fünfstöckigen Hotels beim Checkpoint hatten die beiden eine gute Sicht auf die Marinesoldaten direkt unter ihnen. Sie hatten gesehen, wie ein Geländewagen gekommen war und ein Soldat die lange Metallstange bei der Gruppe abgeladen hatte. Zum Glück waren die Leute beiseitegetreten, sodass Duqaq und Maaz den Kopf des toten Amerikaners sehen konnten.

Maaz hatte bereits mehrere Bilder davon im Kasten, wie der Marinesoldat den Kopf geprüft hatte. Nun waren zwei Personen, ein Mann und eine Frau, dabei, den Kopf sorgfältig zu untersuchen, was Duqaq etwas seltsam vorkam. *Weshalb nehmen sie ihn nicht einfach mit?*, dachte er. Plötzlich stand die irakische Frau vom Boden auf. Duqaq sagte zu Maaz: »Die Frau. Schnell. Mach ein Foto.«

»Da war irgendetwas im Mund«, sagte Maaz. Er lehnte sich nach vorne und Duqaq hielt ihn instinktiv am Gürtel fest. Er befürchtete, Maaz könnte das Gleichgewicht verlieren und vom Dach fallen. Duqaq hätte es zwar niemals zugegeben, aber er hatte Höhenangst.

»Etwas im Mund?«, fragte Duqaq, der hinter Maaz stand, damit er nicht in die Tiefe blicken musste. »Was ist es?«

»Ich kann's nicht sagen.«

»Die Kamera sieht mehr. Kannst du's näher heranzoomen?«, fragte Duqaq.

Maaz ignorierte ihn. Er schoss mehrere Fotos von der Soldatin, die nun einen Gegenstand – einen kleinen gelben Klumpen – langsam mit einem Hilfsmittel auseinanderfaltete. Duqaq war zu weit entfernt, um irgendetwas erkennen zu können. Zum Glück hatte Maaz' Kamera ein Zoom-Objekt.

»Hey!«, schrie plötzlich jemand von unten herauf. Duqaq hielt Maaz immer noch am Gürtel fest. Endlich brachte er den Mut auf, über den Vorsprung des Daches nach unten zu blicken. Irakische Soldaten hatten Maaz entdeckt, wie er sich über den Vorsprung lehnte. Noch mehr Schreie. Und binnen Sekunden rannten drei Soldaten ins Hotel.

»Lass uns von hier verschwinden!«, sagte Duqaq aufgeregt. »Wir müssen gehen.«

»Ich kann nicht erkennen, was es ist«, antwortete Maaz, der seine Kamera immer noch auf die amerikanische Frau gerichtet hielt. »Jetzt steckt sie das Ding in einen großen Plastikbeutel.«

»Komm endlich! Sie haben uns entdeckt!«

Als Maaz immer noch nicht antwortete, zerrte ihn Duqaq mit aller Kraft zurück, worauf dieser endlich reagierte. »Soldaten kommen!«, erklärte Duqaq. »Wir müssen gehen!«

Maaz sprang von der Mauer und landete mit beiden Füßen sicher auf dem Hausdach. Er war verärgert, dass man ihn beim Fotografieren gestört hatte.

»Versteck sie! Versteck die Kamera!«

»Nein!«, fauchte Maaz aufgebracht. Die Kamera war sein wertvollster Besitz.

»Sie kommen! Sie werden sie dir wegnehmen!«

Vom nahe gelegenen Treppenhaus waren bereits Schreie zu hören. Maaz suchte fieberhaft nach einem Ausweg. Das Dach war flach. Nichts war da. Nicht einmal ein Generator. Kein Versteck bot sich an. Wie stellte Duqaq sich das vor?

»Beeil dich!«

»Halt die Klappe!«, sagte Maaz und fluchte leise weiter, als er an der Kamera herumfummelte. Endlich öffnete sich eine kleine Plastikklappe. Er versuchte, die winzige Speicherkarte herauszunehmen, aber seine Finger waren zu groß. Dieses Problem hatte er schon einmal gehabt.

Plötzlich krachte die Tür des Treppenhauses auf und die Soldaten sprangen aufs Dach – jeder mit einem halb automatischen Gewehr in der Hand. Sie sahen sich um und entdeckten die beiden Männer. Als sie in ihre Richtung rannten, stellte sich Duqaq vor Maaz, um den Soldaten die Sicht zu versperren.

»Was habt ihr hier oben zu suchen?«, fragte einer der Soldaten.

Duqaqs Herz raste. Er fragte: »Was ist da unten los? Ist es der Kopf? Der Kopf des Amerikaners?« Er war froh, dass seine Stimme mutiger klang, als er sich fühlte.

»Ihr habt kein Recht, hier oben zu sein. Herumzuspionieren. Ich kann euch beide verhaften.«

»Iraq National Journal«, sagte Duqaq, nahm seine Brieftasche aus seiner Hosentasche und streckte den Soldaten langsam seinen Presseausweis entgegen.

Der Soldat warf einen Blick auf das Dokument und deutete auf Maaz. »Und der da?«

»Er gehört zu mir.« In der Hoffnung, die Aufmerksamkeit von Maaz abzulenken, nahm Duqaq einen Notizblock aus der anderen Hosentasche hervor und sagte: »Ist es der Kopf? Auf der Webseite von al Mudtaji steht, der Kopf werde beim Checkpoint 2 abgeladen. Ist es das, was passiert ist? Ihr habt den Kopf des Amerikaners gefunden?«

Die Soldaten schienen von den vielen Fragen überrumpelt zu sein. Duqaq fuhr fort: »Die irakische Frau dort unten? Wer ist sie? Hat sie den Kopf zum Checkpoint gebracht? Gehört sie zu al Mudtaji?«

»Genug!«, schrie der Soldat plötzlich. Er stieß Duqaq zur Seite und riss Maaz die Kamera so schnell aus der Hand, dass er nicht reagieren konnte.

»Hey!«

Als der Soldat die Kamera untersuchte und sie umdrehte, sagte Maaz: »Die gehört mir!«

»Der Film?«, fragte der Soldat. »Wo ist der Film?«

Maaz schaute Duqaq an und sagte: »In der Kamera.«

Duqaq und Maaz konnten nur hilflos zusehen, wie der Soldat die Kamera seinen beiden Kameraden brachte. Die drei Soldaten diskutierten aufgeregt und entschieden schließlich, dass sie die Kamera zum Polizeiposten mitnehmen würden. Dort würde bestimmt jemand den Film herausholen können.

»Ich will sie wiederhaben! Sie gehört mir!«, brüllte Maaz aufgebracht.

»Genug«, sagte der Anführer. »Ihr müsst jetzt verschwinden. Los.«

»Nein! Die Kamera gehört mir. Ihr könnt sie mir nicht einfach klauen!«

»Ihr verschwindet jetzt oder wir verhaften euch, verstanden?«

»Sie gehört mir! Die Kamera gehört mir!«

»Genug!«, wiederholte der Soldat und packte Maaz fest am Arm. »Du musst verschwinden oder du wanderst ins Gefängnis, verstanden?«

Maaz befreite sich aus dem Griff des Soldaten und Duqaq sagte leise zu ihm: »Hör auf. Du kannst nicht gewinnen.« Seine Stimme klang angespannt, und Maaz begriff, dass es vorbei war. Er nickte Duqaq zu und lief widerstrebend in Richtung Treppenhaus. Duqaq lief neben ihm her. Als sie das Treppenhaus erreicht hatten, drehte sich Maaz nochmals um und fragte den Anführer: »Kann ich die Kamera wenigstens später abholen? Sie gehört mir.«

Aber der Soldat antwortete nicht. Mit seinem Gewehr fuchtelnd, führte er Maaz die Treppe hinunter.

Jadida, Irak ~ Mittwoch, 12. April ~ 16:21 Uhr

Adnan stand steif hinter dem Ladentisch. Sein Herz raste. Er sah zu, wie zwei US-Soldaten verschiedene Artikel im Regal betrachteten. *Sicher bloß ein Zufall*, beruhigte er sich selbst – wenn die Soldaten gewusst hätten, dass er zum Kreise Allahs gehörte und an der Enthauptung des Amerikaners teilgenommen hatte, hätten sie ihn bestimmt bereits verhaftet und kämen nicht einfach in seine Apotheke, um sich Schnupfenmittel anzusehen.

»Was ist mit dir los?«, fragte Thamer leicht verärgert.

Adnan blickte Thamer an, der mit ihm zusammen auf dem Podest hinter dem Ladentisch stand. Auf einer Höhe von gut einem Meter über der restlichen Ladenfläche hatten sie eine ungehinderte Sicht über den Laden. Thamer war gerade dabei gewesen, verschreibungspflichtige Schmerztabletten für einen Kunden abzuzählen, aber nun schaute er Adnan finster an und sagte zu ihm: »Nun mach schon, bedien die Kundschaft.«

Natürlich hatte Thamer Recht. Als der Apotheker zugestimmt hatte, Adnan in dessen letztem Jahr an der Universität in der Arzneiausgabe ein Praktikum absolvieren zu lassen, hatte er ihm beigebracht, dass Kundenservice ebenso wichtig sei wie die Abgabe der richtigen Medikamente. Und nach dem Einmarsch der Amerikaner war Thamer natürlich froh, dass er jemanden hatte, der Englisch konnte, um so auch den Soldaten einen guten Kundenservice bieten zu können. Da Adnan während des Praktikums viel von dem älteren Mann gelernt hatte, blieb er nach seinem Abschluss bei ihm. Die beiden Männer wurden gute Freunde, und erst vor Kurzem hatte sich Thamer einverstanden erklärt, Adnan das Geschäft im folgenden Jahr zu verkaufen und in Rente zu gehen.

»Ich kann mich schließlich nicht mit ihnen unterhalten«, erinnerte ihn Thamer barsch.

Adnan nickte. Er schaute auf seine Hosenbeine. Nachdem ihn seine Schwester auf das Blut aufmerksam gemacht hatte, war er ins Badezimmer gegangen, hatte seine Hose ausgezogen und unter kaltem Wasser geschrubbt, bis seine Hände wund waren. Nachdem er sie ausgewrungen hatte, hatte er sie wieder angezogen. Jetzt waren sie trocken. Zwar waren immer noch sehr schwache Blutspuren zu sehen, diese fielen aber kaum auf.

»Entschuldige«, murmelte Adnan. Er ging rasch zum anderen Ende des Ladentisches, öffnete die hüfthohe Absperrung und stieg die Treppenstufen hinunter. Sein Herz raste, als er sich den beiden Soldaten näherte. Einer der beiden war sehr groß, vielleicht ein Basketballspieler.

»Kann ich Ihnen helfen?«, fragte Adnan auf Englisch.

Der größere Amerikaner lächelte. »Augentropfen? Für Kontaktlinsen?«

»Hier drüben«, sagte Adnan und führte sie zum freistehenden Bücherregal in der Nähe der Eingangstür, auf dem nun Arzneimittel anstatt Bücher angeboten wurden. Adnan nahm zwei verschiedene Produkte vom Regal. »Weiche Kontaktlinsen?«

»Genau«, sagte der große Amerikaner. Er betrachtete die beiden unterschiedlichen Marken und stellte ein Produkt wieder zurück ins Regal. »Genau die.«

»Sonst noch etwas?«

»Nein danke. Das ist alles.«

Adnan führte ihn zur Kasse und der Amerikaner bezahlte in bar. Adnan bedankte sich und blickte ihnen hinterher, als sie den Laden verließen.

»Was wollten sie?«, fragte Thamer.

Adnan drehte sich um und sah den Apotheker an. »Augentropfen.«

Irgendwo in Kuwait ~ Mittwoch, 12. April ~ 18:04 Uhr

Gonz schaute aus dem Fenster, als er spürte, wie die Gulfstream V ihren Sinkflug begann. Sie waren über Kuwait und würden in ein paar Minuten am Boden sein. Er schaute die irakische Frau an, die ihm gegenüber auf einem Ledersessel saß. Die Hände in Handschellen hatte sie in ihren Schoß gelegt. Sie hatte immer noch kein Wort gesagt und blieb während des gesamten Fluges seltsam gelassen. Sogar beim Start, als das Flugzeug in einem extrem steilen Winkel abhob und sie stark in ihren Sitz gedrückt worden war, blieb sie ruhig. Sie wusste wahrscheinlich nicht, dass der Steigflug nicht üblich war – nur in Bagdad war das normal, denn die Jets mussten dort beinahe vertikal starten oder landen, um sich vor möglichen Flugabwehrraketen (kurz FlaRak) schützen zu können.

Dr. McKay kam aus der Toilette und setzte sich Gonz gegenüber. Sie schaute auf die Uhr und sagte zu ihm: »Genau pünktlich.«

»Warst du schon einmal hier?«, fragte er. Sie schüttelte den Kopf. »Es wird dir gefallen. Erste Klasse. Viel heißes Wasser zum Duschen und auch ohne zeitliche Begrenzung. Und gutes Essen.«

»Klingt so, als möchte ich hierbleiben.«

Gonz lächelte. »Du gehörst immer noch zu meinem Team, mach dir also keine Hoffnungen.«

McKay beobachtete die gefangene Frau, die nun aus dem Fenster blickte. »Ich will's gar nicht wissen, nicht wahr?«

»Wir müssen wissen, was sie weiß.« Als McKay nicht antwortete, fügte er hinzu: »Sie hat die Wahl. Sie kann es sich einfach oder schwer machen.«

Das Gesicht der Ärztin sah besorgt aus. »Trotzdem ...«

»Ich bin auch nicht gerade begeistert, wenn du dich dadurch besser fühlst.«

McKay nickte und sah aus dem Fenster.

CIA-Station, irgendwo in Kuwait ~ Mittwoch, 12. April ~ 19:19 Uhr

»Im Mund gefunden, sagen sie?«

»In seiner linken Backe.«

»Keine Bissspuren«, sagte der Rechtsmediziner, als er das gelbe Papier untersuchte, das entfaltet auf einem Glastablett lag. Eine Lampe beleuchtete das Ganze von unten, sodass jede Falte und jeder Buchstabe auf dem Papier detailliert sichtbar waren. McKay war fasziniert von den wissenschaftlichen Instrumenten, über die das Labor verfügte. Kein Wunder, dass Gonz darauf bestanden hatte, den Kopf in einer Kühlbox zusammen mit dem Zettel nach Kuwait zu verfrachten.

»Was ich sagen kann, ist, dass ihm der Zettel nach seinem Tod in den Mund gelegt wurde«, erklärte McKay.

»Wenigstens auf Englisch geschrieben.«

McKay lächelte. »Gonz war ebenfalls froh.« Der Rechtsmediziner machte ein verwirrtes Gesicht, worauf sie hinzufügte: »Mein Boss. Der Leiter von Marco Polo 5.«

Der Rechtsmediziner ging hinüber zum Kopf, der mit dem Gesicht nach oben auf einem Metalltablett lag. Mit Handschuhen versuchte er, Quizbys Mund zu inspizieren, aber der Kopf rollte immer wieder auf die Seite. »Halten Sie ihn fest«, sagte der Mann. McKay, die ebenfalls Latexhandschuhe trug, trat auf die andere Seite des Metalltabletts und hielt den Kopf fest. Als der Rechtsmediziner den Mund vorsichtig untersuchte, gab er einen leisen Pfeifton von sich.

»Etwas entdeckt?«, fragte McKay. Sie hatte Angst, bei ihrer ersten Untersuchung etwas übersehen zu haben.

»Eine Krone ist herausgefallen. Hinterer Molar.«

»Vielleicht durch die Enthauptung. Bei dieser Wucht«, sagte McKay.

»Könnte sein, ja. Wenn sie etwas locker war. Könnte auch sein, dass er mit den Zähnen geknirscht hat.« Er richtete sich auf und blickte sie an. »Ich habe gehört, es kann 50 Grad heiß sein, aber wenn man weiß, dass man sterben muss, friert man. So schlimm, dass die Zähne klappern.«

»Und dadurch soll die Krone herausgefallen sein?«

Er zuckte mit den Schultern. »Wir werden es nie wissen. Es spielt zwar keine Rolle, aber ich notier's trotzdem in meinem Bericht.« Mit einer Stiftlampe untersuchte er die Nasenlöcher und überprüfte sorgfältig jedes Ohr. »Keine weiteren Fremdkörper«, meinte er schließlich.

Genau in diesem Augenblick öffnete sich die Tür und Gonz kam herein. Er lief zum Tisch und stellte sich dem Rechtsmediziner vor: »Ich bin Rick Gonzalez. Leiter von Marco Polo 5.«

»Diese Einheit ist in Bagdad stationiert, nicht wahr?« Als Gonz nickte, grinste der Rechtsmediziner. »Wie ist Bagdad heute so?«

»Etwa so wie immer«, antwortete Gonz.

»Ein paar Explosionen am Tag, um alle auf Trab zu halten, was?«, sagte der Mann mit einem Schmunzeln.

Gonz schaute McKay an und fragte: »Habt ihr was?«

»Der Zettel wurde auf Englisch verfasst.« Der Rechtsmediziner sah, wie sich das Gesicht von Gonz verfinsterte, und fügte rasch hinzu: »Ich habe eben erst angefangen. Keine weiteren Ablagerungen in den anderen Körperöffnungen des Verstorbenen. Haben Sie auch den Körper?«

»Nein, nur den Kopf«, antwortete McKay.

»Das mit dem Zettel braucht etwas länger. Auf jeden Fall müssen Sie keinen Übersetzer finden, der die leeren Stellen ausfüllt. Ich führe noch ein paar Tests durch, aber es gibt etwas, das ich Ihnen jetzt schon zeigen kann.« Der Rechtsmediziner trat einen Schritt zurück zu der Vorrichtung, an der der Zettel befestigt war, und tippte auf seiner Tastatur. Die Lampe unter dem Glas wechselte mehrmals die Farbe und stoppte schließlich. Der Zettel leuchtete nun orange. Dann erschienen auf dem Bildschirm arabische Buchstaben, jedoch nur sehr schwach.

»Was ist das?«, fragte Gonz überrascht.

»Ich vermute – aber ich muss noch weitere Tests durchführen –, dass dieses Papier möglicherweise ein Durchschlag ist.« Er schaute zuerst Gonz, dann McKay an. »Ja, die haben hier auch solches Papier. Zuoberst befand sich möglicherweise eine Kopie für den Kunden, normalerweise weiß, und dann eine Kopie für den Händler, normalerweise gelb. Oder vielleicht rosa oder so ähnlich. Ich kenne die Reihenfolge der Farben nicht genau, aber ich weiß, dass einige Geschäfte in dieser Gegend farbige Durchschläge wie diesen hier verwenden.«

»Es könnte also so etwas wie ein Briefkopf sein?«, fragte McKay. »Von einem Geschäft?«

»Ich vermute es, ja.«

»Schwer zu sagen. Man kann fast nichts erkennen«, erwiderte Gonz.

»Ich werde es noch deutlicher herausholen.«

»Ziemlich klein«, hob McKay hervor. »Ein Geschäft, das postkartengroßes Papier mit Briefkopf verwendet?«

»Ja.«

›uch von einem größeren Stück
»Vielleicht wurde das Stück
nur ein Drittel eines großen

»Nein, nein«, sagte der Rechtsmediziner. »Sie hat Recht. Es ist von einem kleinen Notizblock, nehme ich an.« Er zeigte auf den oberen Teil des Papiers. »Wenn ich Recht habe, werden wir hier Klebstoffreste finden.«

»Wie lange brauchen Sie?«, fragte Gonz ungeduldig.

»Ein paar Stunden. Bleibt der Kopf hier?«

»Sobald Sie fertig sind, wird sich das State Department darum kümmern«, erklärte Gonz. Dieses hatte die wenig beneidenswerte Aufgabe, die Leichen – oder in diesem Fall Leichenteile – toter amerikanischer Zivilisten deren Familien zu überbringen.

»Ein paar Stunden also.«

Gonz nickte und drehte sich um zu McKay: »Und du kommst mit mir.«

McKay streifte ihre Handschuhe ab, warf sie in einen Kübel und ließ den Rechtsmediziner alleine weiterarbeiten.

Jadida, Irak ~ Mittwoch, 12. April ~ 19:20 Uhr

»Was war es?«

Maaz schüttelte den Kopf. »Ich habe es so weit wie möglich herangezoomt, aber ...«, seine Stimme verstummte.

»Gute Arbeit. Du bist ein leidenschaftlicher Fotojournalist, das merkt man«, sagte Dr. Lami und klopfte ihm anerkennend auf die Schulter.

Duqaq, Maaz und Dr. Lami standen hinter Fadhil, der den Computer bediente. Auf dem nächsten Foto war die Frau zu sehen, wie sie den gelben Klumpen mit einer langen Pinzette hielt. »Ich versuche, das Ding zu isolieren«, sagte Fadhil und markierte den gelben Klumpen, der plötzlich viel größer auf dem Bildschirm angezeigt wurde.

Duqaq sah Maaz an und lächelte. Der Anfängerfotograf hatte ihn damit überrascht, dass er die Speicherkarte plötzlich aus seiner Socke hervorgeholt hatte, als sie in ihrem Auto in Sicherheit gewesen waren. Duqaq hatte angenommen, dass er es nicht mehr geschafft hatte, die Karte herauszunehmen, bevor die irakischen Soldaten die Digitalkamera konfiszierten. Maaz war außer sich, weil die Soldaten seine Kamera mitgenommen hatten, aber als Dr. Lami die Fotos sah, versprach er ihm, er werde persönlich auf das Polizeirevier gehen, um sie zurückzuholen. Und wenn er keinen Erfolg haben sollte, würde er Maaz eine neue Digitalkamera kaufen.

»Was ist danach passiert?«, fragte Dr. Lami Duqaq.

»Sie verpackten den Kopf in eine Kühlbox. Das gelbe ... Ding stecke die Frau in einen Plastikbeutel. Dann sind sie gegangen.«

»Und die irakische Frau?«, fragte der Besitzer des *Iraq National Journal*. »Was ist mit ihr passiert?«

»Sie trug Handschellen«, erklärte Maaz. »Ich habe ein Foto davon gemacht, wie sie weggebracht wurde.«

Dr. Lami legte eine Hand auf Fadhils Schulter und sagte: »Bitte alle Fotos noch mal.«

Fadhil tippte auf seiner Tastatur, und es begann eine Diashow, die alle Fotos von Maaz nacheinander zeigte. Den Zwei-Sterne-General bei der Pressekonferenz. Danach ein paar Bilder der Marinesoldaten beim Checkpoint 2. Dann vom Hoteldach, wieder Marinesoldaten, dicht zusammengedrängt. Danach ein Foto, das zeigte, wie ein Soldat die Stange für die Untersuchung des Kopfes brachte.

»Das da«, sagte Dr. Lami. »Das werden wir auf jeden Fall drucken.«

Fadhil markierte es und [...] Foto zeigte, wie der Taser au[f ...] Schnappschuss. »Ich glaube, [...] Sprengkörper im Kopf befin[det ...] einzige vernünftige Erklärun[g ...]

Niemand sagte ein Wort[...] wurde: der Mann und die Frau in Arbeitskleidung bei der Untersuchung des Kopfes. Dann konnten sie sehen, wie die Frau in den Mund griff und den gelben Klumpen herauszog.

»Und dieses«, sagte Dr. Lami und berührte Fadhil wieder an der Schulter. »Von dem brauche ich einen Farbausdruck.«

»Weshalb?«, fragte Duqaq. »Wir haben keine Ahnung, was das ist.«

»Nein, aber die Amerikaner wissen es. Ich kenne ein paar Leute in der US-Armee. Denen zeige ich das Foto. Ich bitte sie um Informationen, und wenn sie nichts sagen wollen, drohe ich damit, das Foto zu veröffentlichen.« Dr. Lami blickte grinsend Duqaq an. »Ihr seid auf etwas gestoßen, sonst hätten euch die irakischen Sicherheitskräfte nicht so schroff behandelt.«

»Aber sie haben uns nicht verhaftet«, betonte Duqaq.

»Richtig, aber indem sie die Kamera mitnahmen, glaubten sie, die Fotos zu haben. Sie dachten, dass niemand jemals erfahren würde, dass etwas im Mund des toten Mannes gefunden wurde.« Wieder lächelte Dr. Lami Maaz an. »Gute Arbeit, mein Sohn. Sehr gut.«

»Ohne meine Kamera bin ich kein richtiger Fotograf«, sagte Maaz brummig.

Dr. Lami lachte. »Keine Angst. Du wirst wieder eine Kamera haben.«

Die Diashow zeigte nun eine Nahaufnahme der irakischen Frau, wie sie von zwei Marinesoldaten zu einem Geländewagen begleitet wurde.

»Zoom näher heran«, sagte Dr. Lami.

Fadhil bearbeitete das Bild. Das Gesicht der jungen Frau füllte den Bildschirm aus. Sie war wunderschön und für einen Moment herrschte Stille im Raum. Alle Männer starrten ihr Gesicht an.

»Sie brachte den Kopf?«, fragte Dr. Lami Duqaq.

»Entweder das oder sie war in der Nähe, als ihn die Marinesoldaten gefunden haben.«

»Ich will einen Abzug davon«, sagte Dr. Lami und klopfte Fadhil wieder auf die Schulter.

»Was werden Sie tun?«, fragte Duqaq.

»Ich will herausfinden, wer sie ist«, antwortete Dr. Lami. »Ich will wissen, was im Mund des toten Amerikaners war. Und was diese Frau damit zu tun hat.«

KAPITEL 3

CIA-Station, irgendwo in Kuwait ~ Mittwoch, 12. April ~ 19:41 Uhr

»Ich bin mir sicher, sein Schicksal war sofort besiegelt«, sagte Gonz, als sie sich ihren Weg durch die verschiedenen Korridore bahnten. Dr. McKay konnte nicht anders, als in die verschiedenen Büros zu schielen, als sie an ihnen vorbeigingen. Darin arbeiteten Menschen an Computern oder telefonierten. Einige saßen an kleinen Tischen in einer bescheidenen Kantine und unterhielten sich. *Könnte auch irgendwo in Amerika sein*, dachte sich McKay. Sie war überrascht gewesen, als die Gulfstream V auf einer Piste mitten in der Wüste gelandet war – mitten in einer unbewohnten Wüste. Es waren keine Gebäude zu sehen. Die Maschine rollte noch etwas weiter und hielt schließlich an. Als sie aus dem Flugzeug stiegen, wartete bereits ein Geländewagen auf sie.

Nachdem der Wagen mehrere Kilometer auf einer sandigen Bahn gefahren war, erreichten sie ein strahlend weißes einstöckiges Gebäude mit dunkel getönten Fenstern. Es führten keine Straßen zum Gebäude, nur die sandige Bahn, sodass es wirkte, als wäre es aus einem Vorort in den USA herausgerissen und mitten in der Wüste wieder abgesetzt worden. McKay war zwar überrascht gewesen, dass sie nicht in Kuwait City oder vielleicht in Hawalli gelandet waren, aber es hatte sie keineswegs überrascht, dass die CIA eine geheime Basis in Kuwait unterhielt. Schließlich waren die Kuwaiter den Amerikanern immer noch dankbar für ihre Intervention im Ersten Golfkrieg.

»Läuft wie ein DUCK, riecht wie ein DUCK ... ist wahrscheinlich ein DUCK«, sagte Gonz und zog eine Grimasse. »Aber wir müssen sicher sein.«

McKay nickte. »DUCK« war die Kurzform für »Dead Upon Kidnapping«. Und bald schon sprachen es alle aus wie das englische Wort für Ente. Ein DUCK ist ein entführter Zivilist, dessen Schicksal ab dem Zeitpunkt der Entführung besiegelt ist. Fast alle entführten amerikanischen Zivilisten waren umgebracht worden. Es wurden auch ein paar Europäer und Japaner im Irak entführt, aber diese waren normalerweise gegen ein Lösegeld rasch wieder freigekommen – man bezeichnete sie kurz als »KFC«, was »Kidnapped For Cash« bedeutete.

»Ich versteh's immer noch nicht«, sagte McKay. »Weshalb tut sie so, als würde sie kein Wort Englisch sprechen, bis sie hier ist?«

Gonz lächelte sie an. »Auch das müssen wir noch herausfinden. Aber die Tatsache, dass sie Englisch spricht, ist nicht unbedingt überraschend. Viele junge Erwachsene im Irak sprechen heute Englisch – sogar die Frauen.« Er blieb stehen, öffnete eine schwere Stahltür vor ihnen und bedeutete ihr, vorzugehen. McKay betrat einen weiteren Korridor. Doch dieser war schlecht beleuchtet und ziemlich eng. »Bis ganz nach hinten«, sagte Gonz. Nachdem sich ihre Augen an die Dunkelheit gewöhnt hatten, sah sie am Ende des Ganges eine weitere Tür. Wieder öffnete Gonz die Tür für sie, als würde er ihr die Eingangstür zu einem Restaurant öffnen.

Sie betraten einen kleinen Raum, in dem zwei Reihen mit Theaterstühlen auf eine große Glaswand gerichtet waren. Hinter dem Glas sah McKay die irakische Frau, die steif auf einem Stuhl saß, der ihnen zugewandt war. Ihre Hände –

immer noch in Handschellen – ruhten auf einem Tisch vor ihr. Von einem Fach unter der Glaswand, die, wie McKay wusste, ein Einwegspiegel war, reichte Gonz ihr einen winzigen Ohrstöpsel. »Lass dich einfach treiben. Wenn ich will, dass du das Gespräch in eine andere Richtung lenken sollst, sage ich es dir«, erklärte Gonz. »Die Lautstärke ist sehr gering. Sie wird nichts davon hören.« Sie sah zu, wie er ein Headset aufsetzte. McKay steckte sich den Stöpsel ins rechte Ohr.

»Was wurde ihr angetan?«, fragte McKay in einem bitteren Ton, als sie die Frau anstarrte.

»Nichts.« McKay blickte Gonz scharf an. Er wiederholte: »Nichts, ich schwöre es.« McKay schien ihm nicht zu glauben, also sagte er: »Frag sie selbst. Sie will mit dir sprechen – ›die Frau vom Checkpoint und die im Flugzeug war‹. Das bist du. Frag sie.«

McKay sah sich im Raum um. »Wirst nur du die Show mitverfolgen?«

Gonz konnte seine Ungeduld kaum in Schach halten. »Wenn du ein Problem hast, sag es mir jetzt.«

McKay schaute ihn nicht an. Schließlich sagte sie: »Ich weiß nicht. Ich mag keine Folter. Okay?«

»Sie wurde nicht angefasst, McKay, ich schwöre es«, sagte Gonz verärgert.

»Ich glaube dir.«

»Gut. Sehr gut«, sagte Gonz abwiegelnd.

»Ich habe einfach das Gefühl, dass es losgeht, falls sie nicht das sagt, was ihr hören wollt. Was auch immer ihr Jungs dann mit den Menschen macht.«

»Hör mal zu«, sagte Gonz und trat neben sie. Er starrte sie mit durchdringenden Augen an: »Wir haben Krieg. Ihre Freunde haben Timothy Quizby aus seinem Lastwagen entführt – der Lastwagen sollte Klimaanlagen an Schulen liefern, ob du's glaubst oder nicht –, hielten ihn fast drei Wochen gefangen, bevor sie ihm den Kopf abschlugen und das Ganze live im Internet und ...«

»Ich weiß«, unterbrach ihn McKay und winkte ab. »Ich weiß.«

»Deshalb müssen wir alles über diese Mörder herausfinden, was wir können«, sagte Gonz nun wieder mit ruhiger Stimme.

»Ich bin kein Verhörspezialist. Ich wurde nicht geschult ...«

»Das spielt keine Rolle«, sagte Gonz. »Sie spricht Englisch und sie will mit dir reden. Ich werde dir helfen. Wenn sie nichts sagen will, okay. Dann haben wir es wenigstens versucht.«

»Und dann verprügelt ihr sie.« Das klang härter, als sie beabsichtigt hatte, aber es war nun mal so, dass sie Folter verabscheute und nicht Teil davon sein wollte.

»Um genau zu sein, Schlafentzug, laute Rap-Musik, die ich persönlich ziemlich nervig finde, danach über Stunden in der Hocke sitzen, bis es sich anfühlt, als würden Beine und Rückenmuskeln platzen.« McKay schaute unsicher, also fuhr Gonz fort: »Und dann machen wir ihr klar, dass wir ihr wehtun müssen, wenn sie immer noch nicht kooperieren will, ja.«

McKay schaute ihn böse an. »Dann bist du keinen Deut besser als sie. Die Genfer Konvention besagt ...«

»Das ist kein normaler Krieg!«, antwortete Gonz wütend. »Sie tragen keine Uniform. Sie bringen Sprengkörper an Leichen an, schicken Selbstmordattentäter in Menschenmengen, töten ihre eigenen Männer, Frauen und Kinder! Sie zielen auf Rekrutierungsstellen für Polizisten, auf Schulen! Zum Teufel, McKay!«

Sie wandte sich ab, musterte nochmals die irakische Frau hinter dem Glas. Gonz fuhr mit der Hand durch seine kurz geschnittenen Haare. Er war frustriert. Zuerst hatte er Quizby verloren. Dann tauchte der Kopf am Checkpoint auf. Und nun musste er sich auch noch um McKay kümmern.

Als hätte sie seine Gedanken gelesen, drehte sie sich zu ihm um und sagte leise: »Entschuldige.«

Gonz nickte und sagte: »Timothy Quizby würde dich bitten, alles zu tun, damit nicht noch ein weiterer Amerikaner enthauptet wird. Denk daran.« Gonz betrachtete sie einen Moment lang und fügte dann hinzu: »Oder frag seine Witwe. Oder seine Kinder. Kinder, die ihren Vater nie wiedersehen werden.«

»Ich hab's kapiert, Gonz. Ich hab's kapiert.«

»Gut«, sagte er bestimmt und beendete das Thema. »Dann finde heraus, was sie zu sagen hat.«

Jadida, Irak ~ Mittwoch, 12. April ~ 20:12 Uhr

»Sie haben sie mir weggenommen! Einfach weggenommen!« Daneen blickte ihren Mann an, der im Nebenzimmer auf und ab lief, während sie mit einem Arm im Kochtopf rührte und im anderen das Baby wiegte. Maaz war viel später als üblich nach Hause gekommen, aber sie hatte pflichtbewusst auf ihn gewartet, und jetzt war sie sehr hungrig. »Dr. Lami sagte, du kriegst sie zurück«, erinnerte ihn Daneen.

»Aber es war *meine* Kamera«, schaumte ihr Mann. »Sie hatten kein Recht, sie mir wegzunehmen. Mistkerle. Alles Mistkerle.«

Daneen war froh, dass ihr Ältester, Faris, die Nacht bei einem Freund verbrachte. Sie hatte dem Neunjährigen alles über die Geschichte des Irak erzählt, über die Verfechter der Demokratie und einer freien Gesellschaft. Was natürlich bedeutete, dass die Gesetze und Regeln der Polizei eingehalten werden mussten. Es war deshalb nicht nötig, dass Faris hörte, was sein Vater über die Polizei zu sagen hatte. Wie lange hatten sie sich vor der Polizei fürchten müssen? Vor Saddams Henkern?

Zudem war es der Junge, der die Kamera gefunden hatte. Und es hatte ihn so gefreut, als er sah, wie glücklich es seinen Vater machte. Wenn alles gut ging, würde der Besitzer der Zeitung die Kamera zurückbringen, bevor Faris überhaupt etwas davon erfuhr. »Ich verstehe, dass du aufgebracht bist, aber er hat gesagt, er wird dir eine neue Kamera beschaffen, wenn es nötig ist.«

»Es geht mir ums Prinzip«, sagte Maaz verächtlich. »Wenn *das* Demokratie ist, können die Amerikaner sie behalten!« Er stapfte zu ihrem alten Fernsehapparat und schaltete ihn ein. Auf Al-Jazeera liefen gerade die Nachrichten.

Daneen legte den Deckel auf den Topf und drehte die Kochplatte runter. Dann schaute sie nach der Milch für das Baby, die in einem anderen Topf erwärmt wurde, und gesellte sich zu ihrem Mann, der im kleinen Wohnzimmer auf der Couch saß. Als sie sich neben ihn setzte, griff er sofort nach dem Baby, und Daneen war froh, dass sie ihm das Kind geben konnte. Der Junge wog nun bereits sechs Kilo und nahm jeden Tag zu.

»Wir waren dort!«, sagte Maaz aufgeregt und zeigte auf den Fernseher. »Genau dort. Checkpoint 2.«

Der Nachrichtensprecher kommentierte ein Video, dass US-Marinesoldaten zeigte, wie sie Autos abwiesen. Der Nachrichtensprecher erklärte, dass der Kopf des toten Amerikaners zuvor am Checkpoint abgeladen worden sei.

»Wir waren auf dem Dach dort drüben«, erklärte Maaz und zeigte auf die Stelle am Bildschirm. »Du kannst das Haus von hier aus nicht sehen, aber es war hier auf der rechten Seite. Ich habe viele Fotos geschossen! Sehr viele!«

Daneen bemerkte, wie aufgewühlt ihr Mann wegen des Vorfalls immer noch war, und legte ihre Hand auf sein Bein. Sie lächelte und sagte: »Gut, dass du die Fotos aus der Kamera genommen hast.«

Er blickte sie entnervt an und sagte: »Speicherkarte. Man kann die Fotos nicht herausnehmen. Nur die Karte.«

»Das habe ich gemeint.«

Er nickte. Er wusste, dass er überreagierte und seine Enttäuschung an ihr ausließ. Schließlich lächelte er und sagte: »Ich hab's geschafft. Ich hab's wirklich geschafft. Ich bin nun ein Fotojournalist.«

Sie lächelte ihn liebevoll an und wandte danach ihre Aufmerksamkeit wieder dem Fernseher zu. Sie zeigten Aufnahmen des Amerikaners, wie er im orangefarbenen Overall vor den Männern kniete, die kurz davor waren, ihn umzubringen. Daneens Herz stockte. Was mussten die Amerikaner über sie denken? *Und wenn es so weiter geht*, dachte Daneen, *werden die Amerikaner das Land verlassen*. Was würde dann aus dem Irak werden?

»Timothy Quizby arbeitete für die amerikanische Firma Halliburton«, sagte der Nachrichtensprecher, als würde dies erklären, warum der Mann kaltblütig umgebracht worden war.

»Er braucht sein Fläschchen«, verkündete Maaz und stand auf.

»Steht da drüben«, sagte Daneen leise und deutete mit der Hand in Richtung Küche. Ihre Aufmerksamkeit war voll und ganz auf den Bildschirm gerichtet.

»Wo?«, fragte Maaz von der Küche aus.

»Auf der Platte«, sagte Daneen automatisch. »Pass auf, dass die Milch nicht zu heiß ist.«

Maaz nahm das Fläschchen aus dem kleinen Topf mit heißem Wasser und schaltete die Platte aus. Er gab ein paar Tropfen auf sein Handgelenk. *Genau richtig*. Er bot dem Baby das Fläschchen an, das es gierig in den Mund nahm. Maaz kam gerade zurück ins Wohnzimmer, als in den Nachrichten erneut die Enthauptung gezeigt wurde. Der erste Schlag hatte es nicht ganz geschafft. Wie oft hatten sie diese Aufnahme heute schon gezeigt? Immer und immer wieder. Erst mit dem zweiten Schlag wurde der Kopf vollständig vom Körper abgetrennt. Die Kamera folgte dem Kopf, der über den Boden rollte. Blut spritzte in alle Richtungen. Eine weitere Drehung und das Blut spritzte auf die Hosenbeine eines der Terroristen. Dann neigte sich der Kopf zur Seite, schwankte einen Moment und blieb schließlich bewegungslos liegen.

Daneen schrie auf und bedeckte ihren Mund mit beiden Händen. Sie starrte in den Fernseher. Der Kopf bewegte sich nicht mehr, die Hosenbeine dahinter waren ebenfalls wie festgefroren. Sie hatte diese blutverschmierten Hosenbeine schon einmal gesehen. *Das ist Adnan*, dachte sie. In ihrem Kopf drehte sich alles. *Adnan war dort! Er war dort!*

»Nein, nein, nein!«, wimmerte Daneen. »Was hast du getan!? Was hast du getan!?«

Maaz sprang zum Fernseher und schaltete ihn sofort aus. Er starrte seine Frau an, wusste nicht, was los war. Sie hatte doch zuvor schon solche Bilder gesehen. Was war los mit ihr? Sie sah zu ihm auf, ihre Augen flehten ihn an. »Nein, nein, das darf nicht sein! Das darf nicht sein! Oh, nein, nein, nein!«

Maaz konnte nur zusehen, wie seine Frau vom Sofa sank und mit ihren Händen auf den Boden schlug. »Nein, nein, nein ...!«, schrie sie.

Aufgeschreckt durch das Geschrei seiner Mutter, ließ das Baby das Fläschchen los und fing an zu weinen. *Was zum Teufel soll das*, dachte Maaz. *Was ist hier gerade passiert?*

CIA-Station, irgendwo in Kuwait ~ Mittwoch, 12. April ~ 20:16 Uhr

»Bring sie dazu, es genau zu beschreiben«, hörte sie Gonz in ihrem Ohr.

»Ich bin nicht sicher, ob ich Sie verstehe«, sagte Dr. McKay. »Sie haben uns den Kopf gebracht. Aber das war nicht der Plan?«

»Sie hatten Angst«, erklärte die irakische Frau gestikulierend, mit Händen, die immer noch in Handschellen steckten. »Es waren Kinder. Vielleicht acht, neun, zehn Jahre alt?«

»Jungs?«, fragte McKay.

»Ja, ja. Es waren Jungs.«

»Wussten die, was sie da bei sich hatten?«, fragte McKay und fügte hinzu: »Wussten sie, was im Schal war?«

Plötzlich lachte die Frau. »Natürlich.«

»Aber sie hatten Angst«, sagte McKay und versuchte mit dieser Frage erneut, sie dazu zu bringen, die Sache näher auszuführen.

»Ja. Sie wussten es. Sie wurden dafür bezahlt, und ja, sie wollten al Mudtaji helfen. Sie werden das vielleicht nicht verstehen, aber so konnten sie – wie sagt man? – damit angeben, verstehen Sie, ja?«

»Und Sie haben gesehen, wie die Jungs den Kopf genommen haben?«

»Ich habe es Ihnen doch schon erzählt. Ich bin etwa einen Block zuvor aus dem Auto gestiegen. Dann bin ich zu den Männern gelaufen, die mit den Jungen gesprochen haben.«

»Wer waren die Männer? Ihre Namen?«

Sie lächelte geduldig. »Ich weiß es nicht. Niemand kennt die richtigen Namen, nur al Mudtaji kennt sie. Sie müssen ihn fragen.«

»Okay«, sagte Gonz leise in ihr Ohr. »Weshalb hat sie es getan? Ist sie lebensmüde oder was?«

»Sie haben uns also den Kopf gebracht«, fuhr McKay fort. »Warum?«

»Wie schon gesagt, eine Gelegenheit.«

»Eine Gelegenheit wozu? Um verhaftet zu werden?«, machte sich McKay über sie lustig. »Ja, das war eine gute Gelegenheit.«

»Genau«, kam die schnelle Antwort der jungen Frau.

McKay starrte sie für einen Moment an. »Sie müssen gewusst haben, dass wir Sie ins Gefängnis stecken werden.«

»Vielleicht, aber Sie würden mich zunächst befragen, nicht wahr? Das passiert hier. Ich dachte nur, es würde in der Grünen Zone passieren. Nicht in ... wo sind wir, wenn ich fragen darf?«

»Kann ich nicht verraten«, antwortete McKay leicht genervt, da sie es selbst nicht genau wusste. Als sie sich wieder gefasst hatte, sagte sie: »Okay, Sie wollten also mit uns reden. Die Übergabe des Kopfes war eine gute Gelegenheit, um auf sich aufmerksam zu machen und mit uns zu sprechen. Dann sprechen Sie.«

Die junge Frau holte tief Luft. »Ich will, dass es aufhört.« Als McKay ihr einen fragenden Blick zuwarf, fuhr sie fort: »Ich will, dass Sie ihn aufhalten.«

»Al Mudtaji?«

»Ja.«

McKay war verblüfft. »Aber Sie arbeiten für ihn. Sie ...«

»Nein«, schrie sie, ihre Miene verfinsterte sich. »Nein! Er hat mich entführt. Aus meinem Zuhause. Aus meinem Leben. Er nahm mich, weil er sich Vorteile davon erhoffte. Sie suchen doch überall nach ihm, nicht wahr? Sie suchen ihn vielleicht irgendwo, wo andere Männer sind, nicht wahr? Wahrscheinlich suchen Sie nicht nach einem Mann und einer Frau. Die auch noch so angezogen sind wie Sie.« Sie gestikulierte wieder mit ihren Händen. »Nicht so. Nicht Armeekleider, sondern westliche Kleider, verstehen Sie? Gut angezogen, sodass man europäisch aussieht. Sodass man meint, wir wären verheiratet.«

McKay war von ihrem Gefühlsausbruch überrascht. »Er hat Sie entführt?«

Die Augen der jungen Frau leuchteten auf. »Ja! Genau!«

»Wann?«, fragte Gonz in ihrem Ohr.

»Wann?«, wiederholte McKay. »Wann ist das passiert?«

»Am 24. Januar. Er hatte mich gefragt, ob ich für ihn arbeiten wolle. Ich sagte Nein. Ich hasse ihn. Hasse ihn! Also hat er das Restaurant, in dem ich arbeite, in die Luft gesprengt! Fünf Menschen starben! An diesem Tag hat er mich entführt!«

»Und seither sind Sie bei ihm?«

»Wie kann ich frei sein? Wenn ich hinausgehe, verfolgen mich seine Leute. Er ist ein schrecklicher Mann. Ein schrecklicher Mann! Sie müssen ihn aufhalten!«

»Warum Sie?«, fragte McKay. »Weshalb hat er Sie ausgewählt?«

»Er ist mein Bruder«, antwortete die irakische Frau emotionslos.

»Scheiße«, murmelte Gonz in ihrem Ohr.

McKay war vor Überraschung noch wie erstarrt, als die irakische Frau erklärte: »Mein Halbbruder. Sein Name ist Mohammed. Mohammed Monla. Sein richtiger Name. Er ist zwei Jahre älter als ich. Sein Vater ist mein Vater. Nicht dieselbe Mutter. Unser Vater, er hasst den Westen. Hass, verstehen Sie? Er füllte al Mudtajis Kopf mit Hass auf die Amerikaner. Hass!«

McKay schüttelte leicht den Kopf, um einen klaren Gedanken zu fassen. »Aber warum ...?«

»Der Erste Golfkrieg. Mein Vater war bei diesem Krieg dabei. Republikanische Garde. Er wurde verletzt. Durch eine Bombe. Verlor beide Beine.«

»Scheiße«, murmelte Gonz erneut.

»Das tut mir leid«, sagte McKay.

»Es ist mir egal. Er ist nicht mein Vater.« Als McKay sie verwirrt anstarrte, erklärte sie: »Wie sagen Sie? Biologischer Vater, ja. Er ist aber kein richtiger Vater – einer, der einem Liebe schenkt. Weder mir noch meiner Mutter.«

»Wo ist Ihre Mutter jetzt?«

»Sie starb. Kurz nach Beginn des Krieges. Dieser Krieg. Sie war schon lange krank. Dann starb sie.«

»Und Ihr Vater?«

»Hier.« Sie bemerkte ihren Fehler und sagte: »Bagdad. Ich spreche nie mit ihm.«

»Und al Mudtaji?«

»Al Mudtaji?«, wiederholte sie, anscheinend überrascht. Schulterzuckend sagte sie: »Nicht persönlich. Nein, nein. Viel zu gefährlich. Al Mudtaji schickt einen Mann, der mit unserem Vater spricht. Oder unser Vater übermittelt eine Botschaft an al Mudtaji. Nicht persönlich, nein. Ich weiß nicht, aber ich glaube, mein Vater hilft ihm. Aber vielleicht auch nicht. Ich bin mir nicht sicher. Aber ich glaube, ja, mein Vater hilft.«

»Machen wir eine Pause, McKay«, sagte Gonz und seufzte tief. »Biete ihr etwas zu essen an. Wasser. Und nimm ihr die Handschellen ab.«

Bagdad, Irak ~ Mittwoch, 12. April ~ 20:22 Uhr

Dr. Lami nahm das Foto aus seiner Jackentasche und schob es über den Tisch. Den Mann ihm gegenüber nannten alle nur Oberst K. C. Mittlerweile in den Fünfzigern, mit grau meliertem Haar und grünen Augen, hatte er sich ein paar Jahre zuvor aus der US-Armee zurückgezogen und arbeitete nun als Journalist für einen der großen amerikanischen Nachrichtensender. Er sah gut aus und war in den USA sehr beliebt. Durch seine sachliche und fachkundige Beurteilung von Militärangelegenheiten war er außerdem bei den amerikanischen Topmilitärs im Irak gefragt.

»Nett«, sagte Oberst K. C. auf Englisch und nippte an seinem Bier. Obwohl der Oberst fließend Arabisch konnte, sprachen die beiden Männer in der Öffentlichkeit nur Englisch, um zu vermeiden, dass jemand mithören konnte. Dr. Lami bemerkte, dass der Oberst sein Bier schon fast leer getrunken hatte, und bedeutete dem Kellner, ein neues zu bringen.

»Ich will wissen, wer sie ist«, sagte Dr. Lami.

»Hat sie den Kopf gebracht?«

»Ja. Sie wurde verhaftet. Ich habe jeden gefragt, den ich kenne, aber es ist fast so, als würde sie nicht existieren. Niemand kann mir etwas sagen.«

Der Oberst lachte und trank sein Bier aus. Es war zwar nicht so gut wie amerikanisches Bier, aber auch nicht ganz schlimm. »Du bist also mit deinem Latein am Ende, ja?«

Dr. Lami nickte. »Ich kann das Foto drucken, aber ich will zuerst wissen, wer sie ist.«

»Druck es«, sagte der Oberst schulterzuckend. »Sie hat es verdient. Ob hübsch oder nicht.«

Dr. Lami studierte das Foto für einen Moment, bevor er sagte: »Sie ist hübsch, ja. Aber ich habe das Gefühl, dass mehr dahinter steckt.« Er schaute den Oberst an, als der Kellner gerade das zweite Bier brachte. Nachdem der Kellner gegangen war, fügte er hinzu: »Hast du gewusst, dass man etwas im Mund des toten Mannes gefunden hat?« Oberst K.C. blickte auf. »Das kann ich auch drucken. Aber überleg dir mal. Weshalb den Kopf zu einem Checkpoint bringen? Weshalb haben sie ihn nicht einfach weggeschmissen? Weil al Mudtaji den Amerikanern etwas zeigen wollte. Etwas, das er im Mund des toten Mannes versteckt hatte.«

»Davon habe ich nichts gewusst«, gab der Oberst zu.

Dr. Lami schob das Foto nochmals in Richtung des Obersts. »Ich habe dir auch schon mal ein paar Informationen beschafft. Nun kannst du mir einen Gefallen tun. Finde heraus, wer die Frau ist. Ihre Verbindung zu al Mudtaji.«

»Damit du das Foto veröffentlichen kannst?«

»Ja«, antwortete Dr. Lami. »Damit ich das Foto veröffentlichen kann.«

KAPITEL 4

Jadida, Irak ~ Mittwoch, 12. April ~ 20:24 Uhr

Als sich nach dem Einmarsch der Amerikaner ein paar Sunniten entschieden hatten, mit improvisierten Sprengkörpern zurückzuschlagen, lernten die Iraker rasch, die Anzeichen eines bevorstehenden Anschlags zu erkennen. Das war auch nicht weiter schwierig. Grundsätzlich wurden jeweils sämtliche Aktivitäten im betreffenden Gebiet gestoppt. Marktstände waren verwaist, in den Läden waren plötzlich keine Kunden mehr, Kinder spielten nicht mehr draußen und – am auffälligsten – die Straßen waren menschenleer.

Das war es, wonach Aref an diesem Abend suchte, als er mit seinem alten Fahrrad durch die Straßen von Jadida, einem Viertel von Bagdad, fuhr. Er war hier geboren worden, hatte hier vor mehr als fünfzig Jahren seine geliebte Frau geheiratet und sie auch hier beerdigen müssen. Wenn es nach ihm ginge, würde er auch in Jadida sterben. Und das lieber früher als später. Aber leider gab es keine Anzeichen eines bevorstehenden Attentats. Zu viel Geschäftigkeit. Obwohl die Sonne soeben hinter dem Horizont verschwunden war und er nicht mehr so gut sehen konnte wie früher, ließ sich dies alleine an den vielen Fußgängern feststellen. Das Glück hatte ihn verlassen.

Nicht zum ersten Mal wünschte er sich, genau zu wissen, wann und wo die Amerikaner patrouillierten. Wenn er dann alle Anzeichen eines bevorstehenden Attentats sähe, würde es ihm mit etwas Glück und dem richtigen Timing vielleicht gelingen, sich zusammen mit einem amerikanischen Konvoi in Stücke reißen zu lassen, um endlich wieder mit seiner Frau vereint sein zu können. Er war sich nicht sicher, ob es ein Leben nach dem Tod gab, aber er glaubte von Herzen, dass er danach wieder mit seiner Frau zusammen sein würde. Ob im Himmel oder in der Hölle, war ihm egal. Solange sie zusammen waren.

Plötzlich bog ein amerikanischer Geländewagen aus einer Seitenstraße. Arefs Herz fing an, wie wild zu schlagen. Er erhob sich vom Sattel, trat hart in die Pedale und versuchte, das Fahrzeug einzuholen. Es herrschte dichter Verkehr, doch er gab nicht auf. Die Ampel vor ihm wurde rot, und er nutzte die Gelegenheit, sich so schnell er konnte rechts neben den Autos vorbeizuschlängeln. Seine Beine waren bereits müde von seinem Ausflug, den er an diesem Tag unternommen hatte. Seine Muskeln brannten. Aber er ließ sich nicht beirren. Das war seine Chance. Er war in Jadida. Es trennten ihn nur noch zwei Autos vom Geländewagen ... Dann nur noch eines. Vielleicht hatte jemand eine Panzerfaust. Man würde auf den Geländewagen zielen, und wenn er genau daneben sein würde, dann ... Er war beinahe dort, als ein lauter Knall die Ruhe des Abends durchbrach.

Das Nächste, das er wahrnahm, war, dass er auf dem Bürgersteig lag. Seine Hände schmerzten, eine Wunde klaffte am Knie. Er sah sein Fahrrad ein paar Meter von ihm entfernt auf dem Boden liegen. Das Vorderrad drehte sich immer noch.

»Sind Sie okay?«, fragte jemand.

Aref blickte auf und sah einen Mann mittleren Alters. Verzweifelt sah er sich um und entdeckte den Geländewagen in einiger Entfernung. Er musste losgefahren sein, als die Ampel auf Grün wechselte. Aref hatte Mühe, sich aufzusetzen.

»Sie bluten«, sagte der Mann und zeigte auf die Wunde.

Aref folgte dem Blick des Mannes und bemerkte, dass sein Ringfinger an der rechten Hand tatsächlich blutete. *Was für ein Fiasko*, dachte er. Er blickte die Straße hoch. Der Geländewagen war bereits über alle Berge. Die Chance war ebenfalls verpasst. *Aber es gab einen Anschlag, nicht wahr?* Er sah den Mann an, der vor ihm stand. »Was ist passiert?«

»Sie sind wie ein Verrückter gefahren. Dann sind Sie einfach so vom Fahrrad gefallen.« Als ihn Aref verdutzt anstarrte, fuhr der Mann fort: »Ich denke, es war die Fehlzündung.« Auf Arefs Gesicht zeichnete sich immer noch Verwirrung ab, also erklärte der Mann: »Das Auto neben dem Geländewagen. Es hatte eine Fehlzündung. Ich mache Ihnen keinen Vorwurf. Ich hasse es ebenfalls, neben so einem zu fahren. Man denkt immer, das könnte der Tag sein, an dem ... Sie wissen schon?«

Aref schüttelte angewidert den Kopf. Er versuchte, aufzustehen. Der Mann half ihm auf. Plötzlich hupte ein Auto, und Aref bemerkte, dass sie eine Fahrbahn blockierten. »Steigen Sie in mein Auto, alter Mann. Ich hole das Fahrrad.«

»Nein, nein«, sagte Aref, als er den Lastwagen bemerkte. Weiteres Hupen.

»Steigen Sie ein«, forderte der Mann. »In Ihrem Zustand können Sie nicht Fahrrad fahren, nicht mit dieser Hand.«

Aref schaute wieder auf seine Hand. Sie war nun voller Blut. Vielleicht hatte der Mann Recht. Er sah zu, wie dieser sein Fahrrad auf die Ladefläche hob. Als er sein Fahrrad in Sicherheit wusste, stieg er auf den Beifahrersitz, wobei er seine Hand vorsichtig in seinen Schoß legte, damit sein Blut nicht den Sitz beschmutzte.

Jadida, Irak ~ Mittwoch, 12. April ~ 20:44 Uhr

Ihr Abendessen war ruiniert. Und Maaz wusste immer noch nicht, weshalb. Er hatte das Baby in die Wiege gelegt und den Herd ausgeschaltet. Den Eintopf hatte er nicht angerührt. Nun stand er vor Daneen, die sich auf dem Sofa ausgestreckt hatte. Eine Decke wärmte sie. Ihre Augen waren geschlossen. Er betrachtete ihr tränenverschmiertes Gesicht und plötzlich dämmerte es ihm. Er musste sich beherrschen, um nicht vor Freude loszuschreien. Stattdessen schob er sanft ihre Füße beiseite. Dann setzte er sich aufs Sofa und zog ihre Füße in seinen Schoß. Sie öffnete die Augen und lächelte verhalten. Er strahlte sie an: »Du bist schwanger.« Als Daneen ihn stirnrunzelnd ansah, fuhr er begeistert fort: »Weißt du noch bei Faris? Du warst plötzlich so komisch. Du hast einfach losgeweint. Völlig grundlos. Weißt du noch?«

Daneen nickte. Natürlich erinnerte sie sich. Sie erinnerte sich auch nur zu gut an die Depression, die sich nach der Geburt ihres Babys, Badr, vor genau zehn Monaten eingeschlichen hatte. Aus diesem Grund wollte sie nie wieder schwanger werden. Sie hatte ihren Bruder Adnan gebeten, ihr aus der Apotheke die Antibabypille zu besorgen, die sie vor Maaz versteckt hielt. Sie nahm die Pille immer genau pünktlich.

»Es wird alles gut werden«, sagte Maaz sanft. »Du wirst sehen. Mit den zwei Jobs können wir uns ein weiteres Baby gut leisten.«

Daneen liebte ihn so sehr. Seine Welt war einfach, aber ihre war soeben auf den Kopf gestellt worden. Sie wusste, dass sie ihm nicht sagen konnte, was sie entdeckt hatte – dass Adnan Teil des inneren Todeskreises al Mudtajis war. Irgendwie musste sie alleine damit zurechtkommen. »Vielleicht ein Mädchen, ja?«, fragte Maaz. »Ein Mädchen wäre toll, findest du nicht auch?«

Daneen nickte. Schließlich sagte sie: »Ja.«

»Du musst etwas essen«, tadelte er sie sanft. »Du musst nun für zwei essen.« Er sah zum Fernseher, der immer noch ausgeschaltet war. »Und keine Nachrichten mehr, okay? Das ist zu viel für dich. Wir können den Fernseher auch gleich wegschmeißen.«

»Nein«, antwortete Daneen etwas heftiger, als sie beabsichtigt hatte. Sie fügte rasch hinzu: »Du bist doch Journalist. Du musst wissen, was läuft.«

»Aber nicht, wenn es dich aufregt. Ich habe dich noch nie so gesehen.« Nach einer Weile sagte er: »Es hat mir Angst gemacht.«

Daneen nickte. Sie hatte die Beherrschung verloren. Aber wer würde das nicht? Ihr Bruder, den sie vergötterte, war ein Dschihadist. Undenkbar, aber wahr. »Es tut mir leid.«

»Nein, nein. Ist schon okay.« Er nahm ihre Hand und streichelte sie zärtlich. Dann sah er sie fassungslos an und sagte: »Warum hast du mir nichts gesagt?«

Daneen zuckte mit den Achseln. »Ich wollte noch warten. Nur noch einen Monat, um sicher zu sein.«

»Aber wie kann ich mich um dich kümmern, wenn ich nichts weiß?«

»Es geht mir gut.«

Er blieb für einen Moment still und sagte dann leise: »Es war schrecklich, das mitansehen zu müssen, ich weiß.« Er drückte ihre Hand. »Ich hatte es bereits im Büro gesehen. Auf ihrer Webseite.«

»Um welche Zeit?«, fragte Daneen plötzlich. »Um welche Zeit ... starb der Amerikaner?«

Maaz beobachtete sie einen Moment und sagte dann: »Ich weiß es nicht.«

Daneen stützte sich auf ihre Ellbogen. »Aber du isst mittags immer in der Redaktion, nicht wahr? Was war um diese Uhrzeit los?«

»Ich kann mich nicht mehr erinnern.«

»Also, hast du oder hast du nicht in der Redaktion gegessen? Um die Mittagszeit? So wie immer?«

»Ich denke schon«, sagte Maaz, verwundert über die Fragerei.

»Und du warst am Computer? Um diese Uhrzeit?«

Er zuckte mit den Schultern. »Was spielt das für eine Rolle?«

»Es war um die Mittagszeit«, sagte Daneen zu sich selbst, lehnte sich aufs Sofa zurück und starrte an die Decke.

»Warum? Warum willst du das wissen? Du musst das vergessen. Du musst an schöne Dinge denken.«

Daneen wollte weinen. Stattdessen nickte sie abwesend. Ihre Gedanken waren bei Adnan. Hatte er es geschafft, seine Hose mit kaltem Wasser zu reinigen, wie sie vorgeschlagen hatte? Wenn nicht, gab es jemand anderen, der auf Al-Jazeera gesehen hat, was sie soeben gesehen hatte? Und Adnans Chef, Thamer? Hatte er die blutverschmierten Hosenbeine gesehen? Er war ein sehr kluger Mann, das wusste Daneen. Wenn er die Hose von Adnan und die Nachrichten gesehen hatte, dann wusste er es auch.

Dann fiel ihr ein: Thamer war für die Demokratie. Er kritisierte die Aufständischen offen. Wenn er es wusste, würde er Adnan verraten. Daran gab es keinen Zweifel.

CIA-Station, irgendwo in Kuwait ~ Mittwoch, 12. April ~ 20:58 Uhr

Sie waren im selben Verhörraum, aber dieses Mal trug die irakische Frau, die sich als Ghaniyah Monla vorgestellt hatte, keine Handschellen. Sie schlürfte heißen Tee aus einer Tasse, die sie mit beiden Händen fest umschlossen hielt.

McKay bemerkte, dass auf der Tasse die Worte »FBI – Fat Boy Idiots« prangten. Ein Seitenhieb auf das Federal Bureau of Investigation. CIA-Humor. Gonz befand sich jetzt ebenfalls im Raum, hatte einen Fuß auf dem Boden, einen auf dem Sitz eines Stuhls. McKay saß Ghaniyah gegenüber und hielt eine Tasse Kaffee in der Hand. Sie fragte sich, wie viele CIA-Analysten in den bequemen Theatersesseln im Raum nebenan zusahen.

»Es ist nicht so, dass wir Ihnen nicht glauben«, erklärte Gonz. »Wir glauben Ihnen wirklich.«

Ghaniyah schaute zuerst Gonz, dann McKay an. »Und ...?«

»Für uns ist es wichtig, dass Sie bei Ihrem Bruder bleiben«, sagte Gonz.

Ghaniyahs Gesicht verdüsterte sich. Sie lehnte sich zurück und schüttelte den Kopf. »Nein. Ich will nicht zu ihm zurück.«

»Doch«, sagte Gonz streng.

»Nein. Ich werde Ihnen sagen, wohin er geht. Ich weiß, wo Sie ihn finden können. Sie gehen dorthin und verhaften ihn.«

»So einfach ist es nicht.«

»Doch! Doch, so einfach ist es!«, behauptete sie.

»Sie haben selbst gesagt, er bleibt nie länger als zwei Tage an einem Ort. Manchmal ist er bei Mitgliedern seiner Zelle, manchmal bei einer anderen Zelle. Es wechselt immer wieder. Das haben Sie gesagt.«

»Ja«, sagte Ghaniyah und lehnte sich nach vorn. »Aber ich kann sie Ihnen zeigen. Alle Verstecke. Bagdad. Fallujah. Manchmal geht er nach Kirkuk. Ramadi. Ich zeige Ihnen, wo.«

»Aber Sie wissen nicht, ob er wirklich dort sein wird«, wies Gonz sie ungeduldig zurecht. Als sie nicht antwortete, fügte er verärgert hinzu: »Wissen Sie, wann er wo sein wird!? Sagen Sie schon!«

Ghaniyah antwortete leise: »Nein.«

Gonz griff sich einen der Stühle und setzte sich. »Nehmen wir an, Sie haben Recht. Sie können uns sagen, wo er sich zu einem gewissen Zeitpunkt aufhält. Ja, wir wollen ihn verhaften und wir könnten das auch tun.«

»Ja«, sagte Ghaniyah zustimmend. »Ja. Das ist gut.«

»Nein, ist es nicht. Es gibt ein Problem. Ihr Bruder ist ...«

»Halbbruder«, erinnerte sie ihn rasch. »Halbbruder.«

»Okay, Halbbruder«, fuhr Gonz ruhig fort. »Was auch immer er für den kommenden Sonntag geplant hat, ist groß. Sehr groß. Er hat es angekündigt. Auf seiner Webseite. Alles, was er bisher angekündigt hat, hat er auch in die Tat umgesetzt.«

Ghaniyah sah McKay an, die sagte: »Er hat Recht.«

»Sie sagen also, Sie wüssten nichts über diesen Anschlag«, erinnerte Gonz.

Sie schüttelte den Kopf. »Nein.«

»Vielleicht mehrere Anschläge? Eine Serie von Autobomben? Vielleicht einer unserer Konvois? Oder vielleicht ...«

»Nein!«, antwortete Ghaniyah ungeduldig und schaute Gonz an. »Ich weiß es nicht! Ich schwöre es. Er sagt mir solche Dinge nicht. Er ... wie sagt man? Er vertraut mir nicht.«

»Nun, wir müssen es herausfinden. Finden Sie heraus, was er plant.«

»Verhaften Sie ihn. Dann fragen Sie ihn selbst.«

»Miss Monla ...«

»Ghaniyah«, korrigierte sie ihn.

»Ghaniyah. Wir würden nichts lieber tun, als ihn zu verhaften, glauben Sie mir. Aber um diesen nächsten Anschlag, der schlimm sein wird, zu vereiteln, müssen wir auch alle Mitglieder seiner Zelle schnappen. Sonst besteht die Möglichkeit, dass diese seinen Plan dennoch durchführen.«

»Nein. Nein. Nein. Verhaften Sie ihn«, schimpfte Ghaniyah. »Verhaften Sie ihn und es wird aufhören. Er ist der Anführer.«

»Er ist Teil eines fanatischen Gotteskrieges!«, erwiderte Gonz erregt. »Sie sind gut organisiert und haben bereits Hunderte Iraker getötet. Hunderte! So viele Soldaten der Koalition getötet oder verwundet, wie sie konnten. Wenn wir ihn töten oder verhaften, werden zwanzig weitere seinen Platz einnehmen. Und *seinen* Plan am Sonntag ausführen.«

Ghaniyah wirkte niedergeschlagen. »Ich weiß nicht, was er plant ... Ich weiß es nicht.«

Für einen Moment herrschte Totenstille im Raum. Alle waren frustriert.

»Moment mal«, warf McKay plötzlich ein. Sowohl Ghaniyah als auch Gonz starrten sie an. McKay wandte sich an Ghaniyah. »Sie haben zuvor gesagt, dass immer einer seiner Männer mitkommt, wenn Sie von Ihrem Bruder, Halbbruder, weggehen. Oder Sie werden verfolgt.«

»Ja, immer«, bestätigte Ghaniyah.

Gonz bemerkte sofort den Fehler in seinem Plan. »Was ist heute passiert? Sie haben gesagt, Sie hätten den Jungs den Kopf abgenommen, weil diese Angst hatten, und ihn zum Checkpoint gebracht. Wo waren al Mudtajis Männer? Sie waren alleine?«

»Ja. Alleine.«

Vielleicht hatte al Mudtaji sie von Anfang an hereingelegt, dachte Gonz. »Das glaube ich Ihnen nicht.«

»Dieses Mal schon, doch. Ich war alleine.«

»Aber warum?«, fragte McKay. »Warum sollte er Sie alleine lassen?«

»Er wusste es nicht. Aber Abdul, er hat mich gehen lassen, alleine.«

»Von wo?«, fragte Gonz verwirrt. »Von Ihrem Versteck?«

»Abdul hätte den Jungs den Kopf geben sollen. Er hätte mich zur Bushaltestelle bringen sollen.«

»Bushaltestelle?«, fragte Gonz.

»Um nach Basra zu gehen«, erklärte Ghaniyah. »Die Schwester meines Vaters, also meine Tante, ist im Krankenhaus in Basra. Ich war auf dem Weg zu ihr.«

»Nach Basra?«, fragte McKay überrascht.

»Einen Moment«, sagte Gonz. »Noch mal von vorne. Weshalb sollte dieser Abdul Sie einfach so absetzen? Sie sagten, dass immer jemand bei Ihnen ist.«

»Er hätte warten sollen, bis ich im Bus war. Aber er ist ein einfacher Mann. Sehr süß. Ich sagte ihm, er solle mich absetzen. Ich würde ein Taxi zur Bushaltestelle nehmen. Er war spät dran. Er musste den Jungs den Kopf bringen und dann wollte er unbedingt zu seiner Frau. Sie haben ein kleines Kind. In Bagdad. Ich sagte ihm, dass er Zeit mit seiner Familie verbringen könnte, wenn er mich nicht zur Bushaltestelle bringen müsste.«

»Also war er einverstanden«, nickte Gonz.

»Ja. Aber anstatt in ein Taxi zu steigen, beobachtete ich die Jungs. Sie hatten Angst. Also habe ich ihnen den Kopf abgenommen.«

»Aber weshalb kam keiner seiner Männer mit Ihnen nach Basra?«, fragte McKay. »Das macht keinen Sinn.«

Ghaniyah schien selbst etwas verwirrt zu sein. »Ich weiß nicht ...«

»Lügen Sie uns nicht an!«, brüllte Gonz plötzlich. Beide Frauen erschraken.

»Ich lüge nicht«, beharrte Ghaniyah. »Er sagte, ich solle gehen. Zu unserer Tante, und ihn anrufen, um ihm zu sagen, ob es ihr gut geht. Sie ist alt. Ich dachte, jemand würde mich fahren. Aber er sagte, nein. Er brauche seine Männer bei sich. Er sagte, ich solle alleine gehen.«

»Und dann? Hat er gehofft, dass Sie zurückkommen? Das glaube ich nicht«, schäumte Gonz und stand von seinem Stuhl auf. Er ging im Raum umher, in Gedanken versunken.

Es ärgerte ihn, dass er nicht früher bemerkt hatte, dass Ghaniyah sie angelogen hatte. Zum Glück hatte McKay sie entlarvt.

»Ich sage die Wahrheit«, beharrte die Gefangene und sah Gonz an, der nervös auf und ab ging, seine Augen starr auf den Boden gerichtet. Sie blickte McKay an. »Wirklich.«

McKay vermied es, der Frau in die Augen zu sehen, und nahm einen Schluck Kaffee. Sie blickte zu Gonz und wusste, dass er sauer war. Dann sah sie Ghaniyah an und sagte: »Erzählen Sie uns alles, was für Ihren Ausflug nach Basra geplant war. Alles.«

Gonz blieb stehen und sah Ghaniyah an. »Jedes Detail. Alles, was al Mudtaji Ihnen aufgetragen hat.«

Sie zuckte wieder mit den Schultern. »Ich sollte meine Tante besuchen.«

»Im Krankenhaus?«, fragte Gonz.

»Ja.«

»Wo sollten Sie wohnen?«

»In einem kleinen Hotel. In der Nähe des Krankenhauses.«

»Für wie lange?«

»Drei Tage.« Plötzlich veränderte sich Ghaniyahs Gesichtsausdruck.

Gonz bemerkte es und fragte: »Was? Was ist los?«

»Ich sollte ihre ... wie sagt man? Ihre Kiste zurückbringen.«

»Ihre Kiste?«, wiederholte Gonz verwirrt. »Was meinen Sie mit Kiste?«

»Für Kleider.«

»Kommode?«, fragte McKay.

»Ja, ja!«, sagte Ghaniyah aufgeregt. »Ja!«

»Die Kommode ist in ihrem Haus?«, fuhr McKay fort.

Ghaniyah nickte. »Ja. Ich sollte sie zurückbringen.«

Gonz schaute wieder McKay an. »Wie? Wie hätten Sie die Kommode zurückbringen sollen?«

»Ich hätte jemanden anrufen sollen ...« Ihre Stimme verlor sich.

»Antworten Sie!«, brüllte Gonz. »Wie hätten Sie sie zurückbringen sollen?«w

»Ich hätte meinen Vater anrufen sollen«, antwortete sie deutlich verängstigt. »Der sollte ein Auto oder einen Lastwagen organisieren.«

»Was ist in der Kommode?«, fragte McKay.

»Ich weiß es nicht.« Sie schaute Gonz an, der sie finster anstarrte. »Ich schwöre es! Ich weiß es nicht! Ich weiß es nicht.«

»Und weiter?«, fragte Gonz fordernd. »Was hätten Sie in Basra sonst noch erledigen sollen?«

Frustriert sagte sie: »Das ist alles. Meine Tante im Krankenhaus besuchen. Meinen Vater anrufen. Er hätte ein Auto organisiert. Ich wäre mit der Kommode zurückgekommen.«

McKay sah Gonz an. »Es passt. Sie wäre am Sonntag zurück in Bagdad. Im Gepäck die Kommode samt Inhalt.«

Gonz nickte. Er sah Ghaniyah an. »Sie müssen nach Basra.«

KAPITEL 5

CIA-Station, irgendwo in Kuwait ~ Mittwoch, 12. April ~ 23:33 Uhr

»Langley versucht immer noch, das Ziel auszumachen. Es könnte sich um eine unserer vorgeschobenen Operationsbasen handeln«, sagte der Labortechniker zu Gonz. Beide Männer starrten auf die Blockbuchstaben auf dem Bildschirm im CIA-Labor. Der Zettel, der in Quizbys Mund gefunden worden war, war auf Fingerabdrücke, DNS-Spuren, Leim und weitere Details untersucht worden. Ein paar Stunden zuvor war der Text auf einen Computer heruntergeladen und nach Langley geschickt worden.

Auf dem Bildschirm sah Gonz den Text zum ersten Mal genau. Er studierte ihn erneut. *Der Islam ist die einzig wahre Religion. Nun habt Ihr einen Amerikaner, der die Wahrheit über den Islam spricht. Zuvor haben er und alle anderen Amerikaner nur Unwahrheiten über den Islam verbreitet. Der Kopf musste weg. Jetzt kann er die Wahrheit sagen. Verstanden? Dies ist der erste von vielen amerikanischen Köpfen, die am Sonntag die Wahrheit sagen werden.*

Gonz seufzte. »Nun ist sicher, dass der Anschlag am Sonntag erfolgen wird.« Er spielte auf die Tatsache an, dass viel darüber diskutiert worden war, was al Mudtaji genau gemeint hatte, als er am vergangenen Sonntag sagte, der Anschlag werde »sieben Tage nach Sonntag« stattfinden. Das wäre der kommende Sonntag. Der Zettel bestätigte dies nun.

»Wir werden die Handschrift noch analysieren«, sagte der Labortechniker. »Vielleicht können wir etwas entdecken.«

»Das ist nicht wirklich eine *Handschrift*«, sagte Gonz beim Betrachten der Blockbuchstaben.

»Sie wären überrascht. Zum einen könnte ich wetten, dass der Verfasser eine höhere Schulbildung irgendwo im Westen erhalten hat.« Als Gonz eine Augenbraue hochzog, erklärte er: »Schauen Sie das *Zuvor* genauer an. Es ist leicht verschoben. Ich glaube, der Schreiber begann mit einem kleinen *z*, bemerkte dann, dass es sich um einen neuen Satz handelte, und machte ein großes *Z* daraus. Er ist sehr exakt. Sehr korrekt. Er ist sehr gut ausgebildet. Er spricht sehr gut Englisch.«

Gonz trat näher an den Bildschirm. Er konnte erkennen, dass der untere Teil des Buchstabens dunkler war. Mit dem Stift nachgezogen. »Er?«

»Wahrscheinlich«, sagte der Techniker. »Die meisten Frauen schreiben nicht lange auf diese Weise. Sie verrutschen. Machen die Schrift kursiv. Und sie drücken nicht so hart auf. Diese Zeilen wurden mit Kraft geschrieben.«

»Sie haben die Frau überprüft, die wir mitgebracht haben?«

»Oh ja. Sie wurde bereits dreimal überprüft.« Er lachte. »Sie ist es nicht. Ich habe sie sogar gebeten, ein kleines *z* zu schreiben und es in einen Großbuchstaben umzuwandeln. Sie hat das nicht geschrieben.«

»Sie sagt, sie habe nicht einmal gewusst, dass ein Zettel im Mund war. Sie schwört es.«

»Wahrscheinlich nur eine Botin«, stimmte der Techniker zu. »Für das Protokoll: Wir hatten noch nie zuvor eine Nachricht.«

»Ich weiß nicht, ob das gut oder schlecht ist.«

»Keine Ahnung, aber ich habe mit einem unserer Analysten gesprochen. Er war von der Nachricht nicht überrascht. Er sagte, dieses Denkmuster wird im Islam seit Jahrhunderten praktiziert. Wenn jemand lügt, ist der Kopf ab.«

Gonz nickte. »Was haben Sie sonst noch?«

»Also, der Schreibende ist höchstwahrscheinlich männlich und hat im Westen studiert. Keine DNS-Spuren, keine Fingerabdrücke. Das kommt nicht überraschend. Aber das Papier ist am aufschlussreichsten.« Er klickte auf die Maus, und derselbe kaum erkennbare Briefkopf, den Gonz schon einmal gesehen hatte, erschien. Nach einem weiteren Klick war der Briefkopf klar zu erkennen. Auf Arabisch geschrieben.

»Hier ist die Übersetzung«, sagte der Techniker. Der Bildschirm veränderte sich. Nun stand da: »*Thamer's Sidali'ia.*«

»Das Wort *Sidali'ia* bedeutet Apotheke.« Ein weiterer Klick auf die Maus und die Worte »Thamers Apotheke« erschienen. »Thamer ist ein männlicher Vorname. Als hätten wir einen Zettel von ›Michaels Apotheke‹ gefunden.«

Gonz schaute den Techniker erwartungsvoll an. »Wissen wir schon ...?«

»Jawohl. Eine Apotheke in Jadida. Ein Vorort von Bagdad. Inhaber ist ein gewisser Thamer Rayhan. Den Laden gibt's bereits seit fast 35 Jahren.«

»Und dieser Thamer?«

»Wir arbeiten noch daran. Bis jetzt nichts, aber wer weiß?«

Gonz drehte sich zum Techniker um. »Also, woher stammt der Zettel? Von einem Notizblock dieser Apotheke?«

»Ein kleiner Rezeptblock. Ein Durchschlag. Vielleicht eines von zwei Blättern. Eines von drei. Normalerweise weiß, dann gelb, dann rosa.«

Gonz nickte. »Das ist also der mittlere Durchschlag?«

»Wir können erst sicher sein, wenn wir in die Apotheke gehen und den Notizblock finden, von dem dieser Zettel stammt. Aber ja, danach sieht's aus.«

»Die gelbe Kopie könnte also von einem Kunden sein?«

»Normalerweise ja. Aber da steht noch etwas neben der Nachricht.« Er klickte auf die Maus. »Schauen Sie sich das an.«

Er vergrößerte den rechten Bereich des Zettels. Arabische Handschrift. Sehr schwach erkennbar. »Scheint ein Name zu sein.« Der Techniker überflog ein paar Notizen neben dem Computer. »Könnte *Aref* heißen.«

»*Aref*?«, wiederholte Gonz.

»Auch das ein männlicher Vorname. Aber ich bin mir nicht ganz sicher, man kann's kaum erkennen. Wir werden sehen, was wir tun können.«

»Ist das alles?«

»Alles, was ich momentan sagen kann. Wir schicken den Zettel in ein paar Stunden nach Langley. Vielleicht finden die noch was.«

Jadida, Irak ~ Donnerstag, 13. April ~ 01:19 Uhr
(drei Tage bis Sonntag)

Jemand hämmerte an seine Tür.

Adnan lag im Bett, sein Herz pochte. Waren es die Amerikaner? Oder sogar die irakischen Sicherheitskräfte? Wie seine Schwester hatte auch er die Nachrichten im Fernsehen gesehen. Auch er war erschrocken gewesen, seine Beine im Fernsehen zu sehen, als der Kopf nahe bei seinen Füßen stoppte und seine Hosenbeine mit Blut bespritzte. *Sei vernünftig*, sagte er sich. Niemand hatte sein Gesicht gesehen. Und er hatte sich seiner Schuhe, Socken und sämtlicher Kleider, die er während der Enthauptung getragen hatte, entledigt und diese in einem Plastiksack in einer Mülltonne hinter einem Restaurant entsorgt.

Er hatte keine Ahnung, was in dieser Mülltonne sonst noch war, aber es roch fürchterlich, sodass wohl niemand darin herumwühlen würde. Er wusste auch, dass am nächsten Tag die Müllabfuhr kommen würde. Manchmal fiel im Irak zwar der Strom aus, aber der Müll wurde immer rechtzeitig abgeholt. Ein weiteres Phänomen des Krieges.

Weiteres Hämmern folgte und eine dumpfe Stimme rief seinen Namen. Er schlüpfte geräuschlos aus dem Bett, stand wie festgefroren und lauschte. Weiteres Hämmern an der Tür. Er konnte sich nirgends verstecken, dachte Adnan. Sie würden einfach die Tür eintreten. Oder draußen auf ihn warten. Es war besser, die Tür zu öffnen und überrascht zu tun. Unschuldig. Er schnappte sich eine Hose, die am Bettrand lag, zog sie an und ging ins große Zimmer.

Seine Kehle war wie zugeschnürt. Adnan öffnete die Tür. Aref stand vor ihm. Mit beiden Händen hielt er einen blutdurchtränkten Lappen. Adnan konnte keine Polizisten oder Amerikaner entdecken. Merkwürdig. Unvermittelt sprang er an Aref vorbei und blieb im Gang des ersten Stocks stehen. Aber alles war ruhig. Niemand sonst war auf dem Flur. Ein Auto fuhr unten auf der Straße vorbei und bog um die Ecke.

»Adnan?«

Er drehte sich um und blickte den alten Mann an. »Was ist denn los?«, fragte er, wobei er seinen Ärger darüber, geweckt worden zu sein, nicht versteckte.

»Ich habe mich verletzt. Bin vom Fahrrad gefallen.«

Adnan bemerkte endlich die blutige Hand. »Zeig her.«

Aref löste den blutigen Lappen, der um seinen Ringfinger gewickelt war. Adnan untersuchte die immer noch blutende, tiefe Wunde. Aref erklärte: »Es hatte für einen Moment aufgehört. Ich habe mich hingelegt, bin dann aber aufgewacht, und es hat wieder angefangen zu bluten.«

»Das muss genäht werden.«

»Das habe ich mir gedacht«, sagte Aref.

»Einen Moment.«

Adnan ließ Aref an der Tür stehen und verschwand in seiner Wohnung. Als er wiederkam, hatte er einen Schlüsselbund bei sich. Er schloss die Tür und ging in Richtung Treppenhaus am Ende des Ganges. Aref folgte ihm.

Über der Apotheke zu wohnen hatte Vor- und Nachteile. Dass er nach Feierabend gestört wurde, war sicher ein Nachteil. Aber Adnan mochte den alten Mann. Es störte ihn nicht. Zudem wusste er, dass Aref keinem Arzt vertraute. Als sie den schmalen Weg zwischen der Apotheke und dem Gebäude nebenan entlanggingen, sagte Adnan zu ihm: »Du solltest damit zu einem Arzt gehen. Nicht, dass es sich noch entzündet.«

Aref winkte mit seiner blutigen Hand ab. »Nein, nein. Du wirst dich bestimmt gut darum kümmern.«

Adnan steckte seinen Schlüssel ins Schloss der Seitentür zur Apotheke. Er öffnete die Tür, schaltete das Licht ein und betrat den Raum.

Heisman hielt den Atem an. Er wollte gerade durch die Seitentür verschwinden, als er Stimmen hörte. Rasch versteckte er sich. Dann hörte er, wie ein Schlüssel ins Schloss gesteckt wurde, und stieß ein leises Dankgebet gen Himmel, dass er zuvor daran gedacht hatte, die Tür wieder zu verriegeln, nachdem er hereingekommen war. Von seinem Versteck aus sah er zwei Männer den Raum betreten. Einer war älter und hielt sich die Hand. Der zweite war jünger. Keiner der beiden sagte ein Wort, als sie in den hinteren Bereich der Apotheke gingen.

Sein Knie schmerzte, da er hinter einer frei stehenden Vitrine in der Nähe des vorderen Bereichs der Apotheke hockte. Als das Licht eingeschaltet wurde, kroch Heisman in die andere Richtung, weg von den beiden Männern. Da der Raum nun aber hell erleuchtet war, konnte man ihn von außen sehen.

Er konnte nicht lange in dieser Position bleiben.

Peterson saß auf dem Beifahrersitz eines alten Toyotas. Er benutzte ein leistungsstarkes Nachtsichtgerät und kontrollierte die Straße. Alles ruhig. So wie es sein sollte. Es war nach ein Uhr morgens. »Kein Verkehr. Ich wiederhole, kein Verkehr«, sagte er in das winzige Mikrofon an seinem drahtlosen Headset. Da das Licht eingeschaltet worden war, hatte er mit einem normalen Fernglas versucht, ins Innere der Apotheke zu schauen. Heisman war deutlich zu sehen. Peterson dachte, er hätte etwas hinter der langen Theke im hinteren Bereich bemerkt. Sein Herz raste. Was sollte er machen, wenn die Männer Heisman entdeckten? Würde er eingreifen müssen? Oder zurück zur Basis gehen? Sie hatten diese Möglichkeit nicht in Betracht gezogen.

Es war das zweite Mal innerhalb von 24 Stunden, dass Adnan Blut spritzen sah. Er hielt die Hand von Aref unter den Wasserhahn und reinigte die Wunde gründlich mit Seife.

»Erinnerst du dich an die Tinte?«, fragte Aref lachend.

Adnan nickte. Der alte Mann hatte an den ersten demokratischen Wahlen im Irak teilgenommen und damals seinen Zeigefinger wie alle anderen auch ins Tintenfass getaucht. Als er Stunden später bemerkt hatte, dass die Tinte nicht einfach so verschwand, hatte er Panik bekommen. Obwohl viele Menschen in Jadida zur Wahl gingen, wussten die Bewohner, dass der Tintenfleck am Finger die sunnitischen Radikalen aufbringen könnte, die die Wahl als amerikanische Propaganda abstempelten. Aref hatte sich mit niemandem anlegen wollen und in der Apotheke nach einem Mittel verlangt, um die Tinte wegzuwaschen. Adnan war damals mit ihm ins Badezimmer gegangen und hatte den Tintenfleck mit einem kräftigen Reinigungsmittel entfernt.

Nachdem er den Finger gesäubert hatte, konnte Adnan die Wunde besser sehen. Er führte Aref zur Toilette und schloss den Deckel mit seinem Fuß, damit seine Hände sauber blieben. »Nimm Platz.« Der alte Mann gehorchte und Adnan begann zu nähen.

Peterson konnte es nicht glauben. Jemand kam den Fußweg entlang zur Apotheke! Dabei hatte die Ausgangssperre schon lange begonnen. Die Person ging ein großes Risiko ein. »Es kommt jemand!«, platzte er heraus. »Es kommt jemand!«

Aus welcher Richtung!? Osten oder Westen?, wollte Heisman in sein drahtloses Headset schreien. Dem Licht ausgesetzt, bewegte er sich leise entlang der hölzernen Vitrine. Von außen konnte ihn nun niemand mehr sehen, wenn aber die beiden Männer in seine Richtung sehen sollten, würden sie ihn unweigerlich entdecken. Er hörte sie lachen und vermutete, dass sie immer noch irgendwo im hinteren Bereich waren. Er kroch vorwärts, blieb unten, bis er zwischen dem Tresen des Apothekers und einer weiteren frei stehenden Vitrine hockte. Nun würden ihn die Männer nur sehen können, wenn sie die Treppe hinunterkamen und eine Linksdrehung machten.

»Okay, ich kann dich nicht mehr sehen, das ist gut«, hörte Heisman in seinem Ohr. »Jemand läuft immer noch in Richtung Apotheke. Von Westen her ... glaube ich jedenfalls.«

Na toll, dachte der Ex-Footballspieler. *Einfach toll*. Er hatte die Mission eigentlich nicht mit dem Computer-Nerd ausführen wollen, aber er hatte keine Wahl. Da Gonz und

McKay in Kuwait waren, hatte er sich zwischen Peterson und einer Soloaktion entscheiden müssen.

Plötzlich wurden die Stimmen der Männer lauter. Sie kamen näher.

»Eine Gestalt nähert sich ... raschen Schrittes ... ist jetzt fast dort«, sagte Peterson.

»Danke, lieber Freund«, sagte Aref.

»Gern geschehen.«

»Wie lange bleiben die Fäden drin?«

»Komm in einer Woche wieder«, sagte Adnan. Er öffnete die Seitentür und schaltete das Licht aus.

Peterson blickte durch das Nachtsichtgerät. Der Mann lief rasch an der Apotheke vorbei. Dass gerade das Licht ausgeschaltet worden war, kümmerte ihn nicht. Als er ungefähr zehn Meter weiter war, sagte Peterson: »Der Mann ist fast weg. Ich wiederhole, der Mann ist weg. Straße ist leer. Straße ist leer.«

Heisman sank mit dem Rücken zur Theke auf den Boden. Er holte tief Luft und bemerkte erst jetzt, dass er den Atem angehalten hatte, seit die Männer in den Laden gekommen waren. Er schaute auf die Uhr. Er wollte mindestens zehn Minuten warten, bevor er sich bewegte.

Grüne Zone, Bagdad, Irak ~ Donnerstag, 13. April ~ 05:48 Uhr

Marineunteroffizier Michaels war dabei, einen riesigen Stapel Pfannkuchen fein säuberlich mit Gabel und Messer zu zerschneiden, als plötzlich eine DVD über den Tisch glitt und vor seinem Teller stoppte. Er sah hoch. Oberst K. C. stand am anderen Ende des Tisches mit einem breiten Grinsen im Gesicht und einem Tablett in der Hand.

»Was ist das?«, fragte der Marine.

»Ein Weihnachtsgeschenk«, sagte Oberst K. C. mit einem Lächeln. Es war noch nicht einmal sechs Uhr morgens, aber die Kantine war bereits voll – zumeist Militärs, aber auch ein paar amerikanische und britische Zivilisten hatten sich daruntergemischt.

Der Oberst nahm gegenüber dem Marine Platz. Der junge Mann drehte die DVD um und las den Text auf der Rückseite.

»Eine kleine Vorschau für dich«, erklärte Oberst K. C. »Der Film kommt erst nächsten Monat in die Kinos.«

»Ist das dein Ernst?«, fragte Michaels. »Wie hast du ...?«

Der Oberst lachte wieder. »Sie ist echt, ich verspreche es dir. Und sie gehört dir alleine.«

»Mann, danke.«

Die DVD war der neuste Mission-Impossible-Streifen mit Tom Cruise. Der Oberst stocherte mit der Gabel in seinem lauwarmen Rührei. »Mach sie auf.« Michaels öffnete die DVD und sah den Oberst scharf an. Dieser lachte nur und sagte: »Attraktiv, nicht wahr?«

Michaels betrachtete das Bild, das im Inneren der DVD-Hülle lag. Es war die Nahaufnahme einer jungen Frau. Bestimmt eine Irakerin. »Ein bisschen jung für dich, aber egal«, sagte er mit einem Grinsen.

»Ich möchte wissen, wer sie ist.«

Der Marine lachte. »Das möchte ich auch, glaub mir.«

Oberst K. C. sah sich um. Der Raum war zwar voller Menschen, aber die beiden saßen alleine am Tisch. Niemand beachtete sie. »Sie war es, die den Kopf von Timothy Quizby gestern zum Checkpoint 2 gebracht hat.« Mit dieser Information hatte er die Aufmerksamkeit des Marines. Dieser starrte den Oberst jedoch nur unsicher an. Eine Gruppe Marinesoldaten näherte sich mit Tabletts in den Händen, sie lachten laut. Oberst K. C. schaute die Marinesoldaten an und sagte leise zu Michaels: »Zumachen.«

Der Marine gehorchte. Einen Moment später waren die anderen Soldaten vorbei. Schließlich fragte er: »Was ist denn los?«

»Das musst du mir sagen. Du bist der Verbindungsmann des Marine Corps zu den Medien. Deine Jungs waren für Checkpoint 2 zuständig.« Oberst K. C. nickte in Richtung der DVD. »Sie brachte ihnen den Kopf.«

»Davon hatte ich keine Ahnung«, protestierte Michaels.

»Dann enthält dir jemand Informationen vor.«

»Hör zu, wenn das, was du sagst, stimmt, dann weißt du, was Sache ist. Ich könnte dir wahrscheinlich sowieso nichts sagen. *Falls* es stimmt.«

»Es stimmt.«

»Woher weißt du das?«

»Komm schon«, tadelte ihn Oberst K. C.

Michaels schüttelte den Kopf und machte sich über seine Pfannkuchen her. »Danke, aber nein danke, okay?«

»Frag ein paar Leute. Das ist alles, worum ich dich bitte.« Der Oberst lachte. »Wirf das Foto weg, wenn du willst, und schau dir einfach den Film an. Aber es ist nur eine Frage der Zeit, bis das Bild der jungen Frau um die ganze Welt gehen wird.« Er konnte sehen, dass der Marine zögerte, und fuhr fort: »Erinnerst du dich noch an die palästinensische Frau, die zur ersten weiblichen Selbstmordattentäterin wurde? Das hier wird ebenfalls Schlagzeilen machen, und ich denke, es wäre besser, wenn du obenauf schwimmst.«

Irgendwo über dem Irak ~ Donnerstag, 13. April ~ 09:22 Uhr

»Sie müssen ihn immer tragen.«

McKay sah Ghaniyah an, die ihr gegenübersaß. Sie hielt den kunstvoll genähten Schal (oder Hidschab) in ihrem Schoß und fuhr mit den Fingern über den seidenen Stoff.

»Man zeigt dadurch seinen Respekt«, erklärte Ghaniyah.

»Ich habe Frauen gesehen, die keinen tragen«, führte McKay an.

»Ja«, erwiderte Ghaniyah. »Aber keine gute Idee.«

»Sie hat Recht«, sagte Gonz mit einem Bleistift im Mund. Er hatte darauf herumgekaut, seit die Gulfstream V abgehoben hatte. Er saß ihnen im Gang gegenüber. Auf seinem Schoß stapelten sich Unterlagen.

Der Privatjet flog durch ein Luftloch und Ghaniyah klammerte sich ängstlich an ihrer Armlehne fest. Sie sah, wie McKay sie anlächelte. Die amerikanische Frau fragte: »Fliegen Sie zum ersten Mal?«

»Nein«, antwortete Ghaniyah ausdruckslos. »Zum zweiten Mal.« McKay lachte und Ghaniyah musste grinsen.

Gonz tippte mit dem Bleistift auf die Unterlagen und fragte Ghaniyah: »Ihr Bruder, Halbruder, was auch immer, spricht er Englisch?«

»Nur sehr wenig. Ein paar Worte vielleicht. Ich habe Englisch in der Schule gelernt. Er hasste die Schule, er hat sie nicht abgeschlossen.«

»Hätte er die Nachricht schreiben können?«

»Nein«, antwortete sie. »Nein, ich denke, er war es nicht.«

»Haben Sie eine Ahnung, wer es sonst gewesen sein könnte? Einer seiner Männer vielleicht?«

Sie dachte einen Moment nach. »Vielleicht Sharif ...«

Gonz lehnte sich ungeduldig nach vorne. »Sharif?«

»Nicht sein Geburtsname. Den Namen gab ihm al Mudtaji.«

»Okay. Aber er spricht Englisch?«

Sie nickte. »Er war in ...«, sie verstummte und dachte einen Moment nach. Dann sah sie ihn erleichtert an. »Minnesota. Im Staat Minnesota.«

»Minnesota?«, wiederholte Gonz. »Wann? Wissen Sie, wann das war?«

»Er ging aufs College. Zwei Jahre. Dann kam er zurück. Das war vor dem Anschlag in New York.«

»Vor dem 11. September?«

Sie nickte. »Er sagte, er habe gewusst, dass das passieren würde. Aber ich habe ihm nicht geglaubt. Er wollte sich nur wichtig machen.«

»Welches College, wissen Sie das? Eine Universität?«

Sie zuckte nur mit der Schulter. »Ich glaube, ja.«

»Nein, ich meine, war es, was wir ein Community College nennen? Oder eine große Universität?«

»Es tut mir leid«, antwortete sie sichtlich enttäuscht.

»Erinnern Sie sich an die Stadt? Minneapolis?«

Sie zuckte wieder mit der Schulter. Gonz entschied sich, es bleiben zu lassen. Der Labortechniker würde sich freuen zu hören, dass er Recht hatte – der Verfasser der Botschaft hatte im Westen studiert.

Ein Teil von ihm wollte die wunderschöne junge Frau in die Mangel nehmen. Was wusste sie sonst noch, was hilfreich sein konnte? In Langley überprüften sie den richtigen Namen von al Mudtaji, Mohammed Monla, aber bisher ohne Erfolg. Die Frage war, was wusste sie sonst noch? Unter normalen

Umständen hätte er Tage zur Verfügung gehabt, um sie zu befragen. Stattdessen mussten sie einen engen Zeitplan einhalten. Er konnte nur hoffen, dass ihr Halbbruder noch nichts von ihrem Überlaufen erfahren hatte. Er wusste, dass sie auf der Stelle getötet werden würde, sobald al Mudtaji von ihrem falschen Spiel erfuhr. Er fragte sich, ob sie sich dessen bewusst war.

Im selben Moment sah Ghaniyah aus dem Fenster und überlegte, ob die Amerikaner wussten, was passieren würde, wenn sie scheitern sollte. Aber das durfte einfach nicht passieren. Nicht, wenn sie Adnan wiedersehen wollte. Und das wollte sie mehr als alles andere auf der Welt. Bei der Befragung durch die Amerikaner hatte sie nur einmal gelogen, und zwar in Bezug auf al Mudtajis Männer. Sie hätte ihnen niemals von Adnan erzählt. Ganz einfach deshalb, weil er kein Terrorist war. Obwohl sie überrascht, begeistert und gleichzeitig verängstigt gewesen war, als sie ihn eines Tages in ihrem geheimen Unterschlupf in Bagdad gesehen hatte. Sie hatten beide kein Wort miteinander gesprochen, aber ihre Augen hatten mehr als einmal zueinandergefunden. Und sie konnte die Liebe, die er für sie empfand, in seinen Augen erkennen. Sie sprachen Bände.

Deshalb hatte sie den Kopf zum Checkpoint gebracht. Sie wollte ihren Bruder wirklich aufhalten. Sie hatte erwartet, dass sie durch die Übergabe des abgetrennten Kopfes in die Nachrichten kommen würde. Adnan hätte dann sehen können, dass sie jetzt eine Gefangene der Amerikaner war, und somit keinen weiteren Grund gehabt, seine eigene Zukunft aufs Spiel zu setzen, indem er mit al Mudtaji gemeinsame Sache machte.

Aber ihr Plan war nicht aufgegangen.

KAPITEL 6

Jadida, Irak ~ Donnerstag, 13. April ~ 09:40 Uhr

Als sich die Eingangstür öffnete, blickte Adnan von seiner erhöhten Position hinter der Theke auf. Er nickte seiner Schwester zu, während er das Telefon zwischen Ohr und Schulter gepresst hielt. »Wir haben keinen Beleg für eine Nachfüllung«, sagte er und suchte fieberhaft auf dem Tresen. »Genau ...«

Dancen beobachtete ihren Bruder, als sie sich ihm näherte. Er war immer noch dabei, etwas zu suchen. Schließlich hörte sie ihn sagen: »Okay. Die Dosierung?« Den Hörer immer noch zwischen Ohr und Schulter, schrieb er mit seiner rechten etwas auf seine linke Hand. »Okay. Vielen Dank.« Er legte den Hörer auf und seufzte verärgert. Er bemerkte, wie ihn seine Schwester verwundert anblickte, und meinte: »Ich konnte nichts finden, worauf ich schreiben konnte. Normalerweise liegt hier ein Schreibblock. Ich weiß nicht, wo er ist.« Er verschwand für einen Moment im hinteren Bereich. Wenig später kam er mit mehreren Schreibblöcken zurück.

»Wo ist Thamer?«

»Eine Hauslieferung. Eine junge Mutter. Sorgt sich immer um ihr Baby.«

Daneen nickte. Sie beobachtete ihn, als er die Notizen von seiner Hand auf den Schreibblock übertrug. Wenn sie am Vorabend keine Nachrichten gesehen hätte, wäre sie in diesem Moment extrem stolz auf ihren jüngeren Bruder gewesen. Sie wusste, dass Thamer Adnan immer öfter damit beauftragte, Bestellungen auszufüllen, sowohl mit Kunden als auch mit Ärzten in Kontakt zu bleiben und Medikamente zu bestellen. Als Thamer zu seiner Tochter gezogen war, hatte er Adnan die Wohnung im oberen Stock beinahe gratis überlassen. Bald würde er das Geschäft von Thamer übernehmen. Sie versuchte, zu verstehen, wie Adnan – der Adnan, den sie kannte und liebte und der ein verantwortungsbewusster, vertrauenswürdiger Mann war – bereitwillig an der Ermordung eines Menschen teilnehmen konnte. Es ergab einfach keinen Sinn. Nachdem er weitere Notizen gemacht hatte, blickte er endlich auf. »Was gibt's?«

»Nicht viel«, antwortete sie, ohne weiter auf die Frage einzugehen. Daneen hatte kaum geschlafen, da sie wusste, dass sie am nächsten Morgen würde mit ihm sprechen müssen. Sie wollte nicht warten. Sie *konnte* nicht warten. Aber als er nun vor ihr stand in seinem weißen Laborkittel und seiner Arbeit nachging, war sie sich nicht mehr so sicher.

»Warum bist du nicht in der Schule?«, fragte Adnan.

»Ich habe mich nicht wohlgefühlt«, antwortete Daneen. »Ein anderer Lehrer vertritt mich.«

Adnans Gesicht sah besorgt aus. Seine Schwester liebte es, die Teenager in der Schule zu unterrichten. Sie hatte kaum je einen Tag gefehlt. Sogar als sie nach der Geburt von Badr unter Depressionen litt, hatte sie es irgendwie geschafft, weiter zu unterrichten. »Kann ich dir irgendwie helfen?«

»Ja, das kannst du tatsächlich.« Daneen blickte zum Eingang des Ladens. Aber sie waren alleine. Sie bemerkte, dass ihr Bruder ihrem besorgten Blick folgte. Schließlich platzte es aus ihr heraus: »Ich hab's gesehen. Gestern Abend. Ich hab's gesehen.« Ihr Bruder runzelte die Stirn, also fuhr sie mit stockender Stimme fort: »Du warst da, Adnan! Mit al Mudtaji und seinen Gangstern!«

Adnan wurde bleich und trat unwillkürlich einen Schritt zurück. »Nein, ich ...«

»Lüg mich nicht an! Ich hab dich gesehen! Ich hab dich im Fernsehen gesehen! Ich hab deine Hose gesehen, erinnerst du dich? Verkauf mich nicht für dumm!«

»Nein, Daneen, nein, ich ...«

»Du tust das für Gott, glaubst du?«, fragte sie mit bitterer Stimme. »Nein, ich sage dir, Adnan, damit hast du Schande über Gott gebracht. Schande über Gott!«

»Nein, nein!«, schrie Adnan und schwankte. Er hielt sich an der Theke fest.

»Wie konntest du nur? Es ist verwerflich!« Sie sah, wie er schluchzte, und fügte verbittert hinzu: »Ich dachte, du wolltest, dass dieses Land eine Chance erhält!«

»Bitte ...!«, stieß Adnan hervor, seinen Kopf in den Händen vergraben, die Ellbogen auf die Theke gestützt.

»Ich werde dich nicht verraten«, sagte Daneen ruhig, woraufhin Adnan sie ansah. Sein Gesicht war voller Tränen. »Aber ich werde nie mehr mit dir sprechen.«

»Nein, nein, nein«, protestierte ihr Bruder. »Ich hatte keine Wahl! Keine Wahl!«

Daneen wollte ihn gerade weiter beschimpfen, als sich plötzlich die Eingangstür öffnete. Die Aufmerksamkeit der beiden richtete sich auf eine junge Frau, die mit einem Kleinkind an der Hand den Laden betrat. Adnan wischte sich verzweifelt seine Tränen aus dem Gesicht, vermied den erbosten Blick seiner Schwester und versuchte, aufrecht zu stehen. »Kann ich Ihnen helfen?«

Die Frau antwortete nicht. Sie nahm einen Verband vom Regal und bewegte sich zur Theke. Adnan stieg die zwei Stufen hinunter und begleitete sie zur Kasse. »Sonst noch etwas?«, fragte Adnan.

»Etwas Süßes!«, piepste das Kind.

»Nein. Keine Süßigkeiten«, ermahnte ihn seine Mutter.

»Drei Dinar«, sagte Adnan. Die Frau gab ihm den exakten Betrag in der neuen irakischen Währung, auf der nun traditionelle irakische Symbole statt Saddams Konterfei prangten. Einen Augenblick später waren die Frau und das Kind aus dem Laden verschwunden. Adnan wandte sich Daneen zu. »Bitte ...!«

»Nein, Adnan. Das ist ... das ist das Schlimmste, was du tun konntest. Ich kann mit dir nicht mehr darüber sprechen. Es macht mich zu traurig.«

»Hör zu!«, schrie Adnan erbost. »Hör zu! Ich hasse al Mudtaji! Er jagt mir eine Scheißangst ein! Aber ich musste es tun!«

»Niemand *muss* so etwas machen! Niemand!«, beharrte sie inbrünstig.

»Du verstehst das nicht!«

»Denkst du, das wird dem Irak helfen? Unserer Autonomie? Wenn Leute wie du andere Leute umbringen? Ihnen den Kopf abschlagen, um Himmels willen!«

»Daneen, hör mir zu ...«

»Nein, du hörst mir zu«, antwortete sie streng. »Ich ...«

»Ich habe es für Ghaniyah getan!«, stieß Adnan hervor. »Ich habe es für Ghaniyah getan!« Da Daneen ihren Bruder einfach nur anstarrte, völlig überrascht von seinen Worten, nickte er mit dem Kopf und wiederholte leise: »Ich habe es für Ghaniyah getan.«

»Ghaniyah?«, fragte Daneen verwundert.

Adnan nickte mit Tränen in den Augen. »Al Mudtaji ist ihr Halbbruder.«

Daneen war schockiert. »Wie bitte?«

»Er hat sie entführt. Er hat sie benutzt. Für Gelegenheitsjobs. Damit er sich einfacher bewegen konnte. Sie geben sich als Mann und Frau aus«, erklärte Adnan. Als er die

Verwirrung in den Augen seiner Schwester sah, fuhr er unter Tränen fort: »Warum, denkst du, haben sie den Anschlag auf das Café gemacht? Ihr Café!? Weil sie sich weigerte, mit ihm zu gehen, und er wollte ihr Angst einjagen, damit sie sich ihm anschließt. Deshalb hat er den Anschlag verübt, als er wusste, dass sie nicht da sein würde. Jetzt ist sie weg und niemand denkt weiter darüber nach. Sie wird wohl einfach anderswo einen neuen Job gefunden haben, nicht wahr?«

»Oh mein Gott«, murmelte Daneen.

»Der Amerikaner«, erklärte Adnan rasch. »Der entführte Amerikaner. Er hatte ein schwaches Herz. Al Mudtaji kam in unsere Apotheke.« Das Gesicht seiner Schwester verdüsterte sich. »Ja, genau hier hat er gestanden. Er kam einfach in die Apotheke. Er brauchte Medikamente für den Amerikaner. Medikamente, um den Mann am Leben zu erhalten, damit er ihn später *umbringen* konnte!«

»Oh mein Gott.«

»Ich habe ihm geholfen, das stimmt. Nicht, weil ich an das glaube, was er tut! Nein! Ich wollte Ghaniyah finden!« Er holte tief Luft. »Ich liebe sie, Daneen. Ich liebe sie mehr als alles andere auf der Welt. Ich habe es für *sie* getan.«

Daneen brauchte einen Moment, um seine Worte zu verdauen. Dann sagte sie: »Und, hast du sie gefunden?«

Adnan nickte. »Wir haben nie miteinander gesprochen. Es war zu gefährlich. Aber zumindest weiß ich, dass sie lebt.«

»Mein Gott«, murmelte Daneen leise.

»Ihr Bruder ... Halbbruder ... hat mir vertraut, weil ich den Amerikaner am Leben erhalten habe. Deshalb hat er mich in den Kreis Allahs aufgenommen. Ich hatte keine Wahl, verstehst du das? Ich hatte keine Wahl!«

»Es tut mir leid ...«, flüsterte Daneen.

»Ich liebe sie, Daneen«, sagte Adnan leise. »Ich liebe sie so sehr.«

»Schsch ...«, sagte Daneen leise. »Schsch ...« Sie umarmte ihren Bruder. Plötzlich riss sie sich von ihm los, ihr Gesicht voller Angst. »Wer weiß sonst noch davon? Wer hat deine Hose gesehen? Thamer?«

Adnan schüttelte den Kopf. »Ich glaube nicht. Ich bin ins Badezimmer gegangen und habe getan, was du gesagt hast. Ich habe die Hose mit kaltem Wasser gewaschen. Nur mit kaltem Wasser. Er hat meine Hose nicht einmal angesehen, ich bin mir sicher.«

»Mein Gott«, antwortete sie.

»Maaz?«, fragte Adnan plötzlich. »Hast du es ihm gesagt?«

»Nein, nein. Natürlich nicht.«

»Sehr gut«, sagte er etwas entspannter. Dann sah er die angsterfüllten Augen seiner Schwester. »Was? Was ist los?«

»Maaz war dort. Als die Amerikaner den Kopf gefunden haben.« Als Adnan sie stumm anstarrte, fügte sie hinzu: »Beim Checkpoint. Maaz war dort. Für die Zeitung.«

Adnan zuckte mit den Schultern. »Na und?«

»Er sagte, eine junge Frau sei da gewesen. Sie war mit Handschellen gefesselt.« Adnan fuhr vor Schreck zusammen, entsetzt über ihre Worte. Daneen ließ nicht locker: »War das Ghaniyah? War sie dort? Hat sie den Amerikanern den Kopf gebracht?«

»Ich weiß es nicht«, antwortete Adnan kaum hörbar.

»Denk nach!«, forderte sie ihn auf. »Wie hat es al Mudtaji geschafft, den Kopf zum Checkpoint zu bringen?«

»Ich weiß es nicht«, wiederholte er. Dann sah er sie mit Tränen in den Augen an und sagte: »Ich wollte einfach nur noch verschwinden ... Ich wollte einfach nur weg ... Ich weiß es nicht ... Ich weiß es nicht ...«

MP-5, Grüne Zone, Bagdad, Irak ~ Donnerstag, 13. April ~ 14:03 Uhr

Gonz riss vorsichtig ein Blatt vom Schreibblock. Er trug Latexhandschuhe, damit er keine Fingerabdrücke hinterließ. Er bezweifelte jedoch, dass man die Fingerabdrücke von al Mudtaji auf dem Schreibblock finden würde, stattdessen wohl eher die des Apothekeninhabers, Thamer Rayhan, oder die seiner Mitarbeiter. Wenn sie Glück hatten, würden die Fingerabdrücke des Mannes, von dem sie nur den Vornamen *Aref* kannten – der von Hand geschriebene Name auf der Rückseite des Schreibblocks –, sie zu seinem vollständigen Namen führen. Peterson hatte den Namen bereits in ihrer umfangreichen Datenbank überprüft, aber keine Verbindung zu den Terroristen gefunden. Gonz war nicht überrascht.

»Zwei Männer kamen herein«, sagte Peterson, der neben Gonz stand und ihn beobachtete, »als wir dort waren.«

»Hab's gehört.«

Peterson nickte, unsicher, was er sonst noch sagen sollte. Gonz griff in seine Brusttasche und fischte eine Kopie der Notiz heraus, die man in Quizbys Mund gefunden hatte. Sie war auf exakt dieselbe Größe wie das Original zugeschnitten. Der arabische Briefkopf war verstärkt worden. Er legte die Kopie neben das Blatt, das er vom Schreibblock gerissen hatte. »Sie passen zusammen«, sagte Peterson aufgeregt.

»Tatsächlich«, stimmte Gonz zu.

»Der Apotheker ist also einer der Idioten?«, fragte Peterson, der Terroristen stets als Idioten bezeichnete.

Gonz sah Peterson an. »Kannst du das beweisen?«

»Na klar«, sagte der junge Mann und zeigte auf den Schreibblock. »Damit.«

»Ihr seid von niemandem gesehen worden, als ihr dort wart, nicht wahr?«, fragte Gonz. Peterson nickte. »Wenn ich also eines dieser Blätter abreiße, etwas draufschreibe, wird die Apotheke zu meiner Komplizin, wenn ich etwas im Schilde führe?«

»Gonz?«, rief Heisman von der anderen Seite des Raumes.

Gonz steckte den Schreibblock in einen durchsichtigen Plastikbeutel, der bereits mit einer Kennnummer versehen war, und gab ihn Peterson. »Bring das ins Labor.« Als er ging, drehte er sich nochmals um und sagte: »Und überprüf, ob du eine Verbindung zwischen den Idioten und der Apotheke findest. Vielleicht hat einer eine Apotheker-Ausbildung abgeschlossen. Eine Nadel im Heuhaufen, aber man weiß nie.«

Als er durch den Hauptraum von Marco Polo 5 ging, der mit Computern und anderen Hightech-Geräten vollgestopft war, schaute er zu Heisman hinüber. Der Ex-Sportler saß an einem Schreibtisch, hielt sich ein Telefon ans Ohr und zeigte in Richtung Tür. Gonz nickte. Da nur Mitglieder seines CIA-Teams Zutritt zum Hauptquartier von Marco Polo 5 hatten – und Peterson, dem der Zugang temporär erlaubt war –, musste es jemand außerhalb seines Teams sein, der mit ihm sprechen wollte.

Draußen sah er überrascht, wie sich am Horizont ein Sandsturm zusammenbraute. Nur einer der Gründe, weshalb er das Land manchmal hasste. Ein Marineunteroffizier wartete draußen auf ihn, einen dünnen Aktenkoffer unter dem Arm. »Leutnant Collins?«, fragte der Mann. Collins war der Deckname von Gonz.

»Ja«, antwortete Gonz und nickte ihm zu. Er wusste, dass dieser Mann der wichtigste Verbindungsmann der Marine zu den Medien war. Und er wusste auch, dass der Mann ihn für einen einfachen Nachrichtendienstler hielt.

»Marineunteroffizier Michaels von der Kommunikations- und Informationsabteilung.«

»Was kann ich für Sie tun?«, fragte Gonz barsch. Er hatte selten mit den Medientypen zu tun. Und wenn es nach ihm ginge, konnte dies auch so bleiben.

»Hab ein Problem. Oder etwas, das zu einem Problem werden könnte«, erklärte der Marine deutlich besorgt.

Gonz nahm an, dass dies mit der Enthauptung zusammenhing und der Tatsache, dass der Kopf zum Checkpoint in der Grünen Zone gebracht worden war. Er nickte. »Ich bin ganz Ohr«, antwortete er und blickte auf seine Uhr. »Das heißt, für zwei Minuten.«

»Dauert nur eine Minute, Sir.« Er öffnete seinen dünnen Aktenkoffer und nahm ein kleines Dokument hervor. Er gab es Gonz und sagte: »Ich brauche ihren Namen und ihre Verbindung zum Kopf des Amerikaners.«

Es war ein Foto von Ghaniyah, eine Nahaufnahme, auf der man sehen konnte, dass sie mit Handschellen gefesselt war. Seine Gedanken rotierten. Jemand musste am Checkpoint Fotos gemacht haben. Wenn das Bild veröffentlicht werden sollte, wäre die ganze Operation in Gefahr. »Woher haben Sie das?«

»Von einem Reporter.«

»Für welche Zeitung?«, wollte Gonz wissen. »Eine amerikanische Zeitung?«

»Ja, Sir. MacMillan International«, antwortete er und meinte damit einen riesigen Medienkonzern, der aus mehreren Zeitungen in den USA, Australien und Großbritannien bestand. Dieser Konzern besaß außerdem ein Fernsehnetz und einen Nachrichtensender in den USA.

»Wie heißt er?«

»Oberst K. C.« Als Gonz ihn verwirrt anstarrte, fuhr der Marine fort: »Er war im Ersten Golfkrieg. Ein pensionierter Armeeoberst. Hat ein Buch geschrieben. Begann danach, für MacMillans Zeitung in New York zu schreiben. Nun ist er Reporter für deren Sender. Einer der Militäranalysten.«

Gonz nickte zustimmend. Er glaubte, den Mann zu kennen, über den der Marine sprach. Ein gut aussehender Typ in den Fünfzigern. Einer, der nicht unbedingt nur Unsinn redete. Gonz richtete seine Aufmerksamkeit wieder auf das Foto. »Haben sie es schon veröffentlicht?«

»Nicht, dass ich wüsste. Ich denke, sie wollen zuerst den Namen herausfinden. Bestätigen, dass sie etwas mit dem Kopf zu tun hatte. Sie wissen schon, der Kopf, der dort aufgetaucht ist.«

»Ich will mit Oberst K. C. sprechen.«

»Hat sie den Kopf ...«

»Wo kann ich ihn finden?«, unterbrach Gonz den Mann.

»Wahrscheinlich im Hotel Palestine. Ich weiß, dass er dort einquartiert ist.«

»Hat er gesagt, woher er das Bild hat?«, fragte Gonz und wedelte mit dem Foto.

»Nein, Sir. Er will einfach wissen, wer sie ist. Was ihre Verbindung ist ...«

»Gut«, sagte Gonz, drehte sich auf dem Absatz um und ging zurück ins MP-5-Gebäude.

Es dauerte einen Moment, bis der Marine bemerkte, dass er nicht mehr im Besitz des Fotos war.

Jadida, Irak ~ Donnerstag, 13. April ~ 14:06 Uhr

»Aber warum?«, fragte Maaz irritiert.

Duqaq saß an seinem Schreibtisch und tippte pausenlos auf seiner Tastatur. »Willkommen im Zeitungsgeschäft.«

»Aber er sagte, sie seien gut.«

»Wie gesagt, willkommen im Zeitungsgeschäft.« Er blickte vom Computer auf und sah, dass Maaz immer noch verärgert war. Er fügte hinzu: »Hör mal, ich kann dir nicht einmal sagen, wie viele Artikel ich schon geschrieben habe, die so sehr verändert wurden, dass man meinen ursprünglichen Text kaum noch erkennen konnte, oder die gar nicht erst veröffentlicht wurden. Das kommt vor.«

Maaz ließ sich nicht beschwichtigen. Halb auf einem Schreibtisch sitzend, seine Arme vor sich verschränkt, schimpfte er: »Er hat unsere Story über das Auffinden des Kopfes gedruckt. Weshalb aber nur *ein* lausiges Foto?«

»Weil ich den Rest für später aufheben will«, sagte eine Stimme hinter ihnen. Beide Männer drehten sich um und waren überrascht, dass der Besitzer der Zeitung hinter ihnen stand. Er warf ein paar Blätter mit rot markierten Korrekturen auf Duqaqs Schreibtisch. Im Gegensatz zu den meisten Redakteuren bevorzugte es Dr. Lami, die Artikel auf Papier zu lesen und seine Korrekturen mit einem Stift zu vermerken, anstatt dies direkt am Computer zu machen. Maaz versuchte sofort, abzulenken, da es ihm peinlich war, dass sein Chef das Gespräch mitgehört hatte.

»Sie werden veröffentlicht«, sagte Dr. Lami. »Aber nach meinem Zeitplan, okay?«

»Ja, Sir«, antwortete Maaz.

Dr. Lami betrachtete den jungen Fotojournalisten einen Moment lang. »Ich habe mit der Polizei gesprochen. Sie werden die Kamera nicht zurückgeben.« Ein Ausdruck von Niedergeschlagenheit machte sich auf Maaz' Gesicht breit. Bevor er ein Wort sagen konnte, fragte Dr. Lami ihn: »Hast du heute Nachmittag Zeit?«

»Ich muss ein paar Scheiben auf der Nordseite des Gebäudes reparieren. Im ersten Stock«, antwortete Maaz.

»Ja, ich denke, das muss erledigt werden, wenn der Sandsturm wie angekündigt kommt«, antwortete Dr. Lami. »Vielleicht solltest du dich jetzt gleich darum kümmern.«

Maaz schaute ihn verblüfft an. Wollte ihn der Verleger feuern? War er zu direkt gewesen? Er hätte seinen Mund halten sollen. Ein Foto auf der ersten Seite oberhalb des Falzes war phänomenal. Warum musste er sich bloß immer wieder beschweren? *Idiot!*, dachte er.

»Ich möchte ein paar Geschäfte aufsuchen, die digitale Kameras verkaufen. Du könntest mich begleiten. Ich habe keine Ahnung von Kameras.«

Maaz' Gesicht erhellte sich. Er blickte zu Duqaq, der ihn angrinste. »Ja, Sir. Natürlich. Ich bin in einer Stunde wieder hier.« Als er ging, drehte er sich nochmals um und sagte: »Danke. Vielen Dank.«

Als er die Redaktion verließ, besorgte er sich eine Ausgabe der aktuellen Zeitung vom nahe gelegenen Kiosk. Er hatte zwar bereits eine Ausgabe in der Nähe seines Hauses gekauft, aber dies war ein so toller Erfolg, dass er glaubte, er würde mindestens zwei Exemplare brauchen.

Bagdad, Irak ~ Donnerstag, 13. April ~ 14:18 Uhr

Gonz hatte keine Zeit verloren. Innerhalb weniger Minuten saß er hinter dem Steuer eines alten Jeeps, der die Grüne Zone noch nie zuvor verlassen hatte. Und dies aus gutem Grund – er war nicht gepanzert. Es war, als würde man in einer motorisierten Blechdose herumfahren. Aber Gonz sorgte sich nicht um seine eigene Sicherheit. Stattdessen machte er sich große Sorgen darüber, dass das Gesicht von Ghaniyah bald auf den Titelseiten und in den Nachrichtensendungen dieser Welt zu sehen sein würde.

Er fand einen kleinen Parkplatz hinter dem Hotel. Es brauchte mehrere Anläufe, bevor er den Jeep in die enge

Lücke manövriert hatte. Starker Wind wirbelte Dreck und Sand auf, als er aus dem Jeep stieg. Mit gesenktem Kopf lief Gonz um die Ecke, sprang rasch über die knapp einen Meter hohe Betonschutzmauer vor dem Hotel und ging durch den Eingang in die Lobby.

Im Hotel waren vor allem westliche Journalisten einquartiert. Gonz hatte ein klares Bild von Oberst K. C. vor Augen. Peterson hatte ein Foto des pensionierten Armeemannes auf der Webseite von MacMillan International entdeckt, wo auch die Biografien ihrer Topjournalisten aufgeführt waren. Das Foto zeigte Oberst K. C. in einem Hemd mit offenem Kragen und unbeschwertem Lächeln.

In normaler Armeebekleidung und dem Namen »Collins« auf einem Schild an seiner Brusttasche sah Gonz aus wie ein unscheinbarer Leutnant der US-Armee. Und das traf sich gut, denn das Hotel war voller westlicher Journalisten und einiger Armeeangehöriger verschiedener Dienstgrade, die häufig im Hotel zu Gast waren. Als er die Lobby betrat, beachtete ihn niemand.

Er wartete einen Moment vor dem riesigen Empfang, bis der kleine irakische Angestellte hinter dem Tresen den Telefonhörer aufgelegt hatte. »Kann ich Ihnen helfen?«, fragte der Mann in perfektem Englisch.

»Ich bin hier, um Oberst K. C. zu sehen. Er ist Reporter für ...«

»Ja, natürlich«, sagte der kleine Mann. »Ich glaube, er ist immer noch in der Bar.« Er zeigte auf das andere Ende der Lobby. »Vor ein paar Minuten war er jedenfalls noch da.«

»Vielen Dank«, antwortete Gonz. Als er die Bar betrat, sah er den pensionierten Armeeoberst sofort, der an einem kleinen Tisch saß und mit einer blonden Frau mittleren Alters diskutierte. Man sah, dass sie keine echte Blondine war, und aus irgendeinem Grund ärgerte sich Gonz darüber. Er holte tief Luft und ging zum Tisch. Die beiden tranken Espresso. »Oberst K. C.?«, fragte Gonz. »Haben Sie eine Minute?«

»Für einen Leutnant der US-Armee?«, antwortete Oberst K. C. mit einem charmanten Lächeln.

»Ja, Sir.«

Oberst K. C. deutete auf einen freien Stuhl an einem nebenstehenden Tisch, der voller Zeitungen war. »Nehmen Sie sich einen Stuhl.«

»Ich würde lieber unter vier Augen mit Ihnen sprechen, Sir.« Gonz wandte sich der Frau zu. »Wenn Sie uns bitte entschuldigen würden.«

»Ich hab schon verstanden«, sagte die Frau und erhob sich. Sie nahm die kleine Espressotasse mit sich und ging zu einer Gruppe Journalisten auf der anderen Seite des Raumes. Gonz nahm auf ihrem Stuhl Platz.

»Sind Sie schon lange hier?«, fragte der Oberst.

»Seit zwei Jahren«, antwortete Gonz wahrheitsgemäß.

Oberst K. C. pfiff leise durch die Zähne. »Welche Division?«

»Das ist geheim, Sir«, antwortete Gonz respektvoll.

Der pensionierte Oberst war überrascht und blickte ihn für einen Moment an. »Tatsächlich?«

»Ja, Sir.«

»Na, das ist ja ein Ding.« Er nippte an seinen Espresso. Er fühlte sich sichtlich unbehaglich.

»Ich möchte wissen, woher Sie das Foto der jungen Frau haben, das Sie heute Morgen Marineunteroffizier Michaels gegeben haben.«

Der pensionierte Oberst konnte seine Überraschung nicht verbergen. Sie war ihm deutlich ins Gesicht geschrieben. »Der Frau?«, wiederholte er, um Zeit zu gewinnen.

»Bitte keine Spielchen, Oberst.«

»Wer sagt, dass ich spiele?«

»Ich. Und ich kann Sie ohne Weiteres des Landes verweisen lassen. Persona non grata.«

Die beiden Männer starrten sich einen Moment lang an. Schließlich sagte der Journalist: »Ich wusste nicht, dass ich jemandem auf die Füße getreten bin.«

»Sir, bei allem Respekt, ich möchte eine Antwort. Woher haben Sie das Foto?«

»Ich will eine Gegenleistung.«

Gonz starrte ihn für einen Moment an. Dann nahm er eine Visitenkarte aus seiner Brusttasche. Darauf stand der Name »Collins« und zwei Telefonnummern. Sonst nichts. Er gab sie Oberst K. C. »Sie helfen mir, ich helfe Ihnen«, versprach Gonz.

Oberst K. C. studierte die Karte einen Moment lang. Dann schnappte er sich eine Zeitung vom Nachbartisch und warf sie Gonz vor die Nase. Es war die englische Ausgabe des *Iraq National Journal* mit der Schlagzeile »*Amerikanischer Zivilist von al Mudtaji getötet*«. Oberhalb des Falzes waren zwei Fotos abgebildet. Das erste zeigte Timothy Quizby, wie er vor der Kamera am Boden kniete, die maskierten Terroristen hinter ihm. Gonz wusste, dass das Foto aus der Internetübertragung stammte. Das zweite Bild zeigte den Marineoffizier, wie er mit einer Stange im abgetrennten Kopf stocherte.

Im Hintergrund war Ghaniyah zu sehen. Verschwommen.

KAPITEL 7

Basra, Irak ~ Donnerstag, 13. April ~ 15:49 Uhr

»Wollen Sie zunähen?«

»Ja klar«, antwortete McKay durch ihren Mundschutz. Sie waren seit über einer Stunde im OP und operierten einen Patienten, dessen Arm durch eine raketengetriebene Granate, die das Auto des Mannes getroffen hatte, beinahe an der Schulter abgetrennt worden war. Er hatte ebenfalls Wunden im Gesicht sowie an Hals und Brust, aber diese waren nur oberflächlich.

»Ein Punkt für uns«, sagte Dr. Nichols und beobachtete, wie sie den Arm geschickt vernähte.

»Wer ist er? Wissen Sie es?«, fragte McKay.

»Ein hohes Tier im Ministerium für Öl. Normalerweise sind diese Typen nicht das Ziel, aber man kann offenbar nie wissen.«

»Viele Nervenschäden«, bemerkte McKay.

»Wenn er Glück hat, wird er den Arm noch zu vierzig Prozent bewegen können.«

»Mit starken Schmerzen.«

»Wir haben genug vom peripheren Nervensystem herausgeschnitten. Nun können wir nur noch warten. Ich halte mich mit Prognosen lieber noch zurück. Wir können später noch mal ran, wenn nötig.«

McKay konzentrierte sich auf ihre Aufgabe. Es fühlte sich gut an, wieder zurück in einem Krankenhaus zu sein und das in vielen Jahren Gelernte in die Praxis umzusetzen. Was sich nicht so toll anfühlte, war, dass sie diesen blöden Hidschab tragen musste, der ihren Kopf bedeckte. McKay war überzeugt, sich niemals an dieses Ding gewöhnen zu können. Das einzig Angenehme an diesem lästigen Kleidungsstück war, dass man nicht sehen konnte, ob die Frisur gut aussah oder nicht. Sie fühlte plötzlich, wie ihr Mobiltelefon in ihrer Rocktasche vibrierte, und zuckte unwillkürlich zusammen. Dr. Nichols bemerkte es und schaute sie verwirrt an. »Entschuldigung«, sagte McKay ohne Erklärung.

Mehr als 20 Minuten später hatte McKay die Operation beendet und ging in den ersten Stock im Ostflügel, wo sie sich in eine Einzeltoilette einschloss und ihr Telefon überprüfte. Auf ihrem gesicherten Telefon war eine SMS von Gonz: *G. Bild im Iraq Natl J. Update folgt. Bleib in der Nähe.*

McKay befreite sich mit einem tiefen Seufzer von dem störenden Hidschab und massierte mit den Fingern ihren Kopf. Was hatte Gonz gemeint? Was für ein Foto? Wo aufgenommen? Wann? Sollte sie etwa jetzt, wo sie wieder als praktizierende Ärztin arbeitete – das erste Mal seit ihrem zweiten Jahr der Facharztausbildung –, schon wieder abgezogen werden? Sie dachte an Dr. Nichols. Er wäre sehr enttäuscht. Er arbeitete für die Wohltätigkeitsorganisation Ärzte ohne Grenzen und hatte seine Landsfrau mit offenen Armen willkommen geheißen. McKay hatte bei dieser Organisation einen äußerst überzeugenden falschen Lebenslauf abgegeben, einschließlich fiktiver Stellen auf Haiti und in Kenia.

Sie war versucht, Gonz zu antworten oder ihn sogar anzurufen, aber sie hatte den strikten Befehl erhalten, Marco Polo 5 nur im Notfall zu kontaktieren. Sie wusste, dass es Priorität hatte, Ghaniyah dabei zu helfen, die Befehle ihres Halbbruders zu befolgen, sowie herauszufinden, was sich in der Kommode befand.

Der Türknopf bewegte sich plötzlich. Jemand versuchte, hereinzukommen. »Einen Moment«, sagte McKay mit lauter

Stimme. Sie löschte die SMS und versteckte ihr Telefon wieder in der Rocktasche. Sie schaute in den kleinen Spiegel über dem Waschbecken, befestigte ihre Kopfbedeckung und glättete sie. Wie sie dieses blöde Ding hasste.

Jadida, Irak ~ Donnerstag, 13. April ~ 16:08 Uhr

Daneen war froh, dass ihr Mann eine so angenehme Persönlichkeit besaß. Jetzt musste sie nur noch dieselbe Einstellung und dasselbe Lächeln annehmen. Sie öffnete die Glastür, auf der die Worte *Iraq National Journal* in der Form eines Halbmondes prangten. Als sie eingetreten war, blieb sie wie festgenagelt stehen. Daneen war nicht mehr in der Redaktion gewesen, seit diese hier eingezogen war, und es war beeindruckend, wie sie sich verändert hatte. Im Hauptraum standen Flachbildschirme auf den meisten Schreibtischen, in einem durch eine Glaswand abgeschirmten Bereich standen größere elektronische Geräte, und es gab einen Konferenzraum auf der anderen Seite.

Die größte Veränderung aber war die Anzahl der Mitarbeiter. Sie wusste, dass Dr. Lami nur zwei Mitarbeiter gehabt hatte, als er zwei Jahre zuvor die Zeitung mit seinem eigenen Geld auf die Beine gestellt hatte. Wie viele waren es nun? Sie begann tatsächlich, sie zu zählen. Sie war gerade bei zwölf angekommen, als sie jemanden sagen hörte: »Du hast ihn gerade verpasst, Daneen.« Fadhil stand vor ihr. Maaz hatte den jungen Mann mehrmals zum Abendessen mit nach Hause gebracht. »Er will eine neue Kamera kaufen.«

»Das ist toll«, antwortete sie. Insgeheim war sie froh, dass er nicht da war. »Ich habe sein Foto in der heutigen Zeitung gesehen.«

»Hast du auch seinen Namen gesehen?«

»Seinen Namen?«, fragte sie sichtlich verwirrt.

Fadhil griff sich eine Zeitung und zeigte auf Maaz' Namen in kleiner Schrift unterhalb des Fotos. »Nicht schlecht, oder?«

»Wow«, staunte sie. Es war komisch, den Namen ihres Mannes in einer Zeitung zu sehen.

»Er macht seinen Job wirklich gut. Deshalb kauft ihm Dr. Lami eine neue Kamera.«

»Er macht gute Fotos?«

»Richtig gute. Willst du mal sehen?«

»Ja, gerne«, antwortete sie. Dies war genau der Grund, weshalb sie in die Redaktion gekommen war, nachdem sie von Adnan weggegangen war. Sie folgte Fadhil zu dessen Schreibtisch, der sich in der Nähe des Eingangs befand. Der Monitor war dunkel, aber sobald Fadhil die Maus bewegte, erwachte er zum Leben. »Das ist deiner?«, fragte sie.

»Ja. Ich gestalte das Layout, redigiere Texte, schneide Fotos zurecht oder helfe anderen mit dem ganzen Computerzeugs hier«, erklärte er sichtlich stolz. Er nahm Platz und klickte auf ein Icon, dann auf ein zweites. »Hier. Schau.«

Daneen sah, wie eine Slideshow die Bilder von Maaz nacheinander zeigte. Zuerst der amerikanische Zwei-Sterne-General am Podium, danach der abgetrennte Kopf, den sie immer noch nur mit Mühe ansehen konnte, und schließlich zwei Bilder von Ghaniyah. Ihr Herz pochte, und sie trat näher an den Bildschirm heran, um besser sehen zu können. Beide Fotos waren Nahaufnahmen. Auf dem einen sah man die junge Frau, wie sie mit Handschellen gefesselt am Boden saß, auf dem anderen lief sie weg von der Kamera, hatte sich aber umgedreht und starrte etwas an. Die Slideshow war mit diesem Foto zu Ende, auf dem ihr wunderschönes Gesicht klar zu sehen war. Es gab keinen Zweifel. Es war Ghaniyah.

Als sie ihre Stimme wiedergefunden hatte, fragte Daneen: »Wer ist die Frau?«

»Keine Ahnung. Wir arbeiten noch daran. Wahrscheinlich wird es morgen in der Zeitung stehen, vielleicht übermorgen.«

Sie starrte den Bildschirm an und war dankbar, dass Maaz Ghaniyah niemals kennengelernt hatte. Adnan hatte sie nur einmal im letzten Sommer mit zu ihr nach Hause gebracht, als Maaz auf der Arbeit war. Die Wahrheit war, dass ihr Bruder und ihr Mann nichts gemeinsam hatten. Während Adnan auf die Universität gegangen war, war Maaz stets Gelegenheitsjobs nachgegangen. Jedes Mal, wenn die beiden zusammen waren, tat sich eine Kluft zwischen ihnen auf, die nur Daneen überbrücken konnte. Seltsamerweise liebte sie beide.

»Geht's dir gut?«, hörte sie Fadhil. Dann nochmals, etwas lauter: »Daneen, geht's dir gut?«

Daneen wandte ihren Blick von Ghaniyahs Foto ab und sagte: »Ja.« Sie berührte ihn an der Schulter. »Danke, dass du mir die Fotos gezeigt hast.« Als sie ging, blickte sie den jungen Mann nochmals an. »Diese Fotos? Du kannst sie mit dem Computer verschicken, nicht wahr?«

»Du meinst, mailen? Ja. Das aus der heutigen Zeitung haben wir A. P. geschickt.« Er bemerkte, dass sie nicht verstanden hatte, und präzisierte: »Associated Press. Das Geld von diesem einen Bild bringt uns eine Weile über die Runden. Wir kriegen noch mehr, wenn wir den Rest veröffentlichen.«

Daneen lächelte verhalten. »Ich verstehe. Ich lass dich nun weiterarbeiten.«

Fadhil sah ihr nach, als sie ging, und spürte, dass etwas nicht stimmte. Er fragte sich, was es sein konnte.

Basra, Irak ~ Donnerstag, 13. April ~ 18:06 Uhr

McKay hatte erst am frühen Abend Gelegenheit, die Fotos im *Iraq National Journal* zu sehen. Wie abgemacht, betrat sie kurz nach 18 Uhr ein Café in der Nähe des Krankenhauses und nahm im hinteren Bereich Platz. Sie trug eine arabische Ausgabe der Zeitung unter dem Arm, da am Zeitungskiosk keine englische Ausgabe mehr vorrätig gewesen war. Sie trank einen Tee und betrachtete das Foto in der Zeitung.

Sie konnte Ghaniyah zwar im Hintergrund erkennen, aber da die irakische Frau einen Hidschab trug, hätte es jede sein können. Endlich konnte man mal etwas Gutes über die Kopfbedeckung sagen, dachte McKay. Sie legte die Zeitung auf den Stuhl vom Nebentisch, und einen Moment später betrat Ghaniyah das Café. Sie lief zum Tisch neben McKay, nahm die Zeitung vom Stuhl und setzte sich, knapp einen Meter von McKay entfernt. Es waren nur wenige Gäste im Restaurant, was ihnen durchaus gelegen kam. Als der Kellner zum Tisch trat, bestellte Ghaniyah eine Tasse Tee und Schwarzbrot.

Mit der Teetasse vor ihren Lippen sagte McKay leise: »Wir haben vielleicht ein Problem.« Sie konnte sehen, wie Ghaniyah sie überrascht ansah, und zischte: »Nicht zu mir schauen.« Im Augenwinkel konnte sie sehen, wie sich Ghaniyah abwandte. »In der Zeitung wurde ein Foto von gestern veröffentlicht. Sie sind im Hintergrund zu sehen, allerdings verschwommen. Wir befürchten, dass mehr folgen wird.«

Sie nippte an ihrem Tee und sah, wie Ghaniyah das Bild in der Zeitung betrachtete. Niemand im Restaurant beachtete die beiden Frauen, also fuhr McKay fort: »Wenn das passiert, holen wir Sie raus.« Ghaniyah sagte kein Wort. Sie schien in die Betrachtung des Fotos vertieft zu sein. »Es könnte irgendwer sein. Durch den Hidschab ist Ihr Gesicht kaum zu erkennen.« Die attraktive junge Frau sagte immer noch kein Wort, also fragte McKay: »Haben Sie in die Kommode geschaut?«

Ghaniyah hielt ihre Teetasse wie McKay nah ans Gesicht, um zu verbergen, dass sie redete. »Es ist nur eine Kommode. Mit Kleidern.«

McKay spürte eine leichte Enttäuschung. »Haben Sie unter den Schubladen nachgesehen? Ziehen Sie sie heraus und überprüfen Sie, ob unten etwas festgeklebt ist. Ein Notizzettel vielleicht?«

»Es sind nur Kleider«, antwortete Ghaniyah eisern.

McKay dachte einen Moment nach. »War es nur *eine* Kommode?«

»Ja.« Ihre Stimme war voller Verachtung.

»Ich komme vorbei. Morgen.« McKay wusste, dass es die CIA nicht geschafft hatte, ihr Haus ausfindig zu machen, obwohl Ghaniyah Namen und Adresse ihrer Tante angegeben hatte. Das bedeutete, sie waren von Ghaniyah abhängig.

»Ich sage die Wahrheit«, antwortete Ghaniyah.

»Ich werde morgen um 14 Uhr mit der Arbeit fertig sein. Danach kann ich kommen.«

»Haben Sie meine Tante gesehen?«, flüsterte Ghaniyah.

»Nein, ich hatte keine Gelegenheit.«

»Sie ist sehr krank. Ich glaube nicht, dass man weiß, was ihr fehlt.« Der Kellner führte ein junges Paar an einen Tisch in ihrer Nähe, also fuhr Ghaniyah mit leiser Stimme fort: »Ich möchte, dass Sie ihr helfen.«

Anstatt zu antworten, stand McKay auf, fischte ein paar Münzen aus ihrer Brieftasche und warf sie auf den Tisch. Als sie wegging, drehte sie sich zu Ghaniyah um. »Ich tue, was ich kann. Wir starten morgen ungefähr um 14:30 Uhr.«

Einen Augenblick später war McKay gegangen.

Bagdad, Irak ~ Donnerstag, 13. April ~ 21:17 Uhr

Obwohl ziemlich viele Leute eine Taschenlampe in der Hand hielten, konnte Maaz nicht genau erkennen, was es war. Er stand am Ufer des Tigris, nahe der Betonbrücke, die sich über den Fluss spannte. Plötzlich fing die Menge an zu schreien, und er hörte, wie ein Motor aufheulte. Er wandte seinen Blick von der Brücke ab, gerade noch rechtzeitig, um den großen Nissan-Lastwagen zu erspähen, der das felsige Ufer herunterschlitterte, direkt auf sie zu.

»Faris!«, schrie Maaz.

»Ich bin direkt hinter dir«, hörte er seinen Sohn. Er drehte sich um und sah, dass Faris seinen kleinen Bruder in den Armen hielt. Er legte seine Hand schützend auf die Schulter des Jungen. Die beiden sahen zu, wie der Lastwagen die Menschenmenge erreichte, die sich leicht auseinanderbewegt hatte. Einen Moment später blendete eine Reihe Scheinwerfer, die auf dem Lastwagen angebracht waren, die Menschen. Viele wandten sich ab oder legten schützend die Hand über ihr Gesicht.

»Höher, höher!«, schrie jemand. Dem Lastwagenfahrer wurde eine Reihe von Befehlen zugerufen und einen Moment später kletterte einer der Insassen aus dem Lastwagenfenster auf die Motorhaube. Er lehnte sich gegen die Windschutzscheibe und stellte die starken Scheinwerfer einzeln ein. Plötzlich stöhnte die Menge auf. Maaz drehte sich zur Brücke um, die nun in einem hellen Schein erleuchtet war.

Es war ein gruseliger Anblick.

Ein kopfloser Körper war an den Knöcheln an einem Gitter an der Brücke aufgehängt worden, nur mit Hosen bekleidet, und seine Arme hingen herunter, als wollte er das Wasser darunter erreichen.

»Ist das ein Mensch?«, fragte Faris leise.

»Lasst uns gehen«, hörte Maaz Dr. Lami sagen. Er drehte sich um und sah, wie sein Chef Faris das Baby abnahm. Ihre Blicke trafen sich. »Wir treffen uns beim Auto.«

»Ich will auch bleiben«, protestierte Faris.

»Nein, du gehst mit Dr. Lami zum Auto. Ich bin in einer Minute da.«

»Wer ist das?«, fragte Faris. »Wo ist sein Kopf?«

»Geh mit dem Doktor mit«, drängte Maaz. Er bemerkte, dass Faris weiter widersprechen wollte, also sagte er streng: »Sofort.«

Plötzlich begann die Menge begeistert zu intonieren: »Tod den Ungläubigen! Tod den Ungläubigen!« Maaz sah, wie Faris nochmals den Körper ansah und dann Dr. Lami folgte, der den steilen Abhang hochkletterte. Nachdem er einen Moment lang gewartet hatte, um sicherzugehen, dass Faris wirklich mit Dr. Lami mitgegangen war, drehte sich Maaz zur Brücke um. Er zoomte mit der Kamera, die um seinen Hals gehängt war, auf den Körper. Als er nur leicht auf den Auslöser drückte, fokussierte die Nikon-Kamera automatisch und der Blitz war einsatzbereit. Maaz war nicht sicher, ob er den Blitz brauchen würde, aber er nahm an, dass es die Kamera schon wissen würde. Er schoss rasch ein paar Fotos aus verschiedenen Blickwinkeln. Als Zugabe machte er noch ein Bild von der schreienden Menge. Er drückte auf einen Knopf, und die Bilder, die er soeben geschossen hatte, wurden auf dem Display auf der Rückseite der Nikon angezeigt. Die Bilder waren durchaus gelungen. Er machte noch ein paar weitere Fotos, dieses Mal ohne Blitz. Sie waren zwar etwas zu dunkel, vermittelten aber einen intensiven, kunstvollen Eindruck.

Plötzlich gab es Tumulte und die Menge schrie. Maaz sah, dass irakische Sicherheitskräfte eingetroffen waren und versuchten, die Menge auseinanderzutreiben. Maaz wusste, wenn er nicht schon wieder eine Kamera verlieren wollte, sollte er nun besser verschwinden. Er entfernte sich rasch von den hellen Scheinwerfern des Lastwagens und verschwand in der dunklen Nacht.

Jadida, Irak ~ Donnerstag, 13. April ~ 22:03 Uhr

Um es wie einen Einbruch aussehen zu lassen, schlug Adnan mit einem Stein eine Scheibe ein. Mithilfe des Steins brach er auch das übrig gebliebene Glas heraus, bis die Öffnung groß genug für einen Einbrecher war. Dann gingen er und seine Schwester durch die Vordertür, die sie mit Maaz' Ersatzschlüssel öffneten. Es war Adnans Idee gewesen, auch einen Computerbildschirm sowie ein kleines Fernsehgerät mitzunehmen, um den Eindruck eines normalen Einbruchs sicherzustellen.

Daneen fühlte sich furchtbar schuldig, aber sie wusste, dass sie keine Wahl hatten. Wenn die Zeitung die Bilder von Ghaniyah druckte, wäre das Mädchen verloren – wenn sie im Gefängnis nicht von Schiiten vergewaltigt und gefoltert werden würde, würde al Mudtaji sie töten. Daneen erinnerte Adnan daran, dass Ghaniyah höchstwahrscheinlich in ein amerikanisches Gefängnis gebracht worden war, wenn sie tatsächlich den abgetrennten Kopf zum Checkpoint gebracht hatte. Adnan hoffte, dass sie Recht hatte. Ein Gefängnis, das von den irakischen Sicherheitskräften betrieben wurde, war schlicht unvorstellbar.

Daneen fand es paradox, dass die ganze Welt dachte, die Amerikaner seien kalte, herzlose Schläger, die ihre Gefangenen häufig folterten. Aber wie viele Iraker kannte sie die Wahrheit – aus nackten Gefangenen eine Pyramide zu bilden oder ihnen Hundehalsbänder mit Leine umzubinden, war reine Schikane und demütigend, aber keine Folter. Die Iraker kannten Folter nur zu gut, die während Saddam Husseins Schreckensherrschaft gang und gäbe war und nun von ein paar schiitischen Schlägern innerhalb der irakischen Sicherheitskräfte praktiziert wurde. Es war tatsächlich noch nicht lange her, dass US-amerikanische Soldaten fast 200 Gefangene in einem Bunker des Innenministeriums entdeckt hatten. Sie waren alle unterernährt gewesen, viele waren übel verprügelt worden.

Daneen konnte nur beten, dass es die Amerikaner waren, die Ghaniyah verhaftet hatten. Nur so konnte sie überleben.

Sie trug den Bildschirm und ihr Bruder balancierte den Prozessor und das TV-Gerät. Sie hatten verschiedene Nebenstraßen genommen und waren mittlerweile in sicherer Entfernung zur Redaktion. Zum Glück waren sie unterwegs keiner Menschenseele begegnet. Daneens Arme schmerzten, und sie sehnte sich danach, den Bildschirm endlich abzustellen. »Ist es noch weit, Adnan?«

»Wir sind fast da«, antwortete er und blickte über seine Schulter. »Geht's noch?«

Sie nickte. Sie musste daran denken, wie Maaz reagieren würde, wenn er entdeckte, dass der Computer mit seinen Fotos gestohlen worden war. Wenn man bedachte, wie wütend er gewesen war, als die irakischen Sicherheitskräfte seine Kamera konfisziert hatten, war klar, dass es in nächster Zeit höchstwahrscheinlich schwierig werden würde, mit ihm zusammenzuleben. Sie tröstete sich damit, dass sie einfach ins Schlafzimmer gehen und sich hinlegen konnte, indem sie Übelkeit aufgrund der »Schwangerschaft« vortäuschte, sollte er zornig werden.

Jadida, Irak ~ Donnerstag, 13. April ~ 23:14 Uhr

Die vier Männer des 2. Bataillons, 5. Marineregiment trugen Nachtsichtgeräte, mit denen sie sich im Inneren des dunklen Gebäudes umsehen konnten, ohne Taschenlampen benutzen zu müssen. Gonz blickte Peterson und Heisman an, die beide an einem Schreibtisch saßen und an einem Computer arbeiteten.

»Scheiße!«, hörte Gonz einen der Marinesoldaten durch seine Hörmuschel sagen. »Eine eingeschlagene Fensterscheibe. Ostseite.«

»Security! Überprüfen!«, zischte Gonz in sein Headset. »Jetzt!« Nachdem die Gruppe durch die Vordertür, die Heisman problemlos geknackt hatte, ins Gebäude gelangt war, überprüften die Marinesoldaten rasch Raum für Raum, um sicherzustellen, dass das Bürogebäude gesichert war. Aber offensichtlich hatten sie etwas übersehen. Als sich Gonz in Richtung Ostseite bewegte, spürte er einen frischen Windhauch.

»Westseite gesichert«, berichtete ein Marine.

Eine weitere Stimme drang durch seine Hörmuschel. »Südseite gesichert.«

»Nordseite gesichert. Ich wiederhole, Nordseite gesichert.«

Gonz näherte sich dem Marine, der aus dem zerbrochenen Fenster in der Nähe eines Schreibtisches auf der Ostseite schaute. Er blickte über seine Schulter zu Gonz und schüttelte den Kopf. Niemand war draußen. Als der Marine vom Fenster wegtrat, konnte man das Knirschen von zerbrochenem Glas unter seinen schweren Stiefeln hören. »Von außen her eingeschlagen. Vermute ich. Heute Nacht. Wer auch immer diesen Schreibtisch benutzt, hätte sonst das Glas gesehen. Und die heiße Luft gespürt, die eindringt. Es ist kaum möglich, dass dies vor heute Abend passiert ist.«

Gonz nickte. *Scheiße. War es nur ein Zufall, dass sie in derselben Nacht einbrachen wie irgendeine dahergelaufene Diebesbande?* Als Gonz zu Peterson auf der anderen Seite des Raumes lief, sagte ein weiterer Marine: »Hab was gefunden. Beim Haupteingang.« Gonz änderte die Richtung und ging zu dem Marine, der mit einer Taschenlampe auf den Boden zeigte. »Hier fehlt ein Prozessor.« Ein paar Stecker lagen am Boden. Der Abdruck eines Prozessors war auf dem Teppich sichtbar. Er nahm dem Marine die Taschenlampe ab und richtete sie auf den Schreibtisch. Da eine sehr feine Staubschicht auf dem Schreibtisch lag, konnte man den Umriss eines fehlenden Bildschirmes deutlich sehen. Der Marine sah ihn auch. »Die haben den Prozessor und den Monitor gestohlen?«, fragte Gonz. »Sehen Sie nach, ob noch etwas fehlt.« Der Mann nickte und ging. Gonz lief zurück zu Peterson, der weiter auf der Tastatur herumtippte. Heisman stand neben ihm und fuhr mit einem großen Magneten über die 3,5-Zoll-Disketten.

»Etwas gefunden?«, fragte Gonz.

»Ich bin dabei, die Daten an der Software-Schnittstelle zu zerstören.« Peterson tippte weiter auf der Tastatur.

»Du hast die Fotos also gefunden?«

»War kein Problem.«

»Ja klar, kein Problem, weil ich hier bin«, schnauzte Heisman. »Er kann das Zeugs nicht lesen.«

»Wer kann das schon?«, entgegnete Peterson.

Gonz schaute auf den Bildschirm. Alle Icons waren auf Arabisch.

»Wie lange noch?«, fragte Gonz.

»Höchstens fünf Minuten«, antwortete Peterson. »Ich habe auch ein paar Compact-Flash-Speicherkarten gefunden.« Er bemerkte, dass Gonz nicht verstanden hatte, also sagte er: »Ein Magnet alleine reicht da nicht. Ich überschreibe sie mit ihrem eigenen Zeugs. Damit sie wieder voll sind.«

»Habt ihr's online überprüft?«

»Erledigt«, sagte Heisman. »Die zwei bereits veröffentlichten Fotos wurden an A. P. gesandt. Sonst an niemanden. Ansonsten wurden keine weiteren Fotos verschickt.«

»Gut. Was noch?«

Peterson deutete auf Heisman, der immer noch mit dem Magneten arbeitete. »Ich lösche alle Disketten. Ich hasse es zwar, das zu tun, aber hier sind überall Disketten. Keine Zeit, um nachzuschauen, ob die Fotos irgendwo drauf sind.«

Gonz nickte. Auch er wollte der Zeitung eigentlich nicht schaden. Es war eine der wenigen irakischen Zeitungen, die für die Demokratie einstanden. Obwohl das nicht so erfreulich war, hatten sie zuvor Glück gehabt. Sie hatten nämlich die digitale Kamera zurückholen können, die die irakischen Sicherheitskräfte immer noch in ihrem Besitz gehabt hatten. Die Speicherkarte fehlte, und die irakischen Polizisten hatten behauptet, in der Kamera sei nie eine Speicherkarte gewesen. Natürlich hatte Gonz ihnen nicht ohne Weiteres geglaubt. Aber als sie in der Redaktion waren, hatte Peterson sofort drei Speicherkarten in einer Schublade gefunden.

Gonz steckte sie in die Kamera und fand die mit den Bildern von Ghaniyah. Die anderen legte er wieder zurück in die Schublade.

Sie hatten wieder Glück, dass sie die Fotos auf dem Hauptserver der Zeitung fanden. Peterson löschte sämtliche Spuren der Fotos. Die einzige Frage, die offen blieb, war, weshalb jemand eingebrochen war und nur einen Computer mitgenommen hatte? Das Büro war voller Computer.

Weshalb nur diesen?

Und waren die Fotos darauf?

KAPITEL 8

Jadida, Irak ~ Donnerstag, 13. April ~ 23:38 Uhr

In der dunklen Gasse sah Daneen zu, wie Adnan mit einem Schraubenzieher rasch die Abdeckung des Prozessors entfernte. »Was machst du da?«, fragte sie.

»Ich nehme die Festplatte raus.«

»Sind dort die Bilder drauf?«

»Ja«, antwortete ihr Bruder. Daneen hatte geglaubt, dass man die Fotos einfach löschen könnte, aber Adnan erklärte ihr, dass es damit noch nicht erledigt sein würde. Er konnte die Fotos nicht einfach in den Papierkorb verschieben, denn dann würden sie einfach an einem anderen Speicherort liegen. Er erklärte ihr, dass – auch wenn er danach den Papierkorb leerte –, eine große Chance bestand, dass Fadhil die Fotos mithilfe eines speziellen Programms wiederherstellen könne. Ihre einzige Option war, den Computer mitzunehmen. Während Adnan dabei gewesen war, alle Drähte und Kabel vom Prozessor zu entfernen, hatte Daneen in der Schublade von Fadhils Schreibtisch nach ausgedruckten Fotos gesucht, aber keine gefunden.

Jetzt fragte sie sich, wie spät es war. Die Ausgangssperre würde bald in Kraft treten. Sie hatte Maaz zuvor erzählt, dass eine gute Freundin sie brauchte. Diese hatte kurz zuvor ihre Mutter bei einem Attentat auf einen Marktplatz verloren. Daneen stand ihr sehr nahe. Ihre Freundin war zwar in der Zwischenzeit nach Jordanien ausgewandert, doch glücklicherweise kümmerte sich Maaz selten um solche Dinge, und er glaubte ihr sofort, als sie behauptete, dass die verzweifelte Frau ihren Trost brauchte.

»Wie lange noch?«, sorgte sich Daneen.

»Ich hab's.« Adnan zeigte ihr die Festplatte.

»Und was jetzt?«

Adnan steckte die Festplatte in seine Tasche und schraubte die Abdeckung wieder auf den Computer. Dann stellte er das kleine TV-Gerät auf den Prozessor und hob beides zusammen hoch. »Lass uns gehen.«

Daneen nahm den Bildschirm und sie gingen weiter. Sie liefen mehrere Blocks, bevor Adnan in eine Seitenstraße einbog. Daneens Arme schmerzten, und sie fragte sich, wie weit sie noch laufen müssten. Endlich hielt ihr Bruder vor einem kleinen Wohnhaus an. »Hier.«

Adnan legte das Diebesgut neben die Tür. Dann nahm er Daneen den Bildschirm ab und stellte ihn zu den anderen Geräten.

»Denkst du, jemand wird das Zeug mitnehmen?«

Adnan grinste. »Du machst Witze, oder?«

Basra, Irak ~ Freitag, 14. April ~ 06:09 Uhr
(zwei Tage bis Sonntag)

Nach nur zwei Tagen im Krankenhaus von Basra drehte McKay nach Sonnenaufgang schon automatisch ihre Runde, bevor sie in die Notaufnahme im Untergeschoss ging. Dort war von kranken Kindern bis zu leidenden älteren Patienten alles vertreten. Mit ein bisschen Glück waren nur wenige Schuss- oder Granatsplitterwunden darunter. Also in etwa so wie in einer x-beliebigen Notaufnahme in den USA. Mit dem

Unterschied, dass hier kaum Diagnosegeräte oder medizinisches Versorgungsmaterial vorhanden waren. Und das, was zur Verfügung stand, entsprach leider bei Weitem nicht dem Standard, den man in einem amerikanischen Krankenhaus gewohnt war.

McKay hatte noch eine letzte Visite vor sich. Sie blickte auf das Krankenblatt der Frau, aber sie war in arabischer Schrift verfasst. Für McKay war sie somit völlig unbrauchbar. Sie würde einfach improvisieren. Das wäre nicht das erste Mal. Sie war froh, dass wenigstens die Zimmernummern in den ihr verständlichen Zahlen geschrieben waren. So konnte sie zumindest das richtige Zimmer finden. Als sie sich der Tür näherte, sah sie, dass diese einen Spaltbreit offen stand, und stieß sie auf.

Sie war nicht überrascht, dass Ghaniyahs Tante in einem kleinen Zimmer untergebracht war, in dem nach amerikanischem Standard zwei Betten stehen würden, aber hier ganze fünf Betten hineingepfercht waren. In vier davon lagen Frauen. Was McKay jedoch überraschte, war, Ghaniyah zu sehen, wie sie sich über eine alte Frau beugte und ihr ein Glas Wasser vor den Mund hielt. Die Frau versuchte zu trinken, aber mindestens die Hälfte des Inhalts ging daneben. McKay sah zu, wie Ghaniyah eine Papierserviette nahm und damit Hals und Wange der alten Frau trocknete. Sie bemerkte, dass die Frau an eine Infusionsflasche angeschlossen war und einen Katheter hatte. Ghaniyah schien zu spüren, dass sie im Zimmer stand, denn sie drehte sich plötzlich um und blickte ihr direkt in die Augen. »Können Sie mir helfen, bitte?«, fragte Ghaniyah auf Englisch.

»Sicher«, antwortete McKay nach langem Zögern. In Wahrheit war sie alles andere als sicher. Direkter Kontakt sollte als geplantes Treffen stattfinden und sicherlich nicht vor anderen Leuten. McKay musste sich zur Seite drehen, um neben den anderen Betten durchzukommen. Einige Patienten sahen McKay an, aber niemand sagte ein Wort.

»Keine Angst«, fuhr Ghaniyah fort. »Alle wissen, dass ich Englisch spreche. Und Sie sind offensichtlich die neue amerikanische Ärztin. Es ist also nicht außergewöhnlich, dass wir miteinander reden.«

»Ich verstehe«, antwortete McKay, aber trotzdem stand ein solch direkter Kontakt in Widerspruch zu allem, was sie während der CIA-Ausbildung gelernt hatte.

»Kann ich mal sehen?«, fragte Ghaniyah und zeigte auf das Krankenblatt. McKay gab es ihr. Ghaniyah überflog die zwei Seiten.

»Starke Dehydration, so viel ist sicher«, sagte McKay. Als Ghaniyah McKay verwundert ansah, zeigte die Ärztin auf die Infusionsflasche, die auf Englisch beschriftet war. »Steht da auch etwas über die Ursache?«

Ghaniyah blickte auf die Tabelle. »Entweder eine Grippe oder ein Geschwür.«

»Lesen Sie die Symptome vor.«

»Als sie ins Krankenhaus kam, klagte sie über Unterleibsschmerzen, Erbrechen und Durchfall.« Ghaniyah verzog das Gesicht. »Uff ...«

»Was? Was ist los? Lesen Sie alles.«

»Blutiger, flüssiger Stuhlgang.«

McKay kniete sich hin, um den Urin im Katheter zu überprüfen. Es waren weniger als 100 Milliliter. »Wann wurde die letzte Harnmenge gemessen?«

Ghaniyah blätterte auf die zweite Seite. »Gestern Abend. Fast 100 Milliliter.«

»Haben sie den Beutel geleert? Den Beutel hier unten?«

»Ich weiß nicht ... hier steht nichts.«

»Verdammt«, murmelte McKay im Stehen.

»Warum? Was bedeutet das?«

»Unterleibsschmerzen, Erbrechen und blutiger Stuhlgang? Was sonst noch?«

Ghaniyah zuckte mit den Schultern. »Das ist alles.«

»Seit wann ist sie hier?«

»Sie kam vor vier Tagen mittags her.«

»Vier Tage ...«

»Man hat ihr eine Kochsalzlösung sowie Medikamente gegen Übelkeit und Durchfall gegeben. Ich kann die Namen nicht aussprechen ...«

»Die Symptome bekämpfen, nicht die Ursache«, sagte McKay im Flüsterton und betrachtete die Infusionsflasche, die fast leer war. »Wann wurde die zuletzt gewechselt?«

Wieder sah Ghaniyah auf dem Blatt nach. »Steht nichts darüber.«

McKay sah die alte Frau an, die sie mit klaren, hellen Augen anstarrte. »Wie fühlen Sie sich?«

Ghaniyah übersetzte. Die Frau murmelte etwas und Ghaniyah erklärte: »Ihr Mund ist trocken. Sie möchte Wasser, aber sie ist zu schwach, um sich selber welches einzuschenken. Als Sie kamen, war ich gerade dabei, ihr etwas Wasser zu geben.«

McKay füllte das Glas mit Wasser und half der Frau, einen Schluck zu trinken. »Hat sie vor vier Tagen etwas Bestimmtes gegessen? Etwas gegessen oder getrunken, das komisch schmeckte?«

»Sie meinen ...«

»Fragen Sie sie«, sagte McKay streng.

Ghaniyah übersetzte und die zwei irakischen Frauen unterhielten sich kurz auf Arabisch. Schließlich sagte Ghaniyah: »Nein.«

»Irgendetwas Ungewöhnliches?«

»Es würde helfen, wenn ich wüsste, was Sie wissen wollen.«

McKay zögerte. »Es könnte eine Darmgrippe sein. Aber sie könnte auch vergiftet worden sein.«

»Vergiftet!?«, stieß Ghaniyah hervor.

McKay blickte sie verärgert an. »Könnte auch nur eine Lebensmittelvergiftung sein. Aus einem unsauberen Restaurant. Hat sie irgendwo Essen geholt, wo sie noch nie zuvor war? Ist an diesem Tag oder am Vortag irgendetwas Außergewöhnliches passiert?«

Die beiden irakischen Frauen unterhielten sich wieder in hohem Tempo. Ghaniyah fragte zweimal nach und wandte sich wieder an McKay. »Sie sagt, dass ein Mann kam, um ihre Handpumpe zu reparieren.«

»Ihre Handpumpe?«

»Sie hat einen Brunnen. Sie sagt, der Brunnen sei nicht kaputt gewesen. Sie hatte keine Probleme. Sie fand das seltsam.«

»Scheiße«, murmelte McKay.

»Was ist los?«

McKay ignorierte die Frage und sah wieder den Urinbeutel an. »Ich mache mir Sorgen um ihre Nieren. Sie nimmt viel Flüssigkeit auf, aber es kommt keine raus.«

»Sie hat also ein Problem mit den Nieren?«

»Ich gebe ihr ein Medikament dafür. Holen Sie etwas Eis, worauf sie kauen kann. So ist es einfacher, als aus dem Glas zu trinken. Geben Sie ihr so viel, wie sie will. Ihr Blutkreislauf muss ausgespült werden.«

»Ich verstehe nicht«, sagte Ghaniyah. »Weshalb sollte sie jemand vergiften wollen? Das macht keinen Sinn.«

McKay schaute sie eindringlich an. »Ich muss heute zu ihr nach Hause. Aber früher als geplant. Wir gehen um 11 Uhr.«

»Aber was ...?«

»11 Uhr«, wiederholte McKay und bahnte sich ihren Weg durch die eng zusammengestellten Betten. »Kommen Sie nicht zu spät.«

Jadida, Irak ~ Freitag, 14. April ~ 08:47 Uhr

Als Oberst K. C. das Gebäude betrat, bemerkte er sofort, dass etwas nicht stimmte. Er war zwar erst zweimal in der Redaktion gewesen, aber er wusste, dass es dort ähnlich zuging wie bei allen großen Zeitungen. Zahlreiche Mitarbeiter, die sich gegenseitig etwas zuriefen, Reporter am Telefon und die übliche Hektik vor Redaktionsschluss. Stattdessen herrschte in der Redaktion des *Iraq National Journal* Totenstille. Mehrere Mitarbeiter drehten sich zu ihm um, als er eintrat, ignorierten ihn danach jedoch wieder.

Sie starrten alle auf die andere Seite des Raumes, wo Dr. Lami hinter einem Mann, der an einem Computer saß, aufgebracht auf und ab ging. Weitere fünf Zeitungsleute scharten sich um den Schreibtisch, ließen dabei aber genug Platz, damit Dr. Lami umherlaufen konnte.

»Nur meine Fotos?«, fragte ein Mann auf Arabisch. Der Oberst hatte in der Armee Arabisch gelernt. Und als Journalist konnte er dies nun gut gebrauchen. Er war nie auf einen Dolmetscher angewiesen. Der Mann fuhr verärgert fort: »Das ist alles? Nur meine? Mistkerle!«

Dr. Lami blickte auf, als Oberst K. C. näher kam. Der Amerikaner wollte gerade fragen, was los sei, als Dr. Lami ihn wütend anknurrte: »Sie haben den Amerikanern das Foto gegeben, nicht wahr? Sie haben ihnen das Foto gegeben, das ich Ihnen gegeben habe.«

»Warum?«, fragte Oberst K. C. »Was ist los?«

»Antworten Sie! Haben Sie den Amerikanern das Foto gegeben, ja oder nein?«

Der Amerikaner zögerte. Alle starrten ihn an. Schließlich sagte er: »Sie wollten meine Hilfe, wenn ich mich richtig erinnere.«

»Wem haben Sie davon erzählt? Wem?«

»Ich habe mit nur einer Person gesprochen. Marineunteroffizier Michaels. Er ist die Medienverbindung zu den Marines«, antwortete der Amerikaner abwehrend. »Seine Männer waren am Checkpoint.«

»Was hat er gesagt?«

Oberst K. C. zuckte mit den Schultern. »Er sagte, er komme auf mich zurück.«

»Wann?«, wollte Dr. Lami wissen. »Wann war das?«

»Gestern früh.« Plötzlich verstand Oberst K. C., dass der Amerikaner, der ihn im Hotel besucht hatte, hinter all dem steckte. Der Mann hatte zugegeben, in geheimer Mission unterwegs zu sein. Der Oberst hatte angenommen, er sei entweder vom militärischen Nachrichtendienst oder von der CIA. So oder so, der Oberst hatte dem Mann die aktuelle Ausgabe des *Iraq National Journal* mit dem Foto gezeigt, das Dr. Lami veröffentlicht hatte.

»Und Sie haben ihm gesagt, woher Sie es haben?«, wollte Dr. Lami weiter wissen. »Sie haben diesem Unteroffizier gesagt, dass die Fotos von dieser Zeitung stammen!«

»Nein!«, antwortete Oberst K. C. Er und Dr. Lami hatten in den letzten beiden Jahren viele Informationen ausgetauscht. Er wollte seinen Kontaktmann auf gar keinen Fall verlieren. »Nein, ich schwöre es!«

»Wir haben das Foto zuerst veröffentlicht«, sagte Fadhil und tippte wie wild auf der Tastatur herum. »Es war nicht schwierig, herauszufinden, dass wir die Originale hatten.«

»Was ist passiert?«, fragte Oberst K. C. erneut.

»Jemand hat einen Computer gestohlen. Und ein TV-Gerät«, erklärte Dr. Lami verärgert. »Die sind mir egal. Aber sie haben die Fotos gelöscht.«

Oberst K. C. wurde bleich. »Die Fotos vom Checkpoint?«

»*Meine* Fotos«, sagte Maaz verbittert. »Sie haben *meine* Fotos gelöscht.«

»Ich kenne mich zwar mit Computern nicht aus, aber ich wette, es gibt einen Weg, um sie wiederherzustellen«, sagte Oberst K. C. ruhig. Aber schon als er die Worte aussprach, wusste er, dass die Fotos verloren waren, wenn der Mann, der zu ihm gekommen war, tatsächlich von der CIA war.

»Der, der das getan hat, hat sämtliche Daten gelöscht«, erklärte Fadhil. Dann drehte er sich zu Dr. Lami um und grinste. »Aber noch ist nicht alles verloren.« Er stand auf und ging zu einem Schreibtisch, öffnete die Schublade und nahm eine Box mit 3,5-Zoll-Disketten hervor. Sie waren auf Arabisch beschriftet. Er durchsuchte den Stapel und fischte eine heraus. Dr. Lami stand still, direkt hinter dem Computer, als Fadhil die Diskette ins Laufwerk schob. Er drückte ein paar Tasten und der Bildschirm wurde hellblau. Darauf waren ein paar arabische Worte zu sehen. Fadhil starrte bloß auf den Bildschirm.

»Was? Was ist das?«, fragte Dr. Lami.

»Mein Back-up. Von allen Fotos, die Maaz gemacht hat.«

»Und, wo sind sie?«

Fadhil antwortete nicht. Er nahm die Diskette heraus, schob sie wieder hinein und tippte ein Passwort ein. Wieder erstrahlte der Bildschirm in hellem Blau. Fadhil drehte sich zu Oberst K. C. um, der dem Schreibtisch am nächsten stand. »Geben Sie mir eine andere Diskette.« Der Oberst händigte Fadhil die ganze Box aus. Der Computertechniker nahm die Diskette aus dem Laufwerk und schob eine neue hinein. Wenig später war der Bildschirm wieder blau.

»Was ist los? Was bedeutet das?«

»Das kann nicht sein.« Fadhil starrte schockiert auf den Bildschirm und versuchte, den Computer zu zwingen, seine Befehle anzunehmen. Er nahm die Diskette heraus und steckte eine weitere ins Laufwerk.

»Haben wir die Fotos noch?«

»Es wurde alles gelöscht. Alles«, erklärte Fadhil.

»Was?!«

»Ich habe auf zwei verschiedenen Disketten Sicherungskopien gemacht. Die Disketten sind leer. Zudem habe ich die Fotos auf unserem Hauptserver gespeichert. Wenn ein oder auch zehn Computer abgestürzt wären, hätte ich nur eine der Disketten gebraucht und wir hätten die Fotos noch. Aber sie haben alles gelöscht.«

»Moment mal«, sagte Oberst K. C. ruhig. Er deutete auf Maaz. »Seine Kamera. Du hast die Fotos da drauf, nicht wahr?«

»Meine Kamera?«, spottete Maaz. »Die haben sie gestohlen. Die Polizei. Aber ich hatte die Speicherkarte, das stimmt.« Er öffnete sofort die Schublade von Fadhils Schreibtisch. »Sie war hier drin. Aber jetzt ist sie weg.«

»So viel zu den Amerikanern ...«, schrie Dr. Lami Oberst K. C. an. »So viel zu ihrer Unterstützung für eine pro-demokratische Zeitung.«

»Sie wissen nicht, ob es wirklich die Amerikaner waren«, antwortete Oberst K. C. wenig überzeugt.

»Natürlich waren sie es!«

»Etwas ergibt keinen Sinn«, sagte Fadhil ruhig. Er drehte seinen Stuhl, um Dr. Lami ansehen zu können. »Sie löschen die Fotos vom Server und zerstören alle Sicherungskopien für den Fall, dass wir die Fotos auf einer Diskette gespeichert haben. Warum all das tun und dann auch noch einen Computer mitnehmen?«

Dr. Lami starrte ihn bloß an.

Fadhil schüttelte den Kopf. »Ich denke, es waren nicht nur die Amerikaner. Ja, sie kennen sich mit Computern aus. Und wahrscheinlich haben sie einen Magneten benutzt, um die Disketten zu zerstören. Aber sie würden nicht auch noch einen Computer mitnehmen. Das ergibt einfach keinen Sinn.«

Basra, Irak ~ Freitag, 14. April ~ 10:02 Uhr

»Doktor?«

McKay blickte auf. Eine Englisch sprechende Krankenschwester stand vor ihr. In ihrer Hand hielt sie ein Diagramm. McKay wusch sich rasch die Hände zu Ende und schnappte sich ein paar Papierhandtücher, die sich wie Jute anfühlten. »Haben Sie etwas gefunden?«

»Ich habe getan, was Sie gesagt haben. Die Symptome sind Übelkeit, Durchfall, Erbrechen. Alle in den letzten vier Tagen aufgetreten. Es stimmt.«

Jetzt hatte sie die volle Aufmerksamkeit von McKay. »Wie viele?«

»Fünf. Zwei Frauen, ein Mann und zwei Kinder. Ein Kind ist sehr krank. Es geht ihm gar nicht gut.«

McKay warf die Papierhandtücher in den Abfallkübel. Sie hatte gerade eine lange Operation hinter sich. Ein komplizierter Bruch. Die Operation war gut verlaufen und McKay war stolz auf ihr Können. Der Aufwachraum war noch leer, also fragte McKay die Krankenschwester: »Haben Sie herausgefunden, wo sie wohnen?«

Die Krankenschwester nickte. »Sie wohnen alle in der Nähe des ersten Opfers, Ezzah Monla. Sie alle teilen sich denselben Brunnen.«

Obwohl McKay dies fast erwartet hatte, war sie dennoch überrascht. In ihrem Kopf begann es zu rotieren. Ghaniyahs Tante war vergiftet worden. Aber womit? Und warum? Sie dachte sofort daran, wie al Mudtaji darauf bestanden hatte, dass seine Schwester in einem Hotel wohnte und nicht bei ihrer Tante zu Hause. Weshalb? Weil er wusste, dass das Wasser verunreinigt war? Und weshalb sollte man ein paar Leute vergiften, die sich einen Brunnen teilen?

»Wie viele Menschen benutzen den Brunnen?«

»Alle, die jetzt krank sind«, antwortete die Krankenschwester. »Drei Haushalte. Der Brunnen ist nicht sehr groß.«

McKay hatte lange genug mit Gonz zusammengearbeitet, um zu wissen, dass solche Zufälle in der Realität nur selten vorkamen. Dass al Mudtajis Tante zur gleichen Zeit krank wurde wie die Terroristen an die Kommode der alten Frau wollten, schien ihr doch ein sehr außergewöhnlicher Zufall zu sein.

»Was soll ich tun?«, fragte die Krankenschwester. Als McKay nicht antwortete, fragte die Krankenschwester lauter: »Doktor? Was soll ich tun? Soll ich das Gesundheitsministerium informieren?«

McKay besann sich wieder. »Nein«, sagte sie strenger, als sie beabsichtigt hatte. »Nein. Ich muss zuerst die anderen untersuchen. Zeigen sie Anzeichen von Nierenproblemen?«

»Das jüngste Kind, ja. Zweifellos. Bei den anderen bin ich mir nicht sicher.«

McKay nickte. »Geben Sie mir fünf Minuten. Dann möchte ich, dass Sie mit mir kommen. Ich brauche eine Dolmetscherin.«

Die Krankenschwester nickte und verließ den Operationssaal. McKay schloss sich in eine kleine Toilette ein. Sie war hin- und hergerissen. Einerseits wusste sie, dass sie rasch handeln musste. Wenn die anderen dieselben Symptome wie Ghaniyahs Tante aufwiesen, würde sich das Gerücht rasch verbreiten und das Gesundheitsministerium würde aktiv werden. Alles, was sie brauchte, waren ein paar Stunden Zeit, um den Brunnen zuerst untersuchen zu können. Andererseits hatte sie als Ärztin einen Eid darauf abgelegt, niemandem Leid zuzufügen. Was, wenn andere auch von diesem Brunnen tranken, bevor sie gewarnt werden konnten, dass das Wasser vergiftet war?

Sie hätte lieber direkt mit Gonz gesprochen, aber sie wusste auch, dass sie auf keinen Fall belauscht werden durfte. Sie nahm ihr Mobiltelefon hervor und tippte eine verschlüsselte Nachricht ein. »*Ghaniyahs Tante vergiftet. Durch einen Brunnen in der Nähe. Weitere Personen sind krank. Sende baldmöglichst Muster. Kein ZUFALL.*«

KAPITEL 9

Jadida, Irak ~ Freitag, 14. April ~ 11:18 Uhr

Gonz las die SMS noch einmal. Er war besorgt über die Nachricht von McKay. Wenn Ghaniyahs Tante tatsächlich vergiftet worden war, stellte sich die Frage, warum? Von einem Agenten in Basra hatte Gonz erfahren, dass die 63-jährige Frau zwar alleine lebte, aber ein gutes soziales Netz um sich herum hatte. Doch wie McKay dachte auch Gonz, dass die Tatsache, dass die alte Frau zur selben Zeit im Krankenhaus lag, wie Ghaniyah eine Art Kommode holen sollte, kein Zufall war. Wurde sie vergiftet, damit Ghaniyah die Kommode ohne Probleme wegbringen konnte? Und weshalb einen Gemeinschaftsbrunnen vergiften? Wenn der Terroristenführer seine Tante aus dem Weg räumen wollte, weshalb hatte er sie nicht einfach umgebracht? Er schien ja kein Problem damit zu haben, Unschuldige zu töten. Oder zumindest hätte er nur sie vergiften können. Weshalb sollte er andere mit hineinziehen?

Mit seinem Blackberry schickte Gonz rasch eine SMS an seinen Agenten in Basra und wies ihn an, sich bereitzuhalten, eine Probe vom Brunnenwasser zu untersuchen. Das Problem war, dass er den genauen Zeitablauf noch nicht kannte. Ihnen blieb nichts anderes übrig, als auf McKay zu warten. Danach schickte er eine SMS an seinen Einsatzleiter im Hauptquartier in Langley, in der er ihn über den vergifteten Brunnen informierte und darüber, dass sie die Wasserprobe so bald wie möglich nach Kuwait transportieren mussten. Bürokratie konnte manchmal absurd sein und Gonz wusste, dass sein Antrag auf einen Gulfstream-Jet zuerst die Befehlskette nach oben wandern musste. Er hoffte nur, dass der Antrag genehmigt werden würde. Er wollte wissen, mit welchem Gift der Brunnen versetzt worden war. Viel wichtiger war natürlich die Antwort auf die Frage, *wer* den Brunnen vergiftet hatte, aber er bezweifelte, dass die Techniker in Kuwait dies herausfinden würden.

»Da ist er«, sagte Heisman.

Gonz saß auf dem Beifahrersitz. Sein Blick erfasste einen gut aussehenden, etwa 30-jährigen irakischen Mann, der die Straße hinunterlief. Er war glatt rasiert und trug dunkle Hosen und ein weißes Hemd. Der Mann nahm eine Sonnenbrille aus seiner Brusttasche und setzte sie auf. Damit wirkte er in Bezug auf Stil und Kleidung eher westlich.

»Nun?«, fragte Heisman.

Gonz sah seinen Agenten an. »Ist das normal?«

»Klar«, sagte Heisman. »Wie ein Uhrwerk. Er wird zwei Blocks weiter in ein kleines Café gehen. Wollen Sie wissen, was er bestellt?«

»Und der Inhaber der Apotheke? Thamer?«

»Der bleibt in der Apotheke. Ich war einmal dort. Er war gerade dabei, etwas zu essen, aber ich konnte nicht erkennen, was es war. Ich glaube, er lässt den Jüngeren in die Mittagspause gehen und isst derweil sein mitgebrachtes Mittagessen.«

»Wie viel Zeit haben wir?«

»Er läuft schnell. In etwa vier Minuten wird er beim Café sein. Er bleibt etwa 30 Minuten.«

Gonz schaute auf die Uhr. »Also ein Spiel um Kopf oder Zahl.« Damit meinte Gonz, dass sie die Wahl zwischen zwei Männern hatten, und nicht wussten, wer von den beiden ihr Ziel war. Aber sie nahmen an, dass – wenn jemand in der

Apotheke eine Verbindung zu al Mudtaji unterhielt – es der jüngere Mann sein musste. Im Regelfall waren Terroristen eher jünger. »Kopf oder Zahl. Was meinst du?«

»Wenn wir mit dem alten Mann sprechen, wird er es dem jungen sagen. Dann können wir auch gleich ein Telegramm an den Verteidiger schicken«, sagte Heisman mit einer Football-Metapher, die er hin und wieder benutzte. Gonz störte das nicht. Er wusste genau, was sein junger Agent ihm sagen wollte.

»Wir schnappen uns den jungen und hoffen, dass er die Verbindung ist.«

Heisman nickte. »Okay.«

»Dann los.«

Heisman startete den Motor des Geländewagens und bog in die Straße ein.

***

An einem kleinen Tisch am Fenster schaute Adnan dem Verkehr zu und aß Reis mit Gemüse. In den letzten zwei Jahren hatte er seine frühe Mittagspause jeweils dazu genutzt, eine richtige Mahlzeit im Restaurant zu sich zu nehmen, aber jetzt fühlte es sich an, als würde er nur eine Pflichtübung absolvieren. Seit Ghaniyah von ihrem Halbbruder verschleppt worden war, hatte er kaum noch Appetit. Stattdessen machte er sich in seiner freien Zeit Sorgen um sie. Jetzt dachte er daran, wie sie im Gefängnis saß. Hinzu kam, dass es sich bei diesem Café, obwohl es nichts zu beanstanden gab, nicht um Ghaniyahs Café handelte – dort hatte er früher jeden Tag sein Mittagessen zu sich genommen. Dort hatten sie sich kennengelernt und dort hatten sie sich auch zum ersten Mal geküsst, nachdem er ihr eines Abends beim Aufräumen geholfen hatte. Dort hatten sie sich verliebt.

Er aß langsam und versuchte, sich damit zu trösten, dass die Zeitung die Fotos von Ghaniyah nun zumindest nicht mehr drucken konnte. Sie hatten den Computer, auf dem Fadhil Daneen die Fotos vom Checkpoint gezeigt hatte, mitgenommen. Früher am Morgen war er an dem Haus vorbeigegangen, an dem sie in der Nacht das TV-Gerät und den Computer hingestellt hatten. Die Geräte waren weg.

Und die Festplatte hatten sie in einem Boiler im Untergeschoss eines anderen Gebäudes verbrannt. Er war sich ziemlich sicher, dass sein Land die Bilder von Ghaniyah beim Checkpoint niemals zu Gesicht bekommen würde. Das war die gute Nachricht. Die schlechte war, dass er keine Ahnung hatte, wo Ghaniyah war, geschweige denn, ob es ihr gut ging oder ob sie überhaupt noch am Leben war. Und diese nagende Sorge war es, was ihm den Appetit verschlagen hatte.

»Wie hieß der Film noch mal?«, hörte Adnan einen Mann an einem Tisch nebenan fragen. »Ein Schwarzer chauffiert eine alte Dame überallhin?«

»Ein amerikanischer oder ein europäischer Film?«, fragte ein zweiter.

»Ein amerikanischer ... Die alte Frau fährt den Wagen nie selbst, sondern immer dieser Schwarze. Ein alter Film.«

»Ja, klar. *Miss Daisy und ihr Chauffeur*«, sagte der zweite Mann.

»Genau! So heißt er. Schau dort«, sagte der erste Mann lachend und zeigte aus dem Fenster. »Das ist es. Das ist es, was uns die Amerikaner bringen, nicht wahr? *Miss Daisy und ihr Chauffeur*.«

Adnan folgte ihrem Blick und sah einen Geländewagen, der auf der anderen Straßenseite geparkt war. Ein großer, schwarzer Mann saß hinter dem Steuer. Er trug eine Armeemütze. Ein Weißer saß auf dem Beifahrersitz, ohne Mütze. Adnan musste lächeln. Mit der Mütze sah der Schwarze tatsächlich wie ein Chauffeur aus.

»Aber der Weiße muss hinten sitzen«, wandte der zweite Mann ein. »So muss es sein. Er muss hinten sitzen.«

»Sag's ihm doch«, lachte der erste. »Und wenn du schon dabei bist, sag ihm doch auch noch, dass du gemeint hast, nur alte, weiße Damen würden von Schwarzen herumchauffiert.«

»Vielleicht heißt er ja Daisy.« Die beiden Männer lachten laut.

***

Gonz war immer noch am Telefon. Der Anruf war erfolgt, als Heisman gerade dabei war, den Geländewagen auf der dem Café gegenüberliegenden Straßenseite zu parken. Es war der Einsatzleiter in Langley, der weitere Informationen über die mögliche Vergiftung von Ghaniyahs Tante verlangte. Gonz setzte ihn über das Wenige, das ihm bekannt war, in Kenntnis und wiederholte ein paarmal, dass er McKay nicht anrufen könne, da sonst ihre Deckung auffliegen würde. Gonz wurde danach auf Lautsprecher gestellt – was er hasste – und gebeten, alles noch einmal zu wiederholen.

Es wurde viel spekuliert über die Vergiftung und darüber, was es bedeutete, wenn McKay Recht hatte. Die CIA wollte zwar keinen ihrer Gulfstreams in diese Gegend entsenden, aber sie stellten zumindest einen Helikopter auf dem Flugplatz in Basra zur Verfügung. Dieser würde abflugbereit auf sie warten, um die Wasserprobe ins Labor in Kuwait zu bringen.

Anschließend drehte sich das Gespräch darum, was sich in der Kommode der Tante befinden könnte und wie viel Zeit McKay blieb, um dies herauszufinden. Jemand in Langley schlug vor, dass sie ein Foto der Kommode machen und sie vermessen solle, damit man sie durch eine ähnliche Kommode ersetzen könne. Danach sprachen sie darüber, welche Möglichkeiten ihnen in dieser Gegend überhaupt zur Verfügung ständen, um eine solche Kommode möglichst unauffällig verschwinden zu lassen. Wenn alles glatt lief, könnte man die Kommode der Tante nach Kuwait bringen, wo man sie sorgfältig untersuchen würde.

Gonz musste sich mit aller Kraft beherrschen, um die Männer in den schwarzen Anzügen in Washington nicht anzuschreien. Er hatte einen Job zu erledigen und die Diskussionen und Spekulationen hielten ihn nur davon ab. Dennoch unterließ er es, seine Meinung zu sagen. Schließlich teilte man ihm mit, er solle sich zu jeder vollen Stunde melden, dann wurde das Gespräch beendet.

Heisman blickte seinen Vorgesetzten an. »Alles okay?«

»Ich fühle mich, als würden mir ungefähr 20 Deppen über die Schulter schauen.«

»Ist doch gut, Mann.« Als Gonz ihn verwundert ansah, erklärte er: »Das heißt, du sitzt am Ruder. Du hast den Ball in der Hand, die Situation ist verzwickt, und die warten ab, um zu sehen, ob du die richtige Strategie gewählt hast.« Heisman liebte seine Sportmetaphern.

»Wie viel Zeit bleibt uns noch?«, fragte Gonz, das Thema wechselnd.

»Keine«, sagte Heisman und deutete aus dem Fenster. »Die Mittagspause ist gleich vorbei.«

Gonz blickte auf die andere Straßenseite und sah, wie ihr Zielobjekt soeben das Café verließ. Adnan lief rasch und mit gesenktem Kopf, als müsse er sich darauf konzentrieren, einen Fuß vor den anderen zu setzen.

Gonz seufzte. »Weißt du was? Wir schnappen sie uns beide. Mal sehen, was sich ergibt.«

»Okay.« Heisman startete den Motor. Gonz blickte auf sein Blackberry, in der Hoffnung, dass sich McKay bald melden würde. Er brauchte mehr, viel mehr Information.

Außerhalb von Basra, Irak ~ Freitag, 14. April ~ 12:11 Uhr

Ein paar Kilometer von Basra entfernt standen die drei bescheidenen Häuser in ausreichender Entfernung zur dreckigen Straße nahe beieinander in einem Halbkreis und teilten sich denselben Garten. Das umgekippte Fahrgestell eines alten Lastwagens lag neben einem der Häuser. »Vor vielen Jahren waren hier Mais- und Kornfelder«, sagte Ghaniyah verbittert und deutete mit der Hand auf das unendlich weite Flachland um sie herum. »Als Kind bin ich durch die Kornfelder gerannt. Sie erschienen so riesig.«

McKay blickte sich um, aber alles, was man nun in dieser Einöde noch sehen konnte, waren vereinzelte Ackerfelder. In weiter Ferne erkannte sie einen Traktor. »Was ist passiert?«

»Zwei Familien wurden etwa drei Kilometer von hier von Saddams Polizisten ermordet. Alle Felder wurden zerstört. Auch hier.«

»Warum?«

Ghaniyah zuckte mit den Schultern. »Angeblich sollen sie geplant haben, die hiesige Baath-Regierung zu stürzen. Einige sagen, es sei Uday gewesen. Sie wissen schon, Saddams Sohn. Er hatte sich in ein junges Mädchen von hier verliebt. Bevor er sie holen konnte, schickte die Familie sie weg. Uday war außer sich. Er folterte die Familie, aber nur der Vater wusste genau, wohin sie gegangen war, und der brachte sich um, bevor man ihn foltern konnte. Also hat Uday seine Wut an den Feldern ausgelassen. Dem Land.«

McKay wusste nicht, was sie sagen sollte. »Wissen Sie, was mit dem Mädchen passiert ist?«

Ghaniyah antwortete nicht auf diese Frage. Sie stand einfach nur da und starrte auf die Einöde. »Ich weiß nicht, warum, aber das Korn wuchs jahrelang nicht. Es war furchtbar.«

McKay konnte nur nicken. »Hatte es Auswirkungen auf das Wasser? Ich meine, was sie mit den Feldern gemacht haben?«

Ghaniyah war überrascht über die Frage, schüttelte dann aber den Kopf. »Zumindest habe ich nichts davon gehört. Meine Tante ist hiergeblieben. Sie nahm eine Stelle in der Nähe der Stadt an. Aber hier ging es ihr gut.«

»Bis jetzt«, erinnerte McKay sie. »Wo ist der Brunnen?«

Ghaniyah zeigte auf eine Stelle zwischen zwei Häusern. »Da drüben.«

McKay folgte ihr mit ihrem schwarzen Medizinkoffer. Der Brunnen war ziemlich groß, umrahmt von einer Mauer aus Stein und mit einer modernen Handpumpe ausgerüstet. Als Ghaniyah nach der Handpumpe greifen wollte, warnte McKay: »Nicht anfassen.« Ghaniyah schaute sie verwundert an. »Vorsicht ist besser als Nachsicht«, erklärte McKay und zog sich Latexhandschuhe über. Dann nahm sie zwei kleine Fläschchen aus ihrem Medizinkoffer, drehte den Verschluss auf und gab sie Ghaniyah. »Oben nicht anfassen. Sie sind steril.«

Ghaniyah nickte und sah zu, wie McKay die Handpumpe betätigte, die überraschenderweise ziemlich eingerostet war. »Ihre Tante muss sich irren.«

Die irakische Frau lächelte. »Sie hat hier ihr ganzes Leben verbracht. Sie hat sich daran gewöhnt.«

McKay hatte Mühe, die Pumpe zu betätigen. »Und ich bin nur Wasserhähne gewohnt.« Endlich kam Wasser aus dem Hahn. »Okay, nun geben Sie mir eines der Fläschchen.« Ghaniyah reichte es ihr. McKay pumpte mit der rechten Hand und füllte mit der linken das Fläschchen auf. Es war rasch gefüllt. Danach gab sie es Ghaniyah zurück. »Und jetzt das andere.« McKay wiederholte das Vorgehen mit dem zweiten Fläschchen, verschloss beide, steckte sie in Druckverschlussbeutel, die sie aus ihrem Medizinkoffer fischte, und beschriftete sie mit Datum, Uhrzeit und Fundstelle der Wasserproben.

»Und was jetzt?«, fragte Ghaniyah.

McKay legte die Fläschchen in einen Styroporbehälter, versah diesen mit denselben Daten und legte ihn in den Medizinkoffer. Schließlich streifte sie die Latexhandschuhe ab und steckte sie in einen anderen Druckverschlussbeutel. »Jetzt sehen wir uns die Kommode an.«

Jadida, Irak ~ Freitag, 14. April ~ 12:32 Uhr

Daneen war aufgebracht.

Das Abenteuer, das sie in der Nacht zuvor mit Adnan erlebt hatte, hatte sie emotional und körperlich ausgelaugt. Sie hatte sich entschieden, sich etwas Gutes zu tun, indem sie sich aus einem nahe gelegenen Restaurant ein Take-away-Gericht holte. Danach war sie nach Hause gegangen und freute sich, als sie Faris zusammen mit zwei Jungen aus der Nachbarschaft in ihrem Hof spielen sah. Die drei saßen auf dem Boden und spielten mit etwas. Vielleicht mit Murmeln. Sie hatte das Baby gerade ins Bett gelegt und war nach draußen gegangen, um nach den Jungs zu sehen, als sie Faris sagen hörte: »Es stimmt! Er hatte keinen Kopf! Frag meinen Vater. Er hat viele Bilder gemacht. Er wird's dir sagen.«

»Was ist mit dem Kopf passiert?«, fragte einer der Jungs.

»Ist abgefallen, denke ich«, erklärte Faris.

»Kann das passieren? Kann der Kopf einfach so abfallen?«

»Nein, du Dummerchen«, sagte der dritte. »Sie haben ihn abgeschnitten.«

»Wer?«, fragte Faris plötzlich verängstigt.

»Na, du weißt schon, die Leute, die das manchmal tun.«

Als Daneen das hörte, ging sie sofort zu den Jungs. Was sie zu sehen bekam, ließ sie erschaudern. Die Jungs hatten mit Stöcken eine kleine Brücke errichtet und eine kopflose Puppe an den Füßen an der Traverse aufgehängt. Sie wusste sofort, was passiert war – Maaz hatte Faris mitgenommen, als er den Körper des toten Amerikaners fotografieren wollte. Sie hatte am Morgen bereits das Foto im *Iraq National Journal* gesehen. Sein Name hatte darunter gestanden. Es war ihr aber nicht in den Sinn gekommen, dass er Faris mitgenommen haben könnte.

»Faris«, schimpfte sie. »Was hat das zu bedeuten!«

Der Junge stand sofort auf. »Es tut mir leid, Mutter«, sagte Faris reumütig.

»Hast du ... hast du das gestern Nacht gesehen? Den toten Amerikaner am Fluss?«

»Ja, Mutter.«

»Du hättest nicht dahin gehen dürfen. Das ist kein Ort für Kinder.«

»Aber Badr war auch da«, protestierte Faris, als ob dies seine Anwesenheit bei dem grausigen Schauspiel rechtfertigen würde.

Daneen starrte ihr ältestes Kind an. »Badr?«, wiederholte sie.

»Wir konnten ihn doch nicht einfach zu Hause lassen.«

Daneen richtete ihre Aufmerksamkeit jetzt auf Naad, Faris' besten Freund, der auf der anderen Straßenseite wohnte. Bei den wenigen Gelegenheiten, bei denen sie und Maaz ohne ihre Kinder ausgingen, kümmerte sich Naads Mutter um die Jungs.

»Wir waren nicht zu Hause«, sagte Naad ruhig.

»Ich verstehe«, antwortete Daneen. Mehr brachte sie nicht über die Lippen.

»Es waren viele Leute da. Alle fingen an zu schreien«, erzählte Faris aufgeregt. »Ich habe nicht genau verstanden, was sie geschrien haben, aber es war laut. Sehr laut.«

Daneen sah ihren Sohn fassungslos an. Sie konnte nur ahnen, was die Menge skandiert hatte – *Tod den Ungläubigen*. Ihr Sohn hätte niemals in die Nähe einer solchen Meute kommen dürfen. Schließlich deutete sie auf die Puppe und die selbst gebastelte Brücke. »Wem gehört die Puppe?«

»Meiner Schwester«, gab Naad zu.

»Hast du sie kaputt gemacht?«

»Nein.« Er fischte den Kopf der Puppe aus seiner Hosentasche heraus und steckte ihn wieder auf den Körper. »Sehen Sie?«

»Gib die Puppe deiner Schwester zurück. Und ich will nichts mehr darüber hören.« Im Gehen drehte sie sich nochmals um und sagte: »Auch die Brücke. Ich will sie nicht mehr sehen.« Dann stürmte sie zurück ins Haus. Sie war außer sich, dass Maaz ihren Sohn zu dieser grausamen Szenerie mitgenommen hatte. Kein Kind sollte so etwas sehen. Sie fragte sich, ob es sich negativ auf Faris auswirken würde. Würde er Albträume bekommen?

Daneen hatte zuvor Angst gehabt, ihrem Mann gegenüberzutreten, der wegen des gestohlenen Computers und der verlorenen Fotos sicherlich furchtbar verärgert sein würde. Aber nun war sie so wütend auf ihn, dass es sie überhaupt nicht mehr kümmerte, wie aufgebracht er sein würde. Was er getan hatte, war unverzeihlich.

Jadida, Irak ~ Freitag, 14. April ~ 12:40 Uhr

»Allahu Akbar« – *Gott ist groß* –, skandierten die Gläubigen unisono. Ihre Stimmen hallten von den Mauern der Moschee wider.

Adnan stand, wie die vielen anderen Männer um ihn herum, in aufrechter Haltung, seine Arme an der Seite. Aber im Gegensatz zu allen anderen waren seine Gedanken weit weg von Gott. Er dachte an al Mudtaji und seine Männer. Wie sie gewissenhaft fünf Mal am Tag beteten. Jeden Tag. Ohne Ausnahme. Obwohl er mit dem Islam und den täglichen Gebeten aufgewachsen war und das ganze Ritual meistens auch pflichtbewusst ausgeübt hatte, hatte er in den letzten Jahren begonnen, an seinem Glauben zu zweifeln. Umso stärker, als er gesehen hatte, wie gewissenhaft al Mudtaji betete, aber dennoch einem Mann ohne Reue den Kopf abschlagen konnte.

Adnan spulte das Gebetsprogramm wie betäubt ab – kniete in die *Sudsch*ūd-Position, bei der man zuerst mit den Händen, dann mit der Stirn und schließlich mit der Nase den Boden berührt. »Gepriesen sei mein Herr, der Allerhöchste«, sprach Adnan mit den anderen Männern. »Gepriesen sei mein Herr, der Allerhöchste. Gepriesen sei mein Herr, der Allerhöchste.« Nach einer Pause sagten die Gläubigen zugleich: »Gott ist groß.«

Alle richteten sich auf, blieben aber auf den Knien, auf den Fersen sitzend, die Augen andächtig auf ihren Schoß gerichtet. Wieder sagten sie gemeinsam: »Gott ist groß!« Weiterhin kniend, legten die Männer erneut ihre Stirn auf den Boden und wiederholten: »Gepriesen sei mein Herr, der Allerhöchste«. »Gepriesen sei mein Herr, der Allerhöchste. Gepriesen sei mein Herr, der Allerhöchste.«

Mit dem Gesicht am Boden wiederholte Adnan das Gebet dieses Mal nicht. *Wie oft muss man immer das Gleiche wiederholen?*, dachte er. *Wird Gott nicht müde, immer und immer wieder denselben Satz zu hören?*

Er hasste sich selbst wegen dieser Gedanken. Aber die Wahrheit war, dass das Gebet dieses Mal einen bitteren

Nachgeschmack in ihm hinterließ. Anstatt sich rein zu fühlen, fühlte er sich unrein. Ironischerweise waren es Schuldgefühle, die ihn an diesem Nachmittag dazu bewegt hatten, in die Moschee zu gehen. Er hoffte, dass er eines Tages die tief verwurzelte Gewohnheit solcher Riten würde ablegen können und die Schuldgefühle, die er hatte, wenn er nicht betete.

Anstatt die restlichen Verse des islamischen Gebets mit den anderen zu wiederholen, betete Adnan still zu welchem Gott auch immer, dass Ghaniyah am Leben, in Sicherheit und gesund war. Er wiederholte sein persönliches Gebet mehrmals.

Es war das einzige Gebet, das er ehrlich meinte.

KAPITEL 10

Außerhalb von Basra, Irak ~ Freitag, 14. April ~ 12:43 Uhr

»Warum machen Sie das?«

»Ich befolge nur Befehle«, sagte McKay, richtete ihr Mobiltelefon auf die Kommode und machte mit der eingebauten Kamera erneut ein Foto.

Ghaniyah schaute sie verwundert an. »Mögen Sie ihn?«

»Wen?«

»Ihren Boss.«

McKay war überrascht und blickte Ghaniyah an. Schließlich antwortete sie: »Wie Sie schon sagten, er ist mein Boss.«

»Stimmt es, dass in Amerika viele Frauen arbeiten und viele ihren Boss heiraten?«

»Das weiß ich nicht«, sagte McKay, sichtlich unangenehm berührt von diesen Fragen.

»Er ist ein Prachtkerl.«

McKay musste lächeln. Ghaniyah hatte absolut Recht, dachte sie. Aber anstatt der irakischen Frau zuzustimmen, sagte sie: »Ich habe noch nie wirklich darüber nachgedacht.«

»Ach, kommen Sie«, antwortete die irakische Frau. »Er ist ein gut aussehender Mann. Sehr gut aussehend. Er ist ...«

»Ein Prachtkerl«, erbot sich McKay.

Ghaniyah erwiderte lachend: »Genau.«

McKay schickte die Fotos sofort per E-Mail an Peterson, so wie Gonz es ihr ein paar Stunden zuvor via SMS aufgetragen hatte. Sie hatte keine Ahnung, weshalb er Fotos von der

Kommode haben wollte, aber das spielte keine Rolle. Wie sie Ghaniyah erklärt hatte, befolgte sie einfach Befehle.

»Ist er verheiratet?«, fragte Ghaniyah.

»Ich weiß es nicht«, antwortete McKay wenig überzeugend. Sie wusste, dass Gonz Single war. Sie waren sich vor fast einem Jahr sehr nahe gekommen, als sie zusammen in Kirkuk stationiert waren, aber Gonz hatte plötzlich die Bremse getreten, weil er der Meinung war, dass ihre Beziehung rein professionell bleiben müsste. Seither war dies auch der Fall gewesen. Tatsächlich hatte McKay über nichts Persönliches mehr mit Gonz gesprochen und er mit ihr auch nicht. So hatten sie ausschließlich beruflich miteinander zu tun – so wie Gonz es wollte. Sie wusste, dass es dumm wäre, mitten in einem Kriegsgebiet eine Affäre zu beginnen, aber die Wahrheit war, dass ihre Gefühle für ihn sehr stark waren. Sie fand ihn attraktiv, ja. Aber da war noch mehr.

Als hätte Ghaniyah ihre Gedanken gelesen, sagte sie: »Nun, vielleicht nach dem Krieg?«

McKay ignorierte die Frage und sagte: »Wir müssen alle Schubladen rausziehen.«

Ghaniyah zog die oberste Schublade heraus. McKay half ihr, sie auf den Boden zu legen. Dann nahm McKay die Kleider sorgfältig heraus und untersuchte jedes Stück einzeln, bevor sie es auf einen Stapel daneben legte. McKay blickte Ghaniyah an. »Warum will Ihr Bruder die Kommode? Es muss doch einen Grund dafür geben?«

»Halbbruder«, erinnerte Ghaniyah sie abwehrend.

»Entschuldigung.« Nachdem sie alle Kleider herausgenommen hatte, kippte McKay die Schublade auf eine Seite und fuhr mit der Hand über die Unterseite.

»Ich habe bereits nachgesehen«, wandte Ghaniyah ein. »Sie haben mir gesagt, ich solle die Unterseite kontrollieren.«

»Ich weiß«, sagte McKay. Dann überprüfte sie die Seitenwände nochmals. Nichts. »Okay, die nächste.« Die zwei Frauen kontrollierten die restlichen vier Schubladen. Noch mehr Kleider. Nichts dazwischen versteckt. Nichts in den Schubladen, keine Dokumente auf der Unterseite festgeklebt, nichts auch nur annähernd Ungewöhnliches. McKay überprüfte anschließend das Gehäuse der Kommode, um sicherzustellen, dass nicht irgendwo etwas befestigt oder auf das Holz geschrieben worden war. Sie fand nichts.

»Irgendeine Idee? Haben Sie irgendeine Idee, weshalb al Mudtaji diese Kommode unbedingt haben will?«, fragte McKay erneut. Sie war frustriert. Ghaniyah zuckte nur mit den Schultern. »Es macht einfach keinen Sinn«, fuhr McKay fort. »Er schickt Sie hierher. Alleine. Trägt Ihnen auf, die Kommode zurückzubringen. Weshalb?« Ghaniyah schüttelte den Kopf. McKay spürte, wie ihr Telefon in ihrer Rocktasche vibrierte, und holte es hervor. Auf der Anzeige stand: »Anruf von Leutnant Collins.« Der Deckname von Gonz. Und dieses Mal rief er sie an. Sie antwortete: »Ja.«

»Kannst du reden?«, fragte Gonz und meinte damit, ob sie offen sprechen konnte. Sie wussten beide, dass die Leitung sicher war.

»Ja. Wir sind im Haus. Ich habe die Wasserproben und wir überprüfen gerade die Kommode.«

»Etwas gefunden?«

»Frauenkleider.«

»Du hast die Kleider durchgesehen?«

»Da ist nichts, Gonz. Glaub mir.«

Für einen Moment herrschte Totenstille. Schließlich fragte er: »Steht irgendwo etwas geschrieben? Auch nur ein oder zwei Wörter? Vielleicht auf den Innenwänden? Oder auf der Unterseite?«

»Da ist nichts«, antwortete McKay kurz angebunden. Sie mochte es nicht, wenn man an ihr zweifelte.

»Ich denke nur laut.«

»Ich habe Peterson soeben ein paar Fotos geschickt«, sagte sie geschäftsmäßig.

»Gut.« Wieder war es still. »Es ist seltsam. Wir hätten etwas finden müssen.« Wieder Stille, danach: »Ich habe das Gefühl, wir übersehen etwas.«

»Ich verstehe dich ja«, erwiderte sie etwas leiser. »Ich habe Ghaniyah ebenfalls gefragt, aber sie weiß auch nicht weiter. Ich weiß, es macht keinen Sinn.«

»Ich habe eine Theorie.«

»Und die wäre?«

»Auf dem Weg nach Bagdad will al Mudtaji, dass sie anhält und etwas abholt. Und dass sie das, was es auch ist, in die Kommode legt, damit es außer Sichtweite ist.«

»An was denkst du?«

»Waffen. Wie groß sind die Schubladen?«

McKay betrachtete die Schublade, die neben ihren Füßen lag. »Etwa achtzig Zentimeter breit. Vielleicht zwanzig Zentimeter hoch.«

»Wie viele Schubladen?«

»Fünf.«

»Wenn sie Waffen darin versteckt und irgendwo angehalten wird, wird man sie wahrscheinlich kaum überprüfen. Sie kann einfach sagen, die Kommode gehöre ihrer Tante.«

»Vielleicht«, erwiderte McKay tonlos.

»Versuch's nochmals bei Ghaniyah. Vielleicht kann sie sich an etwas erinnern. Irgendetwas.«

»Okay.« Sie wollte ihm sagen, er solle sich keine Sorgen machen. Sie würden es schon herauskriegen. Aber sie wusste, es war vergebliches Bemühen.

»Kannst du die Wasserprobe bis 17 Uhr zum Flughafenstützpunkt in Basra bringen?«, fragte Gonz, das Thema wechselnd.

»Ja. Wir sind fast fertig hier.«

»Ich sage unserem Mann dort, er soll dir bis 16 Uhr eine SMS schicken.«

»Alles klar.« McKay ging zum Fenster und blickte auf die dürre Landschaft. »Hast *du* etwas gefunden?«

»Die Notiz in Quizbys Mund war von Thamers Apotheke. Wir werden dort nachsehen.«

»Schade, dass wir den Körper nicht haben, sonst könnten wir …«

»Wir haben ihn. Er wurde gestern Abend abgeladen«, unterbrach Gonz sofort. »Warum? Was denkst du?«

»Nur ein weiterer möglicher Zufall«, antwortete McKay. »Erinnerst du dich? Als er entführt wurde, hieß es, er habe schwere Herzprobleme. Und dass seine Medikamente in seinem Hotelzimmer gefunden wurden. Wenn er keine Medikamente bei sich trug, als man ihn entführte, hatte er sowieso nicht mehr lange zu leben, ungeachtet der Tatsache, dass er ein DUCK war.«

»Und er wurde beinahe drei Wochen festgehalten«, führte Gonz den Gedanken für sie zu Ende.

»Genau. Wenn er also nicht auf wundersame Weise geheilt wurde, was ich sehr bezweifle, sollte sein Körper Spuren von einem irakischen oder europäischen ACE-Hemmer aufweisen, vielleicht Beta-Blocker oder Blutverdünner wie Warfarin oder Heparin.«

»Wofür ein Arzt ein Rezept ausstellen muss.«

»Und das höchstwahrscheinlich in einer Apotheke abgeholt werden muss. In einer Apotheke wie der von Thamer.«

Sie stand mit dem Rücken zu Ghaniyah und konnte so nicht sehen, wie die irakische Frau bleich wurde.

Jadida, Irak ~ Freitag, 14. April ~ 13:12 Uhr

Gonz steckte das Mobiltelefon in seine Hosentasche und erzählte Heisman von der Möglichkeit, dass Quizby ein Herzmedikament erhalten haben könnte. »Sie ist gut«, sagte Heisman und grinste. »Sie ist sogar sehr gut.«

Gonz grinste ebenfalls. Wenn er McKay gesagt hätte, wie wichtig sie für das Team war, wäre sie wahrscheinlich zurückgeschreckt. Er rief sofort Peterson an, der herausfinden sollte, welches Herzleiden Quizby gehabt und welche Medikamente er gebraucht hatte. Diese Informationen sollte er danach sofort dem medizinischen Institut in der Grünen Zone übermitteln, wo höchstwahrscheinlich bereits eine Autopsie im Gange war. Er wusste zwar, dass der Leichenbeschauer mit großer Sicherheit einen Test durchführen würde, um den Körper auf Spuren von Medikamenten zu überprüfen, aber er wollte sichergehen.

Er legte auf und blickte zur Apothcke, die nur wenige Meter von der Stelle entfernt war, an der sie ihren Geländewagen geparkt hatten. Sie hatten zugesehen, wie der junge Mann aus dem Café gekommen und in eine nahe gelegene Moschee gegangen war, um das Mittagsgebet zu verrichten. Um nicht mehr Aufmerksamkeit auf sie zu lenken als nötig, warteten sie in der Nähe der Apotheke auf ihn. Nun kam er auf sie zu. »Los geht's«, sagte Gonz.

Er und Heisman stiegen aus dem Geländewagen und liefen die Straße hinunter.

»Entschuldige«, sagte Adnan reuevoll, als er hinter die Theke trat. »Ich war beim Mittagsgebet.«

»Ich hoffe, du hast auch für mich gebetet«, antwortete Thamer mit einem Augenzwinkern und klebte ein Etikett mit Anweisungen auf ein Pillenfläschchen.

»Von wegen«, antwortete Adnan leichthin. Er ging zu einem kleinen Schrank und nahm seinen weißen Arbeitskittel heraus, den er nur in der Apotheke trug. »Vielleicht morgen.«

»Ich hasse diese Turnübungen beim Beten«, sagte der alte Mann mürrisch.

Adnan lachte. »Beten ist etwas für die Jungen, nicht wahr?«

»Jetzt lachst du noch. Warte nur, bis du so alt bist wie ich. Stehen. Die Hände auf dem Bauch, als hättest du Bauchweh. Verbeugen. Dann hinknien. Gesicht auf den Boden. Wieder aufsitzen. Wieder hinknien. Aber dann mit dem Fuß nach außen. Wieder hinknien, mit dem Gesicht nach unten.« Er wedelte mit der Hand und verwarf den Gedanken. »Lächerlich.«

»Du solltest das nicht sagen«, sagte Adnan plötzlich ernst.

Thamer stoppte seine Arbeit und sah Adnan streng an. »Weißt du, was in deinem Herzen vorgeht?«

Adnan war sich nicht sicher, was Thamer damit meinte, also zuckte er nur mit den Schultern. »Ich denke schon.«

»Nein, sag es mir«, insistierte Thamer. »Weißt du, was in deinem Herzen vorgeht? Hast du böse Gedanken? Willst du jemandem wehtun? Dir selber? Hegst du Hass oder Groll?«

»Nein.«

»Na gut, du kennst dein Herz. Denkst du, Allah, Allah der Große, in all seiner unendlichen Weisheit ... Denkst du, er weiß nicht, was in deinem Herzen ist?« Bevor Adnan antworten konnte, erwiderte Thamer mit Nachdruck: »Natürlich. Du denkst also, man muss all diese Turnübungen machen, nur damit er weiß, wie es in deinem Herzen aussieht?« Er wedelte wieder mit der Hand. »Nein.«

»Ich habe nur gemeint, dass man nicht sagen sollte, dass es lächerlich ist.«

»Es ist anstrengend. Für einen alten Mann wie mich ist es anstrengend. Mein Körper ist alt. Aber mein Herz ist rein, und ich glaube, Allah kann das sehen.«

Adnan nickte. Er war nicht sehr überrascht über den zornigen Ausbruch seines Mentors. Sie machten normalerweise mittags und nachmittags eine Pause, wenn die meisten strenggläubigen Muslime beten gingen. Adnan wusste, dass Thamer aufgrund seiner Rückenschmerzen nur noch selten an den Ritualen teilnahm. »Vielleicht sollte ich dir ein paar Schmerztabletten geben«, sagte Adnan scherzhaft.

Thamer lachte. »Führe mich nicht in Versuchung. Führe mich nicht in Versuchung.«

Die Tür des Haupteingangs öffnete sich. Adnan blickte auf und sah, wie zwei amerikanische Soldaten die Apotheke betraten. Der eine war ein gut aussehender Weißer, der andere ein großer Schwarzer. Die Armeekleidung wies darauf hin, dass beide Leutnant waren. Dieses Mal hatte Adnan keine Angst, nicht so, wie am Tag der Enthauptung, als er einem amerikanischen Soldaten dabei geholfen hatte, Augentropfen zu finden. »Frag, was sie wollen«, sagte Thamer zu ihm.

Adnan stieg rasch die zwei Stufen zum Hauptbereich des Ladens hinunter und ging zu den beiden Männern. »Kann ich Ihnen helfen?«, fragte er auf Englisch.

»Wir müssen mit Ihnen sprechen«, antwortete der Weiße. »Und mit Ihrem Chef.«

Plötzlich schlug Adnans Herz wie wild. Er stand für einen Augenblick regungslos da. Der Schwarze sagte auf Arabisch zu ihm: »Thamer. Er ist Thamer, korrekt?«

»Ja«, antwortete Adnan auf Arabisch.

»Wir müssen mit Ihnen beiden reden«, fuhr der Schwarze fort. Er zeigte auf die Tür und sagte: »Vielleicht drehen Sie besser das Schild um.«

»Ich verstehe nicht«, murmelte Adnan auf Arabisch.

»Drehen Sie das Schild an der Tür um«, wiederholte der schwarze Mann.

Adnan blickte über seine Schulter zu Thamer, aber der alte Mann war immer noch dabei, Rezepte auszufüllen. Adnan ging rasch zur Tür und drehte das Plastikschild um, das an einem Haken an der Glastür hing.

»Sind Sie Thamer?«, fragte der Mann auf Arabisch. Thamer blickte überrascht hoch, gab aber keine Antwort. Der schwarze Mann ging zur Treppe und schaute über seine Schulter zu Adnan. »Kommen Sie bitte, beide.«

Der schwarze Mann ging die zwei Stufen hoch zu Thamer, der schließlich überrascht fragte: »Was ist denn los?«

»Nur ein paar Fragen, Sir.«

Adnan blickte den weißen Mann an, der ihm bedeutete, ihm zu folgen. Widerwillig ging er zu Thamer und dem Schwarzen hinter die lange Theke. Der weiße Mann stand direkt hinter ihm. Er nahm plötzlich etwas Kleines aus seiner Brusttasche und knallte es auf die Theke. »Erkennen Sie das?«

Adnan betrachtete das Objekt. Es war ein kleines gelbes Stück Papier in einem Plastikbeutel. Er sah Namen und Adresse der Apotheke am oberen Rand und wusste sofort, dass das Stück Papier der gelbe Durchschlag von ihrem Notizblock war. Am rechten Rand stand etwas sehr Undeutliches auf Arabisch geschrieben. Der Schwarze übersetzte, was der Weiße gesagt hatte. Thamer nahm die Plastiktüte in seine Hand und betrachtete das Papier. Dann gab er es dem weißen Mann zurück. »Es ist von unserem Rezeptblock, ja«, sagte Thamer auf Arabisch.

Adnan sagte kein Wort. Auch wenn er gewollt hätte, hätte er es nicht gekonnt. Sein Herz pochte. Seine Gedanken rasten.

»Ich verstehe nicht«, sagte Thamer. »Weshalb bringen Sie uns das?«

»Wir brauchen Ihre Hilfe«, sagte der schwarze Leutnant freundlich. »Helfen Sie uns, herauszufinden, wem das Papier gehört.«

»Sie wissen, dass vor drei Tagen ein Amerikaner enthauptet wurde?«, fragte Gonz Adnan auf Englisch. »Der Kopf wurde in der Nähe der Grünen Zone gefunden.«

Heisman übersetzte Wort für Wort.

»Sie erinnern sich, nicht wahr?«, setzte Gonz Adnan unter Druck.

»Ja«, sagte Adnan schließlich.

»Im Mund des Mannes war eine Notiz versteckt. Von seinem Mörder. Al Mudtaji. Kennen Sie ihn?«

»Nein«, flüsterte Adnan. Seine Stimme ließ ihn im Stich.

Der schwarze Leutnant wiederholte die Frage und Thamer erwiderte: »Alle kennen al Mudtaji. Er ist ein Verräter.«

»Sie kennen ihn«, bestätige Gonz auf Englisch und blickte Thamer an. Dann drehte er sich zu Adnan um. »Aber Sie nicht. Warum nicht?«

»Ich meinte, ich *kenne* ihn nicht.« Er drehte sich zu Heisman um und sagte auf Arabisch: »Sie wissen schon, persönlich. Ich kenne ihn nicht persönlich. Aber natürlich wissen alle, wer er ist.«

Gonz fuhr fort: »Dieses Papier, das aus Ihrer Apotheke stammt, wurde im Mund des toten Amerikaners gefunden. Können Sie das erklären?«

Da Adnan seiner Stimme nicht mehr traute, schüttelte er nur den Kopf, während der schwarze Mann Gonz' Worte übersetzte. Thamer nahm den Plastikbeutel und betrachtete die Notiz erneut. Dann wandte er sich auf Arabisch an Heisman.

Gonz sah zu, wie der Mann auf die arabische Handschrift am rechten Rand zeigte. Das Papier war nicht das Original, sondern ein Blatt vom Notizblock, den sie zwei Tage zuvor aus der Apotheke hatten mitgehen lassen, aber das wussten die zwei Männer nicht. Gonz hatte Heisman beauftragt, exakt dieselben Worte wie auf dem Original darauf zu schreiben. »Aref« war, wie die CIA gesagt hatte, ein arabischer Männername. Er sah zu, wie Thamer weitersprach und immerzu auf den handgeschriebenen Namen zeigte.

Heisman bedeutete ihm schließlich, ruhig zu sein, und sagte zu Gonz: »Er sagt, das Papier könnte einem ihrer Kunden gehören. Einem gewissen Aref al-Balbusi. Es ist sein Name auf dem Papier, es muss also ihm gehören. Er wohnt hier in Jadida.«

»Ist er ein Freund von al Mudtaji?«, fragte Gonz. Heisman übersetzte. Thamer schüttelte den Kopf.

»Wie alt ist er?«, fragte Gonz.

Heisman fragte Thamer, der zu einer großen Rollkartei ging und die Kärtchen durchblätterte. Thamer schaute Adnan an und sagte auf Arabisch: »Er ist so alt wie ich. Nein, älter. Nicht wahr?«

»Siebzig, vielleicht fünfundsiebzig«, sagte Adnan auf Arabisch und auf Englisch.

»Etwas alt für einen Terroristen«, wandte Gonz ein.

Thamer händigte Heisman das Karteikärtchen aus und erklärte etwas auf Arabisch. Heisman sah Gonz an und übersetzte: »Er sagt, er wisse, dass der Mann kein Terrorist sei. Er kennt ihn und seine Frau bereits sein ganzes Leben. Er sagt, er sein ein guter Mann.«

»Das stimmt«, sagte Adnan auf Englisch. »Er ist ein guter Mann. Er würde so etwas nie tun.« Als Gonz ihn ansah, hatte Adnan das Gefühl, er müsse die Stille mit Worten füllen, also fuhr er fort: »Vielleicht war es nicht Aref. Vielleicht hat jemand den Notizblock gestohlen. Es steht einfach sein Name drauf. Vielleicht haben wir begonnen, etwas aufzuschreiben, und dann hat jemand den Notizblock gestohlen.«

»Und das ist Ihnen nicht aufgefallen?«, fragte Gonz skeptisch.

»Nein«, sagte Adnan und zuckte mit den Schultern. Es gab keinen Zweifel, dass al Mudtaji den Block gestohlen hatte, aber Adnan hatte dies tatsächlich nicht bemerkt. Er sagte die Wahrheit.

»Warum würde jemand ein Papier stehlen, auf dem Ihr Name steht?«, fragte Gonz. »Ist Papier in dieser Gegend Mangelware?«

»Ich weiß es nicht«, sagte Adnan wenig überzeugend. »Ich kann es mir nicht erklären.« Das war die Wahrheit. Obwohl al Mudtaji ihm gesagt hatte, dass er den Amerikanern eine »Botschaft« schicken wolle, hatte Adnan keine Ahnung gehabt, dass diese auf einem Stück Papier geschrieben und im Mund des Mannes versteckt werden würde. Oder dass das Papier aus seiner Apotheke stammte.

Heisman drehte sich zu Thamer um und sagte unfreundlich auf Arabisch: »Wir glauben, Sie kennen al Mudtaji und Sie haben ihm geholfen.«

Thamer starrte den schwarzen Mann an, kreidebleich. »Wir kennen ihn nicht. Niemand kennt ihn.«

»Niemand?«

»Niemand, den wir kennen.«

»Vielleicht einer unserer Kunden«, sagte Adnan eifrig auf Arabisch. »Wir schließen sie nicht weg. Schauen Sie. Hier ist einer.« Er nahm einen Notizblock, der auf der Theke lag, und zeigte ihn den Amerikanern. »Jeder könnte ihn genommen haben.«

Heisman übersetzte rasch. Gonz schüttelte bloß den Kopf. »Ein Kunde? Ein Kunde hat den Zettel genommen?«

»Könnte sein«, antwortete Adnan auf Englisch.

»Wir wissen nichts davon«, sagte Thamer auf Arabisch. »Wir haben nichts mit al Mudtaji zu tun. Er ist ein Krimineller. Man sollte ihn verhaften. Was er tut, ist barbarisch!«

Nachdem Heisman übersetzt hatte, blickte Gonz Adnan an. »Was ist mit Ihnen? Haben Sie etwas mit al Mudtaji zu tun? Etwas, wovon Ihr Chef keine Ahnung hat?«

»Nein«, stotterte Adnan. »Natürlich nicht.«

»Sind Sie mit ihm einer Meinung? Tod den Amerikanern? Nennen Sie uns Ungläubige? Sie ...«

»Nein!«

»Was sagt er?«, fragte Thamer verärgert.

»Er fragt, ob dein Freund mit al Mudtaji gemeinsame Sache macht«, erklärte Heisman auf Arabisch. »Ob er an seine Sache glaubt.«

»Natürlich nicht«, antwortete Thamer verteidigend. »Das ist absurd!«

»Nein«, wiederholte Adnan.

Gonz starrte den jungen Mann an. Er wusste, dass Adnan nervös war, und sein Bauchgefühl sagte ihm, dass *er* eine Verbindung zu al Mudtaji hatte. »Okay«, sagte Gonz freundlich. »Jemand hätte also problemlos einen Notizblock mitnehmen können.«

»Ja. Ja, das sage ich doch schon die ganze Zeit«, bestätigte Adnan auf Englisch.

»Na gut, sagen wir, ich glaube Ihnen. Aber dann habe ich immer noch ein Problem.« Er hielt einen Moment inne und beobachtete den nervösen Muslim. »Der Amerikaner, der enthauptet wurde. Er hatte ein schwaches Herz. Er brauchte Medikamente. Medikamente, die er nicht bei sich trug, als er entführt wurde.« Da war es! Er bemerkte es. Ein kurzes Flackern im Gesicht des jungen Mannes. Angst? Er fuhr fort: »Er hätte nicht lange überlebt ohne diese Medikamente. Und da wir nun den Körper des Mannes gefunden haben, führen wir ein paar Tests durch. Einen toxikologischen Test. Ich wette alles Geld der Welt, dass wir Spuren von Beta-Blockern, ACE-Hemmern oder etwas Ähnlichem finden werden. Ein Medikament, das ihn am Leben erhielt, bis al Mudtaji ihn umbringen konnte.« Gonz ließ seine Worte einen Moment lang wirken und fügte dann hinzu: »Wie groß ist die Chance

Ihrer Meinung nach? Dass wir Notizpapier aus nur einem Laden im ganzen Land finden, und zwar aus Ihrem? Und die Chance, dass ein Entführungsopfer Medikamente erhalten hat – Medikamente, die auch von hier stammen?«

Adnan antwortete nicht. Er hätte kein Wort herausgebracht, auch nicht, wenn sein Leben auf dem Spiel gestanden hätte. Er hatte zu viel Angst.

»Das nenne ich Zufall«, fuhr Gonz fort und blickte Adnan an. »Und wissen Sie was? Ich mag Zufälle nicht.«

KAPITEL 11

Bagdad, Irak ~ Freitag, 14. April ~ 15:54 Uhr

Der Junge war gut bezahlt worden und zeigte nun auf eine Gruppe Männer, die in einer weitläufigen Schlange vor dem Ticket-Schalter beim Stadion Al Sh'ab standen. Gonz starrte bloß vor sich hin. Die Männer waren allesamt jung, keiner sah älter als 30 aus, außer einem alten Mann, der eine kurze rote Jacke trug. Gonz sah Heisman an, der die Szene wachsam beobachtete.

»Der alte Mann?«, fragte Gonz. »Mit der roten Jacke?«

»Ja, ja«, antwortete der Junge in perfektem Englisch mit leicht britischem Akzent. »Das ist er.«

»Es ist eine Rekrutierungsstelle«, sagte Heisman. »Für Polizisten.«

»Er ist jeden Freitag hier«, sagte der Junge. »Zwischen den Gebetszeiten.«

Wie Gonz wusste, bezog sich der Junge darauf, dass der Freitag im Islam ein heiliger Tag war. Während er den alten Mann beobachtete, fragte er: »Was macht er da? Er denkt doch nicht wirklich, dass er Polizist werden kann.«

Der Junge zuckte verlegen mit der Schulter. »Er hofft.«

»Er hofft«, sagte Heisman schroff. »Worauf?«

»Auf den Tag.« Die Amerikaner sahen ihn verwundert an und er sagte: »Vielleicht ist heute sein Tag. Wer weiß das schon?«

»Was soll heute passieren?«, fragte Heisman ungeduldig.

»Ich sollte nicht hier sein«, sagte der Junge plötzlich. »Meine Mutter wäre sehr böse auf mich.«

Heisman und Gonz tauschten Blicke. Gonz sagte: »Auf was wartet er? Trifft er jemanden hier? Jeden Freitag?«

»Nein. Ich glaube nicht«, sagte der Junge. »Er hofft bloß.«

»Worauf hofft er?«, fragte Gonz ruhig. »Sag uns, worauf er hofft.«

»Auf eine Bombe.«

Gonz und Heisman tauschten wieder Blicke aus.

»Wie sagt man?«, fuhr der Junge fort. »Jemand bringt eine Bombe. Tötet alle. Besonders neue Polizisten.«

»Du meinst einen Selbstmordattentäter?«, fragte Gonz überrascht.

»Ja, ja. Das ist das Wort, wonach ich gesucht habe. Selbstmord. Selbstmordbombe.« Die Amerikaner waren sprachlos. Sie versuchten, die Neuigkeiten zu verdauen. Der Junge sagte erneut: »Ich sollte wirklich nicht hier sein. Meine Mutter hat es mir verboten.«

»Hat sie Angst, dass ein Selbstmordattentäter auftaucht?«, fragte Heisman.

Der Junge nickte. »Kann ich gehen?«

»Also, Aref ist dein Nachbar, ja? Ist er lebensmüde, oder was?«, fragte Gonz leise.

Wieder Kopfnicken. »Er hat es eines Abends meinem Vater erzählt. Er war sehr aufgebracht. Sagte, er wolle einfach nur sterben. Aber er wird nicht zu Rafia kommen, wenn er sich selbst umbringt, also hofft er, dass er sonst irgendwie sterben kann.«

»Moment mal«, unterbrach Heisman. »Wer ist Rafia?«

»Seine Frau«, antwortete der Junge. »Sie ist im Himmel.«

»Seine Frau ist also tot und er will ihr so schnell wie möglich folgen, ja?«, sagte Heisman empört. »Ist für mich immer noch Selbstmord, wenn man sich absichtlich irgendwo hinstellt und hofft, dass man dort umgebracht wird.«

Der Junge sagte kein Wort, sah sich vorsichtig um. Es war offensichtlich, dass ihm unbehaglich zumute war. Gonz drehte sich zu Heisman um. »Finde heraus, was du kannst. Wir warten hier.« Heisman ging, und sie schauten zu, wie er auf die Männer zulief. Gonz drehte sich zu dem Jungen um und sagte: »Es ist sicher. Wir sind weit genug weg.«

Der Junge sah Gonz an, als ob er verrückt geworden sei. »Eines Tages wird er Recht behalten. Sein Tag wird kommen.«

»Vielleicht«, meinte Gonz. »Aber nicht heute.« Er versuchte, das Thema zu wechseln, indem er fragte: »Wo hast du so gut Englisch gelernt?«

»Von meinem Vater.«

»Wo hat er es gelernt?«

»In London.«

Das erklärte den leicht britischen Akzent. »Na, das ist ja ein Ding.«

Der Junge nickte. »Er wird eines Tages mit mir dorthin gehen«, erklärte er stolz.

»Kann ich kurz mit Ihnen sprechen?«

Aref starrte den schwarzen Amerikaner an, überrascht durch die Frage in arabischer Sprache. »Wer sind Sie?«

»Meine Name ist Stubbs«, antwortete Heisman. »Leutnant Stubbs, US-Armee.« Er bemerkte, dass alle anderen Männer still waren und ihm zuhörten. »Es ist wichtig.«

»Um was geht es?«, fragte ein junger Mann hinter Aref.

»Es geht um Rafia«, sagte Heisman leise zu Aref und ignorierte die anderen.

»Rafia ...?«

»Genau.«

Aref sah sich um. Die anderen Männer starrten ihn an. Aref blickte Heisman an, drehte sich um und wandte sich einer kleinen Gruppe junger Männer zu, die am Boden Schach spielten. Er pfiff. Einer der Männer stand auf und kam zu ihnen herüber.

»Ich mache eine Pause. Halte mir den Platz frei«, sagte Aref zu dem Mann.

Heisman führte Aref weg von der Menge. »Es tut mir leid wegen Ihrer Frau.«

»Haben Sie sie gekannt?«, fragte der alte Mann neugierig.

»Nein, Sir, hab ich nicht.« Sie waren nun gut fünfzig Meter von den anderen entfernt. Heisman stoppte. »Aber ich weiß, weshalb Sie jeden Freitag hier stehen.«

»Ich verdiene damit Geld«, antwortete Aref abwehrend. »Die Jungen, sie sind ungeduldig. Wollen nicht warten. Andere wollen zurück in die Moschee. Sie bezahlen mich, wenn ich ihren Platz in der Schlange einnehme.«

»Ein bisschen gefährlich, denken Sie nicht?« Aref starrte Heisman bloß an, also fuhr dieser fort: »Die Sunniten haben Spaß daran, Bomben an solchen Orten hochgehen zu lassen.« Aref fühlte sich plötzlich unbehaglich. Heisman fuhr fort: »Aber das wissen Sie sicher. Jeder weiß das. Sie denken vielleicht, es wäre ein Segen, nicht wahr? Wenn Sie sterben, wäre es okay, nicht wahr?«

»Ich verstehe nicht«, protestierte Aref.

»Sie wollen sterben, und wissen Sie was? Es ist mir egal. *Ich* will nicht sterben. Wenn *Sie* sterben wollen, na gut. Aber *ich* will leben, und die meisten Menschen in diesem Land wollen das auch, nicht wahr?« Aref sagte kein Wort. Heisman nahm den Plastikbeutel mit dem gelben Durchschlag von Thamers Apotheke hervor. »Sehen Sie das? Da steht Ihr Name drauf.« Aref betrachtete das Papier und zuckte dann mit den Schultern. »Erinnern Sie sich an den Amerikaner, den al Mudtaji vor ein paar Tagen umgebracht hat? Er hat ihm den Kopf abgehauen.« Aref reagierte nicht, also fragte Heisman strenger: »Erinnern Sie sich oder nicht?«

»Ja«, antwortete Aref nervös.

»Das hat man in seinem Mund gefunden. Es ist aus Thamers Apotheke. Eine Apotheke, in der Sie Ihre Medikamente holen. Eine Apotheke, die sich zwei Blocks von Ihrem Zuhause befindet. Und Ihr Name steht drauf.«

Aref war entsetzt, als ihm die Worte des Amerikaners bewusst wurden. »Al Mudtaji?«

»Genau. Der große al Mudtaji. Ihr Freund.«

»Mein ...? Nein. Ich kenne al Mudtaji nicht.«

»Wer tut das schon? Adnan? Der junge Sunnit, der dort arbeitet?«

»Nein.«

»Wissen Sie, was ich denke? Ihr arbeitet beide für al Mudtaji.«

»Nein!«

»Und Sie haben al Mudtaji dieses Papier gegeben, damit er uns eine kleine Botschaft zukommen lassen kann.«

»Nein, ich schwöre es!«

»Sie haben einfach nicht gemerkt, dass Ihr Name handgeschrieben daraufstand.«

»Nein!«

»Der Sie nun in Verbindung mit al Mudtajis Terrorgruppe bringt?«

»Nein! Ich schwöre es. Das Papier ist nicht von mir. Ich weiß nicht, wovon Sie sprechen!«

Heisman betrachtete ihn für einen Moment. Er und Gonz glaubten beide, dass Aref wahrscheinlich eine Sackgasse war, aber jeder Hinweis musste überprüft werden. »Ich sage Ihnen was. Machen wir eine kleine Spazierfahrt.«

»Wie? Nein!«, protestierte Aref. »Sie stecken mich ins Gefängnis!«

»Nein«, antwortete Heisman und wedelte mit der Hand. »Nur in ein zweilagiges Standard-Armeezelt.« Dann schaute er den alten Mann eindringlich an. »Hey, und wissen Sie was? Es steht genau neben einem Waffenlager. Wenn etwas schiefgeht, macht's bum!«

Aref starrte den schwarzen Amerikaner an.

Heisman grinste. »Vielleicht ist heute doch Ihr Glückstag.«

Basra, Irak ~ Freitag, 14. April ~ 16:01 Uhr

Das Taxi, in dem eine angespannte Stille herrschte, bahnte sich seinen Weg durch die Vororte der Stadt. McKay beobachtete Ghaniyah, die aus dem Fenster schaute. McKay hätte sie zwar gerne gefragt, weshalb sie so beunruhigt war, aber sie konnte nicht, aus dem einfachen Grund, weil sie nicht mehr als zwei Wörter Arabisch konnte. Und sie wagten es nicht, vor dem Taxifahrer Englisch zu sprechen. Der Mann nahm an, er fahre zwei irakische Frauen zum Krankenhaus, wo sie ihre kranke Verwandte besuchen würden. Es war besser, wenn er nicht wusste, dass sich eine amerikanische Frau in seinem Wagen befand. Als der Verkehr um sie herum zunahm, blickte der Fahrer im Rückspiegel Ghaniyah in die Augen und sagte etwas auf Arabisch. McKay sah, wie Ghaniyah mit der Schulter zuckte und etwas murmelte. Der Fahrer nickte und manövrierte sein Taxi auf die rechte Spur. McKay hasste die Sprachbarriere. Das und den Hidschab, den sie wieder tragen musste und der sie unglaublich störte.

Einen Moment später stoppte der Fahrer an einer Tankstelle. Er sagte wieder etwas zu Ghaniyah und stieg aus. McKay sah zu, wie er den Tank auffüllte, dessen Öffnung sich neben ihrer Tür befand. Sie drehte sich zu Ghaniyah um und flüsterte: »Was ist denn los?«

Ghaniyah warf ihr einen bösen Blick zu. Sie schaute den Fahrer an und zuckte dann mit der Schulter.

»Sie sind aufgebracht, seit wir das Haus verlassen haben. Was ist los?«

»Weshalb tun wir das?«, fragte Ghaniyah sichtlich verstört.

»Weshalb tun wir was?«, fragte McKay perplex.

Ghaniyah gestikulierte wie wild mit den Armen. »Das hier! Weshalb gehen wir nach Basra? Ist das nicht Zeitverschwendung? Ich habe Ihnen al Mudtaji geliefert ...«

»Sprechen Sie leiser«, fauchte McKay.

»Ich habe Ihnen al Mudtaji geliefert, und nun?«, flüsterte Ghaniyah. »Was werden Sie tun? Holen Sie ihn? Verhaften Sie ihn? Nein. Sie spielen Spielchen.«

»Wir müssen wissen, was er vorhat.«

»Er hätte nichts mehr vor, wenn Sie ihn verhaften würden. Sie hätten ihn verhaften sollen. Dann wäre es jetzt zu Ende.«

»Okay«, sagte McKay vorsichtig. »Vielleicht. Vielleicht hätten wir ihn erwischen können. Aber es gibt sehr viele Hinweise darauf, dass er und seine Männer etwas Großes planen.« Ghaniyah schnaubte nur, also fuhr McKay fort. »Und wenn wir ihn gefangen genommen hätten, würde sein Plan trotzdem ausgeführt werden. Und wir wären wieder bei null angekommen.«

Ghaniyah starrte sie zornig an: »Vielleicht geht er schief, Ihr Plan.«

»Kann sein«, antwortete McKay. »Es ist wie beim Glücksspiel.«

Ghaniyah schien einen Moment darüber nachzudenken. Dann platzte es aus ihr heraus: »Woher wollen Sie wissen, dass ich nicht einfach wegrennen werde?«

»Ich weiß es nicht«, antwortete McKay. Ghaniyahs Wut überraschte sie. »Auch das ist ein Glücksspiel.« Natürlich sagte sie der irakischen Frau nicht, was Gonz ihr gesagt hatte – dass zwei Männer Ghaniyah beobachteten, wenn immer möglich. Sie fragte sich, ob die Männer jetzt auch in der Nähe waren. Obwohl sie ein intensives CIA-Überwachungstraining absolviert hatte, einschließlich des Entdeckens von Verfolgern, hatte McKay noch niemand Verdächtiges gesehen, seit sie unterwegs waren. Was nicht hieß, dass die Männer nicht da waren – es hieß nur, dass McKay als verdeckte Agentin noch viel zu lernen hatte.

»Manchmal spielt man und verliert ... oder etwa nicht?«, fragte Ghaniyah.

»Denken Sie, das ist es, was passieren wird?«

Sie drehte ihren Kopf und starrte McKay wütend an: »Ich habe Ihnen al Mudtaji geliefert. Ich habe ihn verraten. Haben Sie sich dafür bedankt? Nein. Nein. Sie wollen mehr.«

Die Fahrertür öffnete sich plötzlich. Der Fahrer guckte hinein und fragte Ghaniyah etwas auf Arabisch. Sie schüttelte den Kopf. Er schloss die Tür wieder und ging weg. Als McKay sie verwirrt anstarrte, erklärte sie: »Er geht Zigaretten holen.«

»Hören Sie, vielleicht war es die falsche Entscheidung. Ich weiß es nicht. Es liegt nicht in meinen Händen. Aber lassen Sie mich Ihnen eine Frage stellen.« Ghaniyah drehte sich zu ihr um und McKay sagte: »Sind Sie nicht ein bisschen neugierig wegen Ihrer Tante? Weshalb sie vergiftet wurde?«

Ghaniyah schaute weg.

McKay fuhr fort: »Denn ich bin neugierig. Ich bin sehr neugierig, weshalb jemand diesen Brunnen vergiftet hat. Ich könnte falsch liegen, aber ich glaube, al Mudtaji steckt dahinter.«

Ghaniyah schaute sie verwundert an. Sie wollte etwas sagen, hielt sich aber zurück.

»Und ich glaube, Sie wissen es auch.« McKay sah den Fahrer zurückkommen und fügte rasch hinzu: »Also ja, vielleicht ist es Zeitverschwendung. Aber wenn wir wissen, wodurch Ihre Tante vergiftet worden ist, besteht die Möglichkeit, dass wir sie retten können. Sie und ihre Nachbarn. Halten Sie das auch für Zeitverschwendung?«

Der Fahrer öffnete die Tür und glitt in den Sitz, bevor Ghaniyah antworten konnte. Er startete den Motor, der einmal fehlzündete, und sie fuhren davon.

Jadida, Irak ~ Freitag, 14. April ~ 19:13 Uhr

Während Daneen das Baby in ihrem Arm in den Schlaf wiegte, betrat sie den engen Gang, um besser hören zu können, was im Wohnzimmer gesprochen wurde.

»Es war die CIA«, hörte sie den attraktiven amerikanischen Journalisten mit einem leichten Akzent sagen.

»Woher wissen Sie das?«, fragte Maaz sofort.

»Ihr hattet die Fotos auf einem Netzwerkserver. Sie haben sie gefunden. Sie haben sie zerstört. Nicht nur gelöscht. Sie haben sichergestellt, dass ihr sie nicht wiederherstellen könnt. So etwas macht nur die CIA.«

»Sie haben sogar die Back-up-Disketten zerstört«, hörte sie Fadhil sagen.

»Genau«, fuhr der Amerikaner fort. »Die Frage ist also, warum?«

»Das frage ich mich schon den ganzen Tag«, lamentierte Maaz.

Daneen sah Badr an, der in ihren Armen schlief. Sie ging lautlos zurück ins Schlafzimmer und legte ihn in die Wiege neben dem Bett. Als sie ihn zudeckte, musste sie lächeln. Maaz saß in ihrem Wohnzimmer und sprach mit einem amerikanischen Journalisten, den sie zuvor im Fernsehen gesehen hatte – über Geschäftliches. Der Mann hatte sich als Oberst K. C. vorgestellt. Sie fand ihn ziemlich charmant. Ebenfalls dabei waren Fadhil, ein junges Computergenie, und Duqaq, ein sehr respektierter irakischer Journalist.

Niemals hätte sie sich so etwas vorstellen können. Zwei bekannte Journalisten bei ihnen zu Hause, die mit ihrem Mann über wichtige Dinge diskutierten. Sie war verblüfft. Schließlich war Maaz nur ein Hausmeister. Nichts mehr. Er war kein gebildeter Mann. Das war auch ein Grund, weshalb sie glaubte, dass ihr Bruder Adnan ihn nicht besonders mochte. Maaz jedoch hatte Glück gehabt. Die Baath-Partei von Saddam hatte das riesige Gebäude besetzt, und Maaz sorgte dafür, dass dort alles weiterhin reibungslos verlief. Er wurde auch sehr großzügig dafür entschädigt. Das erklärte ihr bescheidenes, aber durchaus respektables Zuhause. Als die Amerikaner den Krieg ins Land brachten und bald darauf das Gebäude übernahmen, hatte Maaz schon wieder Glück – die Amerikaner bezahlten ihm noch mehr als die Baathisten.

Aber jetzt, da er in ihrem Wohnzimmer saß und die Misere der verlorenen Fotos mit den anderen besprach, wusste sie, dass er nicht einfach nur Glück hatte. Er hatte Talent. Ein Talent zum Fotografieren, und diese Männer respektierten ihn dafür. Es war unglaublich. Wirklich unglaublich.

Früher am Nachmittag hatten sie gestritten. Sie hatte Maaz als verantwortungslos bezeichnet, weil er die Kinder mitgenommen hatte, um den Körper des toten Amerikaners auf der Brücke zu sehen. Anstatt ebenfalls wütend zu werden, hatte Maaz ihr reumütig erklärt, Dr. Lami habe ihn angerufen und gebeten, ihn sofort bei der Brücke zu treffen. Er hätte keine andere Wahl gehabt, als die Kinder mitzunehmen. Als Daneen meinte, dass ein solch grausiges Schauspiel bestimmt Auswirkungen auf Faris haben würde, hatte Maaz ihr versichert, dass sie zu weit weg gewesen seien, um viel erkennen zu können. Sie hielt jedoch dagegen, dass sie wohl doch sehr nahe gestanden haben mussten – und begründete diese Behauptung mit seinem Foto, das in der Zeitung veröffentlicht worden war.

Maaz hatte ihr ruhig erklärt, dass eine Nahaufnahme mit einem Zoom-Objektiv auch aus sehr weiter Entfernung kein Problem sei. Er sagte weiter, dass die Kinder in der Schule wahrscheinlich darüber sprachen, und Faris nur tat, was alle Jungs in seinem Alter tun würden – damit angeben, dass er den Körper mit eigenen Augen gesehen hatte. Was auch erklärte, warum die Kinder ein Modell der Brücke gebaut und die Szene mit einer Puppe nachgestellt hatten.

Maaz hatte dann versprochen, dass so etwas nie wieder passieren würde, und sie dann gefragt, ob er ein paar Leute von der Zeitung zum Abendessen einladen könne, einschließlich des berühmten Amerikaners. Sie war überrascht gewesen, dass ein solch bekannter Journalist zu ihnen nach Hause kommen wollte, hatte sich aber einverstanden erklärt. Maaz war danach auf den Markt gegangen, um Hähnchen und frisches Gemüse zu kaufen. Daraus hatte sie ein pakistanisches Curry gezaubert, von dem nun alle schwärmten.

»Was war da in seinem Mund?«, fragte der amerikanische Journalist Maaz, als Daneen zurück ins Wohnzimmer kam. »Irgendeine Idee?«

Maaz schaute Duqaq an. »Es war klein. Gelb.«

»Wie klein?«, fragte Oberst K. C.

»Schwer zu sagen.« Maaz blickte wieder Duqaq an. »Vielleicht so groß wie ein Golfball?«

»Ja, ja«, wandte Duqaq ein. »Etwa so groß.«

»Und was haben sie damit gemacht?«

»Sie haben eine sehr lange Pinzette benutzt, eine *sehr* lange ... und das gelbe Ding in einen Plastikbeutel gesteckt.«

»Die Marines?«, fragte Oberst K. C.

»Nein«, antwortete Duqaq. »Es waren Armeesoldaten. Drei davon.«

»Welche Dienstgrade?«

Duqaq schüttelte den Kopf. »Wir waren ziemlich weit weg. Auf dem Dach des Gebäudes.«

Oberst K. C. schlürfte weiter seinen Tee und überlegte. Daneen überprüfte die Teekanne und sah, dass sie fast leer war. Sie ging in die Küche und setzte Wasser auf.

»Denken Sie, das ist wichtig?«, fragte Fadhil den Amerikaner.

Oberst K. C. sah zur Decke und war für einen Moment still. Schließlich sagte er: »Ich denke, der wahre Grund, weshalb die Fotos gestohlen wurden, hat entweder damit zu tun, was im Mund gefunden wurde, oder mit der irakischen Frau.«

»Mit der Frau?«, fragte Daneen plötzlich. Ihre Stimme klang besorgter, als sie beabsichtigt hatte. Frauen durften nicht sprechen, wenn die Männer diskutierten, und sie bedauerte ihren Ausbruch sofort.

Aber den Oberst störte dies als Mann aus dem Westen nicht. »Die Frau, die den Kopf zum Checkpoint gebracht hat«, erklärte er ihr freundlich.

»Glauben Sie, sie arbeitet für al Mudtaji?«, fragte Fadhil den Amerikaner.

»Wie wäre sie sonst an den Kopf gekommen?«, sagte Duqaq.

»Sie hatte vielleicht keine Wahl«, sagte Daneen abrupt, als der Wasserkocher zu pfeifen begann. Sie bemerkte, dass alle Männer sie anstarrten, und erklärte sofort: »Sie könnte dazu gezwungen worden sein.«

»Das ist lächerlich«, warf Maaz ein.

»Nein, nein«, fuhr Oberst K. C. dazwischen. Er drehte sich zu Daneen um, die den Wasserkocher auf den Tisch stellte, und sagte: »Fahren Sie fort. Bitte.«

Da alle sie anstarrten, wurde sie sichtlich nervös, also hob sie den Deckel der Teekanne und goss das heiße Wasser hinein. »Ich weiß nicht. Vielleicht war sie ihrem Mann untreu, also gab er sie al Mudtaji.« Niemand sagte ein Wort, deshalb fuhr Daneen fort: »Vielleicht hat man ihr einfach gesagt, sie soll es tun. Vielleicht ist ihr Bruder, ihr Vater ... vielleicht arbeiten die für al Mudtaji. Sie haben ihr aufgetragen, den Kopf mitzunehmen. Sie hat ... nun ...«

»Was?«, fragte Oberst K. C. »Sie glauben, man hat sie bedroht?«

»Genau«, antwortete Daneen.

»Je nachdem, was sie verbrochen hat, kann ihre Familie entscheiden, dass sie sterben muss«, erklärte Duqaq.

»Oder Schlimmeres«, sagte Daneen. Sie bemerkte, dass der Amerikaner überrascht war, also erklärte sie: »Wenn bei uns eine Frau ihrem Mann oder, wenn sie jung und unverheiratet ist, ihrem Vater oder Bruder nicht gehorcht, können die ihr das Leben zur Hölle machen. Sie können sie zu fast allem zwingen.«

»Nicht alle sind so«, korrigierte Maaz. »Das ist ein sehr vielfältiges Land mit vielen verschiedenen Glaubensrichtungen. Verschiedenen Werten. Nicht jeder, nicht alle Männer würden so etwas tun.«

»Das stimmt«, pflichtete Daneen ihm bei und lächelte. »Aber wir kennen den Hintergrund nicht. Wer sie ist oder warum sie das getan hat.«

»Und Sie glauben, das ist der Frau passiert?«, fragte Oberst K. C. »Dass sie gegen ihren Willen gehandelt hat?«

»Ich weiß es nicht«, antwortete Daneen. »Niemand weiß es. Deshalb sollte sie auch niemand verurteilen. Das ist alles.«

»Sehr interessant«, sagte Oberst K. C. »Ich hatte angenommen, dass sie zu al-Qaida gehört. Aber vielleicht doch nicht. Vielleicht ist es das, weshalb ...« Seine Stimme erstarb, während er in sein leeres Teeglas starrte.

»Aber auch wenn ... Das würde nichts an der Sache ändern«, sagte Fadhil.

»*Au contraire*«, sagte der amerikanische Journalist. »*Au contraire*. Wenn, wie Daneen sagt, diese Frau gezwungen wurde, dann müssen wir uns komplett andere Fragen stellen.«

»Zum Beispiel ...?«, fragte Maaz.

»Es ist Krieg«, sinnierte Oberst K. C. »Wenn dich eine Seite benutzt und du geschnappt wirst, wird dich die andere Seite ebenfalls sofort für ihre Zwecke nutzen.«

KAPITEL 12

Grüne Zone, Bagdad, Irak ~ Samstag, 15. April ~ 06:38 Uhr (noch ein Tag bis Sonntag)

Als Gonz die Treppe zum schalldichten Untergeschoss hinunterstieg, war er froh, dass McKay in Basra war. Obwohl er auch nicht gerade ein Freund der Folter war, wusste er, dass dies wohl der einzige Weg sein würde, um an die entscheidenden Informationen zu kommen. Er wünschte sich, die Mitglieder des US-Kongresses würden dies auch so sehen. Heisman hatte es einst auf den Punkt gebracht: »Wie wäre es, wenn wir ein Familienmitglied eines Kongressabgeordneten entführen und dann sagen: ›Oh, ein Al-Qaida-Terrorist hat Ihre Liebste entführt und wir haben ihn gefasst. Doch als wir ihn freundlich fragten, wo er denn Ihre Liebste gefangen hält, spuckte er uns einfach ins Gesicht. Leider konnten wir nicht mehr herausfinden. Hoffentlich kommt Ihre Liebste bald nach Hause. Und hoffentlich ist ihr Kopf noch dran.‹« Nach diesen Worten hatte Heisman damals lang und laut gelacht.

Als Gonz über den Zementboden schritt, sah er, dass Heisman und drei Männer vom militärischen Nachrichtendienst bereits im Raum waren und den Verdächtigen vorbereiteten. Gonz war etwas spät dran, da er durch eine Besprechung mit Langley aufgehalten worden war. Diese hatte lange gedauert, aber nun hatte er endlich grünes Licht erhalten für das, was man allgemein eine »erzwungene Befragung« nannte. Sie hatten in dieser Sache nicht wirklich eine Wahl. Die Zeit lief ihnen davon.

Er blickte Adnan an, der auf dem Rücken liegend auf einem langen Holzbrett festgebunden war. Der Iraker hatte die Augen verbunden, seine Arme waren neben dem Körper festgeschnallt, die Beine mit schweren Ledergurten am Ende des Bretts zusammengebunden. Das Brett wurde in einem Winkel von 45° angehoben. Seine Füße berührten beinahe den Boden. Fast wie bei einer Kinderwippe balancierte das Brett auf einer Drehachse in der Mitte, sodass Adnan jederzeit zurückgekippt werden konnte.

Gonz sah Heisman an. Der große Mann schüttelte den Kopf. Adnan hatte ihre Fragen demnach immer noch nicht vollständig beantwortet. Nun war es also so weit. Gonz machte einen Schritt nach vorne und sagte: »Wir haben grünes Licht, Männer. Wir haben grünes Licht.«

Obwohl gefesselt und mit verbundenen Augen, blieb Adnan scheinbar gleichmütig, sagte kein Wort und bewegte keinen Muskel, aber Gonz wusste, dass er Angst hatte.

Nachdem er und Heisman den jungen Mann und Thamer befragt hatten, hatten vier Soldaten der Spezialeinheit die beiden Männer in Gewahrsam genommen. Gonz und Heisman hatten danach Arefs Wohnung einen Besuch abgestattet. Dort erfuhren sie, dass er dazu neigte, sein Leben aufs Spiel zu setzen, indem er sich an Orten aufhielt, die als Ziele der Aufständischen bekannt waren. Die beiden alten Männer, Aref und Thamer, wurden in der Nähe festgehalten. Gonz war sich sicher, dass sie nichts mit al Mudtaji zu tun hatten.

Adnan war ihnen ein Rätsel. Bei der Befragung waren keine Informationen aus ihm herauszubekommen. Nachdem er etwas gegessen hatte, ließ man ihn in einem bequemen Bett im Erdgeschoss schlafen. Gonz war sicher, dass der junge Mann mehr wusste, als er preisgab, aber irgendetwas kam ihm seltsam vor – er konnte nur nicht genau sagen, was es war. Er hatte deswegen kaum ein Auge zugetan.

Nun stand Gonz vor Adnan und nahm ihm die Augenbinde ab. Der Iraker musste blinzeln. Dann blickte er die Männer im Raum an. Während Gonz das Gesicht des jungen Mannes studierte, wusste er plötzlich, was es war. Gonz hatte zuvor zahlreiche Al-Qaida-Verdächtige befragt und sie hatten alle etwas gemeinsam – den Hass in ihren Augen. Bei Adnan war kein Hass zu erkennen. Stattdessen sah er Gonz mit traurigen Augen an wie ein schutzbedürftiges Hündchen. Als wollte er sagen: »*Ich will hier nicht sein. Bitte helfen Sie mir.*«

»Es tut mir leid«, hörte Gonz sich selber sagen, von seinen eigenen Worten überrascht.

»Ich habe nichts getan«, antwortete Adnan leise. Das war sein Mantra – seit man ihn verhaftet hatte.

»Sagen Sie mir alles, was Sie über al Mudtaji wissen. Was plant er morgen? Wenn Sie antworten, bleibt Ihnen das hier erspart.«

Auch dieses Mal antwortete Adnan nicht. Er schloss die Augen und lehnte sich zurück, als wollte er ein Nickerchen machen.

»Achtung, Sir«, sagte einer der Männer. Gonz trat zur Seite. Der Mann schleppte eine große Gießkanne mit sich und stellte sie auf den Boden. Das Plätschern des Wassers, das über den Behälter auf den Boden schwappte, schien Adnan aufzuwecken. Er bekam große Augen, als er die Gießkanne bemerkte. Plötzlich fing er an, sich zu drehen und zu winden, aber die Gurte waren fest angezogen, Herumzappeln war zwecklos. Der Mann mit der Gießkanne hüllte Adnans Kopf in ein weißes Tuch. Adnan wurde nun noch nervöser und schrie etwas auf Arabisch. Doch das Stück Stoff, das um sein Gesicht gewickelt war, dämpfte seine Stimme.

Gonz blickte zu einem der Männer, der eine Videokamera in den Händen hielt und auf Adnan richtete. Dieser sah Gonz an. »Kamera läuft.«

»Los geht's«, sagte Gonz zu den Männern.

»Nennen Sie eine Zahl von eins bis zehn«, sagte der Mann mit der Gießkanne.

»Vier«, antwortete Gonz schließlich. Die Skala war dazu da, die Härte der Verhörtechnik zu definieren. Eins für leicht, zehn für stark.

Heisman kippte das Brett mit seinen riesigen Händen zurück in die Waagerechte. Dann wurde das Brett nach hinten gekippt, sodass sein Kopf nach unten, seine Füße nach oben gerichtet waren. So war seine Lunge höher als sein Mund, wodurch es unmöglich war, dass eine große Menge Wasser direkt in seine Lungen drang und ihn erstickte. Aber Adnan konnte das nicht wissen. Und auch wenn er zu diesem Schluss käme, würde das Atmen durch das Tuch trotzdem äußerst schwierig werden und ihm das Gefühl geben, zu ersticken.

Gonz war darin ausgebildet worden, sich einer Befragung unter Folter oder Androhung von Folter zu widersetzen, hatte somit am eigenen Leib erfahren, was Waterboarding bedeutete. Er wusste, wie schlimm diese Foltermethode sein konnte.

Aber er wusste auch, dass sie funktionierte.

Sogar die härtesten Gegner hielten es normalerweise nicht länger als 13 ½ Sekunden aus. Es war ein einfacher Weg, um Antworten zu erhalten, ohne dabei Spuren auf dem Körper zu hinterlassen.

»Los«, sagte Gonz. Der Mann mit der Kanne begann, Wasser über Adnans Gesicht zu gießen. Dieser versuchte instinktiv, sich wegzudrehen, doch die festgezogenen Gurte hielten ihn. Nach einer für Adnan gefühlten Ewigkeit wurde der Wasserfluss gestoppt. Heisman kippte das Brett, sodass Adnan sich in aufrechter Position befand. Er versuchte verzweifelt, durch das Tuch zu atmen.

»Noch mal«, sagte Gonz. Das Brett wurde wieder gekippt. Adnans Kopf war tiefer als seine Füße. Wasser wurde über sein Gesicht gekippt. Dieses Mal sagte Gonz hart: »Al Mudtaji! Sagen Sie uns, was Sie wissen, und wir hören auf!« Außer dem Keuchen waren plötzlich auch Grunzgeräusche zu hören. »Aufhören«, sagte Gonz zu den Männern.

Heisman stellte das Brett wieder aufrecht. Der Mann auf der anderen Seite schnitt mit einer Schere das Tuch auf, das Mund und Nase bedeckte. Adnan schnappte nach Luft. Er versuchte, so viel Sauerstoff wie möglich in seine Lunge zu pumpen. Gonz ließ nicht locker und sagte: »Sagen Sie's mir! Erzählen Sie mir von al Mudtaji!«

Adnan sagte ein paar Worte auf Arabisch, die Heisman sofort übersetzte. »Ja, ich rede. Ich werde reden.«

»Na los! Englisch!«, forderte Gonz. Er hasste es, immer auf eine Übersetzung warten zu müssen.

»Ja«, keuchte Adnan auf Englisch. »Ich war dort ...«

»Wo?«

»Bei der Enthauptung des Amerikaners. Im Kreis Allahs.«

Gonz und Heisman sahen sich entgeistert an. »Sie gehören zu seinem inneren Kreis?«

»Nein!«, keuchte Adnan. »Nein, niemals.«

Gonz sah die Männer an. »Noch mal.«

»Nein!«, stieß Adnan hervor.

»Sagen Sie es uns oder wir beginnen wieder von vorne«, sagte Gonz. Da Adnan immer noch nach Luft schnappte, trat Gonz näher an den Iraker heran. »Ich bin kein Muslim, aber ich kenne den Kreis Allahs. Das ist eine große Ehre. Al Mudtaji hat Sie aus einem bestimmten Grund darin aufgenommen.«

»Ich habe ihm geholfen«, keuchte Adnan. »Ich habe ihm geholfen.«

»Was meinen Sie mit ›geholfen‹?«

»Wie Sie zuvor gesagt haben. Ich habe ihm Medikamente beschafft. Herzmedikamente. Ich habe sie ihm gegeben.«

»Was haben Sie ihm gegeben?«, fragte Gonz, obwohl er wusste, dass der Leichenbeschauer Spuren eines türkischen ACE-Hemmers gefunden hatte.

»Für sein Herz. Damit er am Leben bleibt.«

»Welche Art Medikamente!? Sagen Sie es mir!«, forderte Gonz.

»ACE-Hemmer ... aus der Türkei ...«, fuhr Adnan keuchend fort.

»Sie sind also Teil seiner Zelle?«

»Nein!«, protestierte Adnan vehement. »Nein, niemals.«

»Sie waren dort. Im Kreis Allahs.«

»Weil ich keine Wahl hatte! Ich habe ihm geholfen, aber nur, um näher an ihn ranzukommen. Nicht, weil ich an seine Sache glaube. Das tue ich nicht!«

»Sie lügen«, sagte Gonz und stand auf. Er nickte Heisman zu, der das Brett wieder kippte.

»Nein!«, schrie Adnan. »Ich habe es für Ghaniyah getan! Das ist der Grund!«

Gonz gab Heisman das Zeichen, aufzuhören. Das Brett wurde wieder in die aufrechte Position gebracht. »Fahren Sie fort.«

»Meine Ghaniyah«, stieß Adnan hervor. »Er hat sie entführt. Ich wusste, er war es, also bin ich mit ihm gegangen. Ich habe ihm geholfen. Ich habe dem Amerikaner das Medikament gegeben. Ich habe ihn am Leben erhalten. Aber das ist alles.« Adnan war erschöpft, seine Stimme verhallte. »Das ist alles, was ich getan habe ... das ist alles ...«

Basra, Irak ~ Samstag, 15. April ~ 09:03 Uhr

»Ich verstehe die Verzögerung nicht«, sagte der Mann in sehr gutem Englisch.

McKay sah über den Konferenztisch zur Englisch sprechenden Krankenschwester, um festzustellen, ob sie reden und sie wegen der Verzögerung beschuldigen würde. Schließlich hatte die Krankenschwester am Vortag das Worst-Case-Szenario von McKay bestätigt. Ghaniyahs Tante war nicht die Einzige mit Symptomen wie Übelkeit, Durchfall, Erbrechen und blutigem Stuhl. Die beiden anderen Frauen, der Mann und die zwei Kinder hatten eines mit ihr gemeinsam – sie alle hatten vom selben Brunnenwasser getrunken.

Es wäre durchaus verständlich gewesen, wenn die irakische Krankenschwester McKay dafür die Schuld gegeben hätte, dass man nicht schneller gehandelt hatte. Aber sie saß wortlos am anderen Ende des Tisches. Der Beamte des Ministeriums für Gesundheit war ein dicklicher Mann mittleren Alters. Er trug einen Geschäftsanzug im westlichen Stil mit einer arabischen Kopfbedeckung. Vor ihm auf dem Tisch lag ein großer Stapel Unterlagen. Obwohl die Unterlagen auf Arabisch verfasst waren, wusste McKay, dass es sich dabei um Kopien der Patientenakten handelte.

Sie blickte Dr. Nichols an, der neben ihr saß, aber sie konnte seinen Gesichtsausdruck nicht deuten. Sie kannte ihn schlicht nicht gut genug.

»Weshalb die Verzögerung?«, fragte der Beamte. »Ich verstehe nicht, weshalb Sie uns so spät informiert haben.«

»Es ist mein Fehler«, antwortete McKay und schaute dem Regierungsvertreter direkt in die Augen. »Ich wollte meine Hypothese zuerst bestätigen und habe Blut-, Urin- und Stuhlanalysen durchführen lassen.«

Der Abgeordnete blätterte die Unterlagen durch, als suchte er etwas, also erklärte Dr. Nichols rasch: »Dr. McKay hatte eine Theorie, wollte diese aber zuerst bestätigt wissen.« Der Beamte schaute Dr. Nichols an, der fortfuhr: »Sie wollte Beweise. Deshalb hat sie die Tests angeordnet. Das hat eine gewisse Zeit gedauert, das stimmt, aber Dr. McKay wollte nicht unbegründet Anlass zur Besorgnis geben.«

»Genau«, bestätigte McKay. »Die Testergebnisse kamen gestern am späten Nachmittag zurück und wir haben Sie sofort kontaktiert.«

Der Beamte nickte. Er schaute McKay an und fragte: »Sie glauben, es war Gift?«

»Ehrlich gesagt, bin ich nicht sicher, aber ich vermute es, ja«, antwortete McKay.

»Welche Art Gift?«, fragte der Beamte.

»Ich weiß es nicht.«

Die Krankenschwester sagte etwas auf Arabisch. Sie bemerkte McKays fragenden Blick und erklärte: »Ich sagte, dass wir bald eine Antwort brauchen. Das jüngste Kind ist sehr krank.«

McKay nickte und sagte zu dem Beamten: »Das fast zwei Jahre alte Kind, von dem sie spricht, hat ein schlimmes Nierenleiden. Wir müssen die Ursache herausfinden, um es bestmöglich behandeln zu können, sonst droht ein Nierenversagen.«

Der Beamte nickte wieder und studierte die Unterlagen. Schließlich schaute er Dr. Nichols an und sagte: »Haben Sie es den Amerikanern gesagt?«

»Wie bitte?«, antwortete Dr. Nichols überrascht.

»Haben Sie es den Amerikanern gesagt?«, wiederholte der Beamte deutlich verärgert. »Was hier läuft? Diese unerklärlichen Erkrankungen? Dass es sich hierbei um eine Vergiftung handeln könnte?«

»Nein«, beharrte Dr. Nichols.

»Und Sie?«, fragte der Beamte McKay. »Haben Sie es den Amerikanern gesagt?«

»Nein«, antwortete McKay und schaute Dr. Nichols an.

Der irakische Beamte blätterte weiter in den Unterlagen. McKay, Nichols und die Krankenschwester tauschten ungeduldig Blicke aus. McKay hatte sich ein bisschen schuldig gefühlt, dass sie die irakischen Behörden nicht früher informiert hatte, aber jetzt war sie froh darüber. Nun hatte die CIA einen Vorsprung und konnte herausfinden, was genau im Brunnenwasser war. Wenn die Regierung in dem Tempo reagierte wie der Beamte, würde es eine Weile dauern, bis das Brunnenwasser analysiert war.

Kurz nachdem sie am Tag zuvor am späten Nachmittag ins Krankenhaus zurückgekehrt war, hatte McKay eine SMS erhalten, die sie anwies, in den Nebenraum des Operationssaals im zweiten Stock zu gehen. Als sie dort angekommen war, stand nur ein junger irakischer Mann vor ihr, der den Boden sauber machte. Der Mann hatte leise gesagt: »Die Denver Broncos werden es in den Super Bowl schaffen.« Der Code, den sie mit Gonz vereinbart hatte. Sie war überrascht, da sie einen Amerikaner erwartet hatte. Die Denver Broncos waren Heismans Lieblingsteam der NFL.

Der Iraker war Gonz' Mann in Basra. McKay hatte ihm die Wasserproben gegeben, die er sofort in einem Rucksack verstaute. Dann hatte er den Raum verlassen. Mopp und Eimer ließ er stehen.

Sie vermutete, dass die Wasserproben nun bereits seit mehr als zwölf Stunden in Kuwait waren. Mit etwas Glück würde sie sehr bald das Ergebnis erhalten. Die sechs Menschen, die das Gift im Brunnenwasser zu sich genommen hatten, einschließlich Ghaniyahs Tante, waren allesamt in einem kritischen Zustand. Die nächsten 24 Stunden würden entscheidend sein.

Der Beamte betrachtete McKay einen Moment lang und fragte schließlich: »Als die Ergebnisse bekannt gegeben wurden, konnte man Sie nicht finden.«

McKays Herz setzte einen Schlag aus. Sie war vier Stunden weg gewesen, um die Wasserproben zu holen und die Kommode der alten Frau auseinanderzunehmen – auf der Suche nach Hinweisen darauf, weshalb der meistgesuchte irakische Terrorist dieses Möbelstück unbedingt haben wollte. »Ich bin ins Hotel zurückgegangen«, antwortete sie. »Ich hatte einen Migräneanfall.«

»Einen Migräneanfall?«

»Ja.«

»Nehmen Sie Medikamente dagegen?«

»Ja, aber es dauert eine Weile, bis die Wirkung einsetzt.«

»Ich habe Dr. Nichols sofort informiert, als die Bluttests zurückkamen«, erklärte die Krankenschwester.

»Und ich habe das Ministerium für Gesundheit angerufen«, bemerkte Dr. Nichols leicht verärgert. »Die Verzögerung, für die Sie jetzt unser Krankenhaus verantwortlich machen wollen, ist nichts im Vergleich zu der Verzögerung, die Sie nun durch Ihr Nichthandeln verursachen.«

Der Beamte schaute Dr. Nichols skeptisch an. »Wir werden die Sache untersuchen, da können Sie sicher sein, Doktor.« Dann blickte er McKay an. »Ich finde es etwas seltsam, dass Sie die Krankenschwester gefragt haben, ob es andere Patienten mit diesen Symptomen gibt ... Übelkeit, Durchfall, Bauchkrämpfe. Weshalb haben Sie vermutet, es könnte noch mehr geben?«

»Ich habe die erste Patientin gefragt, ob sie etwas Außergewöhnliches getrunken oder gegessen hat, bevor sie ins Krankenhaus gekommen ist. Ich dachte ursprünglich, es handle sich um eine simple Lebensmittelvergiftung.«

»Und was hat sie gesagt?«

»Sie sagte, ihre Ernährung hätte sich nicht geändert. Das einzig Seltsame war, dass ein Mann gekommen sei, um den Brunnen zu reparieren. Sie sagte aber, der Brunnen wäre gar nicht kaputt gewesen.«

Der Regierungsvertreter dachte einen Moment darüber nach. Schließlich sagte er: »Ich verstehe.«

Dr. Nichols verteidigte McKay: »Hören Sie, Dr. McKay hat alles richtig gemacht. Sie ist eine exzellente Ärztin.«

»Nur noch eine Frage«, sagte der Beamte, der weiter in den Unterlagen blätterte und dann McKay ansah. »Sie haben fast ein Jahr in Kenia gearbeitet. In der Nähe von Wajir, sehe ich. Hat es Ihnen dort gefallen?«

»Es war okay«, antwortete sie steif. Weshalb befragte der Mann sie nun nach dieser erfundenen Geschichte? Sie war für westliche Ärzte gedacht. Nicht für irakische Beamte.

»Es ist schön dort, in der Nähe des Rudolfsees.«

McKay sagte kein Wort. Sie war sich nicht sicher, was der Mann mit seiner Fragerei beabsichtigte.

»Finden Sie nicht auch?«, fragte der Iraker eindringlich.

»Sicher«, sagte McKay schließlich.

»Wajir liegt in der Nähe der Ostküste, Doktor«, korrigierte sie der Beamte schroff. »Nicht einmal in der Nähe des Rudolfsees. Vielleicht sind Sie ja doch nicht in Wajir gewesen.«

KAPITEL 13

Basra, Irak ~ Samstag, 15. April ~ 09:12 Uhr

McKays Herz pochte wie wild. »Sie haben Recht. Ich war nicht in Wajir.«

Der Beamte blickte selbstgefällig. Dr. Nichols und die Krankenschwester schienen überrascht. McKay fuhr fort: »Wenn Sie genau lesen, dann können Sie sehen, dass ich in der ›Nähe von Wajir‹ stationiert war. Ich bin mit einem Sprühflugzeug zu einer Zeltstadt gebracht worden. In der Nähe von Wajir. Ohne fließendes Wasser. Ohne Strom. Eine Zeltstadt für AIDS-Kranke. Wenn es dort einen See gibt, habe ich ihn nie gesehen. Was ich aber gesehen habe, sind viele HIV-positive Kinder, die meisten davon Waisen, und ganz viel Elend.« Sie starrte den Beamten an. »Und fürs Protokoll: sehr wenig Hoffnung.«

Grüne Zone, Bagdad, Irak ~ Samstag, 15. April ~ 09:47 Uhr

»Sie werden Sie nach Hause bringen.« Heisman gab die Unterlagen einem Soldaten, der vor dem Geländewagen stand. Ein weiterer Soldat hatte bereits auf dem Beifahrersitz Platz genommen.

Thamer betrachtete das Armeefahrzeug und sagte: »Ich würde lieber ein Taxi nehmen.«

»Aber das hier kostet Sie nichts«, erklärte Heisman auf Arabisch.

»Kostet mich nichts? Ich werde von Soldaten abgesetzt und das kostet mich nichts? Viele meiner Kunden, sehr viele, glauben nicht an diese Besatzung.«

Heisman nickte dem alten Mann zu. »Wie Sie wollen. Man wird Sie gleich außerhalb der Grünen Zone absetzen, wenn Sie das möchten.«

»Wo ist Adnan?«, fragte Thamer.

Heisman ignorierte die Frage und zeigte auf den Geländewagen: »Sie müssen damit fahren, solange Sie innerhalb der Grünen Zone sind. Danach sind Sie auf sich selbst gestellt.«

»Entschuldigen Sie«, beharrte Thamer. »Wo ist Adnan?« Er blickte um sich und zeigte auf die umliegenden Gebäude, wo uniformierte Soldaten kamen und gingen. »Halten Sie ihn immer noch dort fest?«

Heisman wandte sich an den Soldaten, der neben der Fahrertür stand: »Lasst ihn raus, wenn er anfängt zu toben. Sonst bringt ihn zu der Adresse auf der Karte. Es ist eine Apotheke. Einfach zu finden. Kennen Sie sich in Jadida aus?«

»Ja, Sir«, antwortete der Soldat.

Heisman nickte und sah Aref an. »Er wird wahrscheinlich bei Ihnen bleiben. Seine Adresse steht auch da drin. Irgendein Quartier, nicht sehr weit.«

»Ja, Sir.«

Heisman wandte sich Thamer zu. Wieder auf Arabisch sagte er: »Nur damit wir uns verstehen, es ist unser Job, sämtlichen Hinweisen nachzugehen, die uns zu al Mudtaji führen könnten. Das hat uns zu Ihrer Apotheke geführt.« Thamer runzelte die Stirn. Heisman fuhr fort: »Sie müssen verstehen, dass eine Attacke al Mudtajis auf uns auch eine Attacke auf die Iraker ist. Auch wenn Ihnen das nicht passt, aber wir sind hier aus einem einzigen Grund: damit auch die Iraker – wie einer unserer berühmten Präsidenten einst gesagt hat – *eine Regierung des Volkes haben, durch das Volk und für das Volk.*«

Thamer starrte Heisman an, unsicher, ob er noch etwas sagen sollte. Der Soldat öffnete die Hintertür und Aref stieg eifrig in den Wagen. Thamer folgte ihm langsam.

Aref konnte es nicht glauben. Er fuhr tatsächlich in einem Geländewagen der US-Armee. Er fragte sich, wie hoch über dem Boden sie wohl sein mochten. Sein Aufenthalt in der Grünen Zone hatte ihm nichts ausgemacht. Denn so hatte er sich nicht so einsam gefühlt wie zu Hause. In der Grünen Zone gab es viele Menschen, sogar in dem Zelt, in das man ihn gebracht hatte. Und alle waren sehr nett zu ihm gewesen. Man hatte ihm etwas zu essen und sogar eine Gebetsmatte angeboten.

Er genoss seinen Aufenthalt auch deshalb, weil er wusste, dass nur sehr wenige Iraker vor ihm innerhalb der Grünen Zone gewesen waren. Nun konnte er den anderen davon erzählen. Er war drei Mal von unterschiedlichen Personen befragt worden, aber seine Geschichte blieb immer dieselbe. Aus einem einfachen Grund: Er sagte die Wahrheit. Er kannte al Mudtaji nicht. Er wusste, dass er panisch werden würde, wenn er ihn eines Tages treffen sollte. Es spielte keine Rolle, dass al Mudtaji ebenfalls Sunnit war. Er war trotzdem ein kaltblütiger Killer.

Sie wurden bei einem Checkpoint durchgewunken, und schon waren sie außerhalb der Grünen Zone. Er schaute Thamer an. Würde er den Fahrer nun bitten, ihn gehen zu lassen? Doch der Apotheker blieb stumm, sah aus dem Fenster und sinnierte vor sich hin. Als sie an Fußgängern und anderen Autos vorbeifuhren, fühlte sich Aref wie ein König hoch zu Ross.

Er blickte auf den Boden. Er wusste, dass einige dieser Fahrzeuge gepanzert waren. Aref fragte sich, ob das auch bei diesem der Fall war. Wie groß war wohl die Chance, dass dieser riesige Armeelastwagen über eine Landmine fuhr? Oder an einer Ampel das Ziel einer Panzerfaust wurde? Oder einer Bombe am Straßenrand?

Aus irgendeinem Grund wollte er jetzt nicht, dass dies passierte. Stattdessen genoss er die Fahrt in dem riesigen Armeelastwagen. Vor allem aber wollte er nach Hause. Dort würde er das große gerahmte Bild von Rafia neben seinem Bett in die Hand nehmen und ihr alles über die Grüne Zone und die zahlreichen Fragen, die die Amerikaner gestellt hatten, erzählen. Er würde seiner verstorbenen Frau davon erzählen, was der schwarze Amerikaner gesagt hatte. »Eine Regierung des Volkes, durch das Volk und für das Volk.« Er war sich nicht sicher, ob er es verstanden hatte, aber er war sich sicher, dass zu Saddams Zeiten niemand jemals etwas Ähnliches gesagt hatte. »Durch das Volk und für das Volk.«

Er wiederholte den Satz immer und immer wieder, um ihn nicht zu vergessen. Irgendwie hörte sich das gut an.

Es hörte sich richtig an.

Grüne Zone, Bagdad, Irak ~ Samstag, 15. April ~ 10:06 Uhr

»Ich will Ghaniyah sehen.« Adnan starrte den Amerikaner an. »Ich muss sie sehen. Sehen, ob es ihr gut geht.«

»Bald«, antwortete Gonz. Er war damit beschäftigt, eine dicke Akte durchzublättern. Adnan saß auf der anderen Seite des Tisches, sein Blick war finster. Die zwei Männer saßen in einem Raum, der als Verhörraum diente. Eine Videokamera an der Decke war direkt auf Adnan gerichtet. Die Agenten in Langley waren live mit dabei.

Nachdem man Adnan gebrochen und er zugegeben hatte, al Mudtaji geholfen zu haben, um in Ghaniyahs Nähe zu sein, hatte Gonz ihn nach al Mudtajis Plänen für Sonntag befragt. Aber Adnan hatte darauf beharrt, nichts darüber zu wissen. Auf dem Brett festgeschnallt, hatte man ihm immer wieder mit Waterboarding gedroht, bis Gonz zufriedengestellt war. Adnan wusste nichts über das Attentat, das al Mudtaji am nächsten Tag plante.

Er gab jedoch zu, in die Büros des *Iraq National Journal* eingebrochen zu sein und dort einen Computer gestohlen zu haben. Er hatte gedacht, dies sei der einzige mit Fotos von Ghaniyah. Er hatte angegeben, die Festplatte aus dem Computer entfernt und zerstört zu haben. Gonz glaubte ihm.

Adnan hatte danach ein sauberes, trockenes Armee-T-Shirt erhalten. Auf dem T-Shirt prangten die Worte »*Tod den Knallfröschen! Versenkt die Marine!*«. Eine Anspielung auf die anhaltende Rivalität zwischen den Football-Mannschaften der Armee und der Marine.

Endlich fand Gonz, wonach er gesucht hatte. Er zog das Foto eines jungen Mannes aus dem Mittleren Osten hervor, drehte es, schob es über den Tisch und fragte: »Wer ist das?«

Adnan lehnte sich nach vorne und betrachtete das Foto eine Weile. »Sharif.«

Gonz starrte Adnan an. Das war derselbe Name, den Ghaniyah genannt hatte. »Woher kommt er?«

»Aus dem Libanon. Ich weiß aber nicht, aus welcher Stadt oder Provinz.«

»Er war in Amerika.«

»Ja, ja. Er hat davon erzählt. In ... einem Staat mit einem komischen Namen.«

»Minnesota.«

Adnan wurde munter und schnippte mit den Fingern. »Ja! Genau dort. Auf einer Universität.«

»Universität von Minnesota, St. Paul.« Die CIA hatte sofort alle größeren Colleges und Universitäten im Staat überprüft, als Ghaniyah gesagt hatte, einer der Männer ihres Bruders habe in Minnesota studiert. Der Mann war einfach ausfindig zu machen gewesen. Sie hatten die Suche auf Männer aus dem Mittleren Osten beschränkt, die Minnesota kurz vor dem 11. September 2001 verlassen hatten. »Sein richtiger Name ist Abdul al-Jarrah.«

Adnan studierte das Bild genauer.

»Wir glauben, dass er Zacarias Moussaoui kannte. Wissen Sie, wer das ist?«

Adnan blickte überrascht auf. »Er ist in Ihrem Gefängnis, nicht wahr?«

Gonz nickte. »Man nennt ihn auch den 20. Flugzeugentführer. Also, dieser Typ, Abdul, oder für Sie Sharif, hat er jemals über seine Zeit in Minnesota gesprochen? Oder über den 11. September? Zacarias Moussaoui?«

Adnan schüttelte den Kopf.

»Nichts? Sie waren bei der Entführung eines Amerikaners dabei. Und dieser Typ, Sharif, war eine Zeit lang in Amerika, aber Sie haben nie mit ihm über Amerika gesprochen? Oder über das, was sie planen?«

»Nein.«

Gonz versuchte eine anderen Richtung. »Wie nah ist er al Mudtaji? Gehört er zu seinem engeren Kreis? Ein hohes Tier?«

Adnan nickte. »Ja. Ich denke schon. Er hat mit dem Patienten gesprochen. Er hat die Entscheidungen getroffen.«

»Patienten? Sie meinen Quizby?«

Adnan nickte. »Al Mudtaji spricht kein Englisch. Nur Sharif konnte mit ihm reden.«

»Und Sie.«

»Nein, ich habe niemandem gesagt, dass ich Englisch kann.« Er zuckte mit den Schultern. »Ich habe ihn nur selten gesehen. Nur einmal bevor … bevor er umgebracht wurde.«

»Und doch haben Sie ihm das Medikament gegeben.«

»Nein«, beharrte Adnan. »Ich habe nur die Dosierungen abgemessen. Das ist alles. Sharif stellte ihm die Fragen. Fragen über sein Herz. Und über die Medikamente, die er nahm. Sharif hat es dann mir gesagt.«

»Was genau ist seine Aufgabe? Ist er ein Bombenbastler?«

»Sharif?«

»Ja. Ist das sein Spezialgebiet? Bomben basteln?«

Adnan schaute ihn verwundert an. »Ich weiß es nicht.«

»Nun kommen Sie schon«, sagte Gonz gereizt. »Jeder hat eine Aufgabe. Sie waren der Mann für die Medizin. Ein paar darunter sind vielleicht nur Bodyguards, das ist möglich. Aber dieser Sharif, er hat in Amerika studiert. Er spricht Englisch. Er ist einer von al Mudtajis Topleuten. Also, was noch? Was konnte er sonst noch?«

»Ich weiß es nicht.«

»Al Mudtaji und seine Leute planen ein Attentat«, erwiderte Gonz, der langsam die Geduld verlor. »Sie planen etwas Großes! Und dieser Typ ist ein Teil davon. Ich will wissen, was seine Aufgabe ist!«

»Ich schwöre es! Ich weiß es nicht! Ich habe nur wenig Zeit mit ihnen verbracht. Es ist nicht so, dass wir Freunde wären. Ich weiß es nicht.«

»Ist er Pilot? Kann er ein Flugzeug fliegen?«

Wieder nur Schulterzucken. »Ich weiß es nicht.«

»Hat er jemals über Flugzeuge gesprochen? Er kannte den 20. Flugzeugentführer. Kann es sein, dass wieder etwas mit Flugzeugen geplant ist? Vielleicht mit Flugzeugen aus Syrien? Oder dem Iran? Die von dort hierhergeflogen werden sollen? Oder Israel treffen sollen?«

»Nein.«

»Nein?«, fragte Gonz skeptisch.

»Ich meine, ich weiß es nicht. Ich habe mit ihm nicht darüber gesprochen. Ich habe ihm nur gesagt, welche Medikamente er dem Amerikaner geben soll. Das ist alles. Sonst weiß ich nichts! Ich schwöre es, ich weiß nichts.«

»Etwas ist seltsam«, sagte Gonz, während er die Akte durchblätterte. »Wir wissen, dass der Mann auf dem Foto Abdul al-Jarrah ist. Aber wissen Sie was?« Er warf ihm ein weiteres Hochglanzfoto eines jungen, nahöstlich aussehenden Mannes hinüber. »Das ist Ziad al-Jarrah.«

Adnan schaute das Foto mit ausdruckslosem Gesicht an.

»Er war einer der Flugzeugentführer. Flug 93. Abgestürzt in Pennsylvania.«

Adnan blickte Gonz erschrocken an.

»Ich frage mich also, ob die beiden verwandt sind. Zudem ist unser Flugzeugentführer aus dem Libanon. Sie haben eben erst gesagt, dass Abdul al-Jarrah Libanese ist. Ein ziemlich großer Zufall.« Seufzend sagte er: »Und ich mag keine Zufälle.«

Adnan starrte den Amerikaner an, unsicher, wie er reagieren sollte.

»Ich will mehr über die Männer erfahren, die mit al Mudtaji zusammenarbeiten«, fuhr Gonz fort. »Ihre Namen. Woher sie sind ...«

»Nicht von hier. Das ist alles, was ich weiß«, warf Adnan nüchtern ein.

»Nicht aus dem Irak?«

»Al Mudtaji, ja. Ich habe insgesamt fünf andere kennengelernt. Alles böse Männer. Sehr böse Männer.«

»Kennen Sie ihre Namen?«

Adnan lächelte verhalten und schüttelte den Kopf. »Niemand benutzt seinen richtigen Namen. Nur al Mudtaji weiß, wer sie wirklich sind. Mich nannte er Hassan.« Adnan zuckte mit den Schultern. »Das war gut, denn ich wollte nicht, dass die anderen wissen, wer ich bin. Ich war froh, dass sie es nicht wussten.«

»Keine Iraker?«

»Zwei aus Jordanien. Einer aus Kuwait. Einer aus Saudi-Arabien und einer aus dem Libanon.«

Gonz nickte. Obwohl er wusste, dass viele der Aufständischen Ausländer waren, war es entmutigend, dass al Mudtajis Topmänner alle aus dem Ausland zu sein schienen. Das bedeutete, dass die Iraker die Grenzen nicht genügend kontrollierten und die Terroristen einfach weiterhin munter ins Land strömten. Dann kam ihm etwas in den Sinn und er fragte: »Weshalb durfte niemand den richtigen Namen kennen, aber alle wussten, woher die anderen sind?« Er sah Adnans verwirrten Blick und formulierte die Frage um. »Wie können Sie wissen, dass die Typen wirklich aus diesen Ländern stammen? Sie haben nicht ihre richtigen Namen verwendet ...«

»Sie sind kein Iraker«, unterbrach ihn Adnan sofort. »Wir wissen es einfach. Man merkt es am Dialekt.«

Gonz nickte. Das ergab Sinn. Er suchte in den Akten nach weiteren Hinweisen, denen nachgegangen werden musste.

»Wo ist Ghaniyah?«, fragte Adnan plötzlich. »Ich will sie sehen. Wo ist sie, bitte?«

»Sie ist in Sicherheit.« Gonz machte sich nicht die Mühe, aufzublicken.

»Ist sie in Ihrem Gefängnis?«, fragte Adnan. Seine Stimme klang plötzlich bitter.

»Nein ...«

»Sie schnappen sich al Mudtajis Schwester und stecken sie nicht ins Gefängnis? Das glaube ich Ihnen nicht.«

»Ich versichere Ihnen, das ist die Wahrheit«, sagte Gonz und schaute Adnan in die Augen. »Ghaniyah geht es gut. Sie ist in Sicherheit.«

»Hier? In der Grünen Zone?«

»Ich kann es Ihnen nicht sagen.« Als er bemerkte, dass dies den Iraker aus der Fassung brachte, fügte er rasch hinzu: »Sie hilft uns. Was sie tut, ist wichtig, und sie leistet gute Arbeit.« Da Adnan nicht überzeugt zu sein schien, fuhr Gonz fort: »Es war ihre eigene Wahl, Adnan. Sie hat uns den Kopf gebracht.«

»Nein«, sagte Adnan. »Niemals. Sie würde niemals ...«

»Sie hat es getan. Sie hat ihn zum Checkpoint gebracht. Genau zur richtigen Zeit. Genau wie es auf al Mudtajis Webseite angekündigt worden war.«

»Al Mudtaji hat sie gezwungen ...«

»Sie hat es auf eigene Faust getan. Sie wollte auspacken. Uns helfen.«

Adnan studierte Gonz für einen Moment. Er musste seine Worte zuerst verdauen. Schließlich sagte er: »Ich will sie sehen.«

»Bald ...«

»Ich will Ghaniyah jetzt sehen«, beharrte Adnan hartnäckig. »Ich muss sie sehen!«

»Das werden Sie. Nur nicht jetzt.«

»Wenn es stimmt, was Sie sagen, dass sie nicht im Gefängnis ist, dann lassen Sie mich sie sehen«, flehte er.

»Bitte.«

»In ein paar Tagen. Sie ist nicht in Bagdad, okay? Aber sie ist in Sicherheit. Sie hilft uns. Sie wird in ein paar Tagen wieder zurück sein. Ich schwöre es.«

»Wo ist sie? Nicht in Bagdad? Wo dann?«

»Ich kann es Ihnen nicht sagen.«

Adnan reagierte empört. »Ich habe die Wahrheit gesagt! Nun sagen Sie mir ...«

»Ich sage Ihnen die Wahrheit«, antwortete Gonz und schaute ihm fest in die Augen. »Sie werden sie wiedersehen.

Aber nicht jetzt. Nicht heute und wahrscheinlich auch nicht morgen. Wenn sie zurückkommt ...«

»Wann? Wann kommt sie zurück?«

»In ein paar Tagen, spätestens.«

»In zwei Tagen also?«

»Ungefähr, ja«, antwortete Gonz. Er schien in seine Unterlagen vertieft zu sein.

»Dann werde ich sie also wiedersehen?«, fragte Adnan beschwörend.

»Ja«, antwortete Gonz und schaute Adnan an. »Ich verspreche es Ihnen.«

»Sie versprechen es?«, höhnte Adnan. »So wie Ihr erster Präsident Bush? Er hatte versprochen, uns von Saddam zu befreien. Nach dem Ersten Golfkrieg. Meinen Sie *so* ein Versprechen?«

Basra, Irak ~ Samstag, 15. April ~ 10:21 Uhr

So ein dummer Code, dachte sich Ghaniyah. Die letzten vier Ziffern waren jeweils um eins erhöht. Sie hatte die Telefonnummer, die ihr Vater ihr gegeben hatte, aufgeschrieben. Die letzten vier Ziffern waren 9 6 3 3. Das bedeutete, die korrekte Telefonnummer endet mit den Ziffern 8 5 2 2. Die anderen Ziffern müssten korrekt gewesen sein.

Ghaniyah fragte sich, ob die Amerikaner das Telefon ihres Vaters abhörten. Sie hatte ihnen erzählt, wie ihr Vater al Mudtaji den Hass auf alles Westliche von klein auf eingeflößt hatte und dass er wahrscheinlich die Aufständischen unterstützte. Sie hatte erwähnt, dass ihr Halbbruder jeweils einen Mittelsmann schickte, der Informationen zwischen Vater und Sohn austauschte. Es würde Sinn ergeben, wenn sie seine

Anrufe überwachten. Aber alles, was sie jetzt tun konnten, war, die Anrufe der Telefonnummer zu überwachen, die ihr Vater ihr gegeben hatte. Sie konnten nichts wissen von al Mudtajis einfachem Code oder darüber, dass ihr Vater ihr in Wahrheit eine komplett andere Telefonnummer gegeben hatte.

Sie hätte der amerikanischen Ärztin fast von al Mudtajis Code erzählt – dass sie die letzten Anweisungen darüber erhalten würde, was sie mit der Kommode machen sollte, wenn sie die Geheimnummer anrief. Aber aus irgendeinem Grund hatte sie diese Information für sich behalten. Nun war sie froh darüber.

Plötzlich waren laute Schreie zu hören. Sie erschrak. Nervös blickte sie auf. An den leeren Tischen im Café vorbei konnte sie auf die Straße sehen. Drei Teenager spielten Fußball und feuerten einander lauthals an. Ängstlich blickte sie um sich. Sie konnte nur hoffen, dass ihr die Telefonzelle hinten bei den Toiletten im Café ausreichend Schutz bot. Niemand war da. Aus der Küche waren ein paar Geräusche zu hören, aber sie hatte bereits überprüft, ob die Schwingtür geschlossen war. Sie war es. Wer auch immer sich in der Küche befand, wusste wahrscheinlich nicht einmal, dass sie da war. Vorne im Café saß der Kellner an einem Tisch beim Fenster und las Zeitung. Alles war ruhig. Genau richtig für sie. Das Wichtigste war, dass ihr niemand zuhören konnte.

Ghaniyah schaute wieder auf den Zettel mit der Telefonnummer. Was sollte sie tun? Anrufen? Tun, was man ihr befohlen hatte? Und was dann? Es den Amerikanern erzählen? Der Ärztin? Oder einfach weglaufen? In diesem großen Land könnte sie leicht untertauchen. Könnte sowohl al Mudtaji als auch den Amerikanern entfliehen.

Aber zuerst wollte sie einen anderen Anruf tätigen.

Die Antworten, die sie durch diesen Anruf erhielt, würden alles entscheiden.

KAPITEL 14

Grüne Zone, Bagdad, Irak ~ Samstag, 15. April ~ 10:23 Uhr

Gonz betrachtete den Iraker, der vor ihm saß und an einer Tasse Tee nippte, die ihm gerade gebracht worden war. Er vertraute auf sein Bauchgefühl und das sagte ihm, dass Adnan die Wahrheit gesagt hatte. Er war sich sicher, dass dieser nur durch Zufall in al Mudtajis Welt geraten war – weil er sich in die Halbschwester des Terroristen verliebt hatte. Dumm gelaufen. Trotzdem blieben ein paar Fragen offen.

»Ich habe immer noch ein Problem«, sagte Gonz.

Adnan blickte auf, seine Hände waren um die Tasse gelegt.

»Der Notizblock der Apotheke.«

Adnan stellte die Tasse vorsichtig auf den Tisch und blickte hoch zur Videokamera an der Decke. Sie war ihm bereits aufgefallen, als er den Raum betreten hatte. Dass man ihn filmte, überraschte ihn kaum. Schließlich antwortete er: »Ja, ich weiß.« Mit einem Finger fuhr er den Griff der Tasse nach. »Ich weiß nicht, was ich Ihnen dazu sagen soll.«

»Die Wahrheit«, sagte Gonz etwas strenger, als er beabsichtigt hatte.

»Ich bin mir nicht sicher.« Gonz nickte, also fuhr Adnan fort. »Ich habe an nichts anderes gedacht, seit Sie damit zu mir in den Laden gekommen sind. Es war eine ziemliche Überraschung.«

»Sagen Sie mir, was Sie wissen.«

»Ich habe eine Schulmappe. Seit der Universität. Ich mag sie sehr. Sie ist alt. Sehr alt, gehörte meinem Vater, aber ich benutze sie immer noch. Ich hatte die Medikamente für den Amerikaner in die Schulmappe gesteckt.« Adnan schüttelte den Kopf und starrte auf die Tasse vor ihm auf dem Tisch. »Ich ging los, um al Mudtaji das Medikament zu geben und einen – wie sagt man … Hausbesuch? – zu machen.«

Gonz nickte. »Fahren Sie fort.«

»Manchmal macht Thamer das, manchmal ich. Hängt vom Kunden ab.« Er wartete, bis Gonz nickte, und fuhr dann fort. »Aref ist manchmal, wie sagt man … anstrengend.«

»Der alte Mann, der in der Nähe der Apotheke wohnt?«, fragte Gonz zur Information der Zuhörer in Langley.

Adnan nickte. »Ja. Er will immer etwas. Will aber nicht zum Arzt gehen. Er glaubt, die Ärzte hätten seine Frau umgebracht. Haben sie nicht. Sie hatte Krebs. Niemand hätte etwas tun können.«

»Was wollen Sie damit sagen?«

Adnan zuckte mit den Schultern. »Vielleicht zweimal, dreimal die Woche will Aref etwas. Mal hat er Halsschmerzen. Mal Ohrenschmerzen. Irgendetwas. Meistens fehlt ihm gar nichts. Ich denke, er will nur Aufmerksamkeit.«

»Okay …«

»Ich habe seinen Namen auf einen Notizzettel geschrieben. Als Erinnerung für mich, damit ich noch bei ihm zu Hause vorbeigehe.«

»Und dann haben Sie den Zettel al Mudtaji gegeben?«

»Nein!«, beharrte Adnan. »Nein, aber der Zettel war in der Schulmappe. Zusammen mit den Medikamenten für die anderen Kunden.« Adnan kreiste mit dem Finger um den Rand der Tasse. »Ich denke, jemand hat ihn sich geschnappt.« Er blickte Gonz an. »Aus meiner Mappe genommen. Am Tag, bevor der Amerikaner getötet wurde.«

»Ohne Ihr Wissen?«, fragte Gonz.

Adnan starrte Gonz an. »Denken Sie, ich habe ihm den Zettel absichtlich gegeben? Wozu? Damit Sie an unsere Tür klopfen können, wie Sie es getan haben? Mich hierherbringen? Denken Sie, ich *will* das alles?«

»Wer hat ihn also genommen?«

»Ich glaube Sharif.«

»Warum er?«

»Wie gesagt, ich bin mir nicht sicher.«

»Aber Sie denken, Sharif. Also, warum er?«

Adnan zögerte. Wieder blickte er zur Videokamera hoch. Mit einem tiefen Seufzer gab er zu: »Er mochte mich nicht, denke ich.«

»Sharif?«

Adnan nickte.

»Warum?«

»Ich denke wegen Ghaniyah ...« Adnan bemerkte Gonz' fragenden Blick. »Er hat uns einmal zusammen gesehen. Wir waren vielleicht zehn Meter voneinander entfernt, aber er hat es gesehen ...«

»Was hat er gesehen?«

»Wie sie mich angesehen hat ... Ich kann es nicht beschreiben ...«

»Also, *er* hat den Zettel genommen?«

Adnan nickte. »Ich glaube, ja. Ich habe nie bemerkt, dass er überhaupt weg war.«

»Okay, aber ich habe immer noch ein Problem«, sagte Gonz. »Weshalb sollte al Mudtaji zulassen, dass dieses Stück Papier verwendet wird? Er muss gewusst haben, dass wir es analysieren werden. Und nach Hinweisen suchen. Weshalb sollte er wollen, dass wir Sie finden?«

Adnan schüttelte verwundert den Kopf. »Das wollte er nicht.«

»Also weshalb hat er den Zettel verwendet? Der Name der Apotheke stand oben drauf ...«

»Al Mudtaji hat es nicht bemerkt«, unterbrach Adnan.

»Was meinen Sie? Der Name steht groß oben auf dem Zettel drauf.«

Adnan lächelte. »Al Mudtaji wusste nicht, was es heißt ...«

»Wie bitte? Ist er blind oder was?«, spottete Gonz.

»Nein, nein. Er kann sehen. Aber geschriebene Wörter bedeuten für ihn nichts.« Adnan blickte Gonz grinsend an. »Er ist Analphabet.«

MP-5, Grüne Zone, Bagdad, Irak ~ Samstag, 15. April ~ 10:28 Uhr

»Ich wünschte, Dr. McKay wäre hier.«

»Ist sie aber nicht«, blaffte Heisman. »Also los. Was haben Sie?«

»Es gilt als Massenvernichtungswaffe«, sagte Peterson nervös und starrte auf den Computerbildschirm. »Keine Behandlung, kein Impfstoff.«

»Himmelherrgott, das weiß ich selbst!«, brüllte Heisman, der hinter Petersons linker Schulter stand und sich auf die Daten auf dem Bildschirm konzentrierte.

»Die Jungs in Kuwait machen weitere Tests, aber was sie mit Sicherheit sagen können, ist, dass im Wasser ein hoher Anteil an Rizin vorhanden war.«

»Kann man sagen, woher?«, wollte Heisman wissen. »Ich meine, wo die Substanz herkam? Aus dem Irak?«

»Vermutlich aus einer Region mit einem warmen Klima. Wahrscheinlich Afrika.«

»Aber könnte auch von hier sein?«

»Ich habe bereits nachgefragt. Sie können es nicht so einfach nachverfolgen. Sie haben nur den wahrscheinlichen Ursprung angegeben, und das ist Afrika. Wissen Sie, Rizin ist das Abfallprodukt aus der Verarbeitung von Rizinussamen für Öl. Und dieses Zeugs wird auf der ganzen Welt verwendet, um Rizinusöl herzustellen.« Peterson schüttelte den Kopf. »Der Typ in Kuwait sagte, man kann Rizin nicht durch Zufall herstellen. Man muss es *wollen*.«

Heisman nickte. »Das ist also kein Zufall.«

»Die schlechte Neuigkeit ist, auch Amateure können es herstellen. Es dann in Form von Pulver verwenden, als Spray oder Wirkstoffnebel oder es einfach in Wasser auflösen.«

»Und genau das ist beim Brunnen der alten Frau geschehen.«

»Genau. Kuwait sagt, die Symptome, die Dr. McKay aufgelistet hat, passen zu den Symptomen, die Rizin hervorruft. Erbrechen, blutiger Durchfall, vielleicht Nieren- oder Leberversagen, wenn die Dosis hoch genug ist.«

»Okay, was wissen wir darüber, wer das Zeugs in der Vergangenheit verwendet hat?«

»Nicht sehr viel«, fuhr Peterson fort und ließ ein weiteres Fenster mit einem Mausklick aufpoppen. »Rizin wurde mehrmals als Giftstoff verwendet. Im November 2003 fand es der Secret Service in einer Poststelle des Weißen Hauses. Im Oktober desselben Jahres fand man Rizin in einer Poststelle in Greenville, South Carolina. Aber zum Glück war die Qualität wohl schlecht.«

Heisman runzelte die Stirn. »Es muss mehr als das geben.«

Peterson ließ ein weiteres Fenster auf dem Bildschirm aufpoppen. »Dezember 2002, sechs Terroristen in Manchester, England, mit Rizin gefasst. Einer der Typen war Chemiker.«

»Und wir haben einen Apotheker ...«

»Dann im Januar 2003 wieder in England ... dieses Mal in London ... Die Polizei stürmte zwei Wohnungen von mutmaßlichen Terroristen ...« Peterson scrollte hinunter. »Es wurden Spuren von Rizin in der Wohnung gefunden, aber es waren wohl Tschetschenen.« Er drehte sich um und blickte Heisman an. »Sie wissen schon ... Russen ...«

»Ja, ja«, murmelte Heisman ungeduldig.

»Man geht davon aus, dass sie die russische Botschaft in London attackieren wollten.«

»Sind alle diese Typen immer noch im Gefängnis?«

Peterson gab ein paar Befehle ein und ein weiteres Fenster erschien. »Alle außer einer Person.«

»Wo ist er?«

»Sie.«

Heisman musste nachfragen. »Sie?«

»Eine Jordanierin. Eine Frau namens Ezzah Shukir. Nach fünf Monaten Haft entlassen. Sieht so aus, als sei sie nicht Teil der Bande.«

»Gibt's ein Foto?«

»Einen Moment ...«, Peterson klickte auf ein paar Links. »Hier ist es ...«

Ein Bild von Ghaniyah erschien auf dem Bildschirm. Sie sah zwar etwas jünger aus, aber es war zweifellos Ghaniyah.

»Verdammte Scheiße«, murmelte Heisman.

Grüne Zone, Bagdad, Irak ~ Samstag, 15. April ~ 10:39 Uhr

»Kennen Sie al Mudtajis Verstecke?«, fragte Gonz und nippte an seinem frischen Kaffee.

»Nur das vom letzten Tag«, antwortete Adnan.

»Dem Tag, als Quizby umgebracht wurde?«

Adnan nickte. »Es waren immer zwei Männer, die mich zu ihrem Versteck brachten. Ich musste in den Kofferraum steigen, die Augen wurden mir verbunden.« Er schüttelte den Kopf. »Ich habe nie gesehen, wo wir waren. Aber am letzten Tag ... nachdem der Amerikaner ... nachdem es zu Ende war, sagte al Mudtaji, ich könne selber zurücklaufen. Nicht weit. Dann wusste ich, wo ich war. Es ist ...«

»Ein altes Lagerhaus in Jadida«, unterbrach ihn Gonz. Adnan sah überrascht auf. Er wusste nicht, dass die Marines am Vortag im Rahmen einer Routinepatrouille in ein Lagerhaus eingedrungen waren und im ersten Stock eine große Menge Blut entdeckt hatten. »Die Marines haben es gefunden. Nahmen an, dass dort wohl jemand umgebracht wurde. Es gab viel Blut. Das Gebäude wird nun beobachtet.«

»Er wird nicht zurückkommen«, spottete Adnan. »Alle zwei, drei Tage wechselt er das Versteck.« Adnan sah Gonz durchdringend an. »Er nimmt sich, was er will. Seine Männer wählen ein Haus aus. Besetzen es. Manchmal sind die Besitzer noch da. Spielt keine Rolle. Fesseln und knebeln sie. Er geht, wie gesagt, ein, zwei Tage später wieder. Verstehen Sie?«

Gonz nickte und starrte auf seine Kaffeetasse.

»Wenn Sie also ein Haus bombardieren, töten Sie möglicherweise eine unschuldige Familie. Al Mudtaji war seit Tagen nicht dort. Ihre Information ist alt.«

Gonz seufzte. Er brauchte Adnan nicht, um sie darauf aufmerksam zu machen, dass sie zwei Schritte hinterherhinkten. Ohne Augen und Ohren innerhalb von al-Qaida tappten sie ständig im Dunkeln. Jemand pochte an die Tür und Heisman stürmte herein. Der Riese füllte den Türrahmen fast ganz aus. Er blickte Adnan an. »Du hinterhältiger Kerl.«

Adnan wich instinktiv zurück und Gonz stand überrascht auf. Heisman knallte die Tür zu und warf ein Farbfoto von Ghaniyah auf den Tisch. Das Hochglanzfoto war nicht gerade vorteilhaft. Sie blickte ernst und hielt eine Gefangenen-Identifikationsnummer in den Händen. Gonz betrachtete das Foto einen Moment lang und fragte Heisman dann: »Was soll das bedeuten?«

»Frag ihn.« Heisman starrte immer noch Adnan an.

Adnan schob das Foto vorsichtig über den Tisch und betrachtete es. Dann drehte er sich zu Gonz um. »Sie haben gesagt, sie ist nicht im Gefängnis.«

»Ist sie auch nicht«, sagte Heisman.

Adnan deutete wieder auf das Foto und war nun merklich wütend. »Ghaniyah ist ...«

»Das war in Großbritannien. Manchester. Vor vier Jahren.«

Adnan nahm das Foto und schaute Ghaniyah an, als könne sie mit ihm sprechen.

»Sie wurde zusammen mit anderen Terroristen verhaftet. Gebrauchte den Namen Ezzah Shukir. Besaß einen jordanischen Pass.«

Adnan war sichtlich überrascht. Schließlich schüttelte er den Kopf. »Nein. Nein, Ghaniyah ...«

»Ghaniyah? Oder heißt sie Ezzah?", fragte Heisman streng.

»Mit welchem Haftbefehl?«, fragte Gonz.

»Terrorismus, was sonst?« Er blickte immer noch Adnan an und fuhr fort: »Sie wurde zusammen mit fünf anderen islamischen Fundamentalisten verhaftet. Und raten Sie mal ... Einer war Chemiker. Genau wie Sie, nicht wahr? Chemiker? Apotheker?«

Adnan sah nun verängstigt aus. »Ich verstehe nicht ...«

»Sie verstehen nicht? Dann lassen Sie es mich erklären. Ghaniyah oder Ezzah, oder welcher Name auch immer ihr richtiger ist, wurde zusammen mit diesen Spinnern hier verhaftet, und jetzt raten Sie mal, was sie hergestellt haben? Rizin. Sie wissen, was Rizin ist?«

Adnan starrte Heisman entgeistert an.

»Mein Gott«, murmelte Gonz.

»Und wissen Sie was? Die Briten, Gott segne sie, haben sie viereinhalb Monate später wieder gehen lassen. Dachten, sie sei kein Teil der Bande. Sie behauptete, sie habe nicht gewusst, was die Männer, einschließlich der Chemiker, im Schilde führten. Aber raten Sie mal, was wir inzwischen wissen?«

»Oh, Scheiße«, brummte Gonz.

Heisman sah ihn zum ersten Mal an. »Genau.« Er schaute Adnan an und erklärte: »Die Tante Ihrer Freundin, sie kämpft ums Überleben. Wissen Sie, warum? Rizin. Man hat Rizin in ihren Brunnen geschüttet. Den Brunnen benutzen auch ihre Nachbarn. War wohl nur ein Test. Um zu sehen, ob sie die richtige Dosierung erwischt haben.« Heisman holte Luft. Er war sichtlich aufgewühlt. »Aber sie hatten einen guten Lehrer. Sie sind Apotheker. Chemiker ...«

»Nein, ich schwöre ...«

»Na klar, Mann. Sie sind Chemiker. Wie der Typ in England. Der ist immer noch im Gefängnis, aber, voilà, wir haben Sie. Sie sind derjenige, der die Dosierungen festlegt. Sie entscheiden, wie viel man braucht, um jemanden richtig krank zu machen oder gleich unter die Erde zu bringen. Sie haben ihnen also gesagt, wie viel sie brauchen, um ...«

»Nein!«, unterbrach ihn Adnan entsetzt über die Anschuldigung. »Nein!«

»Dann testet al Mudtaji das Gift am Brunnen seiner Tante. Später schickt er Ghaniyah, um nachzusehen, wie es der alten Frau geht. Sie informiert ihn. Nun, ich weiß ja nicht, wie Sie das sehen, aber ich würde sagen, wenn man Opfer mit inneren Blutungen, massivem Erbrechen, Durchfall und Nierenversagen hat ... ist der Versuch doch geglückt, oder?« Er trat näher an Adnan heran und sah bedrohlich auf ihn hinunter. »Was ist das Ziel von al Mudtaji? Wer holt das Rizin?«

Bagdad, Irak ~ Samstag, 15. April ~ 11:32 Uhr

Maaz fokussierte das leistungsstarke Objektiv auf den ehemaligen Präsidentenpalast, in dem einst die Regierung Saddams untergebracht gewesen war. Er saß an der Grenze zur Grünen Zone und hatte Gewissensbisse. Was, wenn es stimmte? Was, wenn der Republikanische Palast, wie das Gebäude seit dem Einmarsch der US-Armee genannt wurde, das Ziel des Anschlags war? Die Leute darin würden eines furchtbaren Todes sterben und er würde nichts anderes unternommen haben, als nach dem besten Blickwinkel Ausschau zu halten, um ein gutes Foto davon zu machen. Er hatte sich für eine Stelle am Tigris entschieden, an einem von Bäumen gesäumten Weg, wo er den riesigen alten Palast mit seinem grünen Rasen von der anderen Seite des Flusses gut sehen konnte.

Zum Glück war das Gelände des Präsidentenpalastes immer eine Attraktion für Schaulustige, wodurch es nicht auffiel, dass er mit seiner Kamera in diese Richtung zielte. Die Sicht von diesem Standort aus war malerisch. Aber es würde für ihn weniger vorteilhaft sein, wenn die Aufständischen aus der Grünen Zone heraus zuschlagen würden. Doch wie groß war die Chance? Höchstwahrscheinlich würde ein Granatenangriff auf diese Seite des Gebäudes verübt werden. Er schoss ein paar Bilder, um ein paar »Vorher«-Fotos auf Lager zu haben, sollte tatsächlich ein Anschlag verübt werden.

Maaz fragte sich, was für Leute sich wohl im Inneren des Gebäudes aufhielten. Nicht nur Amerikaner – seine Gefühle gegenüber diesem Volk änderten sich täglich –, sondern auch Iraker. Es waren bestimmt Hunderte Iraker in diesem riesigen Gebäude, Politiker oder solche, die ihnen nahestanden und die die Geschicke der noch jungen

Demokratie lenkten. Er dachte an seine zwei Kinder. Was, wenn sie ohne Vater aufwachsen müssten, weil jemand, der wusste, dass das Gebäude in die Luft gejagt werden sollte, nichts gesagt hatte?

Er tröstete sich damit, dass er nur seinem Job nachging. Früh am Morgen hatte sich ein anonymer Anrufer in der Redaktion gemeldet. Er wollte Duqaq sprechen, den Topjournalisten der Zeitung, den Korrespondenten für die neue irakische Regierung. Der Anrufer sagte, dass der Präsidentenpalast am Mittag Ziel eines Anschlags werden würde. Ein Fotograf solle sich dorthin begeben. Duqaq hatte weitere Informationen verlangt, aber der Anrufer hatte schon wieder aufgelegt.

Dr. Lami, der darüber unterrichtet wurde, hatte gezögert. Selbstmordattentate waren an der Tagesordnung. In vielen Fällen waren Journalisten von Zeitungen oder TV-Sendern bereits vor Ort, bevor das Attentat erfolgte. Manchmal war es ein anonymer Anrufer, wie in diesem Fall. Manchmal erhielt ein einzelner Reporter, Fotograf oder Kameramann einen Hinweis, wo und wann ein Attentat verübt werden sollte.

Das verfolgte zwei Ziele: Erstens bot es den Journalisten die Möglichkeit einer Berichterstattung voller Blut und Chaos, was für die Eigentümer der Zeitung oder der TV-Station eine schöne Stange Geld bedeutete, wenn die Bilder von anderen TV-Stationen oder Zeitungen übernommen wurden. Und zweitens zerschlug es jegliche Hoffnung auf eine stabile irakische Regierung, wenn die irakischen Bürger das Blut und Chaos in der Morgenzeitung oder in den Abendnachrichten zu sehen bekamen. Diese Zweifel führten zu Misstrauen gegenüber der demokratischen Idee und brachten die Menschen ins Grübeln, ob es nicht eine bessere, sicherere Alternative gab.

Dr. Lami war sich dessen voll bewusst. Er mochte die Vorstellung nicht, dass die Aufständischen seine Journalisten dirigierten. Trotzdem war er auch ein Geschäftsmann. Also hatte er das einzig Vernünftige getan – er hatte jemanden in der Regierung angerufen, den er kannte, und ihn gewarnt. Dann hatte er Maaz geschickt, um über das Attentat zu berichten.

Maaz schaute auf die Uhr. Es war bereits nach 11:30 Uhr.

»Schöne Kamera«, sagte eine tiefe Stimme hinter ihm.

Erschrocken drehte sich Maaz um und sah einen jungen Mann mit einem Dreitagebart, der eine Zigarette rauchte. Er trug verwaschene Jeans, eine dünne Jacke und hatte ein Lächeln im Gesicht.

»Findest du sie gut?«, fragte der Mann.

Maaz fühlte sich irgendwie unwohl. »Ja.«

»Was ist mir der alten passiert?«

Maaz starrte den Mann überrascht an.

»Du hast sie nie zurückgekriegt, oder?«, wollte der junge Fremde mit einem Lächeln im Gesicht wissen.

»Wer sind Sie?«, fragte Maaz überrascht. »Woher wissen Sie ...«

»Sag mir ...«, unterbrach ihn der Mann, nahm einen Zug von der Zigarette und blies Maaz den Rauch direkt ins Gesicht. »Hast du herausgefunden, was im Mund des toten Ungläubigen versteckt war?«

Maaz starrte den Mann an und brachte kein Wort heraus. Er konnte nur annehmen, dass der Mann, der vor ihm stand, ein Terrorist war. Er stand am Ufer des malerischen Tigris und sprach mit einem Terroristen.

Der junge Mann lachte wieder. »Ich werde dir helfen.« Er nahm ein kleines Stück Papier aus seiner Hosentasche. »Im Mund war eine Botschaft von al Mudtaji. Das hier stand drauf.«

Maaz nahm das gefaltete Papier und öffnete es. Darauf stand: *Der Islam ist die einzig wahre Religion. Nun habt Ihr einen Amerikaner, der die Wahrheit über den Islam gesagt hat. Zuvor haben er und alle anderen Amerikaner nur Unwahrheiten über den Islam verbreitet. Der Kopf musste weg. Jetzt kann er die Wahrheit sagen. Verstanden? Dies ist der erste von vielen amerikanischen Köpfen, die am Sonntag die Wahrheit sagen werden.*

Verunsichert blickte Maaz auf und sah, wie der junge Mann lässig davonging. Er sah Maaz über seine Schulter an, drehte sich dann um und lief rückwärts weiter. »Kümmere dich nicht darum, was man dir zuvor gesagt hat«, rief der Mann und deutete auf das Papier in Maaz' Hand. »Zeig das allen, okay?«

Er lachte wieder, drehte sich um und lief schnellen Schrittes davon.

Maaz zögerte. Dann richtete er seine Kamera auf den Fremden. Mit seinem Zoom-Objektiv fokussierte er den Mann und schoss rasch ein paar Bilder. Er hoffte, der Mann würde sich noch einmal umdrehen. Aber das tat er nicht.

Einen Moment später war die Sicht auf den Terroristen durch eine Gruppe Menschen versperrt.

KAPITEL 15

Basra, Irak ~ Samstag, 15. April ~ 11:41 Uhr

Sie saß auf den Stufen vor dem Haus ihrer Tante und wartete.

Der kleine Koffer, den ihr die Amerikaner vor ihrer Ankunft in Basra ausgehändigt hatten, stand neben ihr, gefüllt mit Kleidern und Toilettenartikeln. Im Spezialkoffer versteckt war ein Satellitentelefon, mit dem sie die Amerikaner – entweder Dr. McKay oder ihren Boss – anrufen konnte. Sie hatte noch nie damit telefoniert, nur SMS von der Ärztin erhalten. Als sie ihre Kleider eingepackt hatte, hätte sie es fast weggeschmissen. Warum nicht? Sie würde die Amerikaner sowieso nicht anrufen. Sie hatte ihre Entscheidung getroffen. Aber im letzten Moment hatte sie das Telefon doch ins Versteck des Koffers gelegt.

Schlussendlich lag die Entscheidung bei Adnan. Sie wollte ihn nicht nur wiedersehen, sondern auch mit ihm zusammen alt werden. Obwohl sie sich nicht sicher war, ob das Land eine Zukunft hatte, zumindest als Demokratie, glaubte sie an Adnan und an sich selbst. Sie würden sich durchsetzen, da war sie sich sicher. Wenn sie diese eine Sache erledigte und vor allem richtig erledigte, würde sie den Schlüssel für ihre Zukunft in Händen halten. Sie würden beide frei sein und nichts, weder al Mudtaji noch die Amerikaner, würde sie jemals wieder trennen können.

Vorausgesetzt, sie beide überlebten.

Nachdem sie mit ihrem Vater gesprochen und die richtige Nummer herausgefunden hatte, rief sie zuerst noch einmal bei der Apotheke an. Seit sie am Vortag gehört hatte, wie Dr. McKay am Telefon über Thamers Apotheke und Herzmedikamente sprach, hatte sie sich Sorgen gemacht und wollte Adnan warnen.

Als das Taxi sie beim Krankenhaus in Basra abgesetzt hatte, suchte sie eine Telefonzelle, in der man sie nicht belauschen konnte. Doch in der Apotheke nahm niemand ab, was noch nie zuvor der Fall gewesen war, da entweder Thamer oder Adnan sich während der Geschäftszeiten immer im Laden aufhielten. Sie hatte es den ganzen Nachmittag und auch am Abend versucht. Aber das Telefon klingelte immer wieder ins Leere, weshalb sie sich umso mehr Sorgen machte.

Am folgenden Tag, als sie vom kleinen Café aus angerufen hatte, hatte Thamer ziemlich brüsk geantwortet. Als er ihre Stimme erkannte, erzählte er ihr wütend, was passiert war. Obwohl der alte Mann zeitweise verwirrt schien, konnte sie schließlich die Puzzleteile zusammensetzen und rekonstruieren, weshalb die beiden Apotheker verhaftet worden waren – der Zettel im Mund des Amerikaners war auf Briefpapier der Apotheke geschrieben worden. Sie wusste sofort, dass al Mudtaji noch nie einen seiner Helfer verraten hatte, und sie wusste, dass er leidenschaftlich daran glaubte, dass er und Adnan dieselbe Gesinnung teilten. Es war viel wahrscheinlicher, dass Sharif die Botschaft geschrieben und dadurch bewusst den Verdacht auf die Apotheke gelenkt hatte. Eine leichte Aufgabe in Anbetracht der Tatsache, dass al Mudtaji Analphabet war.

Der Gedanke daran, dass Adnan von den Amerikanern festgehalten wurde, brachte sie fast um. Warum hatten sie ihn nicht freigelassen? Sie hatten Thamer und einen alten Mann, einen Stammkunden, gehen lassen. Weshalb nicht auch Adnan? Sie vermutete, der Grund war das Herzmedikament.

Sie mussten die Medikamente wohl direkt zu Adnan zurückverfolgt haben.

Das ganze Chaos ärgerte sie maßlos. Sie hatte mit den Amerikanern kooperiert, war nach vielen Jahren nach Basra zurückgekehrt, hatte alles getan, was man von ihr verlangt hatte, und nun hielten sie Adnan fest, als wäre er ein Krimineller. Ein Terrorist. Sein Verbrechen war, dass er sie von ganzem Herzen liebte. Er hatte al Mudtaji aus einem einzigen Grund geholfen: um sie zu sehen, um zu sehen, dass es ihr gut ging. Und nun bezahlte er einen sehr hohen Preis für seine Liebe.

Thamer sagte ihr, wann genau sie verhaftet worden waren, und beschrieb die beiden Amerikaner detailliert. Sie hatte den großen schwarzen Amerikaner nie gesehen, aber der andere Mann musste McKays Boss sein. Was Ghaniyah überraschte, war die Tatsache, dass die Amerikaner sie nie nach Adnan oder Thamer gefragt hatten. Es ergab einfach keinen Sinn. Über alles, was ihren Halbbruder betraf, war sie unerbittlich befragt worden. Weshalb hatte man sie also nicht auch wegen Adnan befragt?

Wenn Adnan aus irgendeinem Grund zugegeben hatte, was er getan hatte, würden die Amerikaner versuchen, sich dies von ihr bestätigen zu lassen. Herausfinden wollen, ob auch Adnan hätte benutzt werden können, wie man sie benutzt hatte. Andererseits, wenn Adnan der Befragung standgehalten hatte und er Ghaniyahs Namen nicht genannt hatte, weshalb befragte die Ärztin sie nicht über ihn? Fragte sie, ob al Mudtaji den Apotheker gekannt hatte?

Darauf gab es nur eine Antwort. Sie hatten ihr nicht die ganze Wahrheit gesagt. Was bedeutete, dass al Mudtaji richtig lag – man konnte den Amerikanern nicht trauen.

Sie sah den aufgewirbelten Staub eines Fahrzeugs auf der sandigen Straße, bevor sie es hören könnte. Einen Moment später hörte sie den starken Motor. Dann konnte sie den Wagen endlich sehen. Es war ein weißer Kleintransporter. Gerade, als die Stimme am anderen Ende des Telefons ihr sagte, was sie erwartete, weil sie die codierte Nummer angerufen und somit ihr Schicksal besiegelt hatte. Ihr ganzer Körper war angespannt.

Das war's.

Nun gab es kein Zurück mehr.

Basra, Irak ~ Samstag, 15. April ~ 11:54 Uhr

In Momenten wie diesen fragte sich McKay, was zur Hölle sie dazu bewogen hatte, zur CIA zu gehen. Nachdem sie die SMS von Peterson wegen des Rizins erhalten hatte, blieb ihr nur etwas mehr als eine Stunde, um die verschiedenen Patienten zu untersuchen und mit der Behandlung zu beginnen. Ghaniyahs Tante ging es schlechter, ihre Nieren versagten. Das Krankenhaus verfügte zwar über ein Dialysegerät, aber es funktionierte nicht. Leider gab es keine richtige Behandlung gegen Rizin – alle Patienten, einschließlich des kleinen Jungen, der um sein Leben kämpfte, erhielten Aktivkohle, die das Gift hoffentlich ausschwemmen würde. Da auch die Gefahr einer Dehydrierung bestand, erhielten alle Infusionen.

Danach war sie in die Notaufnahme gerufen worden, wo sie gerade den gebrochenen Finger eines kleinen Jungen behandelte, als sie die »911/911«-SMS von Gonz erhalten hatte, die auf einen absoluten Notfall hinwies. Sie hatte die SMS auf einer Toilette gelesen und war danach durch einen Personaleingang aus dem Krankenhaus geschlüpft. Sie hoffte, dass sich mittlerweile jemand anders um den gebrochenen Finger des Jungen gekümmert hatte. Innerhalb von

30 Minuten hatte sie Ghaniyah zwei verschlüsselte SMS geschickt und war auf dem Marktplatz ein paar Blocks vom östlichen Ende des wunderschönen Hafens der Stadt entfernt angekommen. Sie lief den Basar entlang, schlürfte ihren lauwarmen Tee und beobachtete die Gesichter der Frauen, die den Marktplatz füllten. Da alle Frauen Kopftücher trugen, zumeist in Schwarz, sahen sie für McKay alle gleich aus. Die beste Chance, Ghaniyah zu entdecken, war anhand ihrer Größe – sie war groß für eine irakische Frau, fast 1,80 m, wie McKay.

Die Sonne schien und zahlreiche Boote füllten das daneben liegende Hafenbecken – ein perfekter Tag. Aber natürlich war er das nicht, zumindest nicht für McKay. Als sie die SMS von Gonz über Ghaniyahs Verhaftung in Großbritannien und ihre Verbindung zum Rizin gelesen hatte, konnte sie es nicht glauben. Ghaniyah, eine islamistische Fundamentalistin? Jede ihrer Fasern schrie Nein. Das konnte nicht sein. Es musste eine andere Antwort dafür geben.

»McKay, bist du da?«, hörte sie Gonz durch die Muschel in ihrem Ohr.

Immer noch inmitten der Menge, legte sich McKay die Hände vors Gesicht und nieste einmal. Das Signal bedeutete, dass sie bald würde sprechen können. Sie bahnte sich ihren Weg durch die Menge und ein paar Minuten später setzte sie sich auf eine kleine Bank mit Blick auf den Fluss. Sie hasste die Kopfbedeckung, die sie tragen musste, aber zumindest war so das Bluetooth-Gerät an ihrem rechten Ohr nicht sichtbar, mit dem sie via Mobiltelefon telefonieren konnte, ohne das Gerät ans Ohr halten zu müssen. Das Mobiltelefon versteckte sie unter ihrem Kleid.

Sie fasste sich mit der Hand ans Gesicht, sodass man nicht sehen konnte, dass sie sprach. Dann sagte sie leise: »Ich bin vor Ort. Das Ziel nicht. Wiederhole, das Ziel nicht. Ende.«

Sie konnte Gonz seufzen hören. »Hat sie sich zuvor auch schon mal verspätet?«

McKay schaute auf die Uhr. Ghaniyah war nun fast eine Stunde zu spät dran. »Negativ.« McKay fragte dann: »Wo bleibt die Unterstützung?« Sie wusste, dass Gonz ein paar Männer beauftragt hatte, ein Auge auf Ghaniyah zu werfen, während sie im Krankenhaus war. Die Frage, die sich McKay stellte, war, weshalb diese Ghaniyah nicht verfolgt hatten?

»Nur einer war im Dienst. Sie hat es irgendwie geschafft, zu entwischen.«

»Hat jemand im Hotel nachgesehen?«

»Sie ist vor mehr als fünf Stunden abgereist.«

Ich vergeude hier meine Zeit, dachte McKay. Irgendjemand hatte Ghaniyah gewarnt und sie dürfte nun über alle Berge sein. Außer ... »Was ist mit dem Haus der Tante?«, fragte sie leise.

»Wurde gestern Nacht überprüft. Spät. Keine Aktivitäten, auch nicht in den umliegenden Häusern.« Gonz war einen Moment still und fragte dann: »Denkst du, sie ist dort?«

»Al Mudtaji hat ihr aufgetragen, ihm die Kommode zu bringen, nicht wahr?«

»Keine Ahnung«, seufzte Gonz. »War vielleicht ein ausgeklügelter Trick. Das denkt zumindest Langley. Du hast schließlich nichts darin gefunden.«

»Ich muss dorthin«, verkündete McKay plötzlich.

»Weshalb?«

McKay konnte nicht eingestehen, dass sie, obwohl wahrscheinlich ein ganzer Stapel Dokumente Ghaniyahs Verflechtung bewies, nicht daran glaubte. »Ein letzter Check, das ist alles. Ich brauche einen Begleiter.«

»McKay ...«

»Sie wird hier nicht auftauchen, Gonz. Bestimmt nicht.«

»Einen Moment ...«

McKay wartete eine gefühlte Ewigkeit. Sie mochte den Gedanken an einen Begleiter zwar nicht, aber da sie kein Arabisch sprach, hielt sie es für besser, statt als Englisch sprechende Frau alleine aufs Land zu gehen. Sie würde zu viel Aufmerksamkeit erregen und brauchte deshalb einen arabischen Mann, der mit ihr ging.

»McKay?«, vernahm sie durch ihre Hörmuschel.

»Ich höre.«

»Peterson hat das Mobiltelefon überprüft, das du ihr gegeben hast. Es wurde ausgeschaltet.«

McKay stand sofort auf. Es gab keinen Grund, weiter auf dem Basar zu bleiben. »Der Begleiter?«

»Der Mann, dem du die Wasserproben gegeben hast ... er wird dich in 30 Minuten an deinem Standort abholen ...«

»Wir haben keine Zeit, Gonz«, antwortete McKay gereizt. Sie bemerkte sofort, wie laut sie gesprochen hatte, also senkte sie ihren Kopf und ging über die Straße, wo weniger Leute waren. »Gonz ...«

»Nordöstliche Ecke des Marktplatzes. Brauner, zweitüriger Toyota.«

»Alles klar, Gonz. Ende und aus.«

Unter ihrem Kleid schaltete sie das Telefon aus.

Jadida, Irak ~ Samstag, 15. April ~ 12:13 Uhr

»Los geht's.«

Maaz, Dr. Lami und Duqaq standen um den großen Bildschirm herum. Fadhil saß am Schreibtisch und klickte sich erneut durch die Fotos. Das erste Foto zeigte den Rücken des Terroristen.

»Er hat sich nicht mehr umgedreht?«, fragte Dr. Lami.

»Nein«, antwortete Maaz, ohne seinen Blick vom Bildschirm zu wenden.

»Könnte irgendwer sein«, fügte Duqaq hinzu.

»Er hat uns beobachtet«, sagte Maaz zu Duqaq. »Er hat nach der Kamera gefragt. Ob ich sie jemals zurückerhalten habe.«

Niemand sagte ein Wort, als sie die zwei letzten Bilder des Terroristen ansahen, auf denen er von der Kamera wegging. In der Slideshow wurden nun die Bilder gezeigt, die Maaz zuvor vom Präsidentenpalast geschossen hatte. Fadhil klickte auf das letzte Bild.

Dr. Lami beobachtete Maaz. »Du hast diesen Mann noch nie zuvor gesehen?«

»Nein.« Alle starrten Maaz an, also fuhr er fort: »Er fragte, ob ich wisse, was im Mund des Ungläubigen gefunden wurde. Niemand sonst weiß das. Er muss einer von ihnen sein.« Als niemand reagierte, fuhr Maaz fort: »Er fragte, ob ich meine Kamera zurückerhalten habe. Er muss uns die ganze Zeit beobachtet haben.«

Duqaq nickte. »Ich bezweifle das nicht. Sie wissen, dass die Amerikaner den Zettel gefunden haben, aber sie sind nicht glücklich darüber, dass diese Information nicht veröffentlicht wurde.«

»Sie benutzen uns«, höhnte Dr. Lami.

»Machen Sie Witze?«, fragte Duqaq. »Wer benutzt wen? Wenn es stimmt, dass al Mudtaji eine solche Botschaft im Mund des toten Mannes platziert hat und die Amerikaner im Besitz dieses Zettels sind, würde ich sagen, wir veröffentlichen es. Zudem heißt es, dass morgen etwas passieren wird. Ein Anschlag.«

»Wir können das nicht überprüfen«, protestierte Dr. Lami. »Es ist nur eine Annahme.«

»Ein Mann, der wusste, dass ich heute dort Fotos machen würde«, argumentierte Maaz. »Ein Mann, der wusste, dass mir die Sicherheitskräfte die Kamera abgenommen haben. Ein Mann, der wusste, dass etwas im Mund versteckt gewesen ist.«

»Ich stimme dir zu«, sagte Duqaq. »Wer immer dieser Mann war, er hat Informationen. Informationen, die er nun uns gegeben hat. Wir müssen sie drucken.«

Dr. Lami grübelte. »Wir könnten ihn als Quelle aus dem Kreis al Mudtajis angeben.«

»Genau!«, antwortete Duqaq.

Dr. Lami drehte sich zu Maaz um. »Kannst du ein Bild von dem Zettel machen? Ich will eine Kopie des Zettels abdrucken, so, wie wir ihn erhalten haben.« Er sah Duqaq an und sagte: »Schreib die Story. Alles. Der Kopf am Checkpoint, was die Marines dort gemacht haben, der Zettel im Mund, was du beobachtet hast, einfach alles.«

»Was ist mit der Frau, die ihn gebracht hat?«, fragte Duqaq.

Dr. Lami schüttelte den Kopf. »Wir haben keine Fotos und wir wissen nichts über sie. Nach unserem Kenntnisstand wurde der Kopf ohne ihr Wissen in ihre Tasche gesteckt …«

»Komm schon«, spottete Duqaq.

Dr. Lami hob seine Hand. »Eins nach dem anderen. Verwenden wir das, was wir haben. Und das ist der Zettel.« Dr. Lami seufzte. »Ich hätte trotzdem gerne so etwas wie eine Absicherung.«

»Ich kann Ihnen versichern, dass es stimmt«, sagte eine leise Frauenstimme hinter ihnen. Die Männer drehten sich gleichzeitig um. Daneen stand ein paar Meter von ihnen entfernt.

»Daneen …«, sagte Maaz überrascht.

»Ich will mich nicht einmischen«, bemerkte Daneen freundlich und senkte leicht ihren Kopf.

»Sie wissen von dem Zettel?«, fragte Dr. Lami.

Sie blickte auf. »Deswegen wurde mein Bruder verhaftet.«

»Was?«, donnerte Maaz.

»Die Botschaft von al Mudtaji war auf Papier geschrieben, das aus der Apotheke stammt«, sagte sie zu ihrem Mann. Sie schaute Dr. Lami an und sagte: »Mein Bruder ist Apotheker. In Thamers Apotheke. Sie haben ihn verhaftet und Thamer, den Besitzer, einen alten Mann, ebenfalls. Er wurde freigelassen. Aber sie haben immer noch meinen Bruder.«

»Das kann nicht sein«, antwortete Maaz. »Adnan macht keine gemeinsame Sache mit al Mudtaji ...«

»Natürlich nicht«, erwiderte Daneen erregt. »Jemand hat das absichtlich getan. Einen Notizzettel der Apotheke benutzt, damit er verhaftet wird.«

»Ich verstehe nicht«, sagte Dr. Lami. »Warum?«

Darauf hatte Daneen keine Antwort. Sie schüttelte den Kopf, ihre Augen waren voller Tränen. »Mein Bruder ist ein guter Mann. Sie können alle fragen.«

»Können wir mit diesem Apotheker sprechen? Thamer?«, fragte Dr. Lami.

Daneen nickte. »Ich komme gerade von dort. Er ist sehr aufgebracht. Sehr verärgert.«

Dr. Lami schaute Duqaq an. »Geh sofort zu ihm.«

Duqaq ging zu einem Schreibtisch nebenan und schnappte sich seinen Notizblock. »Was ist mit ihrem Bruder?«, rief er. »Wollen wir das auch veröffentlichen?«

Alle wandten sich Daneen zu. Sie nickte langsam. Tränen liefen über ihre Wangen. »Wie kann es für ihn jetzt noch schlimmer kommen? Ja. Sie müssen auch seine Geschichte bringen. Bitte.«

Dr. Lami sah Maaz an. »Geh mit ihm. Ich will Fotos.«

Fadhil nahm sofort die Speicherkarte aus dem Computer und übergab sie Maaz.

Dr. Lami schaute Fadhil an: »Die Fotos von diesem Aufständischen, ich will sie nicht verlieren.«

Fadhil nickte. »Ich stelle verschlüsselte Kopien ins Internet. Die Amerikaner können einbrechen, alles mitnehmen, es spielt keine Rolle. Die Fotos sind sicher.«

Maaz schaute Dr. Lami an. »Werden Sie sie veröffentlichen?«

»Nicht jetzt«, antwortete Dr. Lami. »Aber es steht mir frei, sie zu veröffentlichen, wann ich will.«

Maaz sammelte seine Kameraausrüstung zusammen und ging zu Daneen. »Kommst du klar?«

Sie nickte.

»Bist du sicher, dass du das willst? Dass alle wissen, dass er verhaftet wurde?«

»Ich will, dass er freikommt«, antwortete Daneen unter Tränen. »Wenn das hilft, dann ja.«

»Komm schon«, sagte Duqaq zu Maaz.

Maaz küsste Daneen auf die Wange und berührte mit einer Hand ihr Gesicht. Er zögerte, als wollte er noch etwas sagen. Dann lief er schnellen Schrittes davon.

»Haben Sie ein Foto von Ihrem Bruder?«, fragte Dr. Lami.

Daneen schien nichts gehört zu haben. Sie stand immer noch mit dem Rücken zum Zeitungsbesitzer und sah ihrem Mann nach, der aus der Eingangstüre stapfte.

»Daneen?«, sagte Fadhil laut.

Sie drehte sich um. Ihr Gesicht war voller Sorgen.

»Haben Sie ein Foto von Ihrem Bruder?«, fragte Dr. Lami erneut.

»Zu Hause.«

»Können Sie es holen? Wir werden es brauchen.«

Basra, Irak ~ Samstag, 15. April ~ 12:34 Uhr

»Alle ihre Kleider!«, schrie der Mann aus dem Wohnzimmer. »Wir müssen sie füllen!«

Ghaniyah öffnete nervös die oberste Schublade der Kommode ihrer Tante. Sie nahm die Unterwäsche heraus und warf sie auf das Bett daneben. In ihrem Kopf kreiste alles. Nur zwei Tage zuvor hatten sie und die amerikanische Ärztin dieselbe Kommode sorgfältig überprüft, ohne etwas zu finden. Nun, da sie es besser wusste, hätte ein Teil von ihr am liebsten laut losgelacht.

»Beeil dich!«, schrie der Mann. »Wir haben nicht viel Zeit!«

»Ja, ja! Ich komm ja schon!«, antwortete Ghaniyah mit lauter Stimme.

Nachdem er seinen Transporter geparkt hatte, waren sie zusammen ins Haus geeilt. Überrascht stellte sie fest, dass er sich offenbar im Haus gut auskannte. Er ging um den großen abgewetzten Stuhl im Wohnzimmer herum, kauerte sich vor einer Truhe aus Eichenholz hinter dem Stuhl nieder, nahm das bestickte Satintuch weg, das über der Truhe lag, so lange sich Ghaniyah erinnern konnte. Dann schob er den Riegel beiseite und öffnete den Deckel der etwa einen Meter langen Truhe. Darin war nichts außer drei Druckverschlussbeuteln, die mit kalkartigem, elfenbeinfarbenem Sand gefüllt waren. Dem Mann schien ein Stein vom Herzen zu fallen, als er die Beutel in intaktem Zustand in der Truhe vorfand.

»Was ist das?«, fragte Ghaniyah zögernd.

»Wie geht es der alten Frau?«, wollte der Mann plötzlich wissen. Er sah aus der Hocke zu ihr hoch.

»Sie ist sehr krank. Sie ist im Krankenhaus.«

Der Mann nickte zufrieden.

»Das hat sie krank gemacht«, sagte Ghaniyah, als sie die Beutel sah. Es war keine Frage.

»Du hast sie gekannt?«

»Sie ist meine Tante.«

Der Mann schien überrascht. Schließlich sagte er: »Es tut mir leid.« Er stand auf und sagte: »Wir müssen alle Opfer bringen. Wir alle.«

Der Mann war danach zum Transporter gegangen und hatte ein langes schmales Brett von der Ladefläche genommen. Es war nicht schwer, sodass er damit rasch wieder zurück im Haus war. Er sagte ihr, sie solle alle Kleider, die sie finden könne, einsammeln.

Während sie die Kleider ihrer Tante auf dem Bett stapelte, fragte sie sich, wie sie die Truhe hatte vergessen können. Weshalb hatte auch die amerikanische Ärztin sie nicht bemerkt? Es muss das Tuch gewesen sein, dachte Ghaniyah. Die Truhe war hinter dem großen Stuhl durch das Tuch verdeckt gewesen, sodass man sie leicht übersehen konnte. Auch wenn die amerikanische Ärztin sie bemerkt hatte, hatte sie sie wahrscheinlich für einen sehr flachen Tisch gehalten. Keine Truhe.

Sie nahm vier alte arabische Kleider ihrer Tante auf den Arm und lief aus dem Schlafzimmer. Sie sah zu, wie der Mann kleine Holzblöcke in die Ecken der Truhe legte. Dann nahm er die dünne Sperrholzplatte und legte sie in die Truhe. Sie passte genau auf die Blöcke, wodurch die Plastikbeutel versteckt und geschützt waren.

Ohne ein Wort zu sagen, überreichte sie ihm die Kleider. Er legte sie in die Truhe. Einen Augenblick später war die Truhe gefüllt mit Kleidern, die Ghaniyah aus der Kommode im Schlafzimmer genommen hatte. Der Mann schnappte sich das bestickte Tuch vom Boden, faltete es der Länge nach, legte es über die Kleider und schloss den Deckel. »Lass uns gehen«, sagte er.

Ghaniyah stand auf der anderen Seite der Truhe und auf ein Zeichen hoben sie sie hoch. Sie luden ebenfalls den alten Stuhl sowie einen Schaukelstuhl auf die Ladefläche des Transporters. Als der Mann die Möbel mit einem Seil festband, wusste Ghaniyah, dass dies ihre letzte Chance war, also ging sie rasch zurück ins Haus.

»Hey!«, rief der Mann ihr nach.

Auf der obersten Stufe drehte sich Ghaniyah um, ihr Herz raste.

»Wenn du durstig bist, ich habe Wasser im Kofferraum.«

Ghaniyah lächelte leicht. »Es dauert nur eine Minute.«

Sie ging zurück ins Haus. Ghaniyah wusste, dass der Mann aufgrund ihrer ausweichenden Antwort dachte, sie müsse auf die Toilette. Stattdessen ging sie rasch in die Küche. Zum Glück war dort ein kleines Fenster, durch das sie den Mann sehen konnte. Sie öffnete eine Schublade und griff sich ein 12 cm langes scharfes Messer, stellte den Fuß auf den Küchentresen, rollte einen ihrer Kniestrümpfe herunter und steckte das Messer in den Strumpf im knöchelhohen Stiefel, die scharfe Klinge gegen den Außenrist, den Griff gegen ihren Knöchel. Sie belastete den Fuß mit ihrem vollen Gewicht, um zu testen, ob sie so laufen konnte. Zu ihrer Überraschung spürte sie die Klinge nicht. Danach zog sie den Strumpf hoch, um jede Spur des Messers zu verbergen.

Als sie durch die Küche ging, bohrte sich der Griff schmerzlich in ihren Knöchel. Aber es war ein kleiner Preis für die Sicherheit, die das Messer ihr bieten würde.

Hoffentlich würde sie es nie benutzen müssen.

KAPITEL 16

MP-5, Grüne Zone, Bagdad, Irak ~ Samstag, 15. April ~ 13:06 Uhr

»Nichts«, sagte Peterson und klickte auf die verschiedenen Fenster auf seinem Bildschirm. »Immer noch ausgeschaltet.«

»Verdammt«, murmelte Gonz, der ausgestreckt auf einem Regiestuhl saß und einen Apfel aß. Es war ruhig im Gebäudekomplex von Marco Polo 5. Heisman ging neben ihm auf und ab, sein Satellitentelefon am Ohr.

»Denkst du, sie weiß es? Dass wir versuchen, ihr Telefon zu orten?«

Gonz seufzte. »Peterson, noch vor ein paar Stunden hätte ich gesagt, sie ist unser bestes Ass im Ärmel, um al Mudtaji zu schnappen und seinen Plan zu vereiteln. Unser Agent vor Ort hat sie beschattet. Und sie ist kein Profi, das heißt, die Wahrscheinlichkeit, dass sie ihn bemerkt hat, ist gleich null. Also, um die Wahrheit zu sagen, ich habe keinen blassen Schimmer.«

»Alles klar. Danke«, sagte Heisman und beendete sein Telefongespräch. Er lief hinüber zu Gonz, der ihn mit hochgezogener Augenbraue ansah.

»Hab einen Armee-Captain mit einem Dolmetscher ins Kreisarchiv geschickt«, sagte Heisman und starrte dabei auf ein Stück Papier in seiner Hand. »Die einzige Aufzeichnung über eine Ezzah Shukir, bei der das Alter in etwa übereinstimmt, ist eine Geburtsurkunde von 1980.«

»Könnte passen«, sagte Gonz. »Geburtsort?«

»Basra.«

Gonz erhob sich. Heisman hatte nun seine volle Aufmerksamkeit. »Geschwister?«

Heisman schüttelte den Kopf. »Da steht der Name der Mutter, das ist alles. Eine gewisse Faymen Shukir.« Heisman grinste und sah Gonz an. »Aber weißt du, was? Diese Ezzah Shukir? Ihr Geburtsort liegt nur ein paar Kilometer vom Bauernhof der Tante entfernt. Wieder so ein Zufall, den du nicht magst.«

»Aber die Tante im Krankenhaus, sie ist von der Seite des Vaters. Sie ist nicht die Schwester der Mutter.«

»Das heißt nicht, dass die Familien nicht nahe beieinander gewohnt haben. Wie oft haben wir das schon gesehen?«

»Stimmt«, pflichtete Gonz bei.

»Noch etwas Interessantes. Sie hat 1995 einen jordanischen Pass beantragt.«

»Sie hat ihn erhalten, das wissen wir. Was meinst du damit? Dass sie eine doppelte Staatsbürgerschaft besitzt?«

»Jordanien kooperiert und die verfolgen das weiter. Das Wesentliche ist, ob sie dort *geboren* wurde. Dann gäbe es zwei. Eine 1980 in Basra geboren und die andere in Jordanien.«

Gonz dachte einen Moment nach. »Du hast Recht. In Bezug auf die Zufälle. Das ist eine recht ländliche Gegend, nicht war? Dort, wo die Tante wohnt? Die Tante lebt nur ein paar Kilometer von Ghaniyah und ihrer Mutter entfernt – ein Vater wird nicht erwähnt.« Er biss ein weiteres Stück vom Apfel ab. »Ich setze auf das Baby aus Basra. Sie ist unsere Ghaniyah.«

»Wie soll sich das abgespielt haben?«, fragte Heisman. »Sie geht nach Jordanien und wird von al-Qaida angeworben?«

»Oder verliebt sich.« Heisman blieb skeptisch. Gonz sagte: »Wäre nicht das erste Mal.«

»Die Frage ist eher, ist sie immer noch verliebt? In unseren jungen Apotheker?«

»Das können wir nicht wissen«, gab Gonz zu.

»Die Untersuchung der Handschrift ergab übrigens nichts Konkretes.«

»Hab's gesehen.«

»Das heißt, er könnte die Wahrheit gesagt haben. Dass er die Botschaft in Quizbys Mund nicht geschrieben hat. Damit bleibt uns nur noch Abdul al-Jarrah, auch bekannt als Sharif. Er dürfte die Botschaft geschrieben haben, schließlich spricht er auch Englisch. Er wollte Adnan mit dem Papier aus der Apotheke in die Pfanne hauen.«

Gonz nickte. »In der Liebe und im Krieg ist alles erlaubt.«

»Tolle Analyse«, spottete Heisman. Er studierte das Papier in seiner Hand und fragte: »Glaubt ihr wirklich, dass al Mudtaji Analphabet ist?«

»Wir können's nicht beweisen.«

»Unser Apothekerfreund sagte, er habe ihn getestet. Er habe ihm zwei Fläschchen gezeigt. Auf einem stand ACE-Hemmer, das andere war ein Diuretikum. Er hat al Mudtaji gebeten, ihm den ACE-Hemmer zu geben. Dieser nahm das Diuretikum. Er sagte, er habe ihn später nochmals getestet, um ganz sicher zu sein. Beide Male habe al Mudtaji eine Fifty-fifty-Chance gehabt, beide Male habe er es vermasselt.«

»Das sagt er zumindest. Wir können die Geschichte weder widerlegen noch bestätigen.« Gonz biss ein weiteres Stück vom Apfel ab und sagte kauend: »Aber man muss sich schon fragen, wenn du Terrorist bist und etwas Großes planst – wir wissen nicht was – aber du bist ständig auf der Flucht ... ist es dann nicht ein wichtiger Gesichtspunkt?«

»Was meinst du?«, fragte Heisman. »Analphabet zu sein?«

»Denk mal nach. Er ist vollständig von mündlicher Kommunikation abhängig, entweder per Telefon oder persönlich. Er kann nicht das Risiko eingehen, per E-Mail zu kommunizieren oder versteckte Botschaften in Chatrooms zu hinterlassen, denn das müsste jemand für ihn erledigen. Und wenn er eine schriftliche Botschaft erhält, muss sie ihm jemand vorlesen, dem er vertraut, jemand, der wertvoll für ihn ist.«

»Jemand hoch oben in der Rangliste«, spann Heisman den Gedanken weiter.

»Jemand, der selbst Platzhirsch werden will.«

»An was denkst du?«, fragte Heisman überrascht. »Ein Putschversuch?«

»Warum nicht? Kann in jeder Diktatur passieren. Und Terrororganisationen sind nichts als reine Diktaturen.« Gonz wandte sich Peterson zu. »Du kannst auf al Mudtajis Webseite eine Nachricht posten, nicht wahr?«

»Wenn es jemand übersetzt, klar.«

Verschmitzt grinste Gonz Heisman an.

Basra, Irak ~ Samstag, 15. April ~ 13:42 Uhr

McKay konnte es kaum glauben. Wieder Pech gehabt. »Das ist nicht gut.«

»Wie wollen Sie vorgehen?«, fragte der Mann – der sich Richard nannte –, als er die kleine Limousine in Richtung Bauernhof steuerte.

»Ich weiß nicht«, murmelte McKay. Neben dem Brunnen waren zwei hellgelbe Lastwagen geparkt. Auf den Türen stand »City of Basra« auf Arabisch und Englisch.

»Von da ist das Wasser gekommen«, sagte Richard. Es war eher eine Aussage als eine Frage. »Wissen Sie, was damit nicht stimmt?«

McKay zögerte. Der Mann schien seriös zu sein. Als er sie auf dem Basar abgeholt hatte, war sie überrascht gewesen, dass er ihren richtigen Namen kannte und sehr gut Englisch sprach. Auf der Fahrt zum Haus von Ghaniyas Tante hatte er sich beklagt, dass Ghaniyah ihm entwischt war. Er habe am Vordereingang des Hotels auf sie gewartet, und als er bemerkte, dass sie ihn abgehängt hatte, sei es bereits zu spät gewesen. Er beklagte sich, dass man ihm keinen zweiten Mann zugeteilt hatte, um den Hintereingang zu bewachen.

»Gift?«, fragte Richard.

»Ich denke schon«, sagte McKay vage. Der Mann war zwar einer von Gonz' Männern, aber sie wusste nicht genau, wie sehr Gonz ihm vertraute. »Die Tests wurden noch nicht bestätigt. Zumindest habe ich noch nichts gehört.«

»Wie gehen wir also vor?«

»Lassen Sie uns nahe bei der Wahrheit bleiben. Ich bin eine besorgte Ärztin und will sichergehen, dass sonst niemand hier draußen krank ist.«

Richard nickte und parkte den Wagen. Die drei Mitarbeiter der Stadt Basra beobachteten, wie sie aus dem Wagen stiegen.

»Ich muss unbedingt ins Haus«, sagte McKay leise zu Richard, als sie sich den Arbeitern näherten.

Der Mann, der anscheinend ihr Vorgesetzter war, fragte Richard etwas auf Arabisch und dieser gab Antwort. Die Diskussion zwischen Richard und dem Beamten schien ihr ewig zu dauern. Schließlich sagte Richard zu ihr: »Sie sperren den Brunnen, damit ihn niemand benutzen kann, bis die Testresultate bekannt sind.«

McKay nickte. Als Ärztin hörte sie so etwas gerne. Man konnte nicht wissen, wer sich in die Gegend verirren und sich durstig am Brunnen bedienen würde. Sie wandte sich wieder

Richard zu. »Sag ihnen, dass die Nichte der Frau, die hier lebt, seit ein paar Tagen nicht mehr im Krankenhaus war. Wir wollen sichergehen, dass sie nicht hier und möglicherweise auch krank ist.«

Richard übersetzte dies auf Arabisch. Gleich darauf nickte der Mann. Richard antwortete wiederum auf Arabisch. Dann legte er seine Hand auf McKays Rücken und drängte sie in Richtung der Eingangstreppe des Hauses.

Sie öffnete die Eingangstür, die unverschlossen war, und rief: »Ghaniyah? Ghaniyah, sind Sie hier?«

»Was suchen wir?«, fragte Richard leise.

McKay antwortete nicht und ging direkt ins Schlafzimmer. Dort angekommen, blieb sie abrupt stehen. Die Schubladen der Kommode waren herausgezogen und die Kleider allesamt weg.

Richard betrat ebenfalls den Raum und fragte: »Was ist los?«

McKay schüttelte den Kopf. Schließlich antwortete sie: »Ghaniyah sagte, sie würde mit der Kommode ihrer Tante zurück nach Bagdad gehen.«

Richard kam zur Kommode hinüber. »Vielleicht nur die Kleider und nicht die Kommode selber.«

»Nein«, beharrte McKay. »Nein, wir haben etwas übersehen. Etwas stimmt nicht.« McKay überprüfte die Schubladen sorgfältig, aber wie bereits zuvor war nirgends eine versteckte Botschaft zu finden.

»Was genau hat die Frau gesagt?«, fragte Richard.

McKay zuckte mit der Schulter. »Das ist alles. Dass sie nach Basra wollte, um nach ihrer kranken Tante zu sehen, und dann die Kommode zurück zu al Mudtaji bringen wollte.«

Richard dachte einen Moment nach. »Hat sie das auf Englisch gesagt?«

»Nun, ich kann kein Arabisch.«

»Okay, aber hat sie es zuerst auf Arabisch gesagt? Und dann hat es jemand übersetzt?«

»Nein«, erklärte McKay. »Sie wollte nur mit mir reden. Sie spricht fließend Englisch. Warum? Was denken Sie?«

»Gibt es eine Kiste hier? Eine Truhe?«

»Ich glaube nicht.«

Richard lief zurück ins große Zimmer. McKay folgte ihm. »Manchmal kann man Sachen aus dem Arabischen nicht so gut ins Englische übersetzen und umgekehrt«, sagte Richard. »Auf Englisch ist eine Kommode eine Kommode. Eine Truhe ist eine Truhe. Und eine Kiste ist eine Kiste.«

»Und auf Arabisch nicht?«, fragte McKay.

»Nein.« Richard überprüfte den Boden und bemerkte sofort, dass eine Stelle auf dem Teppich neben der Wand sauberer war als der Rest. »Was hat hier gestanden?«

McKay überlegte. »Ich glaube, ein Stuhl. Sah ziemlich mitgenommen aus.«

Richard bemerkte die vier tiefen Abdrücke auf dem Teppich daneben. Er kniete nieder und fuhr mit der Hand über den Teppich. »Da stand mal eine Truhe. Sehen Sie.« McKay war überrascht. Er schaute zu ihr hoch. »Das ist etwa die Größe einer Truhe.«

McKay schüttelte den Kopf. Sie konnte sich nicht erinnern, was dort gestanden hatte.

»Die Abdrücke des Stuhls sind groß. Ich denke, die Truhe war hinter dem großen Stuhl versteckt. Aber hier war eine Truhe, da bin ich mir ganz sicher.«

»Und nun hat sie Ghaniyah«, sagte McKay bestürzt.

Grüne Zone, Bagdad, Irak ~ Samstag, 15. April ~ 13:56 Uhr

Adnan blickte aus dem Fenster aus dickem Sicherheitsglas und beobachtete, was sich zwei Stockwerke weiter unten ereignete. Zwei Amerikaner in T-Shirt und Shorts spielten auf der Straße Frisbee. Es war ruhig. Ab und zu fuhr ein Auto oder ein Militärlastwagen vorbei. Die zwei Männer ließen sich dadurch jedoch nicht aus der Fassung bringen. Das Frisbee schaffte es meist nur knapp über die vorbeifahrenden Autos. Einmal knallte es fast gegen das Dach eines kleinen Toyotas. Der Fahrer trat erschreckt auf die Bremse. Die Frisbee-Spieler winkten freundlich und der Fahrer fuhr weiter. Adnan wunderte sich. In der relativen Sicherheit der Grünen Zone konnten sie beinahe nackt herumlaufen und amerikanische Spiele spielen, wie es ihnen beliebte. Einen Moment später näherte sich ein großer Armeelastwagen. Der Frisbee-Spieler, der sich unter dem Fenster befand, wartete, bis der Lastwagen in der Nähe war, und warf dann das Frisbee absichtlich auf den Boden. Nachdem die Scheibe auf dem Bürgersteig aufgeschlagen war, stieg sie in Richtung des Amerikaners auf der anderen Straßenseite wieder auf. Der Mann sprang in die Luft, um sie zu fangen, während der Lastwagen vorbeidonnerte.

Adnan hatte genug gesehen und wandte sich ab. Das Zimmer war klein. Eine Liege, ein kleiner Schreibtisch und ein Holzstuhl standen darin. Zu seiner Linken befand sich eine dicke Stahltür mit einem kleinen Fenster aus bruchsicherem Glas in der Mitte, durch das ihn die Amerikaner beobachten konnten. Mit dem Rücken zur Wand sank er langsam zu Boden. Er fragte sich immer noch, ob es stimmte – war Ghaniyah tatsächlich eine Extremistin? Glaubte sie wirklich an al Mudtajis Dschihad?

Um sich zu beruhigen, sagte er sich, dass die Fotos auch gefälscht sein könnten. Heutzutage war mit einem Computer alles möglich. Vielleicht hatten sie ein Foto von ihr gemacht, als sie ihnen den Kopf brachte, und ihr Gesicht danach über das der jordanischen Frau gelegt, die in Großbritannien gefasst worden war. Das war sicherlich eine Möglichkeit. Aber auf dem Foto sah sie jünger aus. Nicht viel jünger, aber ein paar Jahre schon, was bedeutete, dass die Amerikaner wahrscheinlich die Wahrheit über das Foto gesagt hatten.

Aber wenn das Foto echt war, was sagte das über Ghaniyah aus? Er wusste im Herzen, dass sie keine Dschihadistin war. Sie hasste al Mudtaji. Sie war in seiner Terrorzelle gegen ihren Willen gefangen gewesen, genauso wie er nun in dieser Zelle gefangen war. Aber wenn es stimmte, dass Ghaniyah keine Dschihadistin war, weshalb war sie dann ein paar Jahre zuvor in England verhaftet worden? Und weshalb hatte sie ihm nie etwas davon erzählt? Weil sie dort mit einem Liebhaber zusammen gewesen war? Oder weil sie doch an den Dschihad glaubte?

In seinem Kopf drehte sich alles. Er lehnte sich gegen die Betonwand und schloss die Augen. Auf einmal hörte er durch die Tür wildes Geschrei. Er öffnete die Augen und horchte.

Plötzlich explodierte alles um ihn herum.

Wenig später fand er sich zusammengerollt wie ein Fötus auf dem Boden wieder. Etwas Schweres lag auf ihm, und es dauerte einen Moment, bis er begriff, dass er unter dem Schreibtisch feststeckte. Da er sich nicht bewegt hatte und immer noch unterhalb des Fensters war, bedeutete dies, dass der Schreibtisch von der anderen Seite des Zimmers auf ihn geschleudert worden war. Adnan sah zur Decke. Die Neonröhre flackerte kurz und erlosch schließlich.

Ein jäher Schmerz in seiner Schulter durchzuckte ihn, der in seinen Arm ausstrahlte. Er machte einen Versuch, um den Schreibtisch herumzublicken. Er wollte sehen, was passiert war.

Dann wurde ihm schwarz vor Augen.

KAPITEL 17

MP-5, Grüne Zone, Bagdad, Irak ~ Samstag, 15. April ~ 14:01 Uhr

Die Explosion war stark und hatte sich in der Nähe von Marco Polo 5 ereignet, sodass Gonz instinktiv Schutz unter einem Schreibtisch gesucht hatte. Er sah, wie das Licht flackerte und die Computer automatisch heruntergefahren wurden. Die Bildschirme wurden schwarz, eine Sicherheitsmaßnahme. »Auf Notbetrieb umschalten! Auf Notbetrieb umschalten!«, rief Gonz.

Peterson schaltete sofort den Strom aus, der den MP-5-Komplex versorgte, und wechselte auf einen leistungsfähigen Dieselgenerator, der für Notfälle wie diesen installiert worden war. Einen Moment später wurden sämtliche Computer wieder hochgefahren. Die Deckenbeleuchtung lief nur noch auf halber Leistung – der Raum war ausreichend beleuchtet, aber der größte Teil des Stroms wurde für die Computer und das Telefonsystem eingesetzt.

»Finde heraus, was zum Teufel hier passiert ist«, sagte Gonz zu Peterson und stürmte nach draußen. Sirenen erklangen aus allen Richtungen, und er sah Rauch, der aus dem Camp-Ward-Gebäude emporstieg, das nur 100 Meter entfernt lag.

»Scheiße!«, hörte Gonz jemanden hinter ihm sagen. Er blickte über seine Schulter und sah Heisman, der mit den Händen auf den Knien nach Luft schnappte. Ein paar

Minuten zuvor war Heisman in die Kantine gegangen, um sich etwas zu essen zu holen. Gonz wusste, dass er zurück zu MP-5 gerannt sein musste, als er die Explosion gehört hatte. »Unser Mann ist da drin!«

Peterson kam aus dem Gebäude und rannte hinüber zu Gonz. »Sir, Checkpoint 2 sagt, es war eine FROG-Rakete. Sprengladung unbekannt.«

Gonz nickte, sah, wie der Rauch emporstieg, und hörte die Sirenen kreischen. Gemäß NATO war eine FROG-Rakete (Free Rocket Over Ground) eine unbemannte russische Rakete, die es seit den 1950er-Jahren gab. Saddam hatte zahlreiche FROGs in seinem Besitz gehabt und sie im Iran-Irak-Krieg in den 1980er-Jahren sowie im Golfkrieg eingesetzt. Offensichtlich hatten es die Koalitionskräfte nicht geschafft, alle einzusammeln.

Gonz wandte sich Peterson zu. »Opfer?«

»Weiß nicht, Sir.«

»Unser Mann ist da drin«, wiederholte Heisman.

»Wir gehen rüber«, sagte Gonz zu Peterson. »Häng dich an die Strippe und berichte, dass wir einen Code 1-4 haben.« Peterson nickte, sichtlich verängstigt. »Code 1-4!«, wiederholte Gonz und rannte die Straße hinunter. Heisman folgte ihm dicht auf den Fersen.

Grüne Zone, Bagdad, Irak ~ Samstag, 15. April ~ 14:09 Uhr

Sein Kopf fühlte sich an, als habe ihm jemand mit einem Vorschlaghammer eins übergezogen. Adnan war immer noch unter dem Schreibtisch eingeklemmt. Er fasste sich mit der linken Hand an den Kopf. Als er eine warme Flüssigkeit an seinen Fingern spürte, war er nicht überrascht – seine Hände waren voller Blut. Seine rechte Schulter brannte höllisch, und wenn er den Arm bewegte, spürte er einen stechenden Schmerz in den Fingern. Er ignorierte den quälenden Schmerz an Kopf und Schulter, packte mit der linken Hand den Schreibtisch, holte tief Luft und drückte ihn zur Seite. Adnan schrie auf vor Schmerz. Seine rechte Schulter fühlte sich an, als würden 1.000 Messer auf sie einstechen. Der Schreibtisch ließ sich leichter bewegen, als er gedacht hatte. Als er sich befreit hatte, ließ er ihn herunterkrachen.

Adnan atmete schwer. Schließlich setzte er sich auf. Er blickte zu der Stelle, an der er gelegen hatte, und sah eine riesige Blutlache. Er wusste, dass die Wunde vermutlich genäht werden musste, aber er machte sich mehr Sorgen um seinen Arm. Als Adnan zum ersten Mal aufblickte, sah er, dass die Sicherheitstür einen Spalt weit offen stand. Es würde nicht lange dauern, bis jemand nach ihm suchte.

Er musste los. *Jetzt!*

Rauch quoll auf. Vom obersten Stock des Gebäudes war nicht mehr viel übrig. Das Gebäude hatte nur zwei Stockwerke. Gonz konnte nun sehen, dass die Rakete das halbe Dach weggesprengt hatte. Flammen leckten an dem zerstörten Gebäude.

»Wo ist er!?«, brüllte Gonz Heisman zu. »Welcher Stock!?«

»Zweiter!«, schrie Heisman zurück.

Gonz fluchte. Als sie bei der Westseite des Gebäudes ankamen, sahen sie ein erstes Opfer. Ein junger Mann in T-Shirt, kurzer Hose und Joggingschuhen lag am Boden. Sein Kopf voller Blut, Teile der Betonwand des Gebäudes lagen um ihn herum. Drei Männer, ein Marinesoldat, ein Leutnant der Armee und ein weiterer Mann in kurzen Hosen und T-Shirt kauerten neben ihm.

»Wir brauchen einen Krankenwagen!«, schrie Gonz, ohne sein Tempo zu verlangsamen.

»Ist auf dem Weg!«, schrie der Marinesoldat. »Drinnen gibt's noch weitere!«

Gonz nickte, rutschte auf etwas aus, stolperte, konnte sich aber wieder fangen. Als er zurückblickte, sah er, dass er auf einem Frisbee ausgerutscht war. Heisman überholte ihn und lief zur Vorderseite des Camp-Ward-Gebäudes.

Der Eingangsbereich war voller Offiziere und Freiwilliger, die sich gegenseitig Anweisungen gaben. Gonz sah einen Mann mit einem Funkgerät. Er konnte hören, wie dieser der Person am anderen Ende der Leitung detailliert schilderte, was sich ereignet hatte. Heisman sprach mit niemandem ein Wort, sondern raste durch die offene Fronttür, Gonz dicht hinter ihm.

Das Innere des alten Gebäudes war einmal wunderschön gewesen, im Stil des alten Roms erbaut, mit weißen Marmorböden und ionischen Säulen, die vom Boden bis zu einem Balkon aus Mahagoni reichten, der das komplette Gebäude umlief. Breite, mit Teppich bespannte Treppen rechts neben der kunstvoll geschmückten Eingangshalle führten zu den oberen Stockwerken.

Ein stark blutender Militärpolizist war die erste Person, der sie begegneten. Ungefähr auf halber Höhe saß er wie betäubt auf der Treppe und starrte Gonz und Heisman verwirrt an.

»Ich habe einen Code 1-4 hier drin«, sagte Gonz zu ihm. Damit meinte er eine Person, die als sehr wertvoll angesehen wurde, deren Loyalität aber noch nicht überprüft war, was bedeutete, dass sie unbedingt weiter in Gewahrsam gehalten werden musste. »Code 1-4! Zweiter Stock! Haben Sie ihn gesehen?«

Der Mann starrte Gonz an, als hätte er seine Frage auf Chinesisch gestellt. Heisman packte Gonz am Arm: »Er kann dich nicht hören! Los, komm schon!«

Adnan nahm seine ganze Kraft zusammen und stand auf. Mit seinem unverletzten Arm stützte er sich gegen die Wand. In seinem Kopf drehte sich plötzlich alles. Ihm wurde schlecht. Er stand da, schnappte nach Luft und wartete, bis die Übelkeit verflogen war. *Beweg dich!*, sagte er zu sich selbst. *Du musst hier verschwinden!*

Die Tür ließ sich leicht öffnen. Nur noch ein Scharnier hielt sie an Ort und Stelle. Als er auf dem Flur stand, war Adnan überrascht, dass ein paar Meter weiter der Himmel zu sehen war. Das Dach war weg und von unten her drangen Flammen nach oben. Dicker Rauch stieg empor. Er trat instinktiv von den Flammen weg und stolperte über etwas am Boden.

Ein Soldat lag ausgestreckt auf dem Flur. Ein Bein war gebrochen, das Schienbein ragte aus seiner zerrissenen Tarnhose heraus. Der Mann war sichtlich überrascht, Adnan zu sehen, und versuchte, zu sprechen, aber nichts kam aus seinem Mund.

Adnan starrte den Mann an. »Ich hole Hilfe«, sagte Adnan schließlich auf Englisch. »Ich hole Hilfe.«

Er drehte sich um und machte einen Schritt, bevor ihn etwas stoppte. Er sah zu Boden. Der Soldat hatte ihn am Knöchel gepackt. Adnan kniete nieder und versuchte mit seiner linken Hand, die Finger des Soldaten von seinem Knöchel zu lösen. Er war überrascht, welche Kraft noch in dem verwundeten Mann steckte. »Ich hole Hilfe«, sagte Adnan erneut. »Ich verspreche es Ihnen.«

»Oben!«, rief jemand von unten her.

Adnan riss sich los und rannte den Flur hinunter. An der Treppe beugte er sich über das Geländer und sah die zwei Amerikaner, die ihn zuvor befragt hatten, die Treppe hochrennen. Adnan zögerte einen Moment und rannte dann die Treppe hinunter, so rasch er konnte. Bei jedem Schritt schoss ein Schmerz durch seine Schulter und seinen Kopf.

»Scheiße!«, rief Heisman, als er den Soldaten am Boden auf dem Flur bemerkte. Das Bein sah übel zugerichtet aus. Heisman beugte sich über das Geländer und rief laut: »Einen Arzt! Wir brauchen einen Arzt! Zweiter Stock!«

»Wo war er!?«, fragte Gonz Heisman.

»Dort!« Heisman, der neben dem verletzten Mann am Boden kniete, zeigte auf die geöffnete Tür.

Gonz stürzte in den Raum und schrie: »Er ist weg. Aber er ist verletzt. Hier ist viel Blut am Boden!«

Heisman sah den Soldaten an. »Der Mann dort drin ... wo ist er hin?« Der Mann bewegte seine Lippen, es kamen aber keine Worte heraus. »Wo ist er! Wo ist er hin, Mann!?«

Der Soldat versuchte nochmals zu sprechen. Nichts.

Gonz kniete sich neben dem Soldaten nieder. Er nickte Heisman zu. »Roll ihn rum.«

Heisman packte den Soldaten an der Schulter und rollte ihn zur Seite, sodass Gonz den Rücken des Mannes sehen konnte. Alles war voller Blut. »Leg ihn vorsichtig zurück.«

Heisman tat, was von ihm verlangt wurde, und sagte zu dem Soldaten: »Alles wird gut!«

Gonz stand auf und beugte sich über das Geländer. »Einen Arzt! Bringt einen Arzt hierher! Sofort!« Er blickte Heisman an und sagte: »Bleib hier, bis sich jemand um ihn kümmert.«

Heisman sah zu, wie Gonz die Treppe hinunterrannte.

Adnan war in einem leeren Zimmer im ersten Stock in Deckung gegangen. Die beiden amerikanischen Befrager waren an ihm vorbeigerannt, ohne überhaupt in seine Richtung zu sehen. Die Treppe war nun menschenleer und Adnan ging rasch hinunter ins Erdgeschoss. Mit der linken Hand presste er den rechten Arm fest an seinen Körper, damit er den Schmerz einigermaßen aushalten konnte. Als er die Tür erreicht hatte, kollidierte er beinahe mit zwei Armeeärzten. Ein rotes Kreuz auf den Ärmeln der Uniform zeigte ihren Status. Einer der Männer hielt einen Medizinkoffer in der Hand, der andere hatte eine Notfalltrage unter den Arm geklemmt. Adnan war überrascht, als einer der Männer ihn fragte: »Was hast du?«

»Gebrochenes Bein im zweiten Stock. Ziemlich übel.«

»Wir brauchen einen Arzt! Zweiter Stock!«, hörten sie jemanden von oben her rufen.

Die Ärzte rannten die Treppe hoch und Adnan lief nach draußen. Vor dem Gebäude wimmelte es von US-Soldaten. Viele schrien wild umher. Ein Feuerwehrauto war eingetroffen, und die Feuerwehrleute versuchten, den Brand unter Kontrolle zu bringen. Adnan lief an den Schaulustigen vorbei und so rasch er konnte um das Gebäude herum. Ein Krankenwagen war eingetroffen und wartete darauf, Verwundete zu transportieren. Adnan sah, wie zwei Ärzte einen Mann in T-Shirt und kurzen Hosen auf eine Trage hoben. Adnan stoppte. Dann sah er den anderen Frisbee-Spieler, der neben seinem Freund herlief und mit ihm sprach. Mit gesenktem Kopf lief er an der offenen Hintertür des Krankenwagens vorbei, in den der Mann verfrachtet wurde.

»Hey! Wo willst du denn hin!?«, hörte Adnan jemanden hinter ihm sagen. Sein Puls raste. Er lief schneller.

»Hey! Stopp!«

Sein Herz pochte. Adnan blieb stehen. Ein Marinesanitäter starrte ihn an. »Wie heißt du?«

Adnan zögerte. Er wollte so weit weg wie möglich, aber er wusste auch, dass Wegrennen verdächtig war.

»Wie ist dein Name?«

»Mohammed«, murmelte Adnan schließlich.

»Was hast du hier zu suchen?«

»Ich bin Dolmetscher.«

Der Mann betrachtete ihn kritisch. Und nickte schließlich. »Du hast eine ziemlich schlimme Kopfverletzung.« Der Mann zeigte auf den Krankenwagen. »Los, rein mit dir.«

Überrascht sagte Adnan: »Ich weiß nicht ...«

»Ich schon«, sagte der Sanitäter. »Rein mit dir. Lass dir den Kopf zusammenflicken.«

Adnan blickte zum Gebäude, gerade als der weiße amerikanische Befrager nach draußen gerannt kam und wie wild um sich schaute. Er hatte Adnan den Rücken zugewandt, aber er würde sich bald umdrehen und ihn sehen können. Adnan nickte dem Sanitäter zu und lief zum Krankenwagen. Er presste immer noch seinen verletzten Arm mit seiner linken Hand an seine Brust. Der Sanitäter half ihm einzusteigen und Adnan nahm auf der Metallkiste neben dem verletzten Mann auf der Trage Platz.

Der Sanitäter grinste Adnan an. »Vielleicht solltest du das T-Shirt wegschmeißen. Die Jungs von der Marine sind nicht zum Scherzen aufgelegt.«

Der Mann knallte die Türen zu und hämmerte mit der Faust gegen das Fenster. Der Krankenwagen setzte sich mit heulender Sirene in Bewegung.

Adnan blickte hinunter auf sein T-Shirt. Er trug immer noch das Armee-T-Shirt mit der Aufschrift *Tod den Knallfröschen! Versenkt die Marine!*

Ash Shatrah, Irak ~ Samstag, 15. April ~ 14:36 Uhr

»Wir müssen tanken«, sagte Yusuf und nahm die nächste Ausfahrt.

Es überraschte Ghaniyah, dass er ihr Bescheid gab, denn seit sie das Haus ihrer Tante verlassen hatten, hatte er kaum mit ihr gesprochen. Als sie ein gutes Stück nördlich von Basra gewesen waren, hatte sie dem Schweigen endlich ein Ende bereitet und ihn nach seinem Namen gefragt.

»Den musst du nicht kennen«, hatte er barsch geantwortet.

»Das muss ich wohl, wenn ich dich korrekt ansprechen will.«

Er hatte sie von der Seite her angeblickt und gemurmelt: »Yusuf.«

Ghaniyah hatte weiter gefragt: »Wie lange werden wir brauchen? Bis wir in Bagdad sind?«

»Eine Weile.«

Keiner von beiden hatte in den letzten zwei Stunden auch nur ein Wort gesprochen, bis Yusuf die dritte Ausfahrt in die Stadt Ash Shatrah genommen und sie darüber informiert hatte, dass sie tanken müssten. An einer modernen Tankstelle hielt er bei der ersten Zapfsäule an und stieg aus. Er war überrascht, als Ghaniyah ebenfalls aus dem Lastwagen stieg. Als er sie fragend anstarrte, sah sie unterwürfig zu Boden und erklärte: »Ich muss auf die Toilette.«

Yusuf murmelte etwas und Ghaniyah lief rasch zum Tankstellenladen. Da die Tankstelle offensichtlich neu war, erwartete sie, dort eine saubere Toilette vorzufinden. Als sie das kleine Gebäude betrat, sah sie mehrere Männer, die um einen kleinen Schwarz-Weiß-Fernseher auf der Theke hinter der Kasse versammelt waren. Sie wandte ihren Blick von ihnen ab und ging nach hinten, wo ein Schild auf die Toiletten hinwies.

Sie betrat den Raum und knipste das Licht an. Ein übler Geruch stieg ihr in die Nase. Sie war nicht überrascht, dass es keine Toilettenschüssel gab, sondern nur ein Loch im Boden. Glücklicherweise waren auch ein kleines Waschbecken und Papiertücher vorhanden. Ghaniyah verriegelte die Tür. Dann beugte sie sich nach vorn und griff nach dem Messer in ihrem Stiefel.

Auf ihrem Fußrücken hatte die scharfe Klinge schmerzhafte Schnitte hinterlassen. Mit einem nassen Papiertuch versorgte sie die Wunden, so gut sie konnte. Sie umwickelte die Klinge mit zwei frischen Papiertüchern und formte so eine Art Schutzhülle. Sie steckte das Messer zurück in ihren Stiefel, sodass sie es bei Bedarf sofort greifen konnte. Sie stand auf und lief in der engen Toilette umher, um sicherzustellen, dass das Messer nicht verrutschte. Mit der Schutzhülle fühlte es sich deutlich angenehmer an. Sie blickte auf das Loch am Boden und beschloss, sich zu erleichtern, solange sie die Gelegenheit dazu hatte.

Als sie mehrere Minuten später aus der Toilette kam, diskutierten die Männer um die Kasse herum laut miteinander. Yusuf war auch dort und bezahlte fürs Benzin. Er hatte sie noch nicht bemerkt. Sie näherte sich leise, neugierig darauf, worüber im Fernsehen berichtet wurde, das die Männer derart aufgebracht hatte. Wahrscheinlich ein Fußballspiel.

»Wie viele Amerikaner sind tot?«, fragte einer der Männer.

»Wurde noch nicht bekannt gegeben«, antwortete der Mann an der Kasse und händigte Yusuf das Wechselgeld aus. »Ziemlich viele Verletzte.«

»In der Grünen Zone!«, sagte ein anderer. »Stell dir vor.«

»Was ist passiert?«, fragte Yusuf.

»Auf ein Gebäude in der Grünen Zone wurde eine Rakete abgefeuert. Ein Gebäude der US-Armee«, erklärte der Mann an der Kasse.

Ghaniyah sah über die Schulter eines Mannes im kleinen Fernseher die chaotische Szene. Das Bild war nicht ganz scharf und sprang auf und ab, aber man konnte Männer erkennen, die schrien und einander Zeichen gaben, und im Hintergrund das brennende Gebäude.

»Fernsehkameras, dort drin?«, fragte Yusuf den Mann an der Kasse. »In der Grünen Zone?«

»Die Bilder sind von einem jungen Schiiten. Er verkauft DVDs auf dem Marktplatz. Er hatte eine Videokamera bei sich. Also lief er los und filmte.«

»Verkaufte es an Al-Jazeera und hat ein Vermögen gemacht«, sagte ein anderer lachend.

Ghaniyah hatte genug gesehen und wollte sich schon umdrehen, als sie etwas erblickte. Es war das körnige Bild eines Mannes, der ihr seltsam bekannt vorkam. Der Mann presste einen Arm mit dem anderen eng an seine Brust, sein T-Shirt war blutverschmiert. Die Kamera zoomte heran und sie konnte nun das Gesicht des verletzten Mannes deutlich sehen.

Es war Adnan!

MP-5, Grüne Zone, Bagdad, Irak ~ Samstag, 15. April ~ 14:59 Uhr

»Genau hier!«, schrie Gonz und zeigte auf den Computermonitor.

»Ich glaub's einfach nicht«, sagte Heisman überrascht, als er die Videoaufnahme sah. Peterson hatte das Amateurvideo des Attentats sofort heruntergeladen, damit sie es in Ruhe studieren konnten. Nun sahen sie zu, wie Adnan in den Krankenwagen stieg.

»Er ist im Krankenhaus«, sagte Gonz triumphierend.

»Die Frage ist nur, in welchem?« Heisman ging rasch zum Schreibtisch daneben und schnappte sich sein Satellitentelefon. »Das hier hat ein paar Verletzte abgewiesen. Das Personal hier hatte bereits wegen einer Autobombe genug zu tun.« Heisman meinte damit das einzige Krankenhaus innerhalb der Grünen Zone.

»Ich brauche das Kennzeichen des Krankenwagens«, brummte Gonz ungeduldig.

»Sofort«, antwortete Peterson ruhig.

»Scheiße! Wir müssen ihn ganz knapp verpasst haben«, fluchte Heisman mit dem Telefon am Ohr.

»Ich spiel's noch mal ab«, erklärte Peterson. Gonz wich dem jungen Mann nicht von der Seite. Wieder war das Heck des Krankenwagens zu sehen, kurz nachdem die Türen geschlossen worden waren. Peterson machte einen Screenshot der winzigen Ziffern auf der Stoßstange. Kurz darauf erschien eine Nahaufnahme auf dem Bildschirm. Peterson las die Ziffern laut vor. »Vier-Bravo-Acht-Eins-Hotel. Ich wiederhole: Vier-Bravo-Acht-Eins-Hotel.«

»Hab sie«, antwortete Heisman. Ins Telefon sagte er: »Hallo, ja, ich möchte einen Krankenwagen überprüfen. Er hat ein paar Verletzte vom FROG-Anschlag heute Nachmittag transportiert … Ja, ich habe das Kennzeichen …«

Gonz legte seine Hand auf Petersons Schulter. »Mach eine Nahaufnahme von ihm.«

Petersons Finger tanzten über die Tastatur und einen Moment später erschien ein unscharfes Bild von Adnan auf dem Bildschirm.

»Geht das nicht besser …?«, fragte Gonz.

»Nein, leider nicht.«

»Scheiße!«

»Es ist eine Amateuraufnahme. Wenn ich das Original hätte, dann vielleicht. Aber diese Aufnahme ist von einem arabischen TV-Sender. Ich brauche …«

»Vergiss es. Zeig's mir noch mal ab dem Moment, wo er ins Bild kommt«, sagte Gonz.

Beide Männer sahen sich das Video erneut an. Die Aufnahme zeigte Ärzte, die in das brennende Gebäude rannten. Dann wackelte das Bild, da der Amateurfilmer Personen ausweichen musste und um das Gebäude herumlief. Dann folgte eine Nahaufnahme des verletzten Mannes in Shorts und T-Shirt auf der Trage, sein besorgter Freund daneben. Dann eine scharfe Aufnahme, wie der Mann in den wartenden Krankenwagen gehievt wurde. Im nächsten Bild sprach Adnan mit einem Marinesanitäter.

»Da! Langsamer«, sagte Gonz.

Die Aufnahme lief langsamer, und Gonz sah aufmerksam zu, wie Adnan etwas zum Sanitäter sagte, seinen Kopf schüttelte, an dem Sanitäter vorbeischaute, einmal nickte und schließlich zum Krankenwagen lief. Danach zeigte die Aufnahme, wie Adnan in den Krankenwagen stieg, sein T-Shirt auf der Rückseite voller Blut.

»Oh Mann ...«, murmelte Peterson. »Sein ganzer Rücken ist offen.«

»Kopfverletzung«, erklärte Gonz. Er sah hinüber zu Heisman. »Eine Kopfverletzung und entweder ein gebrochener Arm oder eine ausgerenkte Schulter. Rechter Arm.«

Heisman nickte.

»Der Sanitäter«, sagte Gonz. »Er trägt eine Uniform. Ich will seinen Namen.«

Peterson spulte das Video zurück. Adnan lief plötzlich rückwärts aus dem Krankenwagen. Als die Aufnahme wieder gestartet wurde, konzentrierten sich die beiden auf den Marinesanitäter. Aber entweder stand er mit dem Rücken oder im Profil zur Kamera – man sah ihn nie von vorne.

»Dreh dich um, Mann«, wollte ihn Peterson beeinflussen. Die Aufnahme zeigte, wie der Sanitäter die Türen des Krankenwagens zuknallte und mit der Faust gegen das Fenster pochte. Dann war wieder das brennende Gebäude zu sehen.

»Scheiße«, murmelte Gonz.

Peterson spulte zurück und drückte auf die Pause-Taste, als Adnan in Nahaufnahme zu sehen war, wie er gerade in den Krankenwagen stieg.

»Ich hab's«, schrie Heisman auf. »Das Yarmouk-Krankenhaus. Ein Iraker namens Mohammed. Hat eine Kopfverletzung und eine ausgerenkte Schulter.«

»Haben wir dich, Mistkerl!«, sagte Gonz aufgeregt und starrte auf das Foto auf dem Bildschirm.

KAPITEL 18

58 Kilometer nordwestlich von Ash Shatrah, Irak ~ Samstag, 15. April ~ 16:48 Uhr

Die letzten Sonnestrahlen waren immer noch am Horizont sichtbar. Aber es war deutlich kühler geworden. Ghaniyah starrte in die untergehende Sonne, die in weiter Ferne auf einem Sandhügel zu sitzen schien. Vor ihr auf der Wiese weideten Hunderte von Ziegen. Hier auf dem Hügel, wo sich das Bauernhaus befand, war die Aussicht wunderschön und wirkte beruhigend auf sie.

Ghaniyah war mit ihren Gedanken alleine. Weder Yusuf noch der Bauer, bei dem sie übernachteten, störte sie. Wie immer landeten ihre Gedanken bei Adnan. Als sie mit Yusuf zusammen wortlos in Richtung Norden gefahren war, hatte sie die Videoaufnahme von Adnan mit dem blutgetränkten T-Shirt und dem Arm an seiner Brust immer und immer wieder im Kopf abgespielt.

Obwohl sie sich Sorgen machte, seit sie die Tankstelle verlassen hatten, versuchte sie, sich einzureden, dass es nicht so schlimm um ihn stand. Schließlich war er ohne Hilfe in den Krankenwagen gestiegen. Er hatte sich wahrscheinlich bloß den Arm gebrochen, und das Blut war vermutlich von jemand anderem – von jemandem, dem er geholfen hatte. Das wäre typisch Adnan.

»Abendessen ist gleich fertig«, sagte eine schüchterne Stimme hinter ihr. Ghaniyah drehte sich um und sah die

Tochter des Bauern, ein unscheinbares Mädchen von vielleicht zehn Jahren. Als Ghaniyah ihr in die Augen sah, wandte sie ihren Blick sofort ab.

»Danke«, antwortete Ghaniyah. Sie hatte die Mutter des Bauern, eine alte Frau, gefragt, ob sie ihr beim Zubereiten des Abendessens helfen könne. Sie hatte nicht darauf geantwortet, sondern nur eine abweisende Handbewegung gemacht als Zeichen, dass dies nicht nötig sei. Ghaniyah war danach nach draußen gegangen, um etwas frische Luft zu schnappen. Sie betrachtete das junge Mädchen. Wo war seine Mutter? Hatte es überhaupt noch eine Mutter? Das Mädchen blieb regungslos und sah sie nicht an. Schließlich sagte Ghaniyah: »Es ist schön hier.«

Nun blickte das Mädchen verlegen auf. Es nickte, sah wieder zu Boden und fragte: »Wer ist er?«

»Wer?«

»Dein Bruder.«

Ghaniyah war über die Frage überrascht und wusste nicht genau, was sie antworten sollte.

»Entschuldigung«, antwortete das Mädchen rasch. »Es war falsch von mir …«

»Nein, ist schon okay. Er ist … er ist nur ein Mann, den dein Vater kennt.«

»Habe ich ihn schon getroffen?«

»Ich weiß es nicht.«

»Ich glaube, mein Vater hat Angst vor ihm.«

Ghaniyah fragte überrascht: »Warum sagst du das?«

»Er hat sofort eingelenkt, als du gesagt hast …«, ihre Stimme verhallte.

Ghaniyah nickte. Der Vater des Mädchens, zweifellos einer von al Mudtajis Männern, hatte sie überrascht, als er darauf bestanden hatte, ihren Koffer und sie selbst nach Waffen abzusuchen, bevor sie sein Haus betreten durfte. Darauf hatte Ghaniyah empört geantwortet, dass ihr Bruder wenig Freude daran haben werde, wenn er sie oder ihren Besitz anfassen sollte, und ihn und seine Familie dies spüren lassen würde. Jetzt, wo sie das Mädchen anschaute, spürte sie Gewissensbisse. Sie hätte dem Mann nicht gedroht, wenn sie gewusst hätte, dass seine Tochter zuhörte. Aber sie konnte das Risiko nicht eingehen, dass der Mann das Satellitentelefon der Amerikaner oder das Messer in ihrem Stiefel fand.

»Es ist schon einmal passiert«, sagte das Mädchen und schaute immer noch auf den Boden.

»Was denn?«

»Ein Mann kam zu uns und wollte bei uns übernachten. Er hatte eine Waffe und später raubte er uns aus.«

Ghaniyah war einen Moment still und sagte dann: »Das tut mir leid.«

»Es war noch nie eine Frau hier.«

»Tatsächlich?«

»Mein Vater hat ein spezielles Telefon. Er hat es in seiner Tasche und er kann es überall benutzen.« Ghaniyah war klar, dass das Mädchen damit ein Mobiltelefon meinte, und nickte freundlich. »Das Telefon klingelt, und er sagt uns, dass wir Gesellschaft haben werden. Aber es sind immer Männer. Manchmal sind sie nicht sehr nett.«

»Das ist schade«, antwortete Ghaniyah. Sie konnte sich nur zu gut vorstellen, welche Art von Männern der Bauer bei sich aufnahm. Sein Haus wurde offensichtlich regelmäßig als Versteck genutzt.

»Aber sie bezahlen immer.«

Ghaniyah lächelte. »Wie ein Hotel.«

»Ja, aber Vater sagt, wir dürfen nie über die Leute reden, die zu uns kommen.« Das Mädchen zögerte und sagte dann: »Ich hoffe, es wird dir hier gefallen.«

»Das tut es bereits.«

Das Mädchen lächelte sichtlich erfreut. Plötzlich sagte es aufgeregt: »Morgen zeige ich dir die Babys. Wir haben bereits vierzehn.« Sie zeigte mit dem Finger zum nahe gelegenen Hügel. »Sie haben einen speziellen Platz. Man kann ihn nicht sehen von hier. Ich werde sie dir zeigen.«

Ghaniyah lächelte. »Ich würde gerne, aber wir müssen morgen sehr früh los. Noch vor Sonnenaufgang.«

Das Mädchen schaute sie verdutzt an. »Er sagte, du bleibst.«

»Was? Wer?«, fragte Ghaniyah perplex.

»Der Mann, mit dem du gekommen bist.«

»Yusuf?«

Das Mädchen nickte. »Er hat jemanden angerufen mit Vaters Telefon. Dann sagte er zu Vater, dass du nicht mehr mit ihm reisen wirst. Mein Vater sei nun verantwortlich für dich.«

Ghaniyah wurde schlecht. »Was? Wann? Wann hat er angerufen?«

»Ich weiß nicht. Vor einer Weile.« Das Gesicht des Mädchens leuchtete auf. »Es wird wunderschön. Meine Mutter, sie ist bei Allah. Es wird toll, wenn du nun hier lebst.«

Plötzlich erklang eine laute Kuhglocke in der frühen Abendluft.

»Abendessen«, sagte das Mädchen zu Ghaniyah.

Das Mädchen drehte sich um und ging zurück ins Haus, während Ghaniyah wie angewurzelt stehen blieb. Ihre Gedanken rotierten.

Bagdad, Irak ~ Samstag, 15. April ~ 18:05 Uhr

Auf dem Beifahrersitz überprüfte Gonz seine Glock. Zufrieden lehnte er sich zurück, die Pistole auf den Boden gerichtet.

Sie passierten Checkpoint 3 und verließen damit die Sicherheit der Grünen Zone. Der Offizier der Spezialeinheit hielt in seiner Linken das Steuer und in seiner Rechten ein halbautomatisches Gewehr. Er war es offenbar gewohnt, so zu fahren. Er sah in den Rückspiegel. Gonz bemerkte es und schaute in den riesigen Spiegel auf der Beifahrerseite. Beide sahen dasselbe – das andere Militärfahrzeug war dicht hinter ihnen. Die Scheinwerfer tanzten über die Rückseite ihres Geländewagens. Gonz schaute nach vorne. Der Fahrer des vordersten Geländewagens der Kolonne drückte plötzlich aufs Gas. Der Offizier der Spezialeinheit folgte ihm durch die Abenddämmerung.

Obwohl Gonz Machtdemonstrationen eigentlich nicht mochte, war es in diesem Fall notwendig. Er war mit seinem CIA-Team unterwegs ins Krankenhaus. Heisman würde, wenn nötig, als Dolmetscher fungieren, während die Soldaten der Spezialeinheit alle Ausgänge bewachten. Peterson hatte ein Foto von Adnan aus dem Befragungsvideo ausgedruckt und Kopien gemacht, damit alle Soldaten der Mission wussten, wer ihre Zielperson war.

Der Offizier blickte Gonz an. »Der Typ, wird's einfach mit dem?«

»Am besten, wir rechnen mit allem.«

Der Fahrer nickte. Gonz schaute über die Schulter zu Heisman, der hinter dem Fahrer saß, einen Colt M-4 auf seinem Schoß. Wie Gonz trug er Armeekleidung mit seinem Decknamen oberhalb der Brusttasche und einer Splitterschutzweste über der Uniform. Wie Gonz war auch er angespannt. Er wusste, dass sie außerhalb der Grünen Zone besonders angreifbar waren. Außerdem waren sie in einem Militärkonvoi unterwegs. Man hätte sich genauso gut eine Zielscheibe auf die Stirn malen können.

Gonz schaute McKay nicht an, die direkt hinter ihm saß.

Er war froh, dass sie dabei war, und er wusste, dass auch sie extrem aufmerksam war und mit einem Colt M-4 in den Händen nach Verdächtigem Ausschau hielt. Nur wenige Minuten, nachdem Gonz endlich die Bewilligung für den kleinen Konvoi und die Soldaten der Spezialkräfte erhalten hatte, war sie zurück zu Marco Polo 5 gekommen. Er war überrascht gewesen, sie so früh zu sehen. McKay hatte erklärt, dass sie mit einem Air-Force-Jet und danach mit einem Helikopter, der nur 200 Meter von Marco Polo 5 entfernt aufgesetzt hatte, angereist war.

Ihre erste Frage galt Ghaniyah. Aber es hatte nichts zu berichten gegeben. Gonz hatte sie anschließend über den Raketenangriff informiert und wie Adnan im Yarmouk-Krankenhaus gelandet war. Er wusste, dass sie müde war, hatte sie aber dennoch gefragt, ob sie mitkommen wolle, weil es besser wäre, eine richtige Ärztin dabei zu haben, da sie schließlich in ein Krankenhaus eindringen wollten. Sie hatte sich sofort bereit erklärt.

»Rechts, rechts, rechts!«, bellte eine laute Stimme aus dem Funkgerät.

Gonz sah, wie der vorderste Geländewagen plötzlich nach rechts auf eine breite Straße ausbrach, die um den Al Fatah Square führte. Ihr Fahrer folgte ihm, behielt dabei seinen Fuß auf dem Gas, sodass der Geländewagen auf die linke Seite gedrückt wurde.

»Warum der Richtungswechsel?«, fragte Gonz.

»Die Regierung hat den Jungs auf Patrouille gefunkt. Wahrscheinlich haben sie erfahren, dass unsere Route gefährdet ist. Vielleicht ist's nur der Verkehr. Wahrscheinlich nichts, aber wir dürfen kein Risiko eingehen.«

»Die Regierung?«, fragte McKay auf dem Rücksitz.

Der Offizier grinste. »Michael Diggs. Aus Tennessee. Sagt, er werde eines Tages Gouverneur.«

»Links, links, links!«, bellte der Mann mit dem Spitznamen »Regierung« durchs Funkgerät. »Auf dieser Straße bleiben.«

Wieder folgten sie dem vordersten Geländewagen, als dieser trotz roter Ampel links abbog und einem kleinen Toyota den Weg abschnitt. Der Offizier, der das Fahrzeug mit dem CIA-Team lenkte, drückte ebenfalls aufs Pedal, als wäre dies sein von Gott gegebenes Recht. Gonz blickte über die Schulter. Der Geländewagen hinter ihnen folgte. Gonz konnte sehen, wie der Toyota-Fahrer zusammenzuckte, und fragte sich, was der Fahrer wohl dachte. Er wusste nur zu genau, dass die Gefahr eines Angriffs um das Zehnfache größer war, wenn ein Konvoi gestoppt wurde. Man tat besser daran, immer in Bewegung zu bleiben und niemals die Blinker zu setzen, um die Richtung anzugeben.

Er fragte sich, ob der Toyota-Fahrer das wohl wusste.

Yarmouk-Krankenhaus, Bagdad, Irak ~ Samstag, 15. April ~ 18:12 Uhr

Adnan wachte plötzlich auf, verängstigt. Sein Herz pochte und sein Körper war schweißgebadet. Er schnappte nach Luft.

Er sah sich im gedämpften Licht um, aber nichts kam ihm bekannt vor. Er kämpfte gegen die aufsteigende Panik an. Er bemerkte, dass er lag, und setzte sich auf, beunruhigt. Sein Herz raste. Seine Augen passten sich langsam an das dunkle Licht an. Nun konnte er sehen, dass er nicht alleine war. Das große Zimmer war voller Männer unterschiedlichen Alters, die auf Feldbetten in zwei langen Reihen lagen. Eine Krankenstation. Er war im Krankenhaus. Er beruhigte sich ein wenig und langsam kam seine Erinnerung zurück.

Es hatte 38 Stiche gebraucht, um die Wunde an seinem Kopf zu nähen. Das war der Grund für seine Kopfschmerzen. Als er seinen rechten Arm betrachtete, bemerkte er, dass eine Schlinge darum gebunden war, und er erinnerte sich, dass seine ausgerenkte Schulter von zwei Ärzten wieder eingerenkt worden war, während er mit dem Gesicht nach unten auf einem Tisch gelegen hatte. Sie hatten ihm nicht gesagt, was sie machen wollten, und er hatte angenommen, sie würden seine Schulter bloß untersuchen. Als aber einer der Ärzte die Schulter plötzlich einrenkte, hatte er vor Schmerzen laut geschrien. Der Schmerz war noch größer gewesen als bei der ursprünglichen Verletzung.

Jetzt atmete er wieder gleichmäßig und sah sich um. Niemand beachtete ihn. Die meisten Männer ruhten sich aus oder schliefen. Er rappelte sich mühsam auf. Dann wurde ihm schwindelig. Er erinnerte sich, dass ihn eine Krankenschwester in dieses Zimmer gebracht und ihm erklärt hatte, dass er eine Gehirnerschütterung erlitten habe und sich ausruhen müsse. Sie sagte ebenfalls, dass es eventuell zu inneren Blutungen im Kopf gekommen sei. Er konnte sich nun wieder an alles erinnern, wie er sich auf dem engen Feldbett hingelegt hatte, physisch und psychisch ausgelaugt. Er musste sofort eingeschlafen sein.

Wie lange hatte er dort gelegen?

Es spielte keine Rolle. Es spielte vielmehr eine Rolle, wie er von hier verschwinden konnte. Am anderen Ende des Zimmers sah er, wie Licht durch die offene Tür hereinfiel. Der Ausgang. Er lief in diese Richtung. Als er aber den Gang zwischen den zwei Bettreihen entlangging, merkte er, dass sein Oberkörper nackt war. Er schaute zurück aufs Feldbett. Nichts. Die Ärzte hatten sein T-Shirt wohl weggeschmissen. Es war keine gute Idee, halb nackt zu verschwinden. Er kehrte um und suchte auf den anderen Betten. Da! Am Fuße eines der Betten lag ein sauber zusammengelegter Dishdasha, ein knöchellanges Kleid mit langen Ärmeln, und ein traditionell arabisches Kopftuch. Perfekt! Er betrachtete den alten Mann im Bett. Er schlief tief und fest. Adnan nahm das Kleid lautlos vom Bett.

Yarmouk-Krankenhaus, Bagdad, Irak ~ Samstag, 15. April ~ 18:13 Uhr

Als der Geländewagen an der Bordsteinkante hielt, konnte Gonz die Angst in Petersons Stimme durch das Telefon hören. »Sir, er ist soeben online gegangen! Fragt, ob ich auch online sei!«

Gonz fluchte und gab Heisman das Telefon. »Wir haben einen Fisch an der Angel. Geh mit Peterson alles Schritt für Schritt durch, aber beeil dich. Ich brauche dich drinnen.«

Heisman nahm das Telefon. »Hey, Peterson. Jagst du es durch *Andrew*?«

Gonz hatte genug gehört und stieg aus dem Geländewagen. Er sah, wie das Team der Spezialeinheit vom anderen Wagen die Straße hinunter zum Krankenhaus lief, das einen halben Block entfernt war. Nur zwei Männer bewachten ihre Fahrzeuge. Bevor sie die Grüne Zone verlassen hatten, hatten die Soldaten einen Plan vom Krankenhaus erhalten. Danach wurden sie in Zweier-Teams eingeteilt, jedes Team bekam einen Ausgang zugeteilt.

Gonz schaute in den Geländewagen und konnte sehen, dass Heisman telefonierte, mit einer Hand herumfuchtelnd, als wolle er so seiner Ansicht Nachdruck verleihen. Er war der Ansicht, Peterson würde das schon schaffen. »*Andrew*« war ein ausgeklügeltes CIA-Computersystem, das beinahe simultan zwischen Englisch und Arabisch übersetzte. Obwohl Peterson damit online mit jemandem auf Arabisch chatten könnte, gab es Nuancen in der arabischen Sprache, die *Andrew* manchmal nicht bemerkte. Zudem hatte Peterson keine Ahnung, wie er den Fisch einholen sollte. Es war eine heikle Aufgabe – sie konnten nicht zu viel preisgeben, da sie den Fisch sonst verscheuchen würden, aber sie mussten genug Informationen anbieten, damit er den Köder schluckte. Deshalb hatte er das Telefon Heisman gegeben.

McKay stand neben der offenen Tür des Geländewagens auf dem Bürgersteig und entledigte sich rasch ihrer Splitterschutzweste, die sie zusammen mit ihrer M-4 im Fahrzeug zurückließ. Sie brauchte sie nicht mehr, da sie ihr Ziel erreicht hatten. Sie zog ihre Armeejacke aus und einen weißen Arztkittel an, auf dem über ihrer Brusttasche ihr Deckname »Dr. Wagner« aufgenäht war. Gonz wusste, dass sie dies noch mehr gefährden würde, wenn sie in ein Gefecht geraten sollten, aber er hoffte, dass die Iraker mit einer Ärztin – auch wenn sie eine US-Ärztin war – vielleicht eher zu einer Zusammenarbeit bereit sein würden als mit einem Haufen US-Soldaten.

Gonz' Funkgerät krächzte. »Blaues Team in Position. Nordausgang.«

»Roger, blaues Team«, antwortete Gonz.

»Rotes Team, Südeingang. In Position«, verkündete eine Stimme über das Funkgerät.

»Roger, rotes Team.«

»Grünes Team in Position. Haupteingang. Grünes Team in Position«, funkte eine weitere Stimme.

»Roger, grünes Team«, sagte Gonz. »Position halten.«

McKay war nun bereit und schaute zu Heisman, der immer noch hinten im Geländewagen saß. »Was ist los?«, fragte sie Gonz.

»Wir glauben, al Mudtaji ist Analphabet. Wir haben im Chatroom auf seiner Webseite eine Nachricht gepostet, dass der Plan von al Mudtaji mit dem Rizin nicht aufgehen wird. Wir hoffen, dass es ein hohes Tier innerhalb seiner Zelle liest.«

»Wenn der Typ redet, kennen wir den Plan.«

Gonz zuckte mit der Schulter. »Reine Spekulation, zugegeben.«

McKay lächelte. »Wer nicht wagt, der nicht gewinnt.«

Heisman stieg aus dem Fahrzeug und drückte Gonz das Blackberry in die Hand. »Peterson hat gerade gepostet, dass wir später reden müssen.« Er schaute zuerst McKay und dann wieder Gonz an. »Sind wir bereit?«

58 Kilometer nordwestlich von Ash Shatrah, Irak ~ Samstag, 15. April ~ 18:15 Uhr

Ghaniyah lag ausgestreckt auf der Matte. Ihre Gedanken wirbelten immer noch durcheinander. Der Plan war gewesen, mit der Truhe nach Bagdad zurückzukehren; wenn jemand sie anhalten sollte, wäre es plausibel, dass sie Möbel von Basra nach Bagdad transportierte. War das nicht der Grund, weshalb Yusuf sie damit beauftragt hatte, die Kleider ihrer Tante in die Truhe zu legen? Mit ihr im Lastwagen und den Frauenkleidern im Kofferraum wäre es offensichtlich, dass die Sachen Ghaniyah gehörten, wenn man sie anhalten und kontrollieren sollte. Niemand, und bestimmt nicht die irakischen Sicherheitskräfte, würden zweimal nachfragen.

Weshalb sollte al Mudtaji also plötzlich beschließen, dass Yusuf sie nicht mehr brauchte? Die einzige vernünftige Erklärung war, dass er dachte, auf der Autobahn gebe es keine Kontrollpunkte und Yusuf somit freie Fahrt haben würde.

Entweder das oder das Gift sollte hier irgendwo eingesetzt werden. Sie wusste, dass in der Nähe ein alter irakischer Luftwaffenstützpunkt lag. Benutzten die Amerikaner diesen Stützpunkt? Und sollte dort das Gift eingesetzt werden?

Als sie und das Mädchen zum Abendessen ins Haus gekommen waren, hatte sie erwartet, Yusuf würde sie über die Planänderung informieren. Stattdessen hatten er und der Bauer mit ihren Tellern im Wohnzimmer Platz genommen und leise diskutiert. Obwohl die alte Frau und das Mädchen während des Essens in der Küche kein Wort sagten, konnte sie nichts von dem verstehen, was die Männer miteinander sprachen.

Nach dem Essen hatte der Bauer sie in ein kleines Zimmer neben der Küche geführt. Er hatte eine dicke Matte ausgerollt und ihr ein kleines Kissen und eine Decke gegeben. Sie hatte darauf gewartet, dass er ihr vielleicht etwas sagen würde, aber er war wortlos aus dem Zimmer gegangen. Ein paar Minuten später konnte sie hören, wie der Bauer seiner alten Mutter und seinem Kind gute Nacht sagte. Dann sprach er mit Yusuf, aber sie bekam wieder nichts mit.

Vielleicht hatte das Mädchen etwas falsch verstanden. Vielleicht wollte es unbedingt einen Mutterersatz und das ganze Gespräch zwischen ihrem Vater und Yusuf war erfunden. Aber Ghaniyah spürte, dass es stimmte. Yusuf würde sie zurücklassen. Bald hörten die Männer auf zu sprechen, das Licht wurde ausgeschaltet und im Haus wurde es still, fast unheimlich.

Nachdem sie erfahren hatte, dass Yusuf sie zurücklassen würde, war ihr erster Gedanke gewesen, in den Lastwagen zu steigen und zu verschwinden. Aber natürlich würde das nicht funktionieren. Sie hatte in ihrem Leben erst einmal hinter dem Steuer eines Autos gesessen. Das war damals, als sie in England mit einem Mann unterwegs war und er plötzlich krank wurde. Sie befanden sich außerhalb von Manchester auf einer ländlichen Straße und er wollte unbedingt zurück zur Moschee nach Manchester, also hatte sie sich hinters Steuer gesetzt. Obwohl das Auto eine automatische Schaltung hatte, war ihr Fahrstil katastrophal gewesen. Entweder trat sie zu stark oder zu schwach aufs Gaspedal oder die Bremse. Der Mann hatte sie verflucht und sich wieder hinters Steuer gesetzt. Angesichts dieser Erfahrung sagte sie sich, dass es keine Option war, den Lastwagen zu stehlen.

Allein im dunklen, kleinen Zimmer dachte sie daran, das Telefon der Amerikaner zu benutzen. Sie könnte der amerikanischen Ärztin sagen, wo sie war oder zumindest so gut sie konnte, und Yusuf und seinen Lastwagen beschreiben, damit sie ihn aufhalten konnten. Aber wenn sie das tun würde, was würde dann aus Adnan? Nein, sie musste sich an ihren ursprünglichen Plan halten. Aber wie konnte sie das, wenn Yusuf sie auf diesem Bauernhof zurückließ?

Dann dämmerte es ihr. Die Antwort war simpel. Warum hatte sie nicht schon früher daran gedacht? Außer sich vor Freude hätte sie beinahe laut gelacht.

Yarmouk-Krankenhaus, Bagdad, Irak ~ Samstag, 15. April ~ 18:16 Uhr

Mit nur einem funktionstauglichen Arm war für Adnan sogar eine leichte Aufgabe, wie das Wechseln der Kleider, äußerst anstrengend. Er schaffte es, den Dishdasha anzuziehen, indem er seinen verletzten Arm unter starken Schmerzen durch den Ärmel hindurchdrückte. Danach versuchte er, die Kopfbedeckung korrekt anzubringen – nur mit der linken Hand. Schließlich hatte er es geschafft.

Er konnte nicht überprüfen, wie er aussah, aber er glaubte, seine Verkleidung war gelungen – niemand würde seinen teilweise rasierten Kopf sehen können, wo die Wunde genäht worden war, und beide Arme waren versteckt in den übergroßen Ärmeln.

Adnan wurde unruhig und ging in Richtung der offenen Tür am anderen Ende des Raumes. Ein Mann hinter ihm hustete laut und Adnan erschrak. Er blickte zurück. Es war der alte Mann gewesen, dessen Kleider er nun trug. Er stützte sich auf dem Ellbogen ab und hustete stark. Adnan war wie versteinert. Er wartete ab, ob der Mann den Diebstahl bemerken und Alarm schlagen würde. Aber der Mann musste nochmals stark husten und fiel dann entkräftet zurück aufs Feldbett.

Als Adnan aus der Tür spähte, sah er nur eine einzige Krankenschwester auf der linken Seite des Korridors. Zum Glück war sie ungefähr zehn Meter entfernt und damit beschäftigt, ein Formular auszufüllen. Adnan schaute nach rechts. Nur ein paar Meter weiter befand sich eine Tür, auf der »Exit« stand. Er sah zurück zur Krankenschwester und ging ruhigen Schrittes zur Tür. Als er diese öffnete, quietschte sie laut. Aufgeschreckt durch das unerwartete Geräusch sprang Adnan ins Treppenhaus und hastete die Treppe hinunter. Dabei stützte er sich mit seiner unverletzten Hand auf dem Treppengeländer ab.

Nachdem er ein Stockwerk hinter sich hatte, war er bereits im Erdgeschoss angekommen. Er ignorierte die Nebentür, die zurück ins Krankenhaus führte, und wollte gerade die schwere Edelstahltür, die nach draußen führte, öffnen, als er durch das kleine Panoramafenster etwas erblickte. Ein amerikanischer Soldat stand vor der Tür! Adnan war wie versteinert, sein Herz pochte. Er presste sich mit dem Rücken an die Wand und sah durch das Fenster in die andere Richtung. Noch ein Soldat!

Zwei Soldaten, die offensichtlich die Tür bewachten. Aber warum? Waren sie auf der Suche nach ihm? Plötzlich öffnete sich im oberen Stock die Tür zum Treppenhaus. Stimmen. Ein Gespräch. Adnan wusste nicht, was tun, und blieb wie versteinert stehen.

Dann hörte er, wie jemand die Treppe hinunterkam. Zwei Männer, die miteinander redeten.

Er musste eine Entscheidung fällen.

KAPITEL 19

Yarmouk-Krankenhaus, Bagdad, Irak ~ Samstag, 15. April ~ 18:28 Uhr

»Anzeichen eines Schädelhämatoms?«, fragte McKay, als sich die Lifttür im ersten Stock öffnete.

»Momentan nicht«, antwortete der irakische Arzt in perfektem Englisch. Der etwa 50-jährige Mann trat zuerst aus dem Lift, gefolgt von Gonz und Heisman. McKay ging als Letzte und respektierte damit den muslimischen Gebrauch, dass eine Frau nie neben oder vor einem Mann gehen darf. Der Arzt drehte sich um wartete auf McKay. Er blickte sie verärgert an. »Man kümmert sich gut um ihn, das kann ich Ihnen versichern.«

»Daran zweifle ich nicht«, antwortete McKay freundlich und war froh, dass auf dem Stock kaum etwas los war. Nur zwei Krankenschwestern waren zu sehen, ungefähr fünf Meter entfernt.

»Gut. Dann schlage ich vor, dass Sie ihn sich ansehen. Sagen Sie es ruhig, wenn Sie meinen, dass ich etwas vergessen habe. Aber dann muss ich Sie auffordern, das Krankenhaus zu verlassen.«

McKay konnte sehen, dass Gonz gerade etwas sagen wollte, und bedeutete ihm, es bleiben zu lassen. »Es tut mir leid, das kann ich nicht. Er …«

»Er ist ein irakischer Bürger. Und er ist mein Patient. Ich werde seine Entlassung nicht erlauben.«

»Ich verstehe Ihre Sorge, aber ...«

»Er ist Dolmetscher, stimmt das? Er arbeitet für Sie in der Grünen Zone?«

»Ja.«

»Tatsächlich?«, spottete der Arzt. »Dann sagen Sie mir, weshalb an sämtlichen Eingängen bewaffnete Soldaten stehen?«

McKay stockte einen Moment und antwortete dann: »Die sind zu Ihrem Schutz.«

»Meinem ...?«

»Zum Schutz des Krankenhauses. Der Patienten. Der Mitarbeiter.« Der irakische Doktor war verwirrt und McKay fuhr fort: »Haben Sie von dem Raketenangriff in der Grünen Zone heute Nachmittag gehört?«

»Natürlich.«

»Wir glauben, es war ein Versuch, ihn zu ermorden.«

Der irakische Arzt schüttelte den Kopf. »Nein, nein. Ich habe es im Fernsehen gesehen. Alle haben es gesehen. Die Soldaten, die aus dem Gebäude kamen, waren MPs. Militärpolizisten. Dieser Mann war in Haft und ...«

»Er war mit Militärpolizisten unterwegs, als diese einen Mann befragten. Der Mann hat wichtige Informationen über ein bevorstehendes Attentat preisgegeben. Gegen Ihre neue Regierung. Unser Dolmetscher war gerade dabei, zu übersetzen, als die Rakete gezündet wurde.« McKay konnte sehen, wie die abweisende Fassade des Arztes zu bröckeln begann. Sie fuhr fort: »Der Aufständische? Er ist tot. Wir brauchen diesen Mann also, damit er uns sagt, was er weiß. Aber ich garantiere Ihnen, je länger er hier ist, desto größer ist die Gefahr für das Krankenhaus.«

Gonz war verblüfft, er hätte es nicht besser machen können. Der irakische Arzt schien immer noch unsicher, sagte aber schließlich: »Also gut. Folgen Sie mir.« Er führte die drei CIA-Agenten den langen Korridor entlang. Über die Schulter sagte er zu McKay: »Aber wir werden ihn fragen. Wenn er nicht mit Ihnen gehen will, kann er bleiben. Die Entscheidung liegt bei ihm, einverstanden?«

»Einverstanden«, antwortete McKay. Sie wusste, sie hatte keine Wahl.

Einen Augenblick zuvor waren die Stimmen im Treppenhaus abrupt verstummt, weil die Männer durch eine Tür im oberen Stock verschwunden waren. Da die Soldaten draußen standen, war Adnan im Treppenhaus geblieben. Er hatte nicht gewusst, was er tun sollte. Plötzlich öffnete sich die Tür im oberen Stock erneut und wieder hörte er zwei Männer sprechen. Die Stimmen wurden lauter, Schritte. Das Gesprochene erzeugte ein Echo im engen Treppenhaus. Sie waren nun fast bei ihm. Adnan spähte durch das Türfenster. Die Soldaten hatten sich nicht bewegt. Er eilte zurück zur Treppe und setzte sich auf die dritte Stufe von unten, seine Ellbogen auf den Knien, seinen Kopf gesenkt.

»Wir können nicht …«, hörte er einen Mann sagen. »Es gibt bereits zu viele Infektionen.«

Sie kamen immer näher. Dann war es plötzlich still. Die Männer standen nun direkt hinter ihm. Sie hatten angehalten. Er wartete. Es brauchte alle Geduld, die er aufbringen konnte. Schließlich hörte er einen der beiden auf Arabisch sagen: »Entschuldigen Sie.« Aber Adnan blieb wie festgefroren und antwortete nicht. Der andere Mann sagte lauter: »Entschuldigen Sie uns bitte.«

Adnan sah hoch. Er sah einen älteren Mann, sein Gesicht voller Falten. Er trug einen Dishdasha und ein Kopftuch, ähnlich wie Adnan. Der andere Mann war jünger und trug

Anzug und Krawatte im westlichen Stil. »Entschuldigen Sie«, murmelte Adnan und stand auf.

»Geht es Ihnen gut?«, fragte der jüngere Mann.

»Meine Mutter ... der Krebs hat sich ausgebreitet und ...« Er ließ seine Stimme verstummen und schluchzte.

»Das tut mir leid.«

Adnan starrte den jungen Mann an. »Sie sind Arzt, nicht wahr?«

»Ja.«

Die beiden Männer machten Anstalten, sich Richtung Tür zu bewegen. »Können Sie es mir sagen, bitte? Bauchspeicheldrüsenkrebs? Wie lange?«

Dem Arzt war es sichtlich unangenehm, aber er sagte dann: »Schwer zu sagen ...«

»Monate? Vielleicht ein paar Monate?«

»Vielleicht«, antwortete der Arzt.

Adnan öffnete den beiden Männern mit seinem unverletzten Arm die Tür. Als sie nach draußen gingen, folgte Adnan ihnen. Dann stand der ältere Mann plötzlich still, überrascht, dass US-Soldaten vor der Tür standen.

»Was ist denn hier los?«, fragte der Arzt leise.

»Ich weiß nicht«, sagte sein älterer Begleiter.

Adnan wandte sein Gesicht ab, damit die Soldaten ihn nicht direkt sehen konnten. »Sie sagen, es wird schnell gehen, aber ich mache mir Sorgen, dass sie Schmerzen hat. Sie wird Schmerzen haben, nicht wahr? Mehr als jetzt?«

Der Arzt ignorierte seine Fragen und starrte die Soldaten an. »Das ist absurd.«

»Was ist denn hier los?«, fragte der ältere Mann die Soldaten. »Warum sind Sie hier?«

Adnan wusste, dass die Soldaten wahrscheinlich kein Wort Arabisch sprachen, aber zumindest war ihre Aufmerksamkeit auf den alten Mann und nicht auf ihn gerichtet.

Aus Angst, erkannt zu werden, wandte er sein Gesicht in Richtung des jungen Doktors und fuhr fort: »Sie soll keine Schmerzen haben, das ist meine Sorge.«

»Was ist hier los?«, fragte der ältere Mann in aggressivem Ton.

»Weitergehen«, sagte einer der Soldaten auf Englisch und gestikulierte mit seinem Gewehr. »Weitergehen.«

Aber der ältere Mann hörte nicht auf ihn. Er weigerte sich, weiterzugehen, und sagte: »Warum sind Sie hier? Was ist los?«

»Lass es«, schimpfte der Arzt.

»Scheiße«, murmelte einer der Soldaten.

Der ältere Mann schnappte Adnan plötzlich an der Schulter. »Sprichst du Englisch?«

»Nein«, antwortete Adnan. Er achtete darauf, nur auf den Boden zu blicken.

»Lass es«, wiederholte der Arzt und schob den alten Mann nach vorne.

»Sagen Sie mir«, sagte Adnan zu dem Arzt, als sie endlich weiterliefen. »Wird sie Schmerzen haben? Starke Schmerzen?«

»Das ist unser Land!«, bellte der alte Mann. »Unser Land! Nicht Saddams! Nicht eures! *Unseres!*

»Starke Schmerzen, nicht wahr?«, wiederholte Adnan.

»Ja«, antwortete der Arzt abweisend, ohne ihm große Aufmerksamkeit zu schenken.

»Haben Sie mich verstanden!?«, schimpfte der alte Mann.

»Gibt es dafür Medikamente?«, fragte Adnan und lief weiter direkt neben dem Arzt. »Schmerzmedikamente? Aus der Türkei? Die besten Schmerzmedikamente.« Aus seinem Augenwinkel konnte er erkennen, dass der Wachposten nun außer Sichtweite war.

»Ich verstehe nicht …«, brummte der ältere Mann und sah über seine Schulter. »Warum sind die hier? Was hat das zu bedeuten?«

»Kann das Krankenhaus diese Medikamente besorgen?«, beharrte Adnan. »Sie ist meine Mutter. Ich will nicht, dass sie Schmerzen hat.«

»Blöde Amerikaner«, beschwerte sich der ältere Mann.

»Sie können die Schmerzpillen besorgen, nicht wahr?«, fragte Adnan und ließ nicht locker.

»Ja, wir können ihr Medikamente besorgen.«

»Danke«, sagte Adnan. »Danke.« Er seufzte erleichtert auf, als sie sich weiter von den Soldaten entfernt hatten.

Die drei Männer gingen wortlos nebeneinander her. Der ältere Mann sah immer wieder über seine Schulter zurück zu den Soldaten.

An der Türschwelle zur Krankenstation schaltete der Arzt einen Lichtschalter ein und an der Decke begannen Neonröhren zu flackern. Gonz ging um den Arzt herum und überprüfte rasch die Betten. Im Ganzen waren es zwölf, von denen nur sieben besetzt waren. Auf dem ersten Feldbett lag ein Mann mit nur einem Bein. Nur ein blutiger verbundener Stumpf war dort, wo sein anderes Bein gewesen war. Die Gründe, warum die anderen Patienten ins Krankenhaus gebracht worden waren, waren nicht klar erkennbar. Ein paar der Patienten fingen an, sich zu bewegen. Das Licht hatte sie offensichtlich geweckt. Der Arzt ging den Gang zwischen den Betten entlang und blieb plötzlich abrupt stehen. Gonz folgte seinem Blick. Ein leeres Bett, das aber nicht zurechtgemacht war wie die anderen. In diesem hatte offensichtlich jemand gelegen. Die Decke war unachtsam zur Seite geworfen worden. Überrascht schaute der Arzt Gonz an.

»Er ist weg«, erklärte Gonz Heisman, der ihm ins Zimmer gefolgt war. Er konnte sehen, wie McKay auf der Schwelle stehen geblieben war und so dem islamischen Brauch folgte, eine respektvolle Distanz gegenüber kranken Männern zu wahren.

»Ich verstehe nicht ...«, murmelte der Arzt.

Gonz nahm sein Funkgerät vom Gurt. »An alle Einheiten, das Huhn hat den Stall verlassen. Ich wiederhole, das Huhn hat den Stall verlassen. Alle Ausgänge überprüfen. Niemand verlässt oder betritt das Gebäude.« Er drehte sich zum Arzt um und sagte: »Wann wurde er zuletzt gesehen?«

»Ich weiß nicht. Ich muss die Krankenschwester fragen.«

»Nun machen Sie schon«, erwiderte Gonz gereizt.

58 Kilometer nordwestlich von Ash Shatrah, Irak ~ Samstag, 15. April ~ 21:03 Uhr

Ghaniyah hatte Mühe mit dem Seil. Sie versuchte verzweifelt, den Knoten zu lösen. Der Lastwagen schaukelte leicht, als sie ihr Gewicht verlagerte. Sie grub ihre Finger in den Knoten. Beim Haus ihrer Tante hatte sie zugesehen, wie Yusuf den Stuhl und die Truhe mit einem Seil festgebunden hatte. Sie hätte nie gedacht, dass es so schwierig sein würde, den Knoten zu lösen. Ein weiteres Problem war die Dunkelheit. Am Himmel hing nur ein halber Mond, und sein Schein drang nur spärlich durch die schweren Wolken. Obwohl sich ihre Augen an die Dunkelheit gewöhnt hatten, tastete sie in beinahe vollständiger Dunkelheit herum.

Sie machte einen Schritt zurück, um besser sehen zu können, und stolperte. Instinktiv griff sie nach dem Seil, um nicht hinzufallen. Plötzlich gab der Knoten nach und sie landete auf ihrem Hintern, das Seil immer noch in der Hand. Es dauerte einen Moment, bis sie bemerkte, dass sich der Knoten gelöst hatte. Sie stand rasch auf, nahm das Seil von der Truhe und öffnete den Deckel.

Sofort nahm sie sämtliche Kleider ihrer Tante heraus und warf sie vor sich auf den Boden. Schließlich erreichte sie das Brett, das Yusuf über den Boden der Truhe gelegt hatte, konnte es aber nicht greifen. Die Ecken lagen genau auf den Seitenwänden der Truhe, und sie brachte ihre Finger nicht zwischen Brett und Truhenwand. Panisch drückte sie ein Ende des Bretts nach unten in der Hoffnung, das andere Ende würde sich so weit heben, dass sie es mit ihren Fingern fassen konnte. Aber das Brett ließ sich nicht bewegen.

Sie fühlte, wie ihr der Schweiß zwischen den Brüsten hinunterlief. Ghaniyah suchte jeden Winkel nach einer Lücke ab. Nichts. Sie stand auf, ihr Rücken schmerzte. Schwer atmend dachte sie nach. Es musste einen Weg geben, um das Brett herauszunehmen.

Plötzlich öffnete sich die Haustür und der Bauer kam heraus. Ghaniyah duckte sich im Führerhaus, ihr Herz raste. Leise streckte sie sich auf der Ladefläche aus. Etwas Scharfes grub sich in ihre Hüfte. Es war ihr leerer Koffer, in dem sie das Gift verstecken wollte. Sie drückte ihn ungeschickt zur Seite. Nun lag sie auf der Ladefläche auf den Kleidern ihrer Tante und versuchte, ihre Atmung zu kontrollieren, die für sie wie Donner klang. Sie wusste, dass sie außer Sichtweite war, es sei denn, der Bauer würde die Ladefläche inspizieren.

Ihre Gedanken rasten. Wusste er, dass sie sich aus dem Haus geschlichen hatte? Hatte er ihr kleines Zimmer überprüft und bemerkt, dass sie weg war? Dann erinnerte sie sich, dass sie den Deckel der Truhe im Führerhaus offen gelassen hatte. Er würde es bemerken, wenn er hineinsehen würde!

Wo war er? Sie konnte nichts hören, außer ihrem Herzen, das wie wild pochte. Sie versuchte, sich zu beruhigen und genau hinzuhören. Wohin war er gegangen?

Dann hörte sie, wie ein Streichholz angezündet wurde. Irgendwo zu ihrer Rechten. Sie hatte ihn nicht kommen gehört. Er war nahe. Sehr nahe. Sie hörte, wie er den Rauch der Zigarette ausatmete, und roch den Tabak. Dann hörte sie, wie er seine Notdurft erledigte.

Sie versuchte, langsam zu atmen. Der Zigarettenrauch wehte in Wellen über sie hinweg. Sie hatte keine andere Wahl, als zu warten. Der Bauer musste husten. Nach ein paar Minuten, die ihr wie eine Ewigkeit vorkamen, hörte sie, wie er mit dem Fuß ein paar Mal auf den Boden stampfte. Er drückte die Zigarette aus. Die Tür quietschte, dann war alles wieder ruhig. Sie atmete erleichtert auf, wartete aber noch eine Weile auf der Ladefläche. Keine weiteren Geräusche. Alles war wieder still.

Sie setzte sich langsam auf und tastete automatisch nach dem Messer in ihrem Stiefel. Es hatte sich verschoben, als sie auf die Ladefläche gerobbt war, und drückte nun schmerzhaft gegen ihren Knöchel. Als sie das Messer fühlte, hatte sie eine Idee. Aufgeregt nahm sie es und riss die Schutzhülle um die Klinge weg. Sie kroch zur Truhe und steckte die Klinge zwischen Brett und Kistenwand.

Es funktionierte! Sie drückte die Klinge gegen das Brett nach oben. Die Sperrholzplatte hob sich! Sie verlor kurz den Halt und das Brett fiel zurück. Unbeeindruckt steckte sie das Messer erneut zwischen Brett und Wand und zog. Langsam. Etwas weiter. Endlich konnte sie mit ihren Fingern zwischen Brett und Wand fassen. Sie kippte das Brett auf eine Seite und tastete am Boden der Truhe nach den Plastikbeuteln mit dem Gift.

Aber die Truhe war leer.

Jadida, Irak ~ Samstag, 15. April ~ 21:12 Uhr

Adnan hatte Aref gebeten, das Licht in der Wohnung auszuschalten, um keine Aufmerksamkeit zu erregen. Er saß bequem auf dem Sofa mit dem Rücken zum großen Fenster. Endlich fühlte er sich sicher und konnte sich entspannen.

Nachdem die beiden Männer vom Krankenhaus einen Block weitergegangen waren, war er raschen Schrittes zu einem kleinen Marktplatz gegangen, der in der Nacht gesperrt war. Nur eine Stunde vor der Ausgangssperre. Es waren nicht mehr viele Menschen unterwegs gewesen. Einzig ein paar Taxifahrer waren da und versuchten, die Probleme der Welt durch lautes Diskutieren zu lösen. Er bat einen der Fahrer, ihn nach Jadida zu bringen.

In der Nähe der Apotheke hatte er zwei Soldaten entdeckt, die mit ihrem Geländewagen auf der anderen Straßenseite parkten. Das bedeutete, dass seine Wohnung direkt über dem Laden tabu war. Das hatte ihn nicht überrascht. Der Fahrer war danach seinen Anweisungen gefolgt und im Zickzack durch Nebenstraßen gefahren, bis in die Nähe von Arefs Wohnung. Adnan hatte sich sorgfältig in der Dunkelheit umgesehen, aber es gab keine Anzeichen, dass die Wohnung überwacht wurde. Er war aus dem Taxi gestiegen und hatte dem Fahrer gesagt, er würde umgehend zurück sein.

Aref war sofort einverstanden gewesen, die Taxifahrt zu bezahlen, und war selbst mit seiner Brieftasche zum Taxi gegangen. Adnan war im kleinen Badezimmer, als Aref zurückkam. Der alte Mann hatte Dutzende Fragen gestellt, aber Adnan hatte abgewunken und gefragt, ob er etwas zu essen haben könne, und Aref servierte ihm eine Linsensuppe.

Aref schaute Adnan besorgt an und sagte: »Sie haben dich nicht gehen lassen.«

Adnan schüttelte den Kopf. »Nein.«

»Warum du? Was hast du getan?«

Adnan lächelte ihn an. »Ich habe mich verliebt.«

Aref nickte, als würde er verstehen, aber Adnan war sich sicher, dass er nichts von Ghaniyah wusste. Niemand wusste es. Außer seiner Schwester und Thamer. Und nun die Amerikaner. Sonst war es ein Geheimnis. Er musste kichern.

»Was ist so lustig?«, fragte Aref.

»Nichts.« Adnan winkte ab, lehnte sich zurück und schloss die Augen.

»Ich muss dir etwas zeigen.« Aref öffnete seinen Schrank, wühlte darin herum und kam mit einem riesigen Plakat zurück. Im gedämpften Licht, das durch das Fenster schien, las Adnan in großen arabischen Buchstaben: »*Eine Regierung des Volkes, durch das Volk und für das Volk.*«

Enttäuscht, dass Adnan keine Reaktion zeigte, erklärte Aref: »Durch das Volk und für das Volk. Weißt du, wer das gesagt hat?«

Adnan schüttelte den Kopf. Die Müdigkeit holte ihn langsam ein. Er hatte Mühe, seine Augen offen zu halten.

»Ein amerikanischer Präsident. Ich habe es ... Der Junge im unteren Stock ... er hat es gefunden. Im Internet.« Aref ging zu einem überfüllten Schreibtisch und griff sich ein Stück Papier. »Abraham Lincoln. Präsident der Vereinigten Staaten während des Bürgerkriegs.« Er blickte Adnan an. »Die hatten einen Bürgerkrieg. Das habe ich nicht gewusst. Hast du das gewusst?«

Adnan schüttelte müde den Kopf.

Aref fuhr fort: »Nun, das hatten sie. Sehr schlimm. Viele sind gestorben. Aber Folgendes hat der Präsident nach einer großen Schlacht gesagt. ›*Vor 87 Jahren gründeten unsere Väter auf diesem Kontinent eine neue Nation, in Freiheit gezeugt und dem*

Grundsatz geweiht, dass alle Menschen gleich geschaffen sind ...«

Aref blickte auf, um zu sehen, wie der junge Mann darauf reagierte.

Aber Adnan war eingeschlafen.

KAPITEL 20

58 Kilometer nordwestlich von Ash Shatrah, Irak ~ Samstag, 15. April ~ 21:14 Uhr

Ghaniyah überprüfte die Knoten nochmals. Sie war sich sicher, dass sie das Seil genauso festgebunden hatte, wie Yusuf es vor ihr getan hatte. Als sie überzeugt davon war, dass alles am richtigen Platz war, nahm sie ihren leeren Koffer, kletterte aus dem Lastwagen, ging zur Beifahrerseite und öffnete die Tür. Dadurch wurde das Innenlicht eingeschaltet. Sie erschrak. Dann öffnete sie rasch das Handschuhfach. Die Arbeitshandschuhe waren immer noch da, zusammen mit ein paar Unterlagen. Als sie bei der Tankstelle gewesen waren, hatte sie Yusuf zugesehen, wie er die Sachen im Handschuhfach verstaute. Ghaniyah ließ die Unterlagen liegen, schnappte sich die Handschuhe und tastete sie ab. Der eine war deutlich dicker als der andere. Sie griff hinein und zog ein Bündel Banknoten heraus.

Obwohl die Versuchung groß war, das Geld zu stehlen, wusste sie, dass sie vorsichtig sein musste. Sie zupfte nur drei große Noten aus dem Bündel heraus, insgesamt fast 400 Dinar, stopfte sie in ihren Büstenhalter, steckte das restliche Geld wieder in den Handschuh und legte ihn zurück ins Fach. Dann schloss sie das Handschuhfach, stieg aus dem Lastwagen und schloss die Tür. Mit dem Koffer in der Hand schlich sie vorsichtig um das Haus herum.

Sie hatte das Haus durch den Eingang neben ihrem Zimmer verlassen, um die beiden Männer auf der anderen Seite des Hauses möglichst nicht aufzuwecken. Sie ärgerte sich, weil sie das Gift nicht gefunden hatte. Gerade als sie durch die Tür ins Haus gehen wollte, wurde diese von innen geöffnet. Ghaniyah sprang vor Schreck einen Schritt zurück und hätte beinahe laut aufgeschrien.

Es war das kleine Mädchen.

Ghaniyahs Herz schlug wie wild. Das Mädchen kam durch die Tür und zog sie hinter sich zu. Sie presste einen Finger auf ihre Lippen, um Ghaniyah zu bedeuten, dass sie ruhig sein solle, und führte sie schließlich rund zehn Meter vom Haus weg. Flüsternd sagte sie: »Sie suchen das magische Futter, nicht wahr?«

Ghaniyah war sprachlos und starrte das Mädchen nur an.

»Ich habe Sie im Lastwagen gesehen … Mein Vater hat es versteckt.«

Ghaniyah runzelte die Stirn. Sie verstand nicht, was das Mädchen damit sagen wollte.

»Das magische Futter«, flüsterte das Mädchen leicht gereizt.

Ghaniyah hatte die Fassung noch nicht ganz wiedergefunden, konnte aber endlich etwas sagen: »Futter?«

»Ich bin nach draußen gekommen und habe meinen Vater gesehen. Er wurde böse. Es ist ein magisches Futter für die Ziegen. Damit sie mehr Babys machen.«

Ghaniyahs Herz schlug mittlerweile wieder im normalen Tempo und sie fragte: »In Plastikbeuteln? Das Futter in den drei Plastikbeuteln?«

Das Mädchen nickte. »Vater hat es versteckt. Ich zeig's Ihnen.«

Das Mädchen nahm Ghaniyah, deren Gedanken durcheinanderwirbelten, bei der Hand. Der Bauer wusste bestimmt, dass in den Beuteln Gift war, aber warum hatte er sie gestohlen? Hatte er sie überhaupt gestohlen? Hat Yusuf dem Bauern befohlen, es für ihn aufzubewahren, und war das der Grund, weshalb sie auf dem Hof bleiben sollte?

Das Mädchen führte sie an Yusufs Lastwagen vorbei zu einer kleinen Hütte, die ihr vorher nicht aufgefallen war. Das Mädchen öffnete die Tür und ging hinein. Einen Moment später kam sie mit einem der Beutel in der Hand wieder heraus. Sie überreichte ihn Ghaniyah, als handelte es sich um ein Geschenk. Ghaniyah kniete sich hin, nahm den Beutel und sagte: »Ich kann jetzt nicht alles erklären, aber ich muss diese Beutel an mich nehmen. Und es muss ein Geheimnis bleiben.«

»Sie werden sie den Ziegen geben, nicht wahr?«

»Das kann ich nicht, mein Schatz. Das Futter tut den Ziegen nicht gut ...«

»Vater hat aber etwas anderes gesagt. Er hat gesagt ...«

»Ich weiß. Aber ich sage dir die Wahrheit. Wenn du die Ziegen damit fütterst, werden sie sehr, sehr krank.«

Das Mädchen war verwirrt. »Aber weshalb will Vater dann die Beutel?«

»Ich weiß nicht. Du musst mir einfach vertrauen. Ich brauche diese Beutel. Ich muss sie mitnehmen und ...«

»Was? Wohin?«, beschwerte sich das Mädchen mit lauter Stimme. »Sie können nicht weggehen ...«

»Schhhh«, schimpfte Ghaniyah. »Sei ruhig. Hör zu, ich muss gehen. Nur für kurze Zeit, aber ...«

»Nein«, protestierte das Mädchen, ohne leise zu sein. »Sie sollen hierbleiben. Bei uns!«

»Schhhh«, beruhigte Ghaniyah sie. »Schhh. Ich werde wiederkommen. Ich verspreche es. Aber zuerst muss ich weg. Dann komme ich wieder.« Ghaniyah hatte Gewissensbisse, denn wenn es nach ihr ginge, würde sie nicht wiederkommen.

Bevor das Mädchen weitere Fragen stellen konnte, sagte sie: »Hol die zwei anderen Beutel.«

Das Mädchen gehorchte und sah zu, wie Ghaniyah die Beutel in ihrem Koffer verstaute.

MP-5, Grüne Zone, Bagdad, Irak ~ Samstag, 15. April ~ 23:32 Uhr

Es war eine lange Nacht gewesen. McKay saß auf einem Stuhl in der Nähe von Petersons Schreibtisch. Sie war noch nie in ihrem Leben so müde gewesen. Gonz lag auf dem Boden, im Mund einen Bleistift, die Augen geschlossen. Aber er schlief nicht. Er ruhte sich auch nicht aus. Er konzentrierte sich und kaute dabei auf dem Bleistift herum. Er nahm ihn aus dem Mund und fragte: »Was hat er noch mal geantwortet?«

Peterson las den übersetzten Text auf dem Computerbildschirm vor: »*Morgen ist es sieben Tage nach Sonntag. Morgen ist ein neuer Tag. Sie werden sehen. Sie werden nicht enttäuscht sein.*«

Heisman, der hinter Peterson auf und ab ging, sagte: »Okay, okay, nicht so schnell. Lass mich nachdenken.«

»Wir brauchen die Zeit und das Ziel«, sagte Gonz mürrisch. Seit man Adnans Flucht entdeckt hatte, war er schlecht gelaunt. Nachdem das Krankenhaus ohne Erfolg von oben bis unten durchkämmt worden war, hatte Gonz die Soldaten der Spezialeinheit ausgiebig befragt. Zuerst dachte man, Adnan sei noch vor ihrer Ankunft entwischt, denn nur drei Personengruppen hatten das Krankenhaus verlassen, während die Spezialeinheit vor Ort war: ein Ehepaar mit einem kleinen Kind, der Mann klein und gedrungen, sodass die Möglichkeit ausgeschlossen werden konnte, dass es sich bei ihm um

Adnan gehandelt hatte; dann zwei Krankenschwestern, die sofort von einem Mann in einem kleinen Nissan abgeholt worden waren; und drei Männer, die den Südausgang benutzt hatten.

Nachdem die zwei Soldaten der Spezialeinheit die drei irakischen Männer ziemlich detailliert beschrieben hatten, war sich Gonz sicher, dass es sich bei dem jüngeren Mann um Adnan handeln musste. Die Frage war nur, woher hatte er die Kleidung und wer waren die anderen beiden? Hatte er Hilfe erhalten? Gonz war frustriert. Zu dem Zeitpunkt, als ihm bewusst wurde, dass Adnan tatsächlich geflohen war, war die Ausgangssperre bereits in Kraft und die Straßen waren leer.

Und Adnan über alle Berge.

»Lasst uns nachdenken«, bot McKay an. »Über Ghaniyah.«

»Ghaniyah?«, fragte Heisman skeptisch.

»Denk mal nach. Sie hat das Rizin, nicht wahr? Das wissen wir.«

»Aber das ist alles, was wir wissen«, bemerkte Gonz. »An was denkst du?«

»Wir könnten ihn erschrecken. Ihm sagen, dass Ghaniyah für uns arbeitet. Du weißt schon, ich meine für den arbeitet, für den wir uns ausgeben.«

Jetzt hatte sie die ganze Aufmerksamkeit von Gonz. Er richtete sich auf.

»Und dann was?«, fragte Heisman.

McKay zuckte mit der Schulter. »Wir könnten ihnen einen Deal anbieten. Vielleicht wollen wir einfach Geld. Wir tauschen das Rizin gegen Geld. Dann muss er sein Versteck verlassen.«

»Das ist gut, denn so wissen sie, dass wir Bescheid wissen«, verkündete Gonz. »Wir wissen von Ghaniyah, wir wissen vom Rizin. Das ist sehr gut.« Er steckte sich den Bleistift wieder zurück in den Mund.

»Aber sie werden uns kaum treffen und uns ihre Gesichter zeigen«, argumentierte Heisman. »So blöd sind die nicht. Außerdem wissen wir nicht, ob sie nicht vielleicht doch mit ihr Kontakt haben.«

»Vielleicht, vielleicht auch nicht«, sagte McKay. »Aber es dürfte momentan schwierig für Ghaniyah sein, ihn zu kontaktieren. Wir wissen es einfach nicht.«

»Genau«, sagte Heisman. »Wir wissen es nicht. Wenn wir so tun, als ob sie für uns arbeitet, verpatzen wir vielleicht unsere einzige Chance.«

»Nicht wirklich«, sagte Peterson. »Es ist, wie wenn man mit jemandem frisch zusammen ist. Man glaubt, es läuft gut, aber dann sagt dir ein Freund, dass er sie mit einem anderen Mann gesehen hat. Das kann dich wahnsinnig machen.«

Gonz nickte. »Man fängt an zu zweifeln.«

»Stimmt«, pflichtete Gonz bei. »Und dann willst du wissen, ob es stimmt oder nicht, und es stört dich extrem, wenn du es nicht weißt.«

»Okay«, sagte Heisman. »Also, wie wollen wir vorgehen? Sollen wir Ghaniyah erwähnen? Sagen wir, dass sie uns das Rizin bringen wird?«

»Genau«, sagte Gonz mit dem Bleistift zwischen den Zähnen. »Warten wir ab, was passiert.«

Heisman blickte Peterson an. »Sag ihm, dass Ghaniyah sieben Tage nach Sonntag hier sein wird. Mit dem Rizin. Schreib, mit *meinem* Rizin.«

Peterson beeilte sich, das einzutippen. Schließlich drückte er auf »Enter« und der Text wurde sofort ins Arabische übersetzt. Dann klickte er auf »Senden«. »Na, was sagst du dazu, du Idiot.«

Die vier warteten. Starrten den Bildschirm an. Nichts passierte. Gonz stand auf und ging zu Heisman hinüber, hinter Petersons Stuhl.

»Ist sie durch?«, fragte Gonz.

»Ja. Aber wir haben uns beim letzten Mal mit der Antwort ein bisschen Zeit gelassen. Er wird wohl einen Moment nachdenken.«

Plötzlich erschien eine neue Nachricht auf Arabisch auf dem Bildschirm.

»Scheiße!«, schrie Peterson frustriert.

»Was ist los?«, fragte Gonz.

»Er hat sich ausgeloggt.«

Jadida, Irak ~ Sonntag, 16. April ~ 05:46 Uhr
(der Tag des angekündigten Attentats)

Maaz ging den Fußweg entlang, vertieft in die Zeitung. Er war erleichtert, die Story auf der ersten Seite zu sehen, genauso wie Dr. Lami es versprochen hatte. Sie war zwar unterhalb des Falzes, aber sein Foto von Thamer war gestochen scharf, das Gesicht des alten Mannes war ernst. Aufsässig starrte er in die Kamera. Maaz war stolz, dass sein Name in kleinen Buchstaben unterhalb des Fotos prangte. Wie oft hatte er Fotos in Zeitungen gesehen, bei denen der Name des Fotografen mit Nachrichtenagenturen wie Reuters oder Associated Press in Verbindung gebracht wurde. Nun war er einer von ihnen. Das war ein sehr befriedigendes Gefühl.

Er stoppte an einer Kreuzung, sah auf und bemerkte, dass Faris nicht mehr an seiner Seite war. Panisch blickte er um sich und sah seinen Sohn beim Zeitungsstand. Zwei US-Geländewagen hatten angehalten und mehrere Soldaten waren ausgestiegen. Sie wollten vermutlich eine englischsprachige Zeitung oder ein Magazin kaufen. Faris sprang vor einem Soldaten auf und ab, seine Hände so aneinandergelegt, als wollte er Regen einfangen.

»Faris!«, rief Maaz.

Faris drehte sich um, sah seinen Vater an, wandte sich dann aber sofort wieder dem Soldaten zu. Der Mann griff in seine Hosentasche und nahm etwas heraus. Maaz wusste, es waren Süßigkeiten. Die amerikanischen Soldaten hatten immer haufenweise Süßigkeiten bei sich, und die irakischen Kinder waren gut darin, ihren Anteil einzufordern. Maaz sah, wie der Soldat kleine Bonbons in Faris' Hände schüttete. Als die Hand des Soldaten leer war, lächelte er und wuschelte Faris durch die Haare. Ein anderer Soldat sagte etwas und beide lachten. Faris steckte sich sofort ein Bonbon in den Mund und rannte zu seinem Vater. Auf seinem Gesicht war ein breites Grinsen.

Erst als sie ein paar Minuten später zu Hause angekommen waren, hatte Maaz endlich bemerkt, dass eines seiner Fotos oberhalb des Falzes die Titelstory begleitete. Das Foto zeigte die Rückseite des Terroristen, der ihn beim Präsidentenpalast angesprochen hatte. Duqaq hatte den Artikel geschrieben und berichtete darin, wie al Mudtaji eine Botschaft im Mund des enthaupteten Amerikaners versteckt hatte. Gemäß ungenannter Quellen habe darauf gestanden: *Der Islam ist die einzig wahre Religion. Nun habt Ihr einen Amerikaner, der die Wahrheit über den Islam spricht. Zuvor haben er und alle anderen Amerikaner nur Unwahrheiten über den Islam verbreitet. Der Kopf musste weg. Jetzt kann er die Wahrheit sagen. Verstanden? Dies ist der erste von vielen amerikanischen Köpfen, die am Sonntag die Wahrheit sagen werden.*

Im Artikel wurde weiter spekuliert, ob al Mudtaji ein Attentat angekündigt hatte, das sich später am Tag ereignen sollte. Aber sowohl die irakischen als auch die amerikanischen Behörden bestritten, etwas über einen geplanten

Angriff zu wissen. Im Artikel wurde ebenfalls erklärt, dass die Botschaft auf Briefpapier aus Thamers Apotheke geschrieben worden sei, was zur Verhaftung von Thamer, Adnan und eines Kunden der Apotheke geführt habe. Die Zeitung zitierte Thamer, wie er über seine Haft in der Grünen Zone berichtete, und der Artikel enthielt weitere Informationen über Adnan, einschließlich Spekulationen darüber, weshalb ihn die Amerikaner immer noch festhielten. Ein körniges Schwarz-Weiß-Foto von Adnan erschien auf Seite 4.

Daneen hatte die Artikel noch vor dem Frühstück gelesen. Sie bemerkte, wie Faris, der mit ihr am Esstisch saß, seinen Teller anstarrte. »Warum isst du nichts?«

Der Junge schaute verschmitzt seinen Vater an und antwortete: »Hab mir den Magen verdorben.«

»Den Magen verdorben?« Daneen fühlte mit der Hand seine Stirn.

»Ihm geht's gut«, sagte Maaz. »Er ist wie wild herumgerannt.«

»Was? Weshalb bist du gerannt?«, fragte Daneen ihren Sohn.

Faris schaute wieder seinen Vater an. Und zuckte dann mit der Schulter.

»Mit ihm ist alles okay«, versicherte Maaz. »Lass ihn ein paar Minuten ausruhen, okay?« Er schaute Faris warnend an. Sie wussten beide, dass er auf dem Nachhauseweg zu viele Süßigkeiten gegessen hatte. »Trink etwas Wasser und leg dich hin.«

Faris gehorchte und trank ein großes Glas Wasser. Dann musste er rülpsen. Vater und Sohn lachten. Daneen war immer noch um Faris' Wohlergehen besorgt und fand den Rülpser gar nicht komisch. Sie befahl Faris, sich aufs Sofa zu legen, wo sie ein Auge auf ihn haben konnte.

»Wenn er krank wird, musst du mit ihm zu Hause bleiben«, sagte Daneen zu ihrem Mann.

»Was? Warum?«

»Vielleicht muss er zum Arzt.«

»Ihm geht's bestens«, spottete Maaz.

Ich will nicht, dass er allein zu Hause bleibt.«

»Wo gehst du hin? Es ist Sonntag.«

»Ich treffe mich mit Oberst K. C.«

Maaz konnte sein Erstaunen nicht verbergen. »Mit dem Oberst?«

»Er will mit mir über Adnan sprechen.«

»Ich sollte mitkommen.«

»Ich kann alleine hingehen.«

»Wo? Wo triffst du ihn?«

»Im Hotel Palestine.«

Maaz blickte sie gereizt an. »Ich werde dich begleiten.«

Daneen wusste, dass Verhandeln zwecklos war. Eine muslimische Frau durfte nicht gesehen werden, wie sie einen Mann in einem Hotel traf. Es spielte dabei überhaupt keine Rolle, warum sie sich trafen.

»Na gut«, sagte sie. »Wir nehmen Faris mit, wenn es ihm nicht besser geht.«

»Es wird ihm gut gehen.«

Daneen antwortete nicht. Sie blickte auf die Titelseite der Zeitung und wunderte sich über den Mann, der von der Kameralinse weglief. Hatte er Adnan bei der Enthauptung des Amerikaners gesehen? Und wenn man ihn fassen sollte, würde er Adnan belasten?

Sie bemerkte plötzlich, dass auch sie Magenschmerzen hatte.

58 Kilometer nordwestlich von Ash Shatrah, Irak ~ Sonntag, 16. April ~ 07:03 Uhr

Ghaniyah blieb nichts anderes übrig als zu warten.

Der Morgen war nicht so verlaufen, wie sie gehofft hatte, und nun ging sie vor dem Haus ungeduldig auf und ab. Dabei sah sie immer wieder nach ihrem Koffer, den sie neben den alten Lastwagen des Bauern gestellt hatte. Nachdem sie in der Nacht zuvor die Beutel mit dem Gift im Koffer verstaut hatte, war sie zurück auf ihr Zimmer gegangen und hatte zwei Stunden geschlafen. Erst durch das Brummen von Yusufs Lastwagen war sie aufgewacht. Es reizte sie zwar, ihn darauf anzusprechen, warum er sie zurückließ, aber es war viel zu riskant. Sie hatte das Gift, und das war alles, was zählte.

Weniger als eine Stunde später war sie aus ihrem Zimmer gekommen. Die alte Mutter des Bauern war gerade dabei, das Frühstück zuzubereiten. Das Mädchen schlief offensichtlich immer noch. Der Bauer sagte ihr barsch, dass Yusuf bereits weg sei und sie hierbleiben müsse. Ghaniyahs Ärger war echt, als sie erwiderte, dass sie al Mudtajis Schwester sei und unbedingt zurück nach Bagdad müsse. Der Bauer hatte nur mit der Schulter gezuckt, als ob ihm das egal sei. Sie hatte ihm erklärt, dass er, seine Familie und seine Ziegen den Zorn ihres Bruders zu spüren bekämen, wenn er sie nicht sofort zur nächsten Busstation brachte.

Schließlich hatte sich der Bauer bereit erklärt, sie zur Busstation zu fahren. Sie mussten jedoch warten. Der Tierarzt wurde erwartet, um nach den kranken Ziegen zu sehen. Der Bauer versprach, sie zur Busstation zu fahren, sobald der Tierarzt fertig war.

Der Tierarzt war etwa eine Stunde später auf einem Motorroller mit seinem Medizinkoffer auf dem Rücksitz gekommen. Der Bauer hatte ihn übers Feld geführt, wo sie hinter einem kleinen Hügel verschwanden. Als Ghaniyah unruhig neben dem alten Lastwagen auf und ab ging, hörte sie das Brummen eines Fahrzeugs hinter sich. Sie drehte sich um.

Es war Yusuf.

Sie konnte schon von Weitem sehen, dass er wütend war. Hinter dem Lastwagen wirbelte Staub auf. Ghaniyah schaute auf ihren Koffer. Als sie sich wieder zu Yusuf umdrehte, hatte er bereits angehalten, den Motor ausgeschaltet und war sofort aus dem Lastwagen ausgestiegen. Er lief auf sie zu, sein Gesicht vor Wut verzerrt.

»Wo ist er?«

Ghaniyah schüttelte nur den Kopf. Sie hatte Angst.

»Wo ist er!?«, schrie er.

Als Yusuf ins Haus gehen wollte, sagte Ghaniyah schließlich: »Er ist auf dem Feld.« Sie zeigte in die Richtung, in die der Bauer gegangen war. »Ein paar Ziegen sind krank. Er ist dort mit dem Tierarzt.«

Außer sich, marschierte Yusuf übers Feld.

Ghaniyah sah ihm nach, ihr Herz raste. Sie lief rasch hinüber zu Yusufs Lastwagen. Die Kleider ihrer Tante waren auf der ganzen Ladefläche verteilt, das Seil hielt die Truhe nicht mehr an Ort und Stelle. Ihr Mund war ganz trocken. Yusuf hatte entdeckt, dass das Gift weg war. Er würde den Bauer zwingen, ihn zur Hütte zu führen, wo er das Gift versteckt hatte, wenn diesem sein Leben lieb war. Sie blickte Yusuf nach. Er war mittlerweile auf halbem Weg zu dem kleinen Hügel, wo sie den Bauern zuletzt gesehen hatte.

Sie schaute ins Führerhaus. Der Schlüssel steckte. Ghaniyah wusste, dass sie keine Wahl hatte, und holte ihren Koffer. In diesem Moment öffnete sich die Eingangstür des Hauses und das Mädchen kam heraus. Ghaniyah blieb wie angewurzelt stehen. Sie starrten einander einen Moment lang an. Dann sagte Ghaniyah: »Bleib im Haus.«

»Ich möchte mit dir gehen.«

»Nein, das geht nicht. Bleib im Haus. Bitte.«

Ghaniyah schnappte sich den Koffer und legte ihn auf den Beifahrersitz in Yusufs Lastwagen.

»Warte«, sagte das Mädchen und nahm einen Stock vom Boden.

Aber Ghaniyah hatte keine Zeit, zu warten. Sie kletterte hinters Steuer und schloss die Tür. Im Rückspiegel sah sie, wie das Mädchen neben dem Vorderrad des alten Lastwagens ihres Vaters auf den Boden kniete. Sie fragte sich, was das Mädchen dort machte, und stieg aus dem Lastwagen. Das Mädchen stach mit einem Ende des Stocks in den Reifen. Ghaniyah nahm ihr Messer und stach in den Hinterreifen. Die Luft entwich sofort.

Ghaniyah stand auf und blickte ängstlich übers Feld. Yusuf und der Bauer waren am Fuße des Hügels zu sehen. Sie waren auf dem Rückweg. »Schnell, geh wieder ins Haus!«

Ghaniyah wartete nicht, sondern setzte sich rasch hinters Steuer und startete den Motor. Yusufs Lastwagen erwachte zum Leben. Zum Glück hatte er eine automatische Schaltung. Sie drückte mit einem Fuß auf die Bremse, legte den anderen aufs Gaspedal und legte den Gang ein. Dann nahm sie den linken Fuß von der Bremse, trat mit dem rechten aufs Gaspedal, und der Lastwagen setzte sich abrupt in Richtung des Hauses in Bewegung. Ghaniyah riss entsetzt das Steuer herum und trat auf die Bremse. Sie wusste, dass sie rückwärts fahren musste. Endlich fand sie den Rückwärtsgang. Sie drehte das Steuer und drückte vorsichtig aufs Gaspedal. Das Fahrzeug setzte sich trotzdem schneller in Bewegung, als sie beabsichtigt hatte. Sie bemerkte, dass sie die falsche Richtung eingeschlagen hatte, und riss das Lenkrad herum.

Einen Augenblick später wurde die Tür auf der Beifahrerseite aufgerissen.

Ghaniyah schrie vor Schreck.

Das Mädchen kletterte ins Führerhaus und landete auf dem Koffer. »Beeil dich, sie kommen!«

Ghaniyah hatte keine Zeit, um mit dem Mädchen zu diskutieren, und drückte fest aufs Gaspedal. Der Lastwagen gehorchte und setzte sich in Bewegung. Plötzlich erfasste das Fahrzeug etwas am Boden. Ein metallenes Kreischen erklang.

»Was war das?«, schrie Ghaniyah.

»Der Roller des Tierarztes«, sagte das Mädchen grinsend.

Ghaniyah fluchte, bremste kurz.

»Das macht nichts«, sagte das Mädchen »Er ist kein netter Mann.«

Ghaniyah riss das Steuer in die andere Richtung, drückte mit dem Fuß aufs Gaspedal und bog in die staubige Straße ein.

KAPITEL 21

MP-5, Grüne Zone, Bagdad, Irak ~ Sonntag, 16. April ~ 07:11 Uhr

»Hey, hey, hey!«, schrie Gonz quer durch den Raum, als er im Licht der frühen Morgensonne aus dem Hintergrund des Marco-Polo-5-Gebäudes gestolpert kam.

Der unaufhörliche schrille Piepton hatte jetzt auch Peterson geweckt, der mit dem Kopf auf dem Schreibtisch eingeschlafen war. Er setzte sich sofort aufrecht hin, eine Wange voller Sabber. Nachdem sich seine Augen an die Helligkeit gewöhnt hatten, sah er eine blinkende Nachricht auf dem Bildschirm. Er fuhr sich mit der Unterseite seines Armee-T-Shirts übers Gesicht und klickte mit der Maus auf ein Icon.

»Ist das unser Mann!?«, schrie Gonz, als er sich seinen Weg zwischen den verschiedenen Tischen und Stühlen hindurchbahnte. Er hörte, wie McKay hinter ihm fluchte, und drehte sich um. Sie kickte mit ihrem Stiefel einen Stuhl weg, der an der Rückwand einer vorübergehend eingerichteten Arbeitsstation landete. Während Gonz die Nacht in einem Schlafsack auf dem Boden verbracht hatte, hatte McKay in einem kleinen Raum auf einem zusammenklappbaren Bett geschlafen.

»Ich glaube ja!«, sagte Peterson. Der Piepton hielt an.

»Was sagt er!?«

Heisman hatte den Alarm auch gehört und krabbelte unter Petersons Schreibtisch hervor, wo er auf dem Boden eingeschlafen war. Nun kniete er vor Petersons Schreibtisch und starrte auf den Bildschirm. Heisman wartete nicht, bis *Andrew* den Text übersetzt hatte, und schrie: »Er sagt: ›*Der Bauer ist tot. Alle sind tot. Auch Ghaniyah wird bald sterben.*‹«

Heisman rappelte sich auf. McKay kam leise von hinten. Sie rieb mit einer Hand ihr Schienbein, das sie sich am Stuhl gestoßen hatte. Der Computer piepste unablässig vor sich hin. »Schalt endlich den Alarm aus!«, bellte McKay. Peterson, der immer noch etwas benommen war, klickte auf ein Icon und der schrille Alarm verstummte. Peterson hatte den Alarm absichtlich so laut eingestellt, weil er befürchtete, dass sie die Nachricht sonst verpassen könnten.

Ein weiterer Piepton erklang, als *Andrew* die Übersetzung der Botschaft abgeschlossen hatte. Eine Box auf dem Bildschirm zeigte nun den englischen Text an: »*Der Farmer ist tot. Alle sind umgekommen. Ghaniyah wird auch bald sterben.*‹«

»Was soll ich antworten?«, fragte Peterson verzweifelt, seine Finger abwartend über der Tastatur.

»Moment«, antwortete Gonz.

»Wer ist dieser Bauer?«, fragte McKay.

»Scheiße«, murmelte Heisman. »Und wer sind ›alle‹? ›Alle sind umgekommen.‹ Wer ist damit gemeint?«

»Konzentriert euch darauf, was *nicht* gesagt wird«, sagte Gonz. »Er sagt, Ghaniyah werde bald sterben. Wenn sie sie hätten, wäre sie längst tot. Es sieht also danach aus, als ob sie ihnen entwischt ist. Denkst du nicht auch?«

»Ja«, sagte Heisman, und McKay nickte.

»Wir müssen irgendetwas antworten«, sagte Peterson ungeduldig.

»Ghaniyah ist also am Leben und hat das Rizin«, schlussfolgerte Heisman.

»Der Bauer war wahrscheinlich der Verkäufer des Rizins und dürfte entbehrlich gewesen sein«, bemerkte Gonz.

»Klingt logisch«, stimmte McKay zu.

»Wir müssen antworten«, wiederholte Peterson.

»Wir antworten, dass das Spiel zu Ende ist«, sagte Heisman. »Ghaniyah arbeitet für uns und nicht für al Mudtaji. Sie wird uns das Rizin bringen. Das ist alles. Game over.«

»Das soll ich schreiben?«, fragte Peterson. »Game over?«

Heisman dachte einen Moment nach. »Al Mudtaji hat Wörter gebraucht, die beim Schachspielen benutzt werden. Sagen wir also besser: ›Schachmatt. Game over. Ghaniyah arbeitet für uns. Wir haben das Rizin.‹«

»Haben wir aber nicht«, wandte McKay ein. »Wir haben keine Ahnung, wo es ist.«

»*Ich* weiß das, *du* weißt das«, erwiderte Heisman und gestikulierte mit den Händen. »Aber dieser Idiot weiß das nicht.«

»Verschaffen wir uns etwas Ellbogenfreiheit«, sagte Gonz. Er legte seine Hand auf Petersons Schulter. »Schreib: ›Schachmatt. Game over. Ghaniyah arbeitet für uns.‹«

Heisman stimmte zu. »Ja. Gut.«

Peterson tippte den Text und schielte über seine Schulter zu Heisman. »Okay?«

»Ja«, sagte Heisman. »Lass *Andrew* ran!«

Peterson drückte auf »Übersetzen« und der Text erschien umgehend auf Arabisch. Dann drückte er auf »Senden«.

»Ich will mehr über diesen Bauern erfahren«, sagte Gonz.

»Wenn wir fragen, wissen sie, dass wir nichts wissen«, sagte Heisman.

»Ghaniyah ist also irgendwo da draußen mit dem Rizin und die Männer ihres Bruders suchen nach ihr«, sagte McKay.

»Umso mehr Grund, dass wir sie vor ihnen finden müssen«, sagte Gonz.

Jadida, Irak ~ Sonntag, 16. April ~ 07:34 Uhr

Adnan saß am Küchentisch und starrte das Foto in der Zeitung an, auf dem er zu sehen war. Er hatte das Foto sofort erkannt – es war vor ein paar Jahren von einem Freund der Familie geknipst worden. Daneen hatte einen Abzug davon in einem hübschen Rahmen auf einen Beistelltisch in ihre Küche gestellt. Er hatte auch einen Abzug erhalten, aber Ghaniyah hatte ihn stibitzt, als sie eines Abends in seine Wohnung gekommen war und es in einer Küchenschublade voller Krimskrams gefunden hatte. Das Foto war sehr schmeichelhaft, und sie war entsetzt gewesen, dass er es einfach in eine Schublade gesteckt hatte.

Jetzt wurde das Foto der ganzen Welt präsentiert. Was hieß, dass man ihn nun auf der Straße erkennen würde. Aber er musste Arefs Wohnung verlassen, wenn er mit Daneen sprechen wollte. Er hatte das Bedürfnis, sowohl seine Schwester als auch ihren Mann zu sehen. Daneen könnte ihm dabei helfen, sich einen Plan auszudenken und Maaz zu überzeugen, ihm zu helfen. Das Foto auf der Titelseite hatte Maaz geschossen, was bedeutete, dass sein Schwager von Angesicht zu Angesicht mit einem von al Mudtajis Männern gestanden haben musste. Vielleicht hatte der Mann Maaz einen Tipp gegeben, was sie mit dem Rizin vorhatten. Wenn Adnan das herausfände, könnte er Ghaniyah vielleicht finden.

»Das ist alles?«, fragte Aref und füllte zwei Schalen mit heißem Getreidebrei.

»Das ist alles.« Adnan hatte die zwei Artikel gerade laut vorgelesen. Um Arefs Augenlicht war es nicht mehr zum Besten bestellt.

»Warum haben sie mich nicht interviewt? Ich wurde auch verhaftet.« Er stellte die Schalen auf den Tisch und gab Adnan einen Löffel.

Adnan lächelte. »Sei dankbar.«

»Denkst du, es stimmt? Dass eine Botschaft im Mund des Mannes versteckt war? Und das, was draufstand?«

»Ja«, sagte Adnan und nahm einen kleinen Bissen des heißen Getreidebreis.

»Sie glauben, du hast die Botschaft geschrieben?«

»Ich musste eine Schriftprobe abgeben. Ich denke, ich habe bestanden.«

»Weißt du, wer die Botschaft geschrieben hat?«

Adnan wusste es. Es gab keinen Zweifel, es musste Sharif gewesen sein. Aber zu Aref sagte er: »Nein.« Wieder schaute er auf die Titelseite der Zeitung. Der Mann auf dem Foto sah aus wie Sharif, aber er wusste, dass es jeder hätte sein können. Man sah den Mann bloß von hinten. Wenn er mit Maaz sprechen könnte, würde er es vielleicht erfahren.

»Nun, ich weiß, dass du es nicht geschrieben hast.«

»Ach ja? Woher willst du das denn wissen?«

Aref schob sich einen Löffel voll in den Mund und sagte: »Ich weiß es einfach«. Er wischte sich den Mund mit dem Handrücken ab. »Was wirst du tun?«

»Ich bin nicht sicher«, gab Adnan zu und schlang den inzwischen etwas abgekühlten Getreidebrei jetzt hastig herunter.

»Du kannst gerne mit mir kommen.«

»Ach ja?«

»Ich will mir einen Kabinettsminister anhören. Er hält eine Rede. Am Mittag. Ich will ihm mein Poster zeigen.«

Adnan nickte. »Es wird ihm bestimmt gefallen.«

»Du kannst mitkommen.«

»Ich glaube nicht.«

»Du kannst hierbleiben. Ich kaufe etwas zu essen ein. Ich ...«

»Nein, nein. Ich werde gehen.«

»Wohin willst du?«

»Es ist besser, wenn du das nicht weißt.«

Aref dachte einen Moment darüber nach und nickte dann. »Ich gebe dir etwas Geld.«

»Schon gut ...«

»Hast du Geld?«

Adnan schüttelte den Kopf.

Aref stand auf und ging zu einem Schrank voller Lebensmittel. Im hinteren Bereich war eine kleine Suppenschüssel versteckt. Er holte sie hervor, entfernte den Metalldeckel und fischte ein dickes Bündel Dinar heraus. Die Hälfte des Bündels reichte er Adnan.

»Nein, nein ...«

»Was du nicht brauchst, gibst du mir einfach später zurück.« Als Adnan keine Anstalten machte, das Geld zu nehmen, sagte Aref: »Ich habe keinen Sohn. Du bist wie ein Sohn für mich. Bitte.«

Daraufhin nahm Adnan das Geld an sich. Er wusste, er würde es brauchen.

»Du hast einen Plan, nicht wahr?«, fragte Aref.

Adnan lächelte. Es war kein richtiger Plan. Zuerst wollte er seine Schwester und seinen Schwager besuchen, ohne verhaftet zu werden. Dann dämmerte es ihm plötzlich. Das Foto in der Zeitung musste von Daneen sein, und das hieß, dass sie über seine Verhaftung Bescheid wusste. Die Zeitung wusste jedoch nichts von seiner Flucht, was bedeutete, dass Daneen es auch nicht wusste. Aber die Amerikaner wussten nur zu gut, dass er ihnen entwischt war. Hatten sie eine Verbindung zwischen ihm, Daneen und Maaz hergestellt? Wenn ja, überwachten sie seine Schwester und seinen Schwager? Und warteten nur darauf, dass Adnan auftaucht?

12 Kilometer südlich von Al Kut, Irak ~ Sonntag, 16. April ~ 08:57 Uhr

»Brauchen wir Benzin?«, fragte Ghaniyah und lehnte sich mit Blick auf den Tacho über das Mädchen, das in der Mitte der Bank im Führerhaus saß.

»Ist schon okay«, antwortete der Mann und behielt seinen Blick auf der Straße.

»Wie viel haben wir noch?«

»Fast einen halben Tank.«

»Wir halten an«, sagte Ghaniyah. »Meine Schwester braucht eine Pause. Und wir können auch gleich noch tanken.«

Der Mann nickte bloß. So weit, so gut, dachte Ghaniyah. Sie versuchte, eine bequemere Position zu finden, doch wegen des Koffers am Boden der Beifahrerseite gab es kaum Platz für ihre langen Beine. Sie betrachtete den Mann. Zuerst hatte sie gedacht, er sei sehr alt, vielleicht schon 70, aber inzwischen meinte sie, dass sein Gesicht vorzeitig runzlig geworden sein könnte. Er benahm sich jedenfalls nicht wie ein älterer Mann und schien recht glücklich, einfach fahren zu können.

Nachdem sie vom Bauernhaus geflohen waren, wollte sie zuerst zu einer Busstation gehen. Sie hätte das Mädchen zurückgelassen, ihm genug Geld gegeben, um ein Taxi nach Hause zu nehmen, und wäre in Richtung Bagdad aufgebrochen. Doch dann hatte sie sich erinnert, dass die Stadt Ash Shatrah gute 50 Kilometer weiter südlich lag. Neben der Tatsache, dass sie nicht nach Süden wollte, sondern nach Norden, war ihr die Idee, einen Bus zu benutzen, auch immer unvernünftiger vorgekommen, je länger sie darüber nachgedacht hatte. Einerseits würden sowohl der Bauer als auch Yusuf nach ihr suchen, und da sie den Bauern zuvor gebeten hatte, sie zur Busstation zu bringen, wäre dies der erste Ort, an dem sie nach ihr suchen würden. Zudem könnte sie nicht kontrollieren, wohin der Bus fuhr, wer einstieg und wer am Ziel auf sie wartete. Als sie den Dreh mit der automatischen Schaltung langsam heraushatte, hatte sie sich entschieden, weiter nach Norden zu fahren, und darauf spekuliert, dass sie schon irgendwie nach Bagdad gelangen würden.

Sie und das Mädchen hatten kaum miteinander gesprochen. Aber Ghaniyah erfuhr zumindest ihren Namen. Sie hieß Abasah. Als sie in der kleinen Stadt Ar Refa'i angekommen waren, zeigte das Mädchen mit dem Finger auf einen Mann, der an der Straße stand und ein Pappschild in Händen hielt, auf dem *Al Mahmudiyah* stand, eine Stadt südlich von Bagdad. Höflich hatte sie Ghaniyah darauf hingewiesen, dass es besser sei, wenn jemand anderes den Lastwagen fuhr. Daraufhin hatte Ghaniyah plötzlich auf die Bremse getreten, sodass der Lastwagen ins Trudeln kam und schließlich stehen blieb. Sie hatte Abasah gesagt, dass sie sich als Mutter und Tochter ausgeben sollten, die auf dem Weg nach Bagdad waren, um zu einem kranken Verwandten zu fahren. Ghaniyah wollte erklären, dass eigentlich der Cousin ihres Mannes hätte fahren sollen, aber krank geworden sei, und ihr Mann nun auf sie wartete. Abasah mokierte sich über das Mutter-Tochter-Szenario und bestand darauf, ihre Schwester zu sein.

Aber dem Mann schien das sowieso egal zu sein. Er hatte Ghaniyah einen gültigen Führerschein gezeigt und ihr einen kurzen Vortrag über die Gefahren gehalten, alleine den ganzen Weg nach Bagdad zu fahren. Er und Ghaniyah waren sich rasch einig geworden – er würde die beiden Frauen nach Bagdad fahren und Ghaniyah ihm das Geld für den Bus nach Al Mahmudiyah geben, plus ein kleines Honorar für seine Fahrdienste.

Der Mann hatte nur zwei Dinge bei sich: eine zusammengerollte Zeitung und einen kleinen Papiersack, in dem Ghaniyah seine Habseligkeiten vermutete. Das Pappschild hatte er kurzerhand auf die Ladefläche geschmissen und den Papiersack in der Truhe ihrer Tante verstaut, die ungefähr einen Meter von der Rückwand des Fahrerhauses abgeprallt war. Die Kleider ihrer Tante hatten alle nahe der Heckklappe gelegen und Ghaniyah hatte sie sorgfältig zurück in die Truhe gepackt. Dann hatte der Mann ihren Koffer mit großer Mühe auf den Boden der Beifahrerseite gezwängt. Er hatte freundlich angeboten, ihn ebenfalls in die Truhe zu legen, aber Ghaniyah hatte nachdrücklich geantwortet, dass dieser in ihrer Nähe bleiben müsse. Er hatte nur mit der Schulter gezuckt und sich hinters Steuer gesetzt.

Ein großes Tankstellenzeichen erschien, als sie die Autobahn gerade verlassen hatten. »Wir halten hier an«, sagte Ghaniyah.

Der Mann blinkte, sah über die Schulter und lenkte das Fahrzeug von der Überholspur auf die rechte Seite. Als sie hinter einem großen Lastwagen herfuhren, bemerkte Ghaniyah die zusammengerollte Zeitung auf dem Armaturenbrett.

»Darf ich kurz einen Blick in die Zeitung werfen?«

Der Mann nahm sich die Zeitung und reichte sie ihr. »Ich bin sowieso fertig, aber die Comics möchte ich noch lesen.«

»Sind sie gut?«, fragte Abasah.

»Manchmal.« Die Ausfahrt kam näher. Der Mann blieb auf der rechten Spur und blinkte.

Ghaniyah war überrascht, dass es sich bei der Zeitung um das *Iraq National Journal* handelte. Dieselbe Zeitung, in der auch ihr Foto schon gedruckt worden war – an dem Tag, nachdem sie den Kopf zum Checkpoint gebracht hatte. Es lief ihr kalt den Rücken hinunter, als sie die Schlagzeile las. »*Al Mudtaji warnt vor großem Attentat: Botschaft im Mund des enthaupteten Amerikaners gefunden.*«

»Haben Sie Geld?«, fragte der Mann Ghaniyah.

Aber sie antwortete nicht, sie war in die Zeitung vertieft.

»Er braucht Geld«, sagte Abasah freundlich. Als Ghaniyah immer noch nicht antwortete, zog das Mädchen an der Zeitung, bis Ghaniyahs Gesicht zum Vorschein kam. »Er braucht Geld.«

»Entschuldigung, wie bitte?«, fragte Ghaniyah in Gedanken versunken. Sie war derart vertieft in den Artikel, in dem sie Details zur Botschaft al Mudtajis sowie zur Verhaftung von Thamer und Adnan erfuhr, dass sie weder Abasah noch den Mann gehört hatte.

»Haben Sie etwas Geld?«, fragte der Mann. »Fürs Benzin.«

»Ich will ein Eis«, sagte Abasah.

Ghaniyah nahm ein paar Dinar aus ihrer Rocktasche. Überrascht bemerkte sie, dass ihre Hände zitterten, und versuchte, sie ruhig zu halten. Dann gab sie dem Fahrer das Geld und sagte: »Und bringen Sie bitte etwas Wasser mit.«

»Und ein Eis!«, beharrte Abasah.

Ghaniyah zuckte mit den Schultern und sagte: »Und ein Eis.«

»Super!«, rief Abasah vor Freude.

Ghaniyah blätterte die Zeitung durch. Auf einer Seite entdeckte sie plötzlich das Foto von Adnan. Es traf sie wie ein Blitz. Da war er und starrte sie an. Ihre Augen wurden feucht, als sie das Foto betrachtete. Sie erinnerte sich, dass sie eine gerahmte Kopie davon in ihrer kleinen Wohnung hatte. Sie staunte, wie attraktiv er aussah.

Tränen liefen ihr über die Wangen. Sie gelobte im Stillen, ihn wiederzusehen. Unbedingt. Allein schon deshalb, weil sie das Gift hatte.

Sie hielt nun alle Trümpfe in der Hand.

MP-5, Grüne Zone, Bagdad, Irak ~ Sonntag, 16. April ~ 09:02 Uhr

An Tagen wie diesen hasste Marineunteroffizier Michaels seinen Job. Alle Journalisten, sowohl die von den Printmedien als auch die von den Fernsehkanälen, hatten die Titelstory des *Iraq National Journal* gesehen und verlangten nun Antworten. Wurde tatsächlich eine Botschaft im Mund des enthaupteten Amerikaners gefunden? Stand darin, dass am Sonntag ein großes Attentat verübt werden sollte? War damit der heutige Tag gemeint? Und wenn ja, wo? Innerhalb der Grünen Zone? Im Hotel, in dem die Journalisten untergebracht waren? Welche Art Attentat? Eine Serie von Autobomben? Mörserbomben? Flugabwehrraketen auf ein Militärflugzeug? Ein ziviles Flugzeug?

Die Fragerei ging weiter. Zu viele Fragen, um sie zu beantworten, zu hartnäckig, um sie zu ignorieren. Dies hatte ihn zu Marco Polo 5 geführt, wo er einmal mehr mit dem Mann in Armeekleidung sprach, von dem er insgeheim vermutete, dass er von der CIA war.

»Es ist ganz einfach«, sagte Gonz zu ihm. »Da war nichts im Mund. Gar nichts.«

»Also, dann ...«

»Keine Botschaft. Kein Countdown heute. Kein großer Anschlag, zumindest wissen wir nichts davon.«

»Es ist also nur al Mudtaji ...«

»Der sein Ding macht«, beendete Gonz den Satz des Unteroffiziers. »Alle in Panik versetzen, obwohl es keinen Grund dafür gibt. Haben Sie verstanden?«

Der Marine nickte, obwohl es offensichtlich war, dass er Gonz nicht ganz traute.

»Keine Botschaft, kein Countdown«, wiederholte Gonz. »Wenn es einen Anschlag gibt, wissen wir nicht, was für einen, wir kennen das Ziel nicht, nichts. Also, keine Sondermeldung.« Gonz klopfte dem Marine auf die Schulter und ging zurück ins MP-5-Gebäude.

Zurück im sicheren Gebäude war Gonz alles andere als zuversichtlich. Obwohl Langley fest daran glaubte, dass innerhalb der nächsten 18 Stunden eine Rizin-Attacke stattfinden würde, hatten sie immer noch keine Ahnung, wo al Mudtaji das Gift einsetzen würde. Da das Gift leicht mit Nahrungsmitteln vermischt werden konnte, ohne dass man es schmeckte, hatte Heisman angeordnet, sämtliche Nahrungsmittel zu überprüfen. Das Leitungswasser wurde überwacht, da es plausibel war, dass al Mudtaji die Wasserversorgung der Stadt vergiften würde, so wie er es mit dem Brunnen der Tante in Basra getan hatte.

Gonz hatte bereits Soldaten an allen Bus- und Bahnstationen positioniert, die nach Bagdad führten, in der Hoffnung, Ghaniyah würde mit dem Rizin auftauchen. Kleinere Flughäfen waren ebenfalls in Alarmbereitschaft versetzt worden. Aber wer auch immer mit ihnen via Chatroom auf al Mudtajis Webseite kommuniziert hatte, war vage geblieben. So viel sie wussten, hatte al Mudtaji das Rizin und war gerade dabei, seinen Plan in die Tat umzusetzen.

»Es ist eingeschaltet!«, schrie Peterson. Seine Aufmerksamkeit war auf die zwei Laptops gerichtet, die hauptsächlich zur Rückverfolgung von Anrufen eingesetzt wurden. »Ihr Telefon! Es ist eingeschaltet!«

»Finde raus, wo sie ist!«, schrie Gonz und hastete durch das Zimmer. »Wenn sie jemanden anruft, mach die Nummer ausfindig!«

Heisman, der gerade mit dem Überwachungsteam vor Thamers Apotheke in Verbindung gestanden hatte, war zuerst an Petersons Seite. McKay kam ebenfalls zu ihm herüber. Alle starrten auf den Bildschirm. Da stand: »Telefonaktivierung aufgespürt ...« Einen Moment später folgte ein weiterer Text: »Anruf wird getätigt ...«

»Sie wählt ...«, sagte Peterson.

»Ich will die Nummer!«, bellte Gonz, der zum Tisch hinter Petersons Arbeitsstation gestürzt kam.

»Kommt gleich ... es gibt eine Verzögerung von sechs Sekunden«, sagte Peterson. »Okay! 4-4-1 ...«

Plötzlich erklang die 5. Sinfonie von Beethoven, laut und deutlich. Alle drehten sich um. Sichtlich überrascht, nahm McKay ihr Telefon vom Gurt. Der Klingelton füllte den Raum mit klassischer Musik.

»Bleib so lange wie möglich am Apparat!«, sagte Gonz zu ihr. »So lange wie möglich!« Er wandte sich Peterson zu. »Schalt mich rein!«

Peterson öffnete eine Irak-Karte auf dem Bildschirm, auf der kleine Icons zu sehen waren, die die zahlreichen Mobilfunkmasten darstellten. Danach gab er Gonz ein Headset, mit dem er den Anruf mithören konnte. Peterson bedeutete McKay, das Gespräch anzunehmen.

»McKay.«

Am anderen Ende der Leitung herrschte Totenstille. McKay sah Gonz besorgt an.

»Hallo? Hier spricht McKay.«

»Ich habe das Gift«, sagte Ghaniyah schließlich.

Gonz bedeutete ihr, das Gespräch hinzuhalten; sie nickte als Zeichen, dass sie verstanden hatte, und sagte: »Das dachten wir uns schon.«

»Es kann viele Menschen töten, das ist Ihnen bewusst, nicht wahr?«

»Ich glaube, Ihre Tante würde Ihnen beipflichten, ja.«

Wieder herrschte Totenstille. Gonz gestikulierte wie wild.

»Es tut mir leid wegen Ihrer Tante, Ghaniyah«, sagte McKay. »Das wissen Sie.«

Wieder Stille. Dann sagte Ghaniyah: »Ich schlage Ihnen einen Tauschhandel vor.«

»Wo sind Sie?«,

Ghaniyah fuhr fort, als hätte McKay nichts gesagt. »Der Tausch sieht folgendermaßen aus. Sie kriegen das Gift. Sie lassen Adnan laufen. Und Sie werden uns Dokumente ausstellen, die belegen, dass weder Adnan noch ich jemals mit dem Gesetz in Konflikt geraten sind oder auch nur verdächtigt wurden, das Gesetz zu brechen. Sie waschen uns rein, haben Sie verstanden?«

McKay schaute Gonz an, der ihr bedeutete, fortzufahren.

»50 Sekunden«, flüsterte Peterson aufgeregt.

»Wo sind Sie?«, fragte McKay erneut.

»Das ist der Deal. Haben Sie verstanden?«

»Ja, aber ...« Dann legte Ghaniyah auf.

»Sie hat aufgelegt«, schrie Peterson frustriert. »Nur noch eine Minute! Das ist alles, was ich gebraucht hätte! Nur noch 50 Sekunden!«

McKay starrte auf das Mobiltelefon. Das Gespräch war beendet.

»Hast du was?«, fragte Gonz Peterson und nahm sein Headset vom Kopf. »Irgendwas?«

»Kann nicht viel sein ...«, Peterson gab rasch ein paar Befehle ein. Die Karte veränderte sich. Ein Bereich südlich von Bagdad wurde vergrößert. Der Bereich fing an zu blinken. »Irgendwo zwischen der iranisch-irakischen Grenze gegen Osten und Najaf gegen Westen. Ihr Standort könnte zwischen der Al-Samawah-Region im Süden und der Stadt Al Mahmudiyah im Norden sein."

Gonz wandte sich McKay zu. »Ruf sie zurück. Behalte sie am Apparat. Sag ihr, wir akzeptieren ihre Bedingungen.«

»Aber wir haben Adnan nicht ...«, protestierte McKay.

»Ist mir egal! Behalt sie am Apparat! Ich will ihren Standort!«

McKay suchte in der Telefonliste nach Ghaniyahs Satellitentelefonnummer. Gonz setzte sich das Headset wieder auf. Beide hörten, wie das Telefon am anderen Ende klingelte. Und klingelte. Und klingelte.

»Zu spät«, sagte Peterson. »Das Telefon ist ausgeschaltet. Sie hat es wieder ausgeschaltet.«

»Scheiße!«, antwortete Gonz und warf das Headset auf den Schreibtisch.

KAPITEL 22

Jadida, Irak ~ Sonntag, 16. April ~ 09:40 Uhr

Als Adnan durch die Straßen der Stadt lief, die er kannte, seit er ein kleiner Junge war, musste er sich zwingen, langsam zu gehen. Er stützte sich auf dem Stock ab, den er von Aref geborgt hatte. Adnan hatte Arefs Wohnung mit dem Dishdasha und dem Kopftuch aus dem Krankenhaus verlassen und die gebeugte Haltung eines alten Mannes eingenommen. Die Hand zitterig auf dem Stock vermied er mit gesenktem Kopf jeglichen Augenkontakt.

Nicht weit von Arefs Wohnung entfernt, war er auf eine Patrouille der irakischen Sicherheitskräfte gestoßen. Mit dabei waren auch drei amerikanische Soldaten. Es hatte seine ganze Kraft gefordert, die zusammengesunkene Haltung beizubehalten und langsam an der Gruppe vorbeizuschlurfen. Sie hatten ihn nicht einmal beachtet.

Nun war er fast da. Nur noch einen Block weiter. Wieder musste er sich zwingen, langsam zu gehen. Er entschied sich für die schmale Gasse hinter dem Haus seiner Schwester, für den Fall, dass die Amerikaner das Haus bewachten. Er hatte sich wiederholt eingeredet, dass die Amerikaner ihn unmöglich mit Daneen in Verbindung gebracht haben konnten, aber es war trotzdem besser, vorsichtig zu sein.

Als er langsam um das Gebäude herumging, nahm er eine undeutliche Bewegung wahr, und etwas versetzte ihm einen

Schlag, der ihn zu Boden warf. Sein Stock flog in hohem Bogen durch die Luft. Adnan landete auf dem Rücken, sein Kopf schlug hart auf dem Gehsteig auf. Schmerz strahlte in seine rechte Schulter aus. Er dauerte einen Moment, bis er wieder atmen konnte. Neben sich nahm er unscharf eine andere Gestalt wahr. Ein Junge, der sich gerade aufrappelte. Schiere Todesangst war ihm ins Gesicht geschrieben, als er über seine Schulter blickte. Es war sein Neffe Faris. Der verängstigte Junge begann zu rennen und Adnan schrie: »Faris! Faris!«

Adnan stand langsam auf, sein Kopf schmerzte. Dann brüllte er nochmals: »Faris!«

Sein Neffe hielt an, kehrte um und kam vorsichtig näher. Unsicher. Adnan bemerkte, dass er sein Kopftuch verloren hatte, und hob es rasch vom Boden auf. Zusammen mit dem Stock.

»Onkel Adnan?«

Adnan nickte mürrisch und stülpte sich das Tuch wieder über den Kopf. »Was zum Teufel ...?«

»Du musst helfen! Da sind Männer mit Pistolen!«, stieß Faris verzweifelt aus.

Jetzt hatte er Adnans ganze Aufmerksamkeit. »Was?«

»Maskierte Männer! Mit Pistolen! Im Haus!«

Adnan schwirrte der Kopf. Maskierte Männer? Das konnten keine amerikanischen Soldaten oder irakischen Sicherheitskräfte sein. »Wo sind deine Eltern?«

»Da drin! Sie sind hereingekommen! Vier Männer! Alle maskiert! Haben Vater gefesselt! Und Mutter auch!«

»Schhh!« Adnan zog ihn am Ärmel um die Ecke auf die Straße. Glücklicherweise war niemand da. »Ganz ruhig. Erzähl mir alles noch mal von vorn.«

»Sie haben Maschinenpistolen! Einer hat ein langes Messer!«

»Halt. Stopp«, sagte Adnan fest. »Wo bist du gewesen, als diese Männer kamen?«

»Bei Naad.«

Adnan nickte. Er wusste, dass Naad der beste Freund seines Neffen war, ein Junge, der auf der anderen Seite der Gasse wohnte. Daneen und dessen Mutter waren befreundet.

»Mutter und Vater wollten jemanden treffen«, sagte Faris aufgeregt. »Einen Journalisten. Er wollte mit ihnen über dich sprechen. Ich bin hinüber zu Naad gegangen. Ich wollte ihn fragen, ob Badr und ich bei ihm bleiben können. Dann bin ich zurück nach Hause. Ich wollte gerade zur Tür hinein, als ich Vater schreien hörte …« Faris schnappte nach Luft.

»Alles ist gut«, sagte Adnan zu ihm. »Alles ist gut …«

»Vater ist gefesselt! Mutter auf dem Boden. Sie hat Badr, ihre Füße sind gefesselt, hier …«, sagte er, beugte sich nach vorn und zeigte auf seine Knöchel.

»Okay, okay.« Adnan konnte es nicht glauben und hatte Mühe, klar zu denken. »Haben sie dich gesehen? Die Männer?«

Faris schüttelte den Kopf.

»Bist du sicher?«

Faris nickte und schnappte weiter nach Luft. »Ich konnte durch den Zaun sehen. Da ist ein kleines Loch, erinnerst du dich?«

Adnan nickte. Er erinnerte sich. Der Holzzaun im Hinterhof hatte ein faustgroßes Loch, vielleicht einen Meter über dem Boden. Er wusste es, weil er und Faris etwa ein Jahr zuvor das Loch aus Spaß mit Lehm ausgefüllt hatten. Natürlich hatte der Lehm nicht gehalten. Von dort konnte man durch die gläserne Schiebetür ins Wohnzimmer sehen, wenn die Vorhänge nicht zugezogen waren.

»Okay, das ist jetzt wichtig. Was hast du gehört? Was haben die Männer gesagt?«

»Sie haben gesagt, du seist geflohen, und sie wollten wissen, wo das ... wo das R-R-Ricon ...«

»Rizin?«, fragte Adnan.

»Ja! Sie wollen das Rizin wiederhaben! Sie haben gesagt, du und eine Frau, ihr hättet es gestohlen. Sie wollen es wiederhaben.«

In Adnans Kopf drehte sich alles. Ghaniyah hatte das Rizin? Wie war das möglich? Für einen kurzen Moment fragte er sich, ob sie es für ihre eigenen Zwecke benutzen wollte.

»Sie haben gesagt, sie töten Badr zuerst! Wenn du ihnen nicht dabei hilfst, es wiederzubekommen.«

Adnan versuchte, einen klaren Gedanken zu fassen, aber er schaffte es nicht. Wie konnte al Mudtaji von seiner Flucht wissen? Dann dämmerte es ihm. Er hatte Männer innerhalb der irakischen Sicherheitskräfte. Die Amerikaner hatten bestimmt die Sicherheitskräfte über seine Flucht informiert, um sicherzugehen, dass alle verfügbaren Männer nach ihm suchten. Aber was Faris sonst noch sagte, ergab keinen Sinn. »Sie warten also auf mich? Dass ich ins Haus komme?«

Faris nickte und blinzelte die Tränen zurück. »Oder Mutter soll dich anrufen. Oder dich suchen. Ich weiß nicht genau. Ich weiß nicht ...«

»Okay«, antwortete Adnan ruhig. »Was hat deine Mutter gesagt?«

»Nichts. Nichts, das ich gehört hätte.«

»Und dein Vater?«

»Er sagte, du seist nicht mehr Teil dieser Familie. Schon seit Jahren nicht mehr.« Tränen liefen über Faris' Gesicht. »Einer der Männer hat ihm dann ins Gesicht geschlagen. Mit seinem Gewehr.«

Was hieß, al Mudtaji wusste Bescheid. Aber wie? Hatte er Adnan nachspionieren lassen? Von Anfang an? Er zermarterte sich sein Hirn. Er hatte nur ungefähr eine Woche mit al Mudtaji zu tun gehabt. Aber er und Daneen aßen jeden Mittwochmittag zusammen. Jeden Mittwoch, ohne Ausnahme. Al Mudtaji musste ihn beobachtet und so von Daneen erfahren haben.

»Hör zu, Faris«, sagte Adnan und legte ihm die Hand auf die Schulter. »Du weißt, wo dein Vater arbeitet? In der Redaktion?«

Faris nickte.

»Okay, ich will, dass du dorthin gehst. Jetzt gleich. Beeil dich. Du sagst den Leuten dort, was hier passiert ist, okay? Such nach einem Journalisten namens Duqaq ...«

»Ich kenne ihn!«

»Gut. Sehr gut. Sag ihm, was hier passiert ist. Du erklärst ihm, dass die Männer das Rizin wollen und dass ich es nicht habe. Ich weiß nicht, wo es ist. Sag ihm, er soll die Amerikaner rufen. Nicht die irakischen Sicherheitskräfte, hast du verstanden? Das musst du ihm sagen und ...«

»Und was ist mit dir?«, unterbrach ihn Faris nervös. »Was wirst du tun?«

»Ich weiß nicht«, sagte Adnan ehrlich. »Ich weiß es nicht.«

14 Kilometer südlich der Stadtgrenze von Bagdad, Irak ~ Sonntag, 16. April ~ 10:05 Uhr

Ghaniyah betrachtete den Mann, wie er den Lastwagen nur mit der rechten Hand steuerte. Die Linke hielt er auf seinem Schoß. Sie waren nun fast innerhalb der Stadtgrenze und sie würde ihn noch eine Weile brauchen. Aber würde er sich einverstanden erklären? Schließlich nahm sie allen Mut zusammen und sagte: »Wir werden wahrscheinlich ein paarmal anhalten müssen.«

Der Mann schaute sie an. Sie hatte ihren linken Arm um Abasah gelegt, die nach dem zweiten Eis eingeschlafen war, und sah zu ihm hinüber.

»Bevor ich zu meinem Mann gehe«, sagte Ghaniyah erklärend.

Der Mann schien nachzudenken. »Wie lange wird das dauern?«

»Ich weiß nicht genau.«

»100 Dinar mehr und ich fahre Sie überall hin.«

Ghaniyah war erleichtert. Sie konnte seine Bedingung leicht erfüllen. In Yusufs Handschuh waren fast 1.000 Dinar versteckt. Zudem hatte sie ein paar Stunden zuvor überprüft, ob der Handschuh immer noch im Fach des Lastwagens war. Und sowohl der Handschuh als auch das Geld waren da. »50«, sagte sie.

»100.«

»75.«

Der Mann grinste sie an. »75.«

Ghaniyah nickte zufrieden. Dann sagte sie: »Bitte halten Sie an.«

Der Mann schaute sie verdutzt an. »Haben Sie Hunger?«

Ghaniyah wusste, dass er damit auf höfliche Art fragte, ob sie auf die Toilette müsse. »Bitte verlassen Sie einfach die Schnellstraße und halten Sie an.«

Der Mann schaute sie nochmals verwundert an, tat dann aber, was sie ihm sagte, und nahm die nächstmögliche Ausfahrt, die in einer Rechtskurve auslief. An der Ecke weiter vorne war eine Tankstelle mit ein paar Läden daneben.

»Halten sie da vor der Tankstelle an.«

Der Fahrer gehorchte. Als er den Wagen geparkt hatte, schaltete er den Motor aus und kurbelte das Fenster auf der Fahrerseite herunter.

»Nein, lassen Sie den Motor laufen. Und das Fenster oben, bitte.«

Wieder tat der Fahrer, was von ihm verlangt wurde. Da der Lastwagen nicht mehr fuhr, wachte Abasah auf und sah verschlafen um sich.

»Bitte steigen Sie für einen Moment aus dem Wagen. Ich muss jemanden anrufen.«

Der Mann wusste, dass sie ein Mobiltelefon hatte. Als sie außerhalb von Al Kut getankt hatten, wollte Abasah ihr Eis unbedingt selber auswählen. Ghaniyah ließ sie gehen und hatte spontan entschieden, die amerikanische Ärztin anzurufen. Der Mann hatte gesehen, wie sie telefonierte, als er mit dem Mädchen aus dem Laden kam, aber Ghaniyah hatte das Gespräch beendet, bevor er die Tür öffnete. Er hatte gesehen, wie sie das Telefon in ihre Rocktasche gesteckt hatte.

»Und leihen Sie mir bitte Ihre Uhr?«

Nun war der Mann sichtlich überrascht und starrte sie an.

»Bitte. Sie bekommen sie gleich zurück.«

Widerwillig nahm der Mann seine schweißnasse Uhr vom Handgelenk und gab sie Ghaniyah. Der Lastwagen hatte zwar eine Uhr auf dem Armaturenbrett, aber Ghaniyah war sich nicht sicher, wie präzise sie war. Die beiden Uhren zusammen gaben ihr ein Gefühl der Sicherheit. Sie hielt sich damit an die eiserne Regel al Mudtajis, nach der seine Männer nie länger als drei Minuten telefonieren durften. So konnte der Anruf nicht zurückverfolgt und ihr Standort nicht ausfindig gemacht werden.

»Fünf Minuten«, sagte Ghaniyah zu ihm. »Das ist alles.«

Der Mann nickte und stieg aus dem Lastwagen. Ghaniyah nahm ihr Mobiltelefon hervor und schaltete es ein. Sie schaute auf die Uhr, die sie in ihren Schoß gelegt hatte, und startete den Countdown.

»Sieht aus wie das von meinem Vater«, sagte Abasah.

»Schh.«

Mit zitternden Fingern wählte Ghaniyah dieselbe Nummer wie zuvor. Dieses Mal nahm die Ärztin nach dem zweiten Klingeln ab.

»McKay«, sagte die Ärztin.

»Ich will mit Adnan sprechen.«

»Wo sind Sie, Ghaniyah …?«

»Lassen Sie mich mit ihm sprechen!«

Es folgte ein Moment der Stille. »Er wurde gestern verletzt. Es gab einen Raketenangriff in der Grünen Zone und …«

»Ich hab's gesehen«, antwortete Ghaniyah knapp. »Er ist zu einem Krankenwagen gelaufen. Ich habe ihn gesehen. Es geht ihm gut. Lügen Sie mich nicht an oder das Gift geht zurück an meinen Bruder.«

»Nein, nein, hören Sie …«

Ghaniyah starrte auf die Uhr. Der Minutenzeiger schritt voran. »Eine Stunde. Ich rufe Sie in einer Stunde wieder an. Dann will ich mit ihm sprechen.«

Sie legte auf. Ihr Herz raste. Sie schaltete das Telefon aus.

»Wer war das?«, fragte Abasah.

»Das spielt keine Rolle.«

»Was ist mit Papa? Rufen Sie meinen Papa an?«

»Nein, nicht jetzt.«

»Können Sie ihn nicht bitte anrufen? Er ist bestimmt wütend.«

»Später. Ich verspreche es. Später.« Sie sah, wie der Mann sie von draußen durch die Fensterscheibe beobachtete. Sie bedeutete ihm, hereinzukommen.

Er stieg ein und setzte sich wortlos hinters Steuer. Als er mit seiner Hand gestikulierte, gab sie ihm seine Uhr zurück.

»Ich werde sie nochmals brauchen«, sagte Ghaniyah zu ihm.

Aber er antwortete nicht. Er schaute sie lange an und schnallte sich die Uhr wortlos ums Handgelenk. Dann fuhr er los in Richtung Autobahn.

MP-5, Grüne Zone, Bagdad, Irak ~ Sonntag, 16. April ~ 11:01 Uhr

McKay ging neben Petersons Schreibtisch auf und ab. Sie fühlte sich wie ein Teenager, der beim Weihnachtsessen an den Kindertisch gesetzt wird, obwohl er sich alt genug fühlt, um bei den Erwachsenen zu sitzen. Sie schaute auf den Bildschirm von Petersons Hauptcomputer, auf dem eine detaillierte Karte von Jadida angezeigt wurde, und murmelte: »Sie müssten schon längst dort sein. Wir sollten es auf dem Bildschirm haben.«

»Das Telefon ist immer noch ausgeschaltet«, sagte Peterson, nachdem er den Laptop zur Überwachung von Ghaniyahs Telefon überprüft hatte.

McKay erwartete auch nicht, dass Ghaniyah plötzlich ihr Satellitentelefon einschalten und ihre Position bekannt geben würde. Aber sie sagte nichts dazu. Stattdessen sagte sie: »Check bitte mal die Verbindung.«

Peterson drehte sich zum Hauptcomputer um und nahm ein Satellitentelefon vom Schreibtisch. »Hier spricht Marco Polo 5. Können wir den LVD kurz überprüfen?«

»Verstanden«, sagte Gonz. »LVD eingeschaltet.«

LVD steht für *Localized Video Display* und ist eine Liveschaltung mit präzisen GPS-Daten. Gonz hatte eine winzige

Kamera an der Armeejacke, die ihn als kleinen, springenden Punkt zeigte, als er zwischen zwei Geländewagen hindurchlief, die auf dem Bürgersteig geparkt waren. Am oberen rechten Rand des Bildschirms gaben die GPS-Koordinaten seine genaue Position bekannt.

McKay war erleichtert. Sie saß vielleicht am Kindertisch, aber zumindest konnte sie sehen, was bei den Erwachsenen vor sich ging, und sie konnte ebenfalls sehen, dass sie sicher vor Ort waren. Zumindest bis jetzt.

Heisman war kurz auf dem Bildschirm zu sehen, als er an Gonz vorbeiging. Dann wechselte das Bild auf eine Glastür mit einem verschnörkelten arabischen Schriftzug. Heisman öffnete die Tür. Gonz ging zuerst hinein. Der Innenraum war zu sehen. Plötzlich wurde Petersons Bildschirm schwarz.

McKay wurde schlecht. Sie mussten in einen Hinterhalt geraten sein. Genau wie Gonz befürchtet hatte. Dann war das Bild plötzlich wieder da und zeigte das hektische Treiben in der Redaktion der Zeitung. Menschen an Schreibtischen. Es hätte irgendein Büro sein können.

Ein junger irakischer Mann näherte sich und sie hörten Gonz sagen: »Wir haben einen Termin bei Dr. Lami. Oberst K. C. schickt uns.«

»Folgen Sie mir bitte«, sagte der junge Mann.

Auf dem Bild war der junge Mann nun von hinten zu sehen. Gonz folgte ihm.

McKay dachte an den kleinen Jungen, der gesehen hatte, wie maskierte Männer seine Familie gefangen nahmen. Gonz hatte einen Anruf auf seinem Mobiltelefon erhalten, kurz nachdem Ghaniyah McKay zum zweiten Mal angerufen hatte. Der Anrufer war der bekannte amerikanische Journalist Oberst K. C., der erklärte, dass ein kleiner Junge mit einer merkwürdigen Geschichte über seinen Onkel zum *Iraq National Journal* gekommen sei. Sein Onkel sei derjenige, der in der Morgenausgabe der Zeitung abgedruckt worden war. Zudem erwähnte er das Rizin. Der Junge habe geweint und den Journalisten gesagt, dass sie die Amerikaner kontaktieren sollten und nicht die irakischen Sicherheitskräfte.

Der Oberst hatte immer noch die Visitenkarte von Gonz. Und nachdem Dr. Lami ihn um Hilfe gebeten hatte, entschied er sich, ihn anzurufen. Als professioneller Journalist wollte der Oberst natürlich überprüfen, ob die Geschichte mit dem Rizin stimmte. Gonz hatte nichts bestätigen oder bestreiten wollen, aber schlussendlich einigten er und der Oberst sich auf einen Kompromiss: Der Oberst würde während der nächsten 24 Stunden auf dem Laufenden gehalten werden und die Exklusivrechte an der Story erhalten. Im Gegenzug behielten sowohl Oberst K. C. als auch die irakische Zeitung die Geschichte so lange für sich. Der Oberst war einverstanden gewesen und wollte sie in der Redaktion treffen.

McKay hatte bereits ihre kugelsichere Weste angezogen, als Gonz ihr sagte, sie solle bleiben. Für den Fall, dass Ghaniyah anrief. Sie hatte argumentiert, dass ihr Mobiltelefon schließlich überall im Irak funktioniere, aber Gonz war besorgt, dass sie vielleicht in eine tödliche Falle laufen könnten. Er hatte deutlich gemacht, dass sie den Job zu Ende bringen müsste, wenn er und Heisman ausgeschaltet werden sollten. Aus Angst um seine Sicherheit und aus Wut darüber, dass man sie zurückließ, hatte sie darauf bestanden, dass Gonz zumindest einen LVD trug. Bei eingeschaltetem Mikrofon würden sie sogar mithören können.

Gonz war einverstanden gewesen und hatte sofort zwölf Marinesoldaten angefordert. Innerhalb von 30 Minuten war das Dutzend Marinesoldaten plus die zwei CIA-Männer auf dem Weg gewesen.

Jadida, Irak ~ Sonntag, 16. April ~ 11:04 Uhr

Gonz und Heisman wurden in ein geräumiges Büro geführt, wo ein kleiner Junge auf einem riesigen Ledersessel saß und auf einen Computerbildschirm starrte, auf dem der Standardbildschirmschoner von Microsoft mit den fliegenden 3D-Objekten zu sehen war. Bevor Gonz etwas sagen konnte, kam ein älterer Mann mit einem Tablett herein, auf dem etwas zu essen und ein Krug Wasser waren. Er trug einen Geschäftsanzug im westlichen Stil, teure Lederschuhe und eine Lesebrille auf der Nase.

»Dr. Lami?«, fragte Gonz.

Der Zeitungsbesitzer lächelte verlegen. »Er hat noch nicht gefrühstückt.« Er sah den Jungen an und sagte: »Faris, diese Männer sind hier, um zu helfen.«

Der Junge wandte seine Aufmerksamkeit langsam weg vom Computerbildschirm. Als er jedoch Heisman erblickte, machte er große Augen. Er konnte nicht aufhören, den schwarzen Mann anzustarren.

»Faris!«, schimpfte Dr. Lami.

»Hallo Faris«, sagte Heisman lächelnd auf Arabisch. »Mein Name ist Heisman.«

Faris starrte ihn weiter an, sichtlich verwirrt. »Sind Sie Araber?«, fragte der Junge auf Arabisch.

»Nein, Amerikaner.«

»Amerikaner?«

»Genau«, sagte Heisman mit einem Augenzwinkern. »Da bist du baff, was?«

Darauf bedacht, die Mission voranzutreiben, bedeutete Gonz Dr. Lami, mit ihm vor die Tür zu gehen.

Dr. Lami legte eine Hand auf die Schulter des Jungen, zeigte mit dem Finger der anderen Hand auf den großen schwarzen Mann und sagte: »Erzähl diesem Mann, was du mir erzählt hast. Okay?«

Faris sagte zu Heisman: »Sie sprechen aber komisch.«

»Das ist Saudi-arabisch«, sagte Heisman. »Weißt du, wo Saudi-Arabien liegt?«

Faris nickte langsam, ohne den Mann dabei aus den Augen zu lassen.

Draußen schloss Gonz die Tür hinter Dr. Lami und fragte leise: »Was können Sie mir sagen?«

Der Doktor nahm umgehend ein kleines Stück Papier aus der Innentasche seines Jacketts hervor. »Das ist die Adresse.« Der Text war auf Englisch und Arabisch geschrieben. »Es ist nicht weit. Fünf Minuten mit dem Auto. Nicht mehr.«

»Der Oberst sagte, die Familie des Jungen sei mit dem Mann verwandt, den wir befragt haben. Adnan Hanjour?«

Dr. Lami nickte. »Mein Fotograf, einer meiner Fotografen, ist sein Schwager.«

»Wie viele? Wie viele Personen wohnen dort?«

»Mein Fotograf, seine Frau und Faris.« Rasch fügte er noch hinzu: »Und ein Baby. Sie haben ein Baby.«

»Okay.«

Dr. Lami schaute Gonz fest an und sagte: »Stimmt es? Was der Junge sagt? Die Aufständischen suchen nach gestohlenem Rizin?«

»Das versuchen wir in diesem Moment gerade herauszufinden.«

Dr. Lami schauderte, nahm dann seine Brille von der Nase und reinigte sie mit einem Taschentuch. »Und die Verbindung zu diesem Mann?«

»Ich bin mir absolut sicher, dass er unschuldig ist. Aber er ist in Gefahr. Deshalb hatten wir ihn festgehalten.«

»Wegen des gestohlenen Rizins?«

Gonz nickte. »Okay.« Er wollte das Thema wechseln und fragte: »Waren Sie schon mal in seinem Haus? Haben Sie vielleicht einen Plan gesehen?«

»Nein, leider nicht. Aber Oberst K. C. schon. Und natürlich kann Faris helfen.«

Gonz nickte. Er schaute durch die Glastür zu Heisman und dem Jungen. Der Ex-Footballspieler lehnte sich über den Schreibtisch und zeigte auf ein Blatt Papier, auf dem Faris einen Plan aufzeichnete.

»Der Oberst sollte jeden Moment hier sein«, sagte Dr. Lami.

»Wir haben keine Zeit«, erklärte Gonz angespannt. »Entschuldigen Sie mich.« Er öffnete die Tür und blickte Heisman an. »Bist du so weit?«

Heisman nickte und nahm die Zeichnung. »Es geht los.« Er drehte sich zu dem Jungen um und sagte auf Arabisch: »Wir sehen uns später, okay?«

Der Junge nickte benommen und starrte dem großen schwarzen Mann nach, der raschen Schrittes zur Tür hinausging.

MP-5, Grüne Zone, Bagdad, Irak ~ Sonntag, 16. April ~ 11:18 Uhr

McKay schaute angespannt auf den Bildschirm. Sie konnte erkennen, dass Gonz nun rannte, denn das Bild sprang auf und ab. Zwei Marinesoldaten gingen ihm voraus eine Gasse hinunter. Man konnte das schwere Atmen der Männer und das Rascheln ihrer rund 15 Kilo schweren Ausrüstung hören. In McKays Ohren klang es wie der Ansturm einer Horde Elefanten. Sie machte sich Sorgen, dass al Mudtajis Männer sie bereits kommen hören konnten.

Peterson saß wie festgefroren vor dem Bildschirm und kaute nervös an seinen Fingernägeln. Das Bild war plötzlich wieder ruhig und man sah, wie sich ein Marinesoldat auf der anderen Seite der engen Gasse auf den Boden kniete und sich mit seinem Gewehr in Position brachte. Plötzlich krächzte das Funkgerät. Dann hörten sie Gonz flüstern. »Marco Polo 5, könnt ihr mich hören?«

McKay griff sich das Funkgerät. »Was gibt's, Gonz?«

»Nichts Neues?«, fragte Gonz. McKay wusste, dass Gonz wissen wollte, ob sie etwas von Ghaniyah gehört hatten.

»Negativ.«

»Verstanden, MP-5. Wir gehen rein.«

»Verstanden«, sagte McKay.

Gonz' Arm war auf dem Bildschirm zu sehen. Er zeigte den Männern, welche Position sie einnehmen sollten.

McKay starrte sorgenvoll auf den Bildschirm und kaute auf ihrer Unterlippe.

Dann klingelte plötzlich ihr Mobiltelefon.

KAPITEL 23

MP-5, Grüne Zone, Bagdad, Irak ~ Sonntag, 16. April ~ 11:21 Uhr

»Ghaniyah?«, rief McKay besorgt in den Hörer. Sie schaute nicht einmal aufs Display, um zu sehen, wer anrief. Ihr Blick blieb auf den Bildschirm gerichtet.

»Dr. McKay?«, fragte eine Männerstimme.

Sie war überrascht, eine fremde Männerstimme am anderen Ende zu hören. »Ja«, antwortete sie vorsichtig und starrte weiterhin auf den Marinesoldaten, der vor einem Holzzaun am Boden kniete, der, wie sie annahm, die kleine Terrasse des Zielobjektes umgab. Sie konnte sehen, wie er durch ein Loch im Zaun blickte. Gonz drehte sich um und McKay sah einen Marinesoldaten in Scharfschützenposition auf dem Dach auf der anderen Seite der Gasse hocken.

»Chadwick in Langley. Sind Sie immer noch live dabei?«

McKay mochte den Ton des Anrufers nicht und antwortete kurz angebunden: »Jawohl.«

»Wir haben die Verbindung verloren. Bitte rebooten Sie mit Kanal Delta, Bravo, Acht. Ich wiederhole, Kanal Delta, Bravo, Acht.«

McKay gab die Information umgehend an Peterson weiter, der froh zu sein schien, etwas anderes zu tun zu haben, als auf den Bildschirm zu starren. Nach ein paar Tastenschlägen sagte er: »Ist erledigt.«

McKay wiederholte: »Ist erledigt.«

»Ich krieg immer noch nichts ...«, sagte der CIA-Mann irritiert.

McKay seufzte. Sie wusste, dass die Vorschriften eine Liveübertragung nach Langley verlangten, sobald ein CIA-Agent einen LVD verwendete, aber sie bezweifelte, dass die Männer in den Anzügen in Washington D.C. Gonz und Heisman jetzt helfen konnten. Und ihr passte die Störung ganz und gar nicht.

»Sollte aber funktionieren«, antwortete Peterson und blickte sie über die Schulter an.

»Es sollte funktionieren«, wiederholte McKay ungeduldig, als sie sah, wie das Gatter zur Terrasse langsam geöffnet wurde. Gonz' Hand war auf der Klinke zu sehen. Er würde als Erster reingehen.

»Okay, okay. Es funktioniert wieder.« Damit beendete der Anrufer das Gespräch.

McKay legte das Telefon weg. »Es funktioniert wieder«, sagte sie zu Peterson.

Gonz trat langsam auf die Terrasse und sie konnte das sehen, was er sah – einen maskierten Mann, der im Inneren des Hauses vor der gläsernen Schiebetür stand. Sein Maschinengewehr war direkt auf Gonz gerichtet.

Jadida, Irak ~ Sonntag, 16. April ~ 11:22 Uhr

Gonz eröffnete das Feuer auf den maskierten Mann zur selben Zeit, als dieser eine Serie von Schüssen auf ihn abgab. Gonz fühlte einen gewaltigen Schlag gegen die Brust, der ihn zu Boden warf.

Er lag auf dem Rücken und starrte in den blauen Himmel, der von zahlreichen Telefonleitungen durchzogen war. Gonz hatte keine Ahnung, ob er den Terroristen getroffen hatte oder nicht. Sicher war nur, dass er kaum noch atmen konnte.

MP-5, Grüne Zone, Bagdad, Irak ~ Sonntag, 16. April ~ 11:22 Uhr

»Mein Gott«, stöhnte Peterson. Auf dem Bildschirm war nur der Himmel zu sehen, was bedeutete, dass Gonz rücklings auf dem Boden lag.

McKay sagte kein Wort. Sie hatte ihre Hände über Mund und Nase gelegt und starrte auf den Bildschirm, merkwürdig emotional unberührt. Sie überlegte kühl, dass zwei Tatsachen für Gonz sprachen: Es war ein Arzt im Team und er trug eine kugelsichere Weste. Aber wo war er getroffen worden? Am Bauch? Am Kopf?

Plötzlich war Heismans Gesicht zu sehen. Er beugte sich über Gonz und schaute besorgt. »Verdammtes Arschloch!« Heisman verschwand von der Bildfläche und man hörte ihn sagen: »Los! Los! Los!«

Es folgten weitere Schreie, aber die Worte waren nicht zu verstehen. McKay und Peterson warteten eine gefühlte Ewigkeit. Dann erschien Heisman erneut. Und blickte direkt in die Kamera.

»Hey Mann, bist du okay?«, fragte Heisman.

»Verdammt«, stöhnte Gonz.

Petersons Gesicht hellte sich auf. Er drehte sich zu ihr um und sagte: »Es geht ihm gut! Hören Sie das? Es geht ihm gut!«

Jadida, Irak ~ Sonntag, 16. April ~ 11:28 Uhr

»Sicher!«, hörte Gonz einen Marine im Haus rufen.

»Sicher!«, schrie ein anderer.

»Hey! Ich hab hier Überlebende!«, rief ein weiterer Marine.

Gonz hatte Mühe, sich aufzusetzen. Jemand war noch am Leben. Er zog seine Armeejacke nach oben, um die kugelsichere Weste zu begutachten. Die Patrone war direkt unterhalb seines Herzens stecken geblieben, was erklärte, weshalb er keine Luft mehr bekommen hatte.

»Alles klar?«, fragte Heisman.

»Prima«, brummte Gonz.

»Wahrscheinlich ein paar gebrochene Rippen.«

»Verdammt.«

»Hey, dir geht's besser als unserem Freund hier«, grinste Heisman. Gonz versuchte, aufzustehen, und Heisman half ihm mit einer einfachen Bewegung auf die Beine. Er legte seinen Arm schützend um Gonz, der für einen Augenblick taumelte.

Gonz konnte sehen, dass der Aufständische tatsächlich tot war. Sein Leichnam lag ausgestreckt vor der gläsernen Schiebetür.

»Der Schuss eines Scharfschützen, das sieht man«, sagte Heisman.

»Hier gibt's Überlebende!«, bellte eine Stimme erneut.

Gonz ging rasch ins Haus. Jeder Atemzug schmerzte, als würden sich hundert Nadeln in seine Rippen bohren. Heisman war direkt hinter ihm. Ein Marinesoldat zeigte in Richtung des Flurs. »Dort hinten.«

Als sie den engen Flur entlanggingen, konnten sie plötzlich ein Baby schreien hören. Einen Moment später betraten Gonz und Heisman das bescheidene Elternschlafzimmer. Ein Mann und eine Frau saßen auf dem Bettrand. Die Frau hielt ein Kleinkind in ihren Armen, dessen Beine grob mit einem Seil gefesselt gewesen waren. Sie war gerade dabei, die letzten Fetzen Klebeband von der Wange des Kleinkindes zu nehmen. Das Baby war offensichtlich ebenfalls geknebelt gewesen. Es kreischte protestierend, als die Mutter das Klebeband abriss. Ein Mann mit nacktem Oberkörper saß neben ihr, sein Gesicht voller Prellungen und Blut. Er war offensichtlich mit einer Pistole geschlagen worden. Der Arzt im Team kümmerte sich bereits um ihn.

»Können Sie uns sagen, was passiert ist?«, fragte Heisman auf Arabisch.

Die Frau blickte zu ihm hoch, sichtlich überrascht, von einem schwarzen Mann in ihrer Muttersprache angesprochen zu werden. Die Angst in ihren Augen war deutlich sichtbar. »Mein Sohn«, antwortete sie laut und übertönte das schreiende Baby. »Faris. Er ist erst neun ...«

»Ihm geht's gut«, antwortete Heisman rasch. »Ihm geht's gut. Er ist in der Redaktion.«

Der irakische Mann schaute Heisman überrascht an. Seine Frau schloss erleichtert die Augen. Tränen rannen über ihr Gesicht.

»Können Sie uns sagen, was passiert ist?«, fragte Heisman.

»Sie kamen herein ...«, erklärte die Frau. »Vier Männer ... Sie wollten meinen Bruder ...«

»Adnan«, sagte Heisman.

Sie schaute ihn erstaunt an und nickte. »Sie haben gesagt, er und Ghaniyah hätten etwas, das ihnen gehört.« Das Baby brüllte weiter. Die Frau schaukelte es beruhigend in ihren Armen. Heisman konnte an ihren Knöcheln und Handgelenken Striemen erkennen, die von Fesseln stammten.

»Wo ist Adnan?«

»Ich weiß es nicht ... Ich weiß es nicht ... Er kam hierher ... Er versuchte, die Männer davon zu überzeugen, mit ihm zu gehen. Er sagte den Männern, dass er es bald haben würde ... Dann haben sie uns gefesselt. Unseren Mund mit Klebeband überklebt.« Sie unterdrückte ein Schluchzen und schaute auf das laut weinende Baby.. »Sogar Badr ...« Sie schaute Heisman an. »Was sind das für Leute? Die so etwas mit einem Baby machen?«

»Wo ist Ihr Bruder?«

»Wir wissen es nicht«, antwortete der Mann aufgebracht. »Er hat damit nichts zu tun! Er ist unschuldig!«

»Das wissen wir«, antwortete Heisman ruhig. »Das wissen wir. Aber wir müssen ihn finden.«

»Sie sind weg«, erklärte Daneen und legte eine Hand auf Maaz‹ Arm. »Adnan ist mit drei Männern weggegangen. Einer ist hiergeblieben. Der Anführer, ein Mann mit einem Schwert, sagte zu Adnan, dass er uns umbringen werde, wenn Adnan nicht ... wenn er nicht ... das tut, was sie sagen ...«

Heisman drehte sich zu Gonz um und übersetzte. Nach einem kurzen Moment wandte sich Gonz an einen der Marinesoldaten: »Überprüfen Sie die Leiche. Suchen Sie nach einem Pager. Oder einem Mobiltelefon. Irgendetwas, womit man kommunizieren kann.«

»Alles klar«, sagte der Marine und verschwand eilig durch die Tür.

Gonz schaute Heisman an. »Wenn die Drohung echt war, wie hätte der Typ hier sonst erfahren sollen, dass er sie umbringen soll?«

»Kann auch eine leere Drohung gewesen sein.«

»Nein. Sie wollen das Rizin wiederhaben. Ihnen läuft die Zeit davon und sie sind verzweifelt.«

Heisman wandte sich an Daneen und wechselte ins Arabische: »Haben Sie ein Telefon?«

Die Frau nickte. »In der Küche ...«

Heisman sagte zu Gonz: »Sie haben ein Telefon. Wir könnten es anzapfen. Könnte sein, dass sie hier anrufen.«

Der Marinesoldat kam zurück. »Hab' ein Mobiltelefon gefunden.«

»Geben Sie her«, sagte Gonz, nahm das Telefon und überprüfte die Liste mit den ein- und ausgehenden Anrufen. Dann nahm er das Funkgerät vom Gurt. »McKay, Peterson, seid ihr da?«

»Wir sind ganz Ohr«, hörte er McKay antworten. Er kannte ihre Stimme so gut, er wusste, dass sie lächelte. Dann erinnerte er sich. Der LVD war eingeschaltet. Sie hatte also gesehen, wie er getroffen wurde, und war die ganze Zeit bei ihm gewesen. Der Gedanke daran tröstete ihn irgendwie.

»Kannst du ein paar Nummern überprüfen? Schau nach, ob sie aktiv sind und ob wir sie orten können.«

Jadida, Irak ~ Sonntag, 16. April ~ 12:04 Uhr

»Das ist idiotisch«, warf Sharif Adnan an den Kopf, während er im Raum auf und ab ging und dabei das Schwert am Griff hin und her schwenkte. »Die Amerikaner waren hier!«

»Ich wusste nicht, wo ich sonst hingehen sollte«, antwortete Adnan müde. Ironischerweise war das die Wahrheit. Er hatte al Mudtajis Männer von seiner Familie weglocken müssen. Das alte Lagerhaus war der einzige Ort, der ihm in den Sinn gekommen war. Er saß auf einer Kiste nahe der Stelle, an der der Amerikaner fünf Tage zuvor enthauptet worden war. Das getrocknete Blut auf dem Holzboden hatte sich bräunlich gefärbt.

Aber Adnan hatte nicht gewusst, dass das Lagerhaus aufgeflogen war. Sie hatten es bemerkt, als sie das Gebäude durch den Nebeneingang betraten. An die Wand war »2nd

Bn 5th« und »14. April« gepinselt – das Datum von vor zwei Tagen. Sharif war zornig geworden, als er das Zeichen des 2. Bataillons des 5. Marinekorps entdeckt hatte. Er hatte die zwei anderen Männer hineingeschickt, um die zwei Stockwerke des verlassenen Gebäudes zu durchkämmen. Aber das Gebäude war leer. Sharif und Adnan waren dann den beiden Männern in den Hauptraum im ersten Stock gefolgt, wo der Amerikaner Quizby seine letzten Stunden verbracht hatte.

Sharif war noch wütender geworden, als er erfuhr, dass die Marinesoldaten auch im Inneren des Gebäudes gewesen waren. Hier stand ebenfalls »2nd Bn 5th« an der Wand.

»Die Amerikaner waren hier!«, wiederholte Sharif verärgert und schwenkte sein Schwert vor der beschriebenen Wand. »Es ist nicht mehr sicher hier!«

»Dann geh.«

Sharif starrte Adnan hasserfüllt an. Schließlich fragte er: »Wo ist sie?«

Adnan erwiderte den wütenden Blick. »Sie wird kommen.«

Sharif streckte Adnan sein Mobiltelefon entgegen. »Ruf sie an.«

Adnan schüttelte den Kopf. »Kann ich nicht.«

»Ruf sie an!«

»Ich habe ihre Nummer nicht!«

»Das glaube ich dir nicht!«

»Wir treten über einen Mittelsmann in Kontakt.«

»Wer!?«

»Niemand, den du kennst.«

Sharif starrte Adnan an. »Ruf ihn an! Jetzt!«

»Das wird nicht funktionieren«, protestierte Adnan.

»Du rufst ihn an und sagst, dass ...«

»Das kann ich nicht! Es gibt festgelegte Zeiten, zu denen ich anrufen kann. Sonst sagen sie ihr, dass es vorbei ist. Und sie wird verschwinden.«

»Wann? Wann kannst du anrufen?«

Adnan wusste nicht, was er sagen sollte. Er wollte noch etwas Zeit gewinnen. Er schaute auf die Uhr und sagte: »In einer Stunde.«

»Ich glaube dir nicht«, sagte Sharif ruhig. Dann richtete er plötzlich sein Schwert auf Adnan. Die Spitze bohrte sich schmerzhaft in seinen Hals. »Du musst einen Alternativplan haben. Für den Notfall.«

Die Klinge durchstach die Haut unterhalb seines Kehlkopfes. Adnan konnte fühlen, wie ihm das Blut am Hals herunterlief.

MP-5, Grüne Zone, Bagdad, Irak ~ Sonntag, 16. April ~ 12:23 Uhr

Peterson war damit beschäftigt, letzte Anpassungen auf seinem Laptop vorzunehmen. Die fünf verschiedenen Telefonnummern, die Gonz ihnen gegeben hatte, waren nun im System eingespeist, zusammen mit Ghaniyahs Nummer. Bisher schien kein einziges Telefon eingeschaltet zu sein. Er runzelte die Stirn. »Wenn Ghaniyah weiß, dass sie nicht mehr als drei Minuten telefonieren darf, könnte dies eine furchtbare Zeitverschwendung sein.« Peterson schaute McKay an, die auf einem Stuhl saß und ihren Tee schlürfte. »Wenn sie es weiß, können Sie wetten, dass es alle wissen. Sie schalten das Telefon ein, geben kurze Befehle durch und schalten es wieder aus. Und wir werden mit leeren Händen dastehen.«

McKay antwortete nicht. Plötzlich ertönte das Warnsystem des Gebäudes. Einen Moment später kam Gonz herein. McKay und Gonz schauten sich für einen Moment in die Augen. Dann sah Gonz Peterson an. »Verfolgst du alle Nummern?«

Peterson nickte. »Ja, Sir. Sieht aber so aus, als wären sie alle ausgeschaltet.«

Gonz hatte sein Shirt in Tarnfarben bereits ausgezogen und streifte nun die kugelsichere Weste ab. McKay ging zu ihm hinüber.

»Es geht mir gut«, sagte Gonz und winkte ab. Aber McKay stand vor ihm und wartete.

Heisman kam herein. Er hatte zwei große Wasserflaschen dabei, stellte sie ab und riss sich die kugelsichere Weste vom Leib. Gonz entfernte behutsam seine Weste. Der Schmerz stand ihm ins Gesicht geschrieben. Sein T-Shirt darunter war komplett durchnässt. Heisman stellte eine der Flaschen auf den Schreibtisch vor Gonz.

»Zieh dein T-Shirt aus«, sagte McKay zu Gonz.

»Hast du etwas von Ghaniyah gehört?«, fragte Gonz und griff nach der Wasserflasche.

»Sie sagte, sie werde in einer Stunde anrufen.« Sie schaute auf die Uhr. »Das war etwa um 10 Uhr. Also ist sie wie viel zu spät? Zweieinhalb Stunden. Zieh das T-Shirt aus.«

Gonz ignorierte die Aufforderung, nahm den Deckel von der Flasche und trank gierig einen großen Schluck.

»Der nächste Krieg sollte irgendwo stattfinden, wo es kühl ist«, sagte Heisman. Wie bei Gonz war sein T-Shirt unter der schweren Weste schweißnass.

»Immer wieder Russland«, sagte Gonz.

»Das T-Shirt«, sagte McKay streng zu Gonz.

Gonz gehorchte endlich, zog sich das T-Shirt über den Kopf und hervor kam sein gut gebauter Oberkörper. Ein hässlicher Striemen verlief unterhalb seiner linken Brust. McKay tastete ihn vorsichtig ab. Gonz versuchte, die Berührung so gut wie möglich zu ignorieren, und schaute Peterson an. »Können wir diese Nummern nicht anrufen? Heisman soll sprechen.«

»Sie sind nicht eingeschaltet«, antwortete Peterson. »Man erreicht höchstens einen Anrufbeantworter. Wenn überhaupt einer aktiviert ist.« Er seufzte. »Ich hasse es, warten zu müssen.«

Er war nicht der Einzige. Das gesamte Team war frustriert. Die Wahrheit war, dass niemand genau wusste, wie sie mit Ghaniyah umgehen sollten, wenn sie überhaupt zurückrufen sollte. Wenn sie ihr die Wahrheit sagten, dass al Mudtaji Adnan entführt hatte, würde sie direkt zu ihrem Bruder gehen, um ihn zu retten. Was vermutlich zur Folge hätte, dass sie beide umgebracht werden würden und das Rizin wieder in al Mudtajis Händen wäre.

Die Marinesoldaten hatten Adnans Familie in ein Krankenhaus gebracht und würden bis zu ihrer Entlassung bei ihnen bleiben. Anschließend würde man sie in die Grüne Zone bringen und rund um die Uhr beschützen.

Heisman sah Gonz an. »Wir könnten versuchen, sie in diese Richtung zu locken. Eine Nachricht hinterlassen.«

»Das wäre eine Idee«, war Gonz einverstanden.

»Wir wissen allerdings nicht, *ob* sie überhaupt einen Anrufbeantworter haben«, erwiderte Peterson ungeduldig. »Und *wenn* sie einen haben, *ob* sie ihn überhaupt abhören und *wann*.«

»Die sechste Rippe ist wahrscheinlich gebrochen«, sagte McKay endlich. »Wir müssen röntgen.«

»Wird nichts bringen«, spottete Gonz. »Wenn die Rippe gebrochen ist, können wir sowieso nichts tun.« Wieder schaute er Peterson an. »Wir haben die beste Technologie weltweit. Und wir haben diese sechs Nummern.«

»Was uns nichts bringt, wenn niemand das Telefon benutzt«, erwiderte Peterson.

»Und? Hast du eine Idee?«

Peterson schien darüber nachzudenken. Schließlich sagte er: »Unsere beste Chance ist Ghaniyah. Sie muss einfach noch mal anrufen.«

»Ja, aber sie stoppt die Zeit«, sagte McKay. »Sie ruft nie länger als drei Minuten an.«

»Dann lügen Sie sie an«, sagte Peterson. »Erzählen Sie ihr etwas über ihren Freund, dann vergisst sie, aufzulegen. Oder will unbedingt mehr wissen und ignoriert die Drei-Minuten-Regel.«

»An was denkst du dabei?«, fragte Gonz.

»Ich weiß nicht.«

»Ganz einfach«, sagte Heisman. »Sag ihr, dass Adnan wegen des Rizins vor Gericht gestellt wird, dass wir über ihre Vergangenheit mit den anderen Chemikern, die das Rizin hergestellt haben, Bescheid wissen, und dass wir glauben, er sei der Anführer. Sie wird seine Unschuld beweisen wollen und zu uns kommen.«

McKay schüttelte den Kopf. »Sie ist clever. Sie weiß, dass wir ohne Beweise nichts tun können. Wenn sie das Rizin hat, hat *sie* die Beweise. Das wird sie nur noch mehr von uns distanzieren.«

»Das glaube ich auch«, sagte Gonz.

»Ich hab's«, sagte Peterson plötzlich. »Sie weiß, dass ihr Freund beim Raketenangriff verletzt wurde, nicht wahr?« Aufgeregt schaute er McKay an. »Sie haben es ihr gesagt, aber das ist alles, was sie weiß. Sie hat aufgelegt und gesagt, sie rufe zurück. Wenn sie zurückruft, sagen Sie ihr, Adnan sei im Krankenhaus mit einem Schädel-Hirn-Trauma. Oder im Koma.« Niemand sagte ein Wort, also fragte Peterson: »Er könnte theoretisch im Koma liegen, nicht wahr?«

»Ich denke schon ...«

»Du bist die Ärztin. Sprich wie eine. Sag ... er sei im Krankenhaus. Er sei im Koma, könne nicht sprechen.«

McKay und Gonz sahen sich an. McKay grinste Peterson an. Für einen Computerfreak war er ziemlich clever.

Bagdad, Irak ~ Sonntag, 16. April ~ 12:56 Uhr

Ghaniyah öffnete die Tür zum Lastwagen, stieg auf den Beifahrersitz und stellte ihre Füße auf den Koffer. Sie hatte dem Fahrer die Schlüssel abgenommen, als sie ein paar Minuten zuvor auf dem Parkplatz eines kleinen Cafés angehalten hatten. Da Abasah Hunger hatte und Ghaniyah unsicher war, wohin sie in dieser riesigen Stadt gehen sollten, hatte sie entschieden, dass es vernünftig wäre, eine Pause zu machen und etwas zu essen zu besorgen. Ghaniyah wollte sich auch unbedingt erleichtern und war auf die Toilette gegangen. Sie hatte die Beutel mit dem Gift eigentlich nicht unbeaufsichtigt lassen wollen, aber sie wusste, dass sie in einem Restaurant nicht mit einem Koffer auf die Toilette marschieren konnte. Es würde zu viel Aufmerksamkeit erregen. Also hatte sie die Schlüssel genommen und den Lastwagen abgeschlossen.

Während sie auf der Toilette gewesen war, hatten der Fahrer und das Mädchen an einem Tisch Platz genommen. Abasah hatte noch nie zuvor in einem Restaurant gegessen und hatte den Fahrer aufgeregt mit Fragen gelöchert. Wie viele Köche gibt es? Wie weiß das Restaurant, wie viele Lebensmittel es braucht? Was, wenn alle Gäste gleichzeitig dieselbe Mahlzeit bestellen? Was passiert dann?

Ghaniyah hatte dem Fahrer etwas Geld gegeben und ihn gebeten, für sie etwas zum Mitnehmen zu bestellen – sie würde im Lastwagen warten – und hatte ihn nochmals um seine Uhr gebeten. Obwohl sie McKay gesagt hatte, dass sie innerhalb einer Stunde zurückrufen würde, waren mittlerweile bereits fast drei Stunden vergangen. Sie hatte der Ärztin absichtlich mehr Zeit gegeben in der Hoffnung, dass sie dann endlich mit Adnan sprechen konnte.

Sie schaltete das Satellitentelefon ein und wählte erneut dieselbe Nummer. Während sie den Minutenzeiger auf der Uhr verfolgte, nahm McKay bereits nach dem ersten Klingeln ab und sagte: »Hier McKay.«

Ghaniyahs Herz raste. »Wo ist er?«

»Ghaniyah?«

»Wo ist Adnan?«

»Im Krankenhaus«, sagte McKay mit ruhiger Stimme. »Es gab gestern ein Attentat in der Grünen Zone.«

»Ja, ja«, sagte Ghaniyah herablassend. »Ich habe es im Fernsehen gesehen.«

»Und Sie haben gesehen, wie Adnan in den Krankenwagen ...?«

»Ja, das habe ich Ihnen doch bereits gesagt«, meinte sie ungeduldig.

»Er hat eine Kopfverletzung, Ghaniyah. Eine schwere Kopfverletzung.« Nachdem einen Moment Stille geherrscht hatte, fuhr die amerikanische Ärztin fort: »Haben Sie das Blut auf seinem Hemd gesehen? Das war von der Kopfverletzung. Er wurde ins Krankenhaus gebracht, wo man die Wunde genäht hat, aber die Verletzung war schlimmer als ursprünglich gedacht. Er hat ein sogenanntes Schädel-Hirn-Trauma.«

Die Ärztin sprach weiter, aber Ghaniyah hatte sie plötzlich ausgeblendet. Ihre Gedanken rasten. Schädel-Hirn-Trauma? Was bedeutete das?

Dann hörte sie: »Ghaniyah, sind Sie noch dran?«

»Er ist im Krankenhaus?«, stieß Ghaniyah endlich hervor.

»Ja, und das noch eine ganze Weile. Kopfverletzungen sind sehr kompliziert, ich will Sie nicht anlügen. In seinem

Fall war es ein Subduralhämatom ... Er blutete sowohl am Frontal- als auch am Temporallappen ...«

MP-5, Grüne Zone, Bagdad, Irak ~ Sonntag, 16. April ~ 12:58 Uhr

McKay hielt den Kopf gesenkt und ging auf und ab, das Telefon ans Ohr gepresst. »Die Frontallappen sind sehr wichtig. Sie sind verantwortlich für die Sprech- und Schluckfunktion sowie für die kognitiven Funktionen ...«

Sie blickte Gonz an, der hinter Petersons Schreibtisch stand und mit seiner Hand eine Kreisbewegung machte. Dranbleiben, hieß das. »Er ist momentan in einem sogenannten künstlichen Koma, Ghaniyah. Das bedeutet, dass die Ärzte ihn mit Medikamenten in einen Tiefschlaf versetzt haben, um ihm besser helfen zu können. Die Blutungen konnten gestoppt werden und sie werden seine Fortschritte tagtäglich überwachen ...«

»Hasta la vista, Baby!«, flüsterte Peterson triumphierend.

»Hast du sie? Wo? Wo ist sie?«, fragte Gonz im Flüsterton und beugte sich über Petersons Stuhl.

McKay trat ein wenig beiseite, damit Ghaniyah sie nicht hören konnte.

»Ich brauche nur noch ein paar Sekunden ...«, antwortete Peterson.

Gonz schaute McKay in die Augen und bedeutete ihr, weiterzusprechen.

»Die gute Neuigkeit ist, dass wir momentan keine Anzeichen einer seitengleichen Schwäche oder einer Paralyse erkennen können«, fuhr McKay fort. »Das kann bei einem Subduralhämatom in dieser Gehirnregion durchaus passieren ...«

»Bagdad. Südwestlicher Distrikt ...«, gab Peterson mit leiser Stimme bekannt.

»Ghaniyah?«, sagte McKay plötzlich mit lauter Stimme von der anderen Seite des Raums. »Ghaniyah? Ghaniyah!?«

Peterson kontrollierte den Computer. »Sie hat aufgelegt! Aber wir haben sie! Gleich geb ich euch die genauen Koordinaten ...«

Der Drucker fing an zu rattern.

Gonz schaute McKay an, die sichtlich erschöpft mit schweren Schritten zu ihm trat. »Gut gemacht.«

»Ach ja?«, fragte McKay niedergeschlagen. »Warum fühle ich mich dann wie Scheiße?«

KAPITEL 24

Bagdad, Irak ~ Sonntag, 16. April ~ 13:39 Uhr

Die Zuhörer bestanden hauptsächlich aus Schiiten, Anhängern des Kabinettsministers, der nun den 121. Sitz im Parlament innehatte und ein prominenter Führer in der neuen Nationalversammlung des Landes war. Der Fraktionschef, ein treuer Verfechter der jungen Demokratie, hätte bereits vor einer Stunde auf dem Rasen im Hof der Universität sprechen sollen. Die riesige Menschenmenge wurde langsam unruhig.

Aref, der die Rede mit großer Freude erwartete, war bereits eine gute Stunde vor dem geplanten Beginn der Veranstaltung zur Universität gekommen und hatte sich sehr nahe am Podium einen Platz ergattert. Der Politiker hatte bei vielen Irakern Anklang gefunden, nicht nur bei den Schiiten. Oft zitiert wurde seine Aussage, dass der Irak als Nation nur so stark wie seine Bevölkerung sei – und dass es die Menschen seien, die entscheiden würden, ob die neue Demokratie das Fundament für den ewigen Frieden darstellen oder nur als Fußnote in die Geschichtsbücher eingehen würde.

Da sowohl seine Augen als auch sein Gehör inzwischen zu wünschen übrig ließen, wollte Aref unbedingt so nahe wie möglich beim Redner sein, um jedes Wort verstehen zu können. Er hatte auch sein Poster mitgebracht und war sich sicher, der Politiker würde die Worte darauf zu schätzen wissen, wenn er sie sah. Obwohl der Redner nun bereits beträchtlich hinter dem Zeitplan lag, wartete Aref geduldig. Auf dem Podium trat nun ein Mann ans Mikrofon, tippte ein paarmal mit dem Finger darauf und sagte dann: »Test, 1, 2, 3. Können Sie mich hören dort hinten?«

Ein donnernder Chor von Rufen bestätigte, dass ihn alle problemlos hören konnten. Als die Menge zur Ruhe gekommen war, ertönte plötzlich das Getöse zweier Helikopter von oben her. Man konnte sie bereits aus mehr als einem Kilometer Entfernung sehen. Sie flogen tief. Aref dachte zuerst, einer der Helikopter transportiere den Kabinettsminister zur Universität. Aber als die Helikopter näher kamen, sah er, dass es sich um Black Hawks des Militärs handelte. Leistungsstarke Kampfhelikopter, die täglich über die Stadt flogen. Als sie direkt über der Universität waren, reckte Aref seinen Kopf nach hinten und starrte auf die monströsen schwarzen Bäuche der Helikopter, an denen jeweils zwei riesige Raketen angebracht waren.

Einen Moment später waren sie wieder außer Sichtweite.

Irgendwo über Bagdad, Irak ~ Sonntag, 16. April ~ 13:42 Uhr

»Zwölf Minuten«, kündigte Kapitän Kelso durch den Kopfhörer im Helm an.

Heisman, in voller Kampfmontur, einschließlich gepolsterter Handschuhe und Helm, saß direkt hinter dem Armeepiloten. Er machte sich nicht die Mühe, auf die Ansage des Kapitäns zu reagieren. Als sich der Black Hawk plötzlich nach links neigte, konnte er durch das riesige Fenster sehen, wie sich die letzten Gebäude der Universität langsam mit dem Rest der Stadt vermischten. Sie flogen über eine riesige Moschee, deren goldenes Minarett in der Sonne glitzerte.

Der Helikopter richtete sich wieder auf. Heisman atmete durch. Er hasste Fliegen. In Amerika oder sonst wo auf der Welt. Aber so richtig hasste er das Fliegen im Irak. Zu viele Flugabwehrraketen hatten ihr Ziel schon getroffen und es jeweils wie einen Sack Kartoffeln zu Boden gebracht. Keine Überlebenden. Fast jedes verdammte Mal. Keine Überlebenden.

Er wusste, es war alles eine Frage der Kontrolle. In einem Geländewagen – auch wenn er nicht selber fuhr – konnte er jederzeit die Kontrolle übernehmen. Er konnte sich ans Steuer setzen und sich aus der Gefahrenzone retten. Auf dem Boden konnte er Schutz suchen oder aus dem Stegreif improvisieren. Aber in der Luft musste er sich nicht nur auf die zwei Piloten verlassen, sondern konnte auch nicht für sie einspringen, wenn sie ausfallen sollten. Er war leichte Beute und er hasste es.

Er sagte sich immer wieder, dass er in guten Händen sei. Die Armeepiloten hatten ein umfangreiches Training absolviert. Sie hatten das Fliegen über städtisches Gebiet ohne Sicht hundert Mal geübt. Und heute konnte man kilometerweit sehen. Und die Ausrüstung war top. Die Piloten der Black Hawks hatten bereits viele Kriegseinsätze geflogen – alles hatten sie gesehen: von der Infiltrierung hinter feindlichen Linien über die medizinische Evakuierung von verwundeten Soldaten vom Schlachtfeld bis zu heldenhaften Rettungsoperationen über Land oder Wasser, oft unter schrecklichen Witterungsbedingungen.

Zudem waren sie nicht alleine. Direkt hinter ihnen auf der linken Seite war der andere Helikopter, dessen Aufgabe es war, Schutz zu bieten, für den Fall, dass man sie angreifen sollte.

»Heisman, hörst du mich?«, hörte er Gonz via Funkgerät.
»Ich hör dich, bin ganz Ohr«, antwortete Heisman.
»Kein Signal. Ich wiederhole, immer noch kein Signal.«

Heisman war enttäuscht, aber nicht überrascht. Ghaniyah hatte das Mobiltelefon bislang nur eingeschaltet, wenn sie telefonierte. Er fragte sich, ob sie das Telefon überhaupt noch einmal benutzen würde.

»Verstanden, immer noch kein Signal«, wiederholte Heisman.

»Bodenunterstützung ist auf dem Weg. Die Soldaten sind in zehn Minuten dort. Ich wiederhole, in zehn Minuten.«

»Verstanden.«

Heisman wusste, dass sie nach der Nadel im Heuhaufen suchten. Wenn sie Glück hatten, versteckte sich Ghaniyah im Zielgebäude und hatte sämtliche Telefonate von diesem Standort aus geführt. Da sie aber die Drei-Minuten-Regel kannte, war es wahrscheinlicher, dass sie nie lange an einem Ort blieb. Die Frage lautete: War sie alleine oder hatte sie Unterstützung? War sie mit dem Auto unterwegs oder zu Fuß?

»Noch eine Minute«, sagte Kapitän Kelso.

»Ziel jeden Moment in Sichtweite, auf zehn Uhr«, verkündete der Kopilot.

Heisman schaute aus dem linken Fenster. Er sah die Straßen und Gebäude der Stadt. Nichts stach besonders hervor.

Der Kopilot schaute auf sein GPS-Gerät und zeigte mit dem Finger nach unten: »Weißes Gebäude, einstöckig. Klimaanlage auf dem Dach. Auf drei Uhr.«

Heisman suchte die Gebäude ab. Dann entdeckte er es. Genau wie der Kopilot beschrieben hatte. »Ich seh's!«, bestätigte er.

»Wir setzen Sie direkt über dem Ziel ab«, sagte Kapitän Kelso mit ruhiger Stimme. »Halten Sie sich bereit ...«

Heisman sah, wie die Menschen auf der Straße den riesigen Militärhelikopter anstarrten, als sich dieser langsam dem Boden näherte. Wie war das nochmals mit der leichten Beute?

»Gehen Sie in Position ...!«, rief der Kopilot.

Heisman schnallte seinen Sicherheitsgurt ab und ging auf die rechte Seite des Helikopters, um eine riesige Seilrolle herum und öffnete die Tür. Warme Luft strömte herein. Als er nach unten blickte, registrierte er, dass sie nur noch etwa zehn Meter vom Dach des Zielgebäudes entfernt waren. Er überprüfte nochmals, ob die riesige Befestigungsvorrichtung des Seils sicher am Ösenhaken angebracht war, und legte das Seil auf die Seite.

Der Helikopter blieb an Ort und Stelle. Der Kopilot schaute über seine Schulter zu Heisman und rief: »Sie haben grünes Licht ...!«

Heisman löste das elektronische Kabel vom Helm, wodurch die Verbindung zu den Piloten unterbrochen wurde. Unter dem wachsamen Blick des Kopiloten hielt Heisman einen Daumen hoch, schnappte sich das Seil und ließ sich daran herunter.

Bagdad, Irak ~ Sonntag, 16. April ~ 13:44 Uhr

»Ich will nach Hause«, jammerte Abasah.

Ghaniyah und der Fahrer ignorierten sie. Der Fahrer konzentrierte sich auf den Verkehr, und Ghaniyah dachte darüber nach, was sie nun tun sollte. Alles, was sie wusste, war, dass sie so weit wie möglich weg vom Café wollte. Als sie bemerkt hatte, dass sie bereits fast vier Minuten telefonierte, hatte sie sofort die Verbindung unterbrochen und das Telefon ausgeschaltet. Sie war zurück ins Café gestürmt und hatte dem Fahrer gesagt, dass sie sofort gehen müssten. Dies hatte das Mädchen durcheinandergebracht, schließlich war gerade ihr Essen gebracht worden. Zum Glück hatte die Kellnerin alles mitbekommen und das Essen rasch zum Mitnehmen eingepackt. Ghaniyah wollte keine wertvolle Zeit verschwenden, hatte sich jedoch gezwungen, ruhig zu bleiben. Sie hatte sich eingeredet, dass die Amerikaner, auch wenn sie wussten, wo sie sich aufhielt, dennoch eine gewisse Zeit brauchen würden, um dorthin zu gelangen. Als das Essen in Behältern verstaut worden war, hatte sie der Kellnerin ein sattes Trinkgeld gegeben. Kurz darauf waren sie mit dem Lastwagen in nördlicher Richtung unterwegs.

»Ich will nach Hause«, wiederholte Abasah.

»Iss etwas.«

»Ich habe keinen Hunger. Ich will nach Hause.«

»*Du* wolltest mitkommen«, erinnerte Ghaniyah sie streng. »Ich habe dich nicht gebeten, mitzukommen.« Sie bemerkte, dass der Fahrer sie anstarrte, und wandte sich von ihm ab.

Jadida, Irak ~ Sonntag, 16. April ~ 13:46 Uhr

Fadhil sah als Erster, wie Maaz die Redaktion betrat, gefolgt von Daneen, die Badr im Arm hielt. Er sprang auf, um ihn zu begrüßen. Aber er zögerte einen Moment, als er sein geschundenes Gesicht erblickte. Dann nahm er ihn herzlich in die Arme. Erst in diesem Augenblick bemerkte er die drei Marinesoldaten, die in einem respektvollen, aber beschützenden Abstand zur Familie folgten.

»Faris?«, fragte Maaz.

Fadhil zeigte in Richtung von Dr. Lamis Büro, wo sie Faris durch die gläserne Trennwand sehen konnten. Er saß auf dem Ledersessel des Verlegers und konzentrierte sich auf den Computerbildschirm. Dabei spielte er mit der Maus herum.

Daneen stürzte mit Badr im Arm ins Büro, und im nächsten Moment hielt sie ihre beiden Söhne im Arm. Sie trat zurück, strich Faris liebevoll übers Gesicht und drückte ihn abermals fest an sich.

»Vater!«, rief Faris glücklich, befreite sich aus den Armen seiner Mutter und lief zu Maaz, der gerade das Büro betrat.

»Gott sei Dank!«, sagte eine tiefe Stimme von der Tür her. Maaz, der immer noch Faris umarmte, hörte Dr. Lami sagen: »Ich wusste, wenn Gott will, wirst du okay sein. Deine Familie wird okay sein.«

Maaz setzte Faris ab und drehte sich in Richtung seines Verlegers. Als Dr. Lami Maaz' geschundenes Gesicht sah, flüsterte er: »Mein Gott. Was ist passiert?«

Maaz schüttelte den Kopf. »Sie haben ihren Ärger an mir ausgelassen.«

Dr. Lami sah Daneen an. »Ihnen geht's gut? Sie haben Sie nicht etwa ...«

»Mir geht's gut, danke«, antwortete Daneen mit einem schüchternen Lächeln, eine Hand auf Faris' Schulter.

»Wer hat das getan?«, fragte der Verleger. »Wer?«

Maaz schaute Daneen an und sagte dann: »Al Mudtaji.«

»Nein!«, zischte Dr. Lami. »Mein Gott. Dein Schwager? Was ist mit ihm?«

Maaz schüttelte den Kopf. »Wir wissen es nicht.« Er zeigte auf die Marinesoldaten, die vor dem Büro auf und ab gingen. »Sie bringen uns in die Grüne Zone, bis ...« Er verstummte.

Dr. Lami nickte. »Natürlich. Natürlich.«

Darauf folgte eine verlegene Stille, bis Daneen endlich sagte: »Danke, dass Sie sich um Faris gekümmert haben.«

Dr. Lami schien erleichtert, über etwas anderes als Iraks Top-Terrorist zu sprechen, und antwortete lächelnd: »Das war doch selbstverständlich. Was hätte ich sonst tun sollen? Er ist der älteste Sohn meines besten Fotografen.«

Maaz lächelte, obwohl ihm das starke Schmerzen bereitete. Als er über die Worte nachgedacht hatte, wurde er stutzig.

»Nun, du bist mein einziger Fotograf momentan«, erklärte Dr. Lami lachend. »Das macht dich auch zu meinem besten. Ali wurde von A. P. abgeworben.« Er meinte damit den einzigen fest angestellten Fotografen der Zeitung, der jedoch seit einer Woche nicht zur Arbeit erschienen war, weil er sich krank gemeldet hatte. Dr. Lami blickte Maaz ernst an. »Ich möchte, dass du Alis Nachfolger wirst. Ich werde natürlich auch ein paar Freelancer beschäftigen müssen, aber ich möchte, dass du zum Team gehörst.«

»Ich weiß nicht, was ich sagen soll«, stotterte Maaz.

Dr. Lami blickte Daneen an. »Ich kann Ihnen nicht versprechen, dass er regelmäßige Arbeitszeiten haben wird. Aber sein Lohn dürfte dies ausgleichen.«

Maaz schaute rasch zu Daneen, um zu sehen, wie sie reagierte. Sie lächelte und nickte ihm ermutigend zu. Erfreut drehte er sich zu Dr. Lami um und schüttelte ihm die Hand. Beide lachten.

Bagdad, Irak ~ Sonntag, 16. April ~ 13:52 Uhr

»Wann?«, fragte Heisman auf Arabisch. »Wann sind sie gegangen?«

Die Kellnerin zuckte mit der Schulter. »Vielleicht vor einer Stunde.«

Nachdem er auf dem Dach gelandet war, war Heisman zum hinteren Bereich des Gebäudes gehastet, wo er sich vorsichtig, mit den Händen an der Dachkante hängend, herunterließ. Lautlos ließ er sich auf den Boden fallen. Ohne

Aufsehen zu erregen. Nachdem die lauten Motoren der Helikopter in der Ferne verklungen waren, war er durch die Hintertür ins Gebäude geschlüpft, mit gezückter Pistole. Innerhalb von Sekunden hatte er sich in einem Korridor befunden, der zum Hinterzimmer einer Restaurantküche führte, in der es betriebsam zuging. Die Angestellten hatten ihn nicht beachtet. Er hatte einen Moment an Ort und Stelle verharrt und gehört, wie der Koch eine fertige Bestellung ausrief.

Es gab drei geschlossene Türen im Gang und jede hatte er geräuschlos überprüft. Die erste Tür führte in eine Toilette, die nicht gerade sauber, aber leer war. Die zweite und dritte Tür führten beide in kleine Büros, die beide ebenfalls leer waren.

Als er wieder nach draußen gegangen war, nahm er seinen Helm und seine Handschuhe ab und versteckte sie hinter einem Busch. Er hatte entschieden, dass es das Beste wäre, das Restaurant möglichst normal aussehend zu betreten. Zumindest so normal, wie ein großer schwarzer Mann im Irak aussehen konnte.

»Wissen Sie, wo sie hin sind?«, fragte Heisman.

Die Kellnerin schüttelte den Kopf. Heisman hielt der Frau immer noch das Fahndungsfoto von Ghaniyah aus der Zeit ihrer Verhaftung in England hin. Die Frau schaute ihn kritisch an. »Sie stürzte völlig aufgebracht herein. Sagte, sie müssten sofort los. Das Kind war sehr aufgebracht. Ich hatte ihnen grade erst das Essen gebracht.«

»Sie ist also mit dem Mann und dem Kind gegangen?«

»Und dem Essen«, bemerkte die Kellnerin. »Ich hab's ihnen in Behältern verpackt mitgegeben. Wegen dem Mädchen.«

Heisman nickte. »Haben Sie sie schon einmal zuvor gesehen? Vielleicht den Mann?«

Sie schüttelte wieder den Kopf. »Nein.«

»Ist er jung? In Ihrem Alter?«

»Der Mann?«, fragte die Kellnerin überrascht. »Nein. Älter. Vielleicht ihr Vater.«

Heisman dachte einen Moment nach. War Ghaniyah tatsächlich mit ihrem Vater unterwegs? Er erinnerte sich daran, dass Ghaniyah gesagt hatte, ihrem Vater seien die Beine amputiert worden.

»Saß er in einem Rollstuhl?«

»Nein«, antwortete sie verwirrt.

»Und Sie haben nicht gesehen, wie sie gekommen sind? Ihr Auto?«

Wieder nur Schulterzucken. »Ich arbeite drinnen, nicht draußen.«

»Okay, danke.« Heisman nahm das Foto, steckte es in seine Brusttasche und wollte gerade gehen, als die Kellnerin sagte:

»Es gibt eine Busstation nicht weit von hier.«

Heisman drehte sich zu der Frau um. »Wo?«

»Die nächste Straße.« Sie zeigte in Richtung Westen. »Manchmal kommen auch Gäste von dort zu uns.«

»Okay. Danke.«

MP-5, Grüne Zone, Bagdad, Irak ~ Sonntag, 16. April ~ 14:03 Uhr

»Er ist wieder da! Er antwortet!«

McKay war als Erste neben Peterson. Die Webseite war vollständig auf Arabisch verfasst. »Lass *Andrew* ran!«

»Läuft bereits. Dauert einen Moment ...«

Nur zehn Minuten zuvor hatten sie eine Nachricht hinterlassen, in der stand, dass sie überlegten, das Rizin an den Meistbietenden zu verkaufen, in der Hoffnung, die

Aufständischen aus der Reserve zu locken. Aber es war ein Glücksspiel. Sie konnten nicht mit Sicherheit wissen, ob es der Typ am anderen Ende ernst meinte oder ob er nur mit ihnen spielte. Gonz war zu dem Schluss gekommen, dass ihr Gegenspieler es ernst meinte, da er über das Rizin Bescheid wusste. Das Problem war, dass der Typ nie lange online blieb, als wolle er sie ärgern, und immer nur einzelne Informationsfetzen preisgab.

»Was haben wir!?«, rief Gonz, als er aus dem Hinterzimmer hineingestürmt kam. Er war gerade dabei, eine Banane zu schälen.

»Kommt sofort ...«, sagte Peterson. Ein Popup-Fenster erschien auf dem Bildschirm: *Wie kannst du etwas verkaufen, das du nicht hast?*

»Er hat uns durchschaut«, sagte McKay und starrte in den Bildschirm.

»Sag ihm, dass wir mit Ghaniyah Kontakt haben, er aber nicht«, sagte Gonz, nahm einen Bleistift vom Schreibtisch und zeigte damit auf Peterson. »Genau so. ›Wir haben Kontakt zu Ghaniyah, du nicht‹.«

Peterson tippte die Nachricht ein und klickte auf *Andrew*. Einen Moment später erschien ein Fenster. Darauf stand: *Nachricht auf Arabisch senden?*

»Jawohl. Senden.« Gonz kaute auf dem Bleistift herum.

Peterson klickte auf »Senden«.

»Können wir ihn nicht finden?«, fragte McKay frustriert. »Er ist online. Wir sollten in der Lage sein, ihn zu orten.«

»Hat bisher nicht geklappt«, sagte Peterson und zeigte auf einen weiteren Laptop auf einem anderen Schreibtisch, der hauptsächlich fürs GPS-Tracking und die Internetsuche verwendet wurde. »Er weiß, was er tut. Er benutzt mehrere Server, leitet sie um die ganze Welt. Zudem bleibt er nie mehr als ein paar Minuten online. Er ist sehr vorsichtig.«

Der Computer piepste. Eine weitere Nachricht erschien auf Arabisch. Peterson klickte auf *Andrew* am unteren Rand des Bildschirms und schaute danach auf den Laptop. »Hat diesmal eine andere IP-Adresse. Aus Australien.«

»Was bedeutet das?«, fragte McKay.

»Nicht viel. Das hat er schon mal gemacht.« Er bemerkte McKays Verwirrung und erklärte: »Wenn man sich mit dem Internet verbindet, wird dem Computer eine IP-Adresse zugeteilt. Wir können die IP-Adresse zurückverfolgen. Vielleicht ist die Adresse zu Hause oder in einem Büro, wo auch immer der Computer steht. Bei ihm ändert sich die IP ständig. Pakistan. Türkei. Ich habe sie nach Längen- und Breitengraden überprüft, immer dasselbe.«

»Wir haben also nichts.«

»Na los«, brummte Gonz. »Wo bleibt die Übersetzung?«

Peterson zeigte auf die Sanduhr am Bildschirm. »Er arbeitet daran.« Er wandte sich wieder McKay zu. »Wir kommunizieren nicht wirklich mit ihm. Jedenfalls nicht direkt. Wir kommunizieren mit dem Server, der ihm die Nachricht schickt. Umgekehrt ist es ebenso. Aber er leitet die Verbindung ständig um. Wir können ihn nicht lokalisieren. Ich habe auch eine Sofortnachrichtensuche durchgeführt ... um seinen Namen in Verbindung mit seinem Benutzernamen zu bringen, aber das ist ein Witz. Er würde niemals seinen richtigen Namen verwenden. Ich würde das zumindest nicht tun.«

»Hey, hey, hey!«, rief Gonz plötzlich und ging zum Laptop auf der anderen Seite von Petersons Schreibtisch. »Eines der Telefone ist eingeschaltet.«

Peterson schaute auf den Bildschirm, dann wieder auf den Hauptcomputer, sichtlich nervös. »Wie lange, Sir? Steht am unteren Rand. Eine Laufzeit. Wie lange?«

Gonz starrte auf den Bildschirm. »Äh, zwei Minuten und ...«

»16 Sekunden, 17«, rief Peterson von seinem Computer aus. Gonz schaute Peterson verwundert an. »Wie hast du ...?«

»Es ist unser Sofortnachrichten-Typ! Er benutzt ein Mobiltelefon! Drahtlos!«, erklärte Peterson.

»Wir müssen das zurückverfolgen!«, rief Gonz. »Wir müssen diesen Anruf zurückverfolgen!«

»Der Computer liefert uns automatisch den genauen Standort!«

Ein weiterer Computer piepste laut. Es war Petersons Desktop-Computer. Alle drehten sich zum Bildschirm um. Endlich hatte *Andrew* die neue Nachricht übersetzt: »*Du kannst so lange mit Ghaniyah sprechen, wie du willst, aber ich habe ihren Liebhaber. Schachmatt, mein Freund.*«

Die drei starrten wortlos auf den Monitor.

»Okay«, antwortete Gonz ruhig. »Okay, wir sagen ihm ...«

Ein leises Zirpen vom Computer, und Peterson sagte: »Scheiße! Er ist offline!« Er rollte mit seinem Stuhl sofort zum Laptop, wo der Anruf zurückverfolgt wurde. »Zwei Minuten und 49 Sekunden.« Er schaute McKay und Gonz an. »*Deshalb* ist er nie lange online! Er benutzt eine Mobiltelefonverbindung! Er weiß, dass sie zurückverfolgt werden kann ...!«

Jadida, Irak ~ Sonntag, 16. April ~ 14:06 Uhr

Sharif saß auf der Kiste, auf der Adnan zuvor gesessen hatte, und schloss den Laptop. Nachdem er Adnan mit dem Schwert leicht am Hals verletzt hatte, hatte er ihm befohlen, sich auf der anderen Seite des Raumes auf den Boden zu setzen. Adnan war dem Befehl gefolgt. Mit dem Ärmel seines Dishdashas wischte er sich das Blut von seinem Hals. Nach ein paar Minuten hörte die Wunde auf zu bluten. Aus irgendeinem Grund hatte seine verletzte Schulter wieder angefangen zu pochen, aber das war sein geringstes Problem.

»Hast du mit al Mudtaji gesprochen?«, fragte Adnan.

Sharif schaute ihn verwundert an. »Und wie sollte ich das tun?«

»E-Mail. Sofortnachricht.«

»Aber der weise al Mudtaji hatte doch schon immer Probleme mit dem Lesen, hast du das nicht gewusst?«

Adnan wusste es, aber schüttelte den Kopf.

»Es stimmt. Er kann nicht lesen.«

»Wo ist er?«

»Tot.«

Adnan konnte sein Erstaunen nicht verbergen. Sharif lachte.

»Es ist Zeit«, kündigte einer von Sharifs Männern an.

Sharif ignorierte ihn, starrte immer noch auf Adnan. »Weißt du, wessen Idee es war? Mit dem Rizin? Meine. Nicht al Mudtajis. Meine. Ich nehme mir sein Leben und seinen Namen, schließlich bin ich nun der, ›Der sich erhebt‹.« Sharif erhob sich mit ausgestreckten Armen von der Kiste. Er lachte wieder und näherte sich langsam Adnan. Sein Schwert in der Scheide schwang an seinem Gurt.

Adnan zuckte unwillkürlich zusammen, als Sharif näher kam. Aber Sharif griff nicht nach seinem Schwert. Stattdessen nahm er sein Mobiltelefon aus seiner Hosentasche und hielt es Adnan hin. »Ruf an.«

Adnan wusste, dass er es nun nicht länger herauszögern konnte. Er nahm das Mobiltelefon und klappte es auf. Er hatte sich die Nummer gemerkt.

Er betete, dass sie funktionierte.

KAPITEL 25

Jadida, Irak ~ Sonntag, 16. April ~ 14:08 Uhr

Sharif stand vor Adnan und schaute auf die Armbanduhr in seiner Hand. Adnan versuchte, ihn zu ignorieren. Das Mobiltelefon hielt er mit der linken Hand an sein Ohr. Nach dem zweiten Klingeln antwortete eine schroffe Stimme: »City Desk.«

»Ich bin's, Adnan.« Er sprach Englisch. Er wusste, dass Sharif der Sprache mächtig war, aber die anderen beiden nicht. Er erhoffte sich einen Vorteil daraus.

Nichts als Stille.

»Hallo?«, sagte Adnan.

»Adnan Hanjour?«, fragte die Stimme unsicher auf Arabisch.

»Wo ist Ghaniyah?«, fragte er schroff auf Englisch. »Sie ist spät dran.«

»Einen Moment. Ich stelle Sie auf Lautsprecher um.«

»Es ist Adnan!«, rief Duqaq. Er winkte Maaz zu, der mit seiner Familie, Dr. Lami und dem amerikanischen Journalisten Oberst K. C. auf der anderen Seite des Raums stand. Zwei Marinesoldaten befanden sich in der Nähe, der dritte stand beim Haupteingang und behielt die Straße im Auge. Duqaq nahm sein Aufnahmegerät aus der Schublade und schaltete es ein. Dann drückte er den Lautsprecherknopf auf dem Telefon.

»Sie sind auf Lautsprecher«, sagte Duqaq mit lauter Stimme und im Raum wurde es still. Maaz war als Erster neben ihm, Daneen gleich dahinter. Dr. Lami und Oberst K. C. quetschten sich dazwischen. »Maaz ist hier.«

»Adnan?«, fragte Maaz auf Arabisch. »Wo bist du? Geht es dir gut?«

»Wo ist Ghaniyah?«, wiederholte Adnan, dieses Mal auf Arabisch. »Sie ist spät dran.«

»Ghaniyah ...?«, begann Maaz.

Daneen, die immer noch Badr im Arm hielt, drängte sich an ihrem Mann vorbei.

»Adnan?«, fragte Daneen. »Wir wissen nicht, wo Ghaniyah ist. Sie ...«

»Eine Minute«, sagte eine Stimme am anderen Ende auf Arabisch.

Adnan bemerkte, dass Sharif die Minuten stoppte. Da ihm die Zeit davonlief, musste er sich etwas überlegen. Auf der anderen Seite des Raums starrte ihn die riesige an die Wand geschriebene Botschaft an. »*2nd Bn 5th*.« Dann das Datum von vor zwei Tagen.

»Hör zu. Ich bin bereit«, sagte Adnan mit vorgetäuschtem Ärger. »Sag es ihr. Vor zwei Tagen, selber Ort, okay? Das ist das zweite Mal, dass ich das sagen muss. Das zweite Mal. Alles klar? Was muss ich noch tun. Es ihr fünf Mal sagen? Fünf? Ich bin hier. Sie sollte wissen, dass es schon zwei Tage her ist. Verstanden?«

»Adnan, hör zu ...«, begann Daneen.

Die Verbindung wurde plötzlich unterbrochen. Man vernahm nur noch Stille.

»Was hat das zu bedeuten?«, fragte Maaz.

»Er wird immer noch festgehalten«, erklärte Oberst K. C. Er schaute Duqaq an. »Sie haben das aufgenommen, nicht wahr?«

Duqaq nickte und nahm das Aufnahmegerät in die Hand. »Spielen Sie es ab.«

Duqaq spulte zurück und drückte auf »Play«. Adnans Stimme war laut und deutlich zu hören. *»Hör zu. Ich bin bereit. Sag es ihr. Vor zwei Tagen, selber Ort, okay? Das ist das zweite Mal, dass ich das sagen muss. Das zweite Mal. Alles klar? Was muss ich noch tun. Es ihr fünf Mal sagen? Fünf? Ich bin hier. Sie sollte wissen, dass es schon zwei Tage her ist. Verstanden?«*

Daneen sah den Oberst an in der Hoffnung, er habe eine Erklärung, aber der Amerikaner schüttelte nur den Kopf. Dann fragte er verwirrt: »Wer ist Ghaniyah, wissen Sie das?«

»Seine Freundin.«

»Er hat eine Freundin, die für al Mudtaji arbeitet?«, fragte Duqaq bitter.

»Sie wurde entführt. Von al Mudtaji«, antwortete Daneen verteidigend. »Er ist ihr Bruder. Oder besser gesagt, ihr Halbbruder.«

Maaz starrte seine Frau mit großer Verwunderung an. »Ihr Bruder ist al Mudtaji?«

»Adnan hat mir anvertraut, dass sie von al Mudtaji entführt wurde. Ich weiß nicht genau, weshalb.«

»Und al Mudtaji denkt, sie habe sein Rizin«, sagte Oberst K. C.

Daneen zuckte mit der Schulter. »Ich weiß es nicht.«

Der Oberst nahm sein Mobiltelefon hervor und wählte eine Nummer.

MP-5, Grüne Zone, Bagdad, Irak ~ Sonntag, 16. April ~ 14:11 Uhr

»Ergibt das für irgendjemanden einen Sinn?«, fragte Gonz durchs Mobiltelefon. »Seine Schwester vielleicht?« Er hörte einen Moment lang zu und sagte dann: »Okay. Ich rufe zurück.«

»Dasselbe Telefon, mit dem man mit uns in Verbindung getreten ist«, sagte McKay.

Gonz nickte und nahm einen zerkauten Bleistift in die Hand. »Was uns nichts Neues sagt. Außer dass Adnan lebt.« Er schaute Peterson an, der etwas auf der Tastatur tippte.

»Also, hier ist es«, kündigte Peterson an. Vor ihm auf dem Tisch hatte er ein leeres Blatt Papier für Notizen.

Dieses Mal ertönte eine englisch sprechende Computerstimme durch die Lautsprecher. »*Hör zu. Ich bin bereit. Sag es ihr. Vor zwei Tagen, selber Ort, okay? Das ist das zweite Mal, dass ich das sagen muss. Das zweite Mal. Alles klar? Was muss ich noch tun. Es ihr fünf Mal sagen? Fünf? Ich bin hier. Sie sollte wissen, dass es schon zwei Tage her ist. Verstanden?*«

»Noch mal«, insistierte Gonz.

Sie hörten die Nachricht nochmals ab.

»Er versucht definitiv, uns etwas zu sagen«, meinte McKay.

»Er betont die Zahlen.« Peterson schaute auf seine Notizen. »Zwei, ›vor zwei Tagen‹. ›Zum zweiten Mal‹, was wieder zwei sein kann. Sagt es zwei Mal. Dann ›Fünf‹. Wiederholt die ›Fünf‹. Dann wiederholt er ›zwei Tage her‹.«

»Fünf und zwei ergibt sieben«, dachte McKay laut nach. »Passt zum ›Sieben Tage nach Sonntag‹-Mantra.«

»Aber er wiederholt es«, warf Peterson ein. »Ich lass es mal durch den Computer laufen. Mal sehen, was der dazu meint.«

»Spiel's noch mal vor«, sagte Gonz.

Einmal mehr hörten sie der Computerstimme zu, wie sie Adnans Worte übersetzte.

»Was ist vor zwei Tagen geschehen, das ist der Schlüssel«, sagte Gonz.

»Vor zwei Tagen haben wir ihn aufgegriffen, nicht wahr?«, fragte McKay.

»Vielleicht hat es nichts mit ihm zu tun.«

Peterson bemerkte plötzlich etwas auf dem Bildschirm des Laptops, der für die Rückverfolgung der Anrufe bestimmt war, und ging hin, um es zu überprüfen. »Sie ruft an! Ghaniyah telefoniert!«

McKay nahm sofort ihr Mobiltelefon hervor und starrte es an. Und wartete.

Bagdad, Irak ~ Sonntag, 16. April ~ 14:13 Uhr

Ghaniyah verlangte dieses Mal nicht die Uhr des Fahrers. Entweder würden die Amerikaner sie orten oder nicht. Sie war sich nicht sicher, ob es überhaupt noch eine Rolle spielte. Trotzdem behielt sie die kleine Uhr auf dem Armaturenbrett im Auge.

»Wen rufst du an?«, fragte Abasah. »Papa? Ich will mit ihm sprechen!«

»Schhh!«, schimpfte Ghaniyah. »Es ist nicht dein Vater. Sei jetzt ruhig.«

Abasah schaute den Fahrer an in der Hoffnung, dass er ihr vielleicht helfen würde, aber er behielt seinen Blick auf die Straße gerichtet und ignorierte beide.

Ghaniyah war überrascht, eine bekannte Stimme am anderen Ende zu hören, und hätte beinahe aufgelegt. Dann fand sie den Mut und sagte: »Ich bin's. Ghaniyah.«

MP-5, Grüne Zone, Bagdad, Irak ~ Sonntag, 16. April ~ 14:14 Uhr

»Sie spricht mit unserem Sofortnachrichten-Typ!«, sagte Peterson.

»Bist du sicher?«, fragte Gonz.

»Theoretisch könnte es Zufall sein. Aber das glaube ich nicht.«

»Kannst du bestätigen, dass sie miteinander sprechen?«

»Nicht wirklich. Wenn sie gleichzeitig auflegen, wäre das die Bestätigung.«

»Ich könnte versuchen, sie anzurufen«, meinte McKay. »Wenn sie einen Anruf in der Warteschlange hat, bleibt sie vielleicht länger in der Leitung.«

Gonz nickte. »Ja, mach das.«

Jadida, Irak ~ Sonntag, 16. April ~ 14:15 Uhr

Sharif starrte Adnan an. »Warum ich an seinem Telefon bin? Weil er tot ist.«

Am anderen Ende der Leitung herrschte Totenstille. Dann: »Das glaube ich dir nicht.«

»Nun, Ghaniyah, es ist aber so. Ich schwöre es. Wie unser gemeinsamer Freund, der Ziegenhirt. Du hast ihn bestohlen. Nachdem er mich bestohlen hatte. Er ist ebenfalls tot.«

»Du hast ihn umgebracht?«, fragte Ghaniyah entsetzt.

»Er hat mich bestohlen!«, bellte Sharif vor Ärger. »Das war nicht nötig. Yusuf hat ihn getötet. Und die Familie des Verräters. Alle tot. Die gute Neuigkeit ist, dein Freund lebt noch. Bis jetzt. Hier. Sag Hallo.«

Er reichte Adnan das Telefon. Der fragte zögerlich: »Ghaniyah?«

»Adnan?«

»Ghaniyah, hör zu ...«

Sharif riss ihm das Telefon aus den Fingern. »Siehst du? Ich lüge nicht. Er lebt. Bis jetzt. Wenn du mir das Rizin bringst, lasse ich ihn gehen.« Adnan konnte nur hilflos zusehen, wie Sharif sich umdrehte und einen Moment lang zuhörte. Dann wiederholte er ungeduldig: »Du weißt, wo. Da, wo dein Freund mitgeholfen hat, den Amerikaner zu töten.« Sharif wurde plötzlich misstrauisch und fügte hinzu: »Er hat dir doch soeben die Nachricht geschickt, oder?«

Bagdad, Irak ~ Sonntag, 16. April ~ 14:17 Uhr

Ghaniyah überlegte schnell. »Ja. Natürlich. Aber ich wollte sichergehen.« Das Telefon piepste plötzlich so laut, dass sie erschrak. »Hallo?«

»Wo bist du?«, bellte Sharif.

»Ich bin in weniger als einer Stunde da.« Wieder das Piepsen. Sie bekam Angst und unterbrach sofort die Verbindung. Ihre Hände zitterten.

»Wohin gehen wir?«, fragte Abasah.

Ghaniyah blickte das Mädchen an. Ihre Gedanken kreisten. Hatte Sharif die Wahrheit gesagt? Hatte Yusuf Abasahs Vater umgebracht? Und die Großmutter? Es war unvorstellbar. Aber Adnan war am Leben. Er kämpfte nicht im Koma um sein Überleben. Die Amerikaner hatten gelogen. Aber es spielte keine Rolle mehr. Sie wusste, wo Adnan war, und sie hatte immer noch das Ticket in die Freiheit – das Rizin.

Jadida, Irak ~ Sonntag, 16. April ~ 14:19 Uhr

»Darf ich Sie bitten, es nochmals vorzulesen?«, fragte der Marinekorporal freundlich. Er war einer der drei Marinesoldaten, die damit beauftragt worden waren, die Familie zu beschützen. Zuerst im Krankenhaus, jetzt in der Redaktion. Er hatte zuvor bei Gonz nachgefragt, um sicherzustellen, dass er die Erlaubnis hatte, die Familie in die Redaktion zu bringen, damit diese wieder mit ihrem ältesten Sohn vereint wäre. Er stand zwischen Daneen und Oberst K. C. und wandte sich an Dr. Lami.

Nachdem sie Adnans Worte mehrmals abgespielt hatten, hatte sie Dr. Lami auf Englisch aufgeschrieben. Er betrachtete den Text und wiederholte die Nachricht. »*Hör zu. Ich bin bereit. Sag es ihr. Vor zwei Tagen, selber Ort, okay? Das ist das zweite Mal, dass ich das sagen muss. Das zweite Mal. Alles klar? Was muss ich noch tun. Es ihr fünf Mal sagen? Fünf? Ich bin hier. Sie sollte wissen, dass es schon zwei Tage her is*t. *Verstanden?*«

Dr. Lami sah den Marinesoldaten an. »Was?«

Der Marinesoldat dachte einen Moment nach und schüttelte dann seinen Kopf. »Ich weiß nicht. Vielleicht ist es nichts ... Aber so wie er ›Zum zweiten Mal‹ und ›Fünf‹ sagt.« Der Marinesoldat schaute mit einem verschmitzten Grinsen in die erwartungsvollen Gesichter. »Das sind wir. Wir sind 2/5. Das 2. Bataillon des 5. Marinekorps.«

Oberst K. C. trat aufgeregt vor und schaute Dr. Lami an. »Noch einmal bitte.«

Wieder las Dr. Lami Adnans Nachricht vor. Oberst K. C. sah den Marinesoldaten an. »Sie haben Recht. Warum hat er nicht gesagt ›Muss ich alles doppelt sagen‹? Aber er sagt das Wort ›zweite‹ zwei Mal.«

»Stimmt«, pflichtete der Marine bei. »Dann sagt er ›Fünf‹. Das ist komisch. Er fragt: ›Was muss ich noch tun? Es ihr fünf Mal sagen? Fünf‹. Er wiederholt es definitiv absichtlich.«

»Aber weshalb sollte er über die Marines sprechen?«, fragte Dr. Lami. »Ich versteh's nicht.«

Bagdad, Irak ~ Sonntag, 16. April ~ 14:20 Uhr

Heisman saß auf dem Beifahrersitz des Geländewagens und beobachtete die Menschen an der Busstation. Die Infanteristen von Fort Benning, Georgia, hatten ihn vor dem Café getroffen, in dem Ghaniyah zuletzt gesehen worden war. Sie waren bereit gewesen, ihn überallhin zu bringen. Die Busstation war die logische Wahl, aber natürlich gab es keine Spur von Ghaniyah.

Er hatte am Telefon mit Gonz gesprochen, der ihm sagte: »Bleib locker. Wir versuchen, den Standort herauszukriegen. Sie sprechen miteinander. Al Mudtaji und Ghaniyah. Einer der beiden muss lange genug am Apparat bleiben, damit wir den Standort herausbekommen. Dann gebe ich dir die Koordinaten durch.«

»Okay«, antwortete Heisman.

»Verstanden. Ende.«

MP-5, Grüne Zone, Bagdad, Irak ~ Sonntag, 16. April ~ 14:21 Uhr

»Ich schaue, ob er ein paar Standardsätze erkennt.« Peterson saß vor dem Computer und klickte auf etwas. McKay saß neben ihm. Gonz kam von hinten dazu.

»Los geht's.« Peterson studierte den Bildschirm mit gerunzelter Stirn. »Nicht sehr hilfreich.« Eine Kombination aus

Zahlen und Sätzen erschien auf dem Bildschirm. »›Zweite‹ und ›Fünf‹, Begriffe aus dem Bereich Football. ›Zweiter Versuch‹, ›noch fünf Yards‹.«

»Das ist es nicht.« Gonz verlor langsam die Geduld. Er hatte gehofft, dass Ghaniyah lange genug am Apparat bleiben würde, um den Anruf zurückverfolgen zu können, wenn sie mit den Aufständischen sprach. Aber wieder war der Anruf weniger als drei Minuten lang gewesen. Er wusste, wenn Ghaniyah mit al Mudtaji sprach, hatten sie sie wahrscheinlich verloren.

»›Fünf‹ und ›Zwei‹«, las Peterson laut vor. »Von den ›fünf Mal‹. ›Zwei Tage‹. ›Fünf‹ und ›Zwei‹ könnte 52 bedeuten, 52 Wochen pro Jahr.«

»Wir vergeuden nur unsere Zeit«, schnaubte Gonz.

»Was ist das?«, fragte McKay und zeigte auf den Bildschirm. Dort stand: *2nd Bn 5th.*

»Ich weiß nicht«, sagte Peterson.

Gonz starrte auf den Bildschirm. »2. Bataillon, 5. Marinekorps!«

»Ich glaube nicht, dass er über die Marines spricht«, sagte Peterson.

»Oh, ich glaube doch!«, sagte Gonz aufgeregt. »Wir verwenden diese Bezeichnung regelmäßig. Er kann davon nichts wissen, aber ...« Er schaute weiter auf den Bildschirm. Dann dämmerte es ihm plötzlich. »Hat man das Lagerhaus überprüft, wo Quizby getötet wurde?«

Peterson ließ ein weiteres Fenster auf dem Bildschirm aufpoppen. »Vor zwei Tagen, Sir. Sie waren vor zwei Tagen dort.«

»Das ist es«, verkündete McKay. »Er sagt, er ist dort, wo sie vor zwei Tagen waren. Das 2. Bataillon, 5. Marinekorps!«

»Aber wie kann er das wissen?«, fragte Peterson verwirrt.

»Weil unsere Jungs immer eine Nachricht hinterlassen«, erklärte Gonz aufgeregt. »Wenn sie ein verdächtiges Gebäude überprüfen, markieren sie es. Normalerweise mit einer Spraydose. Manchmal mit Kreide.«

»Und sie fügen das Datum hinzu«, sagte McKay. »Das passt!«

Das Mobiltelefon von Gonz klingelte und er nahm ab. »Gonz.« Er blieb still, nickte dann. »Ich weiß, ich weiß. Wir haben's gerade herausgefunden, Korporal. Genau dort sind sie!«

Jadida, Irak ~ Sonntag, 16. April ~ 14:36 Uhr

Thamer war schlecht gelaunt. Bis zum vorigen Tag hatte er nicht bemerkt, wie sehr er mittlerweile von Adnan abhängig war. Es war Adnan, der die Lieferungen genauestens überprüfte, Medikamente bei den Pharmaunternehmen bestellte, mit den Ärzten in Kontakt stand bezüglich der Rezepte und der immer Zeit hatte, die Fragen besorgter Kunden zu beantworten.

Alle Informationen über Lieferungen, Erinnerungen, wann neue Produkte bestellt werden mussten und sonstige Details des Tagesgeschafts waren auf dem Laptop im Büro gespeichert. Aber Thamer hatte sich stets geweigert, dieses neumodische Gerät zu benutzen. Deshalb war er an diesem Sonntag in der Apotheke und versuchte, es sich selbst beizubringen.

Er saß am kleinen Schreibtisch im bescheidenen Büro. Plötzlich hörte er ein Klopfen an der Vordertür. Er hatte die letzten fünf Stunden damit verbracht, einen Stapel Papiere nach der Lieferantenrechnung eines türkischen Pharmaunternehmens zu durchsuchen – und hatte kein Glück gehabt, weshalb seine Stimmung auf dem Tiefpunkt war.

Wieder klopfte jemand. Lauter.

»Wir haben geschlossen!«, rief Thamer. Das GESCHLOSSEN-Schild war zwar an der Vordertür angebracht, aber das Licht war eingeschaltet, weshalb wohl jemand dachte, die Apotheke habe trotzdem geöffnet.

Ein noch lauteres Klopfen folgte. Hartnäckig.

Verärgert stand Thamer auf und begab sich zur Tür. Als er die Stufen zum Hauptbereich hinunterstieg, sah er, dass eine Frau mit einem Kind vor der Tür stand. Die Frau kam ihm irgendwie bekannt vor. Sie lächelte angespannt. Thamer entriegelte die Tür und öffnete sie nur ein paar Zentimeter.

»Wir haben geschlossen.«

»Thamer, ich bin's. Ghaniyah.«

Thamer musste zweimal hinsehen. Es war Ghaniyah.

»Bitte. Kannst du uns reinlassen.«

Thamer blickte das Mädchen an und öffnete die Tür. Er sah, wie Ghaniyah jemandem ein Zeichen gab, worauf ein älterer Mann erschien, der eine riesige Einkaufstüte mit sich schleppte.

»Wer ist das?«, fragte Thamer.

»Bitte, ich habe nicht viel Zeit.«

Thamer gab nach und öffnete die Tür. Ghaniyah trat herein, gefolgt von dem Mädchen und dem älteren Mann.

»Mach das Licht aus«, sagte Ghaniyah.

Thamer warf ihr einen irritierten Blick zu. »Aber Ghaniyah ...«

»Bitte! Ich habe nicht viel Zeit!«

Thamer lief unwillig zum Schalter und drehte das Licht aus. Er schaute Ghaniyah ungeduldig an.

»Ich weiß nicht, wen ich sonst fragen soll. Dem ich vertrauen kann.«

»Ich verstehe nicht ... Was ist denn los?«

MP-5, Grüne Zone, Bagdad, Irak ~ Sonntag, 16. April ~ 14:54 Uhr

Peterson fühlte sich seltsam befangen. Die beiden Militärpolizisten standen mehrere Meter von ihm entfernt, einer hatte ein Gewehr in der Hand. Als einziges verbliebenes Teammitglied von MP-5 in der Kommandozentrale hatte er viele Geräte zu überwachen und viele Informationen zu überprüfen. Irgendwelche Militärpolizisten, die ihm im Genick saßen, konnte er nun wirklich nicht brauchen. Aber er wusste, dass er keine Wahl hatte.

Er ignorierte die Militärpolizisten und überprüfte die Verbindung zwischen Langley und dem LVD von Gonz. Sie funktionierte immer noch. Sehr gut.

Dann überprüfte er den Laptop, der die Telefonanrufe zurückverfolgte. Nichts. Alle Telefone waren ausgeschaltet. Niemand telefonierte. Nicht so gut.

Er schaute wieder auf den Desktop-Bildschirm, der immer noch das wackelnde Bild des Armaturenbretts im Geländewagen zeigte. Gonz war auf dem Beifahrersitz. Die Kamera in seinem Knopfloch filmte das Hin und Her des Geländewagens, der durch die Straßen Bagdads fuhr. Ihm wurde vom Zuschauen übel. Definitiv nicht gut.

»Peterson, bist du da?«, hörte er Gonz durchs Funkgerät fragen.

Er nahm das Gerät zur Hand. »Verstanden, Gonz. Ich bin da.«

»Kennst du Heismans Zeitplan?«

Peterson durchsuchte seine Notizen auf dem Schreibtisch. Endlich fand er, wonach er gesucht hatte, und schaute auf seine Uhr. »Er ist, äh ... er ist in 17 Minuten da.«

»Verstanden. Unsere Verstärkung ist in 15 Minuten vor Ort. Hey, Peterson? Telefoniert niemand?«

Er schaute auf den Bildschirm. »Nein. Niemand.«

»Okay, sonst noch etwas?«

Peterson zögerte zuerst und antwortete dann: »Äh, es kann warten.«

»Was? Was ist los? Nun sag schon.«

»Zwei Militärpolizisten sind bei mir.«

»Was?«, brüllte Gonz. »Die haben keine Autorisation, sich in der MP-5-Zentrale aufzuhalten!«

»Ich weiß, Sir.« Er schielte über seine Schulter zu den Männern. »Langley schickt sie. Ich habe sie mit Ihrem LVD verbunden. Jemand wollte wissen, wer zum Teufel ich sei. Ich habe ihm meinen Namen genannt und der meinte, ich hätte keine Befugnis, hier zu sein.«

Gonz zögerte. »Diese verdammten Schreibtischhengste! Ich habe den Papierkram vergessen! Scheiße!«

»Sorry, Sir.«

»Ist nicht dein Fehler. Ich kümmere mich darum, wenn ich zurück bin. Sonst noch was?«

»Nein, Sir.«

»Okay. Ende.«

Peterson legte das Funkgerät langsam auf den Tisch. Die Wahrheit war, dass er es liebte, für MP-5 zu arbeiten. Er hätte sogar umsonst gearbeitet. Dass er dafür bezahlt wurde, war nur das Tüpfelchen auf dem i. Er fragte sich, was mit ihm passieren würde, wenn Gonz nicht zurückkommen sollte. Langley wusste offensichtlich nicht, wer er war. Was bedeutete, dass man ihn wohl zurück zur Armee schicken würde. Ein einfacher Armee-Knecht. Der Gedanke ließ ihn erschaudern.

Dann fühlte er sich furchtbar schuldig für seine egoistischen Gedanken. Schließlich war der Rest des Teams, *seines Teams*, kurz davor, al Mudtaji und seinen fanatischen Henkern in einem Lagerhaus gegenüberzutreten.

KAPITEL 26

Bagdad, Irak ~ Sonntag, 16. April ~ 15:04 Uhr

Aref erhob sich zusammen mit dem Rest des Publikums, das enthusiastisch jubelnd applaudierte. Der Kabinettsminister war zwar später aufs Podium getreten als geplant, aber seine Verspätung hatte er wiedergutgemacht, indem er länger als die 40 Minuten sprach, die vorgesehen gewesen waren. Am Ende der Rede glaubte Aref fest daran, dass der Gewählte einer der Guten war – der Irak war tatsächlich neu geboren. Der parlamentarische Vertreter hatte gesagt, der alte Irak sei nun abgestreift. Ein neuer Irak, der »die einzig wahre und faire Freiheit in Form eines Ein-Mann-eine-Stimme-Systems« darstelle, sei nun aufgebaut worden und das neue Parlament würde »mit großer Entschlossenheit« sämtlichen Irakerinnen und Irakern – Sunniten, Schiiten und Kurden – eine gleichberechtigte Stimme geben.

Als der Wind stärker wurde, verließ der Redner das Podium über die Plattform und winkte dem Publikum zu. Aref nahm sein Schild hervor und schwenkte es über seinem Kopf.

Einige drängten nach vorne, um den parlamentarischen Führer von Nahem sehen zu können. Aref wurde fast von der Menge mitgerissen. Der Redner lehnte sich spontan über die Plattform und schüttelte die Hände seiner Anhänger. Daraufhin drängte die Menge noch stärker nach vorne und Aref konnte seine Position kaum mehr halten. Auch er wollte die Hand des Mannes schütteln.

Plötzlich riss ihm ein weiterer starker Windstoß das Schild aus den Händen. Als er über seine Schulter blickte, sah er es in der Luft davonfliegen. Er drehte sich zur Plattform um. Der Redner war nun fast vor ihm. Er lächelte. Schüttelte Hände. Dann drängte sich plötzlich ein Mann, der einen traditionellen Dishdasha trug, rücksichtslos an Aref vorbei und riss ihn zu Boden.

Aref schaute hoch. Der rücksichtslose Mann hatte seinen Platz eingenommen. Jemand trat ihm gegen das Schienbein. Aref versuchte, sich irgendwo festzuhalten, um wieder auf die Beine zu kommen. In der Hitze des Gefechts klammerte er sich unabsichtlich an der Kleidung des Mannes fest, der ihn soeben umgerempelt hatte. Dabei zog er mit seiner Hand den Dishdasha für einen kurzen Augenblick zur Seite und erblickte den Sprengstoffgürtel, der um die Hüfte des Mannes geschnallt war. In seiner Hand hielt er den Zünder.

Entsetzt versuchte Aref, die Hand des Mannes zu erreichen, um ihm diesen zu entreißen.

Jadida, Irak ~ Sonntag, 16. April ~ 15:12 Uhr

»Ich würde es lieber selbst erledigen«, sagte Ghaniyah zu ihm.

Aber der Fahrer reagierte nicht. Er konzentrierte sich darauf, Yusufs Lastwagen zu fahren. Da Abasah nicht mehr zwischen ihnen auf der Bank saß, konnte Ghaniyah ihre langen Beine seitlich neben dem Koffer ausstrecken, der weiterhin auf dem Boden vor ihr lag.

»Geradeaus?«, fragte der Fahrer, als sie sich einer Kreuzung näherten. Die Ampel stand auf Grün.

»Ja. Bei der nächsten Ampel links. Es ist auf der rechten Seite. Nächste Straße.«

»Wie nahe wollen Sie herangehen?«

Ghaniyah zuckte mit den Schultern. »Hinten gibt's einen Parkplatz.«

Der Fahrer blickte sie leicht grinsend an. »Also nahe ran.«

Ghaniyah starrte den Mann an. Es war bestimmt nicht ihre Absicht gewesen, ihn in die Sache hineinzuziehen. Aber nachdem sie am Telefon die Verzweiflung in Adnans Stimme gehört hatte, als er ihren Namen sagte, war sie zusammengebrochen und hatte so heftig weinen müssen wie schon lange nicht mehr. Einige Tränen waren Freudentränen. Adnan war am Leben. Aber den größeren Teil der Tränen weinte sie, weil sie nun tun würde, was sie tun musste – Sharif das Rizin im Austausch gegen Adnans Freiheit geben.

Abasah war sehr mitfühlend gewesen, als sie fragte, warum Ghaniyah weine. Der Fahrer hatte sie ebenfalls neugierig angesehen, war jedoch still geblieben. Und dann hatte sie ihnen alles erzählt. Wer ihr Bruder war, was sich im Koffer befand, Adnans Entführung. Es überraschte sie, dass der Fahrer auf ihre Geschichte überhaupt keine Reaktion zeigte, sondern einfach weiterfuhr. Ghaniyah hatte ihnen weiter anvertraut, dass das Rizin der Schlüssel zu Adnans Freiheit sei.

Mehrere Minuten hatte Stille geherrscht. Ghaniyah hatte ihre Schluchzer unterdrückt. Dann hatte der Fahrer begonnen, seine Geschichte zu erzählen. Er hatte zwei Söhne. Beide hatten sich entschlossen, den irakischen Sicherheitskräften beizutreten. Einer war vor einem Jahr bei einem Massaker zusammen mit fünf anderen Polizisten ums Leben gekommen. Die Leichen wurden zwei Tage nach ihrem Verschwinden gefunden. Sie waren alle mit den Händen hinter dem Rücken gefesselt gewesen und hatten eine Kugel im Kopf. Sein anderer Sohn war erst kürzlich bei einer

Brandbekämpfung verletzt worden. Der Fahrer sagte, dass er nun mehr Zeit mit ihm verbringen wolle.

Dann hatte er Ghaniyah gefragt, was sie nun zu tun gedenke.

Nachdem sie ihre Tränen getrocknet hatte, hatte sie ihm gesagt, dass sie zwei Mal würden anhalten müssen. Zuerst auf einem Markt in Jadida. Dann bei einer Apotheke.

Jadida, Irak ~ Sonntag, 16. April ~ 15:16 Uhr

Als Gonz das Dach des fünfstöckigen Wohnblocks erreichte, war er erleichtert zu sehen, dass die zwei Scharfschützen der Armee-Eliteeinheit bereits in Position waren. Einer stand unmittelbar hinter der Brüstung und überwachte das Ziel mit einem leistungsstarken Fernglas. Er war dazu da, Verdächtige aufzuspüren. Der andere Mann war Marineunteroffizier Tim Hillgard, ein ausgebildeter Scharfschütze, mit dem Gonz bereits ein paar Jahre zuvor in Afghanistan zusammengearbeitet hatte, als sie beinahe von einem Schwarm schwerbewaffneter Talibankämpfer überrannt worden wären. Sie hatten an diesem Tag fünf Männer verloren. Jetzt kniete Hillgard an der Dachbrüstung und beobachtete die Szenerie durch das Zielfernrohr seines 7,62-mm-Gewehres.

Im Idealfall hätte Gonz ein zweites Team von Scharfschützen auf der anderen Seite des Zielgebäudes eingesetzt. Aber da die Mission erst in letzter Minute organisiert worden war, standen ihm nur diese zwei Mitglieder der Task Force 2/69 zur Verfügung. Und Gonz wusste, dass er sich glücklich schätzen konnte, sie überhaupt da zu haben. Von dem Marinekorporal, dem es ebenfalls gelungen war, Adnans versteckte Botschaft zu entschlüsseln, hatte er den Gebäudeplan erhalten. Gonz hatte diese Information und die GPS-Koordinaten des Zielgebäudes danach an den Kommandeur der Männer weitergeleitet und ihn gebeten, die Männer so rasch und unauffällig wie möglich in Position zu bringen.

Das Zwei-Mann-Team war in einem riesigen Lastwagen der irakischen Sicherheitskräfte angekommen. Während sich die Männer der Sicherheitskräfte auf der Straße hinter dem Wohnblock verteilt und so die Aufmerksamkeit auf sich gelenkt hatten, hatte ein irakischer Soldat die amerikanischen Scharfschützen ins Wohngebäude und hinauf aufs Dach geführt. Dieser bewachte nun das Treppenhaus. Sie waren beim Hinaufgehen niemandem begegnet und hofften nun, dass ihre Position unentdeckt bleiben würde.

Nachdem Gonz die beiden Scharfschützen begrüßt hatte, suchte er mit seinem eigenen Fernglas die Südseite des Lagerhauses ab. In allen Stockwerken waren teilweise Fenster herausgebrochen. Aber es gab keine Anzeichen von Leben. »Könnte ein Reinfall sein.«

Hillgard sagte leise: »Ich habe jemanden im Visier. Erster Stock. Zweites Fenster von rechts. Er bewegt sich, kommt immer wieder zurück.«

Gonz suchte mit seinem Fernglas. Er konnte den Mann zwar sehen, aber über eine Entfernung von mehr als 1.000 Meter nicht erkennen.

»Al Mudtaji?«, fragte der Scharfschütze.

»Ich kann ihn nicht erkennen«, antwortete Gonz. »Aber wir haben einen Spion da drin.«

»Der Typ hat ein Schwert geschwenkt. Hab's gesehen. Ich glaube nicht, dass das unser Spion ist.«

Gonz nickte. »Sind Sie nahe genug?«

»Oh ja.«

»Ich gehe hinüber auf die Nordseite. Wartet auf meinen Befehl.«

»Da kommt ein Besucher«, sagte der Beobachter.

»Ein Chevy Silverado«, sagte Hillgard, der das Geschehen durch sein Zielfernrohr beobachtete. »Ich bevorzuge Dodge-Ram-Lastwagen, aber egal.«

Gonz konnte ihn nun auch sehen. Er fokussierte auf den weißen Pick-up, aus dem der Fahrer nun ausstieg. Dann sah er Ghaniyah. Sie hatte Mühe, etwas vom Boden des Beifahrersitzes hervorzuholen. Der Mann kam auf ihre Seite und half ihr dabei.

»Scheiße«, murmelte Gonz. »Das ist sie.«

»Ich hab die Frau im Visier«, verkündete Hillgard leise.

Gonz beobachtete die Szene weiter. Er lies seinen Blick zwischen Ghaniyah und dem Mann hin und her wandern. Er war älter. Sein Gesicht voller Falten. Aber er sah fit aus.

»Soll ich sie ausschalten?«, fragte Hillgard. »Ich hab sie im Visier.«

Gonz antwortete nicht sofort. Er sah zu, wie sie sich dem Gebäude näherten. In einer Minute würden sie außer Sichtweite sein.

»Ich hab sie im Visier«, wiederholte Hillgard ruhig. »Soll ich?«

Ghaniyah hielt plötzlich an. Sie packte den Fahrer am Arm, in dem er den Koffer hielt. Er stoppte ebenfalls. »Ich kann das tragen.«

»Das bezweifle ich nicht«, sagte der Mann.

»Hören Sie, Sie kennen Sharif nicht. Ich schon. Er ist verrückt.«

»Das ist offensichtlich.«

Auf dem Dach beobachteten die drei Männer das Geschehen aus mehr als 1.000 Meter Entfernung. Ghaniyah hielt immer noch den Arm des Mannes und sprach mit ihm.

»Hab sie im Visier«, wiederholte Hillgard. Sein Auge war am Zielfernrohr, sein Finger am Abzug. »Wenn sie noch drei Meter weitergehen, verliere ich sie.«

Ghaniyah fühlte sich seltsam entspannt. »Er könnte uns töten.«

»Schlimmer für Sie als für mich«, sagte der Fahrer achselzuckend. »Ich bin nicht mehr jung und schön.«

Ghaniyah musste unwillkürlich lachen. Dann jedoch wandelte sich ihr Lachen abrupt in Tränen. »Ich kenne nicht einmal Ihren Namen.«

MP-5, Grüne Zone, Bagdad, Irak ~ Sonntag, 16. April ~ 15:19 Uhr

Auf dem Bildschirm sah Peterson, wie die Straße auf und ab hüpfte. Ein Gebäude wurde passiert, dann eine Gasse. Gonz rannte.

Am Bildschirmrand erschien plötzlich ein Popup-Fenster. Darauf blinkte eine Nachricht in hellen roten Buchstaben. Peterson hatte den Computer so programmiert, dass ein Alarm ausgelöst wurde, wenn al Mudtajis Sofortnachrichtendienst wieder online war. Er betete, dass der Terrorist nicht sprechen wollte. Da Gonz, Heisman und McKay im Einsatz waren, würde er auf sich alleine gestellt sein. Er blickte nervös zu den beiden Militärpolizisten hinüber, die weder ihre

Position noch ihren Gesichtsausdruck geändert hatten. Dann klickte er auf die Popup-Nachricht.

Einen Augenblick später erschien plötzlich ein Drei-Sterne-General auf dem Bildschirm. »Heute um 15 Uhr wurde der Kabinettsminister Hashamed al Jarkari ermordet, nachdem er an der Universität von Bagdad vor über 300 Menschen eine Rede gehalten hatte«, ertönte die Stimme durch den Computer-Lautsprecher. »Es gibt zahlreiche Tote. Könnten bis zu hundert sein. Es war ein Selbstmordattentäter. Ich wiederhole, Hashamed al Jarkari, ein Kabinettsminister, der letzten Herbst gewählt worden war, wurde ermordet.« Der General schien tief Luft zu holen und legte seine Stirn sorgenvoll in Falten. »Dieser Mann war ein Freund. Er glaubte fest an einen demokratischen Irak und schreckte nie davor zurück, seine Überzeugung kundzutun.« Der General machte eine Pause. »Findet diejenigen, die dafür verantwortlich sind, Jungs.«

Dann wechselte der Bildschirm zurück Gonz' LVD. Aber das Bild hüpfte nicht mehr. Es bewegte sich überhaupt nicht mehr.

Gonz hatte angehalten.

Jadida, Irak ~ Sonntag, 16. April ~ 15:22 Uhr

Gonz schaute um die Ecke. Die Straße war leer. Das war nicht überraschend in Anbetracht der Tatsache, dass Sonntag war und er sich mitten in einem heruntergekommenen Industriegebiet befand. Trotzdem würde er ein paar Minuten lang einer möglichen vom Gebäude ausgehenden Gefahr ausgesetzt sein. Aber er hatte keine Wahl.

Er rannte, so schnell er konnte.

Ghaniyah zog ihr langes arabisches Kleid hoch und ging die Treppe hinauf. Der Fahrer, der den Koffer trug, folgte unmittelbar hinter ihr. Plötzlich erschien oben an der Treppe ein maskierter Mann mit einer AK-47. Mit eiserner Entschlossenheit und ohne zu zögern ging sie weiter. Sie hatte selber nicht gewusst, dass sie so mutig sein konnte.

Jadida, Irak ~ Sonntag, 16. April ~ 15:25 Uhr

»Ich hab die neun Jungs in drei Teams aufgeteilt. Blau, Rot und Grün«, sagte Heisman zu Gonz.

Heisman war mit den Infanteristen der Sondereinheit vor Gonz am Zielort angekommen und hatte die Soldaten bereits an geschützten Stellen um das Zielgebäude herum positioniert. Jetzt knieten die CIA-Männer hinter einem Müllcontainer auf der nördlichen Seite des Lagerhausparkplatzes. Sie trugen Kampfanzüge, kugelsichere Westen und Helme. Jeder hatte ein drahtloses Headset im Ohr. Heisman zeichnete die Positionen mit Kreide auf den Asphalt. »Das blaue Team ist hier, das rote hier und das grüne hier. Das rote Team deckt uns. Das grüne Team überwacht das Umfeld. Wir haben ein altes Auto gefunden. Das blaue Team kann es innerhalb von Minuten ins Spiel bringen.«

Gonz schaute auf die grobe Zeichnung und zeigte auf eine bestimmte Stelle. »Sie sollen das Auto genau hier hinstellen. Wir haben einen Scharfschützen einen Kilometer weiter südlich. Im vierten Stock.«

»Ziemlich weit weg.« Heisman markierte die Position mit Kreide.

»Die schaffen das. Überall sind Fenster. Wir haben bereits einen der Terroristen gesehen, vielleicht sogar al Mudtaji.

Lief mit einem Schwert herum. Das Problem ist, wir wissen nicht, wie viele noch drin sind.«

McKay kam geduckt auf sie zu. Sie trug Gasmasken bei sich. Eigentlich hätte Gonz sie nicht in die Mission einbeziehen sollen. Sie war eine CIA-Ärztin, keine Scharfschützin, keine Soldatin. Aber sie hatte argumentiert, dass Ghaniyah *ihr Fall* war und sie ein Recht darauf habe, bis zum Ende dabei zu sein. Aufgrund der Dringlichkeit des Vorhabens hatte Gonz sich einverstanden erklärt. Es war einfacher, als sich mir ihr zu streiten.

McKay händigte ihnen ihre Gasmasken aus und studierte dabei Heismans Plan. »Die irakischen Sicherheitskräfte sind hier und hier positioniert.«

Heisman markierte deren Positionen mit Kreide. Gonz nickte. Er wollte, dass jemand nahe beim Schatten-Team – den Scharfschützen – war, um sie zu decken. Das Letzte, was sie jetzt brauchen konnten, war irgendein junger Punk, der die Scharfschützen entdeckte und sie an ihrer Aufgabe hinderte.

McKay sah Gonz an. »Bereit?«

Gonz rückte sein Headset zurecht und sagte: »Schatten-Team, hier spricht Alpha-Teamleiter. Wie sieht's bei euch aus?«

Alle drei CIA-Agenten hörten Hillgards Stimme im Ohr. »Nichts. Niemand am Fenster. Ich wiederhole, niemand im Visier.«

Gonz und Heisman sahen sich an. »Verstanden, Schatten-Team. Alpha-Teamleiter Ende.«

Ghaniyah, Adnan und der Fahrer saßen zusammengekauert auf dem Boden. Als Adnan gesehen hatte, wie Ghaniyah in den Raum kam, war er auf die Füße gesprungen und zu ihr geeilt. Er hatte sie fest in den linken Arm genommen. Ghaniyah hatte beide Arme um ihn gelegt. »Geht's dir gut?«, hatte er wiederholt gefragt.

Ghaniyah hatte tränenüberströmt genickt. Mit ihrer Hand hatte sie zärtlich sein unrasiertes Gesicht gestreichelt. Er hatte seinen Kopf so weit geneigt, dass er ihre Hand küssen konnte. Erst dann hatte Adnan den älteren Mann bemerkt. Und den Koffer. Sharif hatte sein Schwert auf der nahe gelegenen Kiste deponiert und dem Fahrer den Koffer abgenommen. Seine maskierten Männer hatten Ghaniyah, Adnan und den Fahrer an die Wand gedrängt, wo sie sich hinsetzen mussten. Sie hatten gehorcht, ohne zu zögern.

Nun beobachteten sie still, wie Sharif am Boden kniete und den riesigen Koffer öffnete. Er nahm einen großen Druckverschlussbeutel heraus und hielt ihn vorsichtig in einer Hand. Er grinste übers ganze Gesicht. Dann schaute er Ghaniyah plötzlich böse an.

»Du hast geglaubt, du bist so klug.«

»Ich habe getan, was man von mir verlangt hat«, erwiderte Ghaniyah. Ihr Herz raste.

»Nein, du hast es gestoh…«

»Ich habe nichts dergleichen getan!«, sagte sie aufgebracht. »Mein Bruder wusste, dass du ihn betrügst! Ich habe getan, was er von mir verlangt hat.«

Sharif starrte sie verunsichert an.

»Blaues Team, hört ihr mich?«, fragte Gonz durchs Headset.

»Verstanden, Alpha.«

»In Bereitschaft bleiben, blaues Team … Schatten-Team, habt ihr jemanden im Visier?«

»Negativ, Alpha. Niemand. Ich wiederhole, niemand im Visier.«

»Verstanden. Blaues Team, los geht's. Ich wiederhole, blaues Team, los geht's.«

»Verstanden, Alpha. Blaues Team in Bewegung.«

»Er wusste es. Er wusste es die ganze Zeit«, sagte Ghaniyah trotzig und erhob sich.

Sharif schüttelte den Kopf. »Nein. Nein, er konnte es unmöglich wissen.«

»Wie erklärst du dir dann, weshalb ich das Rizin nehmen sollte? Wieso sonst sollte ich es Yusuf wegnehmen?«

Plötzlich war eine Serie kurzer, lauter Explosionen zu hören. »Seht nach, was da los ist«, sagte Sharif zu den maskierten Männern.

Einer der Terroristen ging zum nächstgelegenen Fenster und schaute auf die Straße hinunter.

»Was ist los!?«, schrie Sharif.

»Ein Auto. Ich denke, es wurde abgewürgt.« Er drehte sich zu Sharif um. »War wohl eine Fehlzündung.«

»Ich hab einen beim Fenster im Visier«, sagte Hillgard per Funk.

Gonz schaute Heisman an, der ihm zunickte. Sie waren vor der Hintertür des Lagerhauses, zusammen mit McKay und den drei Mitgliedern des roten Teams. Alle sechs trugen Gasmasken.

»Grünes Licht, Schatten-Team.«

Hillgard hatte den Hinterkopf eines Maskierten im Fadenkreuz. Dann hob er die Visierlinie um gut drei Meter, um den Einfluss des Windes und der Gravitation auf die Kugel auszugleichen. Mit nur der Gebäudewand im Visier betätigte er den Abzug.

»Es ist nichts«, konnte der maskierte Mann gerade noch sagen, bevor sein Kopf mit einem deutlichen Knall nach vorne gerissen wurde. Dann fiel er mit dem Gesicht nach vorn zu Boden. Ghaniyah schrie, während sowohl der Fahrer als auch Adnan neben ihr aufsprangen.

»Deckt die Tür!«, schrie Sharif. Die restlichen Männer gehorchten. Wutentbrannt ging er hinüber zur Kiste und schnappte sich sein Schwert. Dann ging er zu Ghaniyah und stach ihr mit seiner Schwertspitze in den Hals. Durchbohrte die Haut. »Was hast du getan!? Sag es mir!«

»Nichts ...!«, stieß sie verängstigt hervor. »Ich schwöre es!«

Gonz konnte Ghaniyahs Stimme hören, als er und Heisman leise die Treppe hinaufschlichen. Heisman übernahm die Führung mit einer Maschinenpistole in der Hand. Er wusste, dass McKay direkt hinter ihm war. Die Infanteristen würden folgen, sobald sie das Erdgeschoss überprüft hatten. Plötzlich erschien eine Gestalt oben an der Treppe. Bevor der überraschte Schütze nach seiner Waffe greifen konnte, feuerte Heisman instinktiv mehrere Schüsse ab. Der Mann tänzelte rückwärts, mit seinen ausgestreckten Armen wild um sich fuchtelnd. Dann fiel er zu Boden, die Waffe immer noch in der Hand.

Ghaniyah schrie abermals. Ein markerschütternder Schrei.

Sharif war sofort zu dem toten Maskierten unter dem Fenster geeilt und hatte sich seine AK-47 geschnappt. In diesem Augenblick hatte Adnan Ghaniyah mit sich gerissen und mit ihr hinter der Kiste Schutz gesucht. Er drehte sich um und sah, wie Sharif ihn hasserfüllt anstarrte.

Gonz und Heisman standen bei der Tür. Sie konnten Sharif sehen, sein wutentbranntes Gesicht, die AK-47 in seiner Hand. Die CIA-Agenten nickten einander zu. Gonz riss die Lasche einer 7290-er Blendgranate ab und drehte den Stift im Uhrzeigersinn. Dann zog er den Stift heraus, trat kurz in den Raum und warf die Granate zehn Meter in die Luft in die Richtung des Terroristen. Im selben Augenblick warf Heisman eine CS-Granate in den Raum.

Sharif sah, wie die Granaten geflogen kamen, und feuerte eine Serie von Schüssen in Richtung der Tür ab.
Adnan sah eine Granate durch die Luft fliegen, dann eine zweite und warf sich schützend über Ghaniyah.

Gonz und Heisman gingen im Treppenhaus in Deckung, als Sharif den Kugelhagel eröffnete. Die Infanteristen des roten Teams hatten das Erdgeschoss überprüft und standen nun im Treppenhaus bereit.

Adnan drückte Ghaniyah fest zu Boden. Sie konnte sich nicht bewegen, aber sie wollte unbedingt wissen, wie es dem älteren Mann ging. Sie wünschte jetzt, er wäre im Wagen geblieben, außerhalb der Gefahrenzone. Plötzlich gab es eine entsetzliche Explosion. Das grelle weiße Licht blendete sie, der Knall war ohrenbetäubend. Adnan bedeckte mit seinem unverletzten Arm Ghaniyahs Gesicht. Sie wollte schreien. Aber sie bekam keine Luft. Es war, als habe man den gesamten Sauerstoff aus dem Raum gesogen.

Gonz betrat den Raum als Erster, seine Maschinenpistole in Bereitschaft, und suchte den mit Tränengas gefüllten Raum ab. Man konnte fast nichts sehen, so dicht war der Qualm. Fast wäre er über einen Terroristen am Boden gestolpert. Der Mann hustete grauenhaft.

»Heisman!«, schrie Gonz. Einen Augenblick später stand der Ex-Football-Spieler neben ihm. Heisman tastete den Mann am Boden ab. Er fand eine kleine Pistole an seinem Gurt und schnappte sie sich. Dann rollte er den Mann auf den Bauch und band seine Hände hinter dem Rücken mit Kunststoffhandfesseln zusammen.

Gonz rückte derweilen vorsichtig weiter in den Raum vor.

Flach auf dem Rücken liegend und mit vom Tränengas fürchterlich brennenden Augen, konnte Sharif nur etwa einen Meter hoch sehen, während die Rauchwolke langsam emporstieg. *Da!* Die Beine eines amerikanischen Soldaten. Sharif suchte nach seiner AK-47. Sie konnte nicht weit sein. Er streckte seinen rechten Arm aus. Versuchte, sie zu fassen.

Doch sie war außerhalb seiner Reichweite. Als er auf dem Boden zu robben begann, bemerkte er, dass er nichts mehr hören konnte. Alles war seltsam ruhig, keine Geräusche, nichts. Er fragte sich, ob er taub geworden war. Nochmals streckte er die Hand nach seiner Waffe aus. Packte sie endlich. Erschöpft legte er sich hin, um nach Luft zu schnappen. Die Waffe hielt er dabei fest an den Körper gedrückt.

Gonz kniete neben einem unbewaffneten Mann, der aus einem Ohr und beiden Nasenlöchern blutete – das Trommelfell des Mannes war geplatzt, die Nase gebrochen. Er fühlte seinen Puls. Und konnte ihn spüren. Der Mann lebte. Seine Verletzungen waren nicht lebensbedrohlich.

Gonz erhob sich langsam und sichtete den riesigen Raum des Lagerhauses. Er konnte einen weiteren Mann hinter einer Kiste sehen. Er bewegte sich nicht. Adnan?

»Hinter dir!«, schrie Heisman.

Gonz wirbelte herum. Während sich der Rauch verflüchtigte, sah er einen Mann, der ungefähr vier Meter von ihm entfernt auf dem Rücken am Boden lag. Seine Waffe war direkt auf ihn gerichtet. Die Zeit schien still zu stehen.

Instinktiv hechtete er auf den Boden, als eine Serie von Schüssen auf ihn abgefeuert wurde.

Sharif spürte die Bewegung von raschen Schritten auf dem Holzboden und drehte sich gerade noch rechtzeitig, um zu sehen, wie Ghaniyah auf ihn losstürmte, ein Messer in den erhobenen Händen.

Er versuchte, seine Waffe in Position zu bringen, aber sie war bereits über ihm.

Ich bin getroffen worden, dachte Gonz. *Scheiße.*

Er sah zu Boden. Die Wade seines rechten Beines war blutgetränkt. In seinen Ohren hörte er ein lautes Pfeifen. Verzweifelt suchte er nach seiner Waffe. Dann sah er sie. Neben seinem Fuß.

Ghaniyah war in einem unglücklichen Winkel auf einem Knie gelandet. Aber das Messer ihrer Tante hatte sein Ziel nicht verfehlt. Es hatte sich tief in Sharifs Hals gebohrt. Sie konnte nichts hören, aber an seinem schockierten Ausdruck konnte sie erkennen, dass er nicht glauben konnte, wie ihm geschah.

»Mir geht's gut«, brummte Gonz etwas später, als er sich auf die Kiste fallen ließ. Da alle Fenster geöffnet waren, konnte das Tränengas rasch entweichen. Übrig blieb nur ein fader Dunst.

»Das Morphium wirkt schon«, sagte McKay zu ihm und schloss ihren Medizinkoffer. Sie hatte die Wunde gesäubert und einen Verband angelegt. Der Schuss hatte den Muskel getroffen. Gonz hatte stark geblutet, aber es war keine ernsthafte Verletzung. Zum Glück hatte der Schütze keine Arterie getroffen.

Gonz setzte sich auf und blickte zum ersten Mal um sich. Das Tränengas war nun fast vollständig entwichen und er konnte ein halbes Dutzend Soldaten herumlaufen sehen. Der Terrorist, der auf ihn geschossen hatte, lag leblos am Boden. Ein Messer steckte tief in seinem Hals, seine Augen waren weit aufgerissen. Am anderen Ende des Raumes sah er, wie

Adnan mit Heisman sprach. Der ältere Mann, der mit Ghaniyah im Lastwagen gekommen war, saß auf dem Boden. Jemand hatte sich um ihn gekümmert. Watte steckte in seinen Nasenlöchern. Er lächelte Ghaniyah an, die neben ihm stand.

Behutsam rutschte Gonz von der Kiste, auf der er gesessen hatte, und humpelte hinüber zum Koffer. Er öffnete ihn und nahm einen der großen Plastikbeutel heraus.

»Haben Sie ... wie sagt man?«, hörte er eine Stimme hinter sich, »einen süßen Zahn?«

Gonz drehte sich um, den Beutel immer noch in der Hand. Ghaniyah grinste ihn an.

»Das ist Zucker. Fast acht Kilo. Fünfzehn Pfund ungefähr.«

Gonz sah nicht sehr erfreut aus. »Wo ist das ...«

»In der Apotheke«, antwortete Ghaniyah, bevor er überhaupt fragen konnte. Sie schaute Adnan an, der immer noch mit Heisman sprach. »Der einzige Ort, der mir sicher erschien.« Sie drehte sich zu Gonz um. »Ich habe Thamer gesagt, dass er es zum Checkpoint 2 bringen soll, wenn wir bis Sonnenuntergang nicht zurück sind. Ich habe ihm gesagt, die Marinesoldaten dort sind einigermaßen vernünftige Leute.«

EPILOG

Irgendwo über dem Irak ~ 35 Tage später

Adnan schaute seine Frau an. Ghaniyah hatte den Ledersessel fast ganz zurückgeklappt. Mit einem Kissen unter ihrem Kopf und einer Decke über ihr schlief sie friedlich. Adnan nippte am kühlen Mineralwasser, das er im kleinen Kühlschrank der Gulfstream gefunden hatte.

Nur 13 Tage nachdem das Rizin an die Amerikaner übergeben worden war, hatten Adnan und Ghaniyah im Rahmen einer kleinen Feier in Jadida geheiratet. Daneen, Maaz und ihre zwei Jungs waren dort, und natürlich Thamer. Maaz schoss zahlreiche Fotos, und Badr hatte fast während der ganzen Zeremonie geweint, was alle zum Lachen brachte.

Maaz hatte ihm früher an diesem Tag mitgeteilt, dass Daneen das Baby an dem Tag verloren hatte, als al Mudtajis Männer sie zu Hause überfallen hatten. Obwohl Maaz sehr enttäuscht gewesen war, war am Ende doch alles gut gegangen. Die ganze Familie war sicher und gesund, und das war alles, was zählte. Adnan hatte dann mit Daneen unter vier Augen gesprochen und ihr gesagt, was Maaz ihm zuvor erzählt hatte. Sie hatte nur ihre Augen verdreht und gemeint, dass es leichter gewesen sei, Maaz denken zu lassen, sie sei schwanger, als ihm zu erzählen, was ihr wirklich Sorgen bereitete. Sie hatte ihn fest umarmt und ihm gesagt, wie sehr sie sich für ihn freute.

Leider hatte Ghaniyah keine Familie, die sie hätte einladen können. Ihre Mutter war seit Langem tot, ihr Halbbruder al Mudtaji ebenfalls und mit ihrem Vater hatte sie nichts zu tun. Adnans Familie war nun ihre Familie.

Das *Iraq National Journal* hatte die Geschichte über das Rizin veröffentlicht, einen Tag nachdem die Amerikaner das Gift sichergestellt hatten. Sharif und seine Männer waren entweder getötet oder im Lagerhaus gefangen genommen worden. Oberst K. C. hatte die Geschichte noch am selben Tag im amerikanischen Nachrichtensender gebracht. Während Ghaniyahs Name nicht auftauchte, wurde Adnan kurz erwähnt. In den Medien hieß es, dass er sowohl den Amerikanern als auch den irakischen Sicherheitskräften dabei geholfen habe, al Mudtajis Terrorzelle auffliegen zu lassen.

Die Nachrichten hatten auch ausgiebig über al Mudtajis ursprünglichen Plan berichtet, das Rizin in die Hauptwasserleitung einzuspeisen, welche den größten Teil der Grünen Zone mit Trinkwasser versorgte. Der einzige Überlebende von Sharifs Bande hatte bereitwillig zugegeben, dass einer ihrer Mitglieder bei der Wasserversorgungsgesellschaft arbeitete. Die Amerikaner hatten den Mann zusammen mit den irakischen Sicherheitskräften rasch ausfindig gemacht und ohne Zwischenfälle verhaftet.

Es war viel darüber spekuliert worden, was passiert wäre, wenn al Mudtajis Plan aufgegangen wäre. Die Qualität des Rizins, das in Basra eingesetzt worden war, war nicht sehr hoch, aber dasjenige, das für die Grüne Zone bestimmt gewesen war, war beinahe rein. Vorsichtige Schätzungen zur möglichen Anzahl an Opfern lagen bei 10.000 Toten – die meisten davon aus den Reihen der Koalitionsstreitkräfte. Die amerikanischen Medien hatten das Thema ausgeschlachtet, wodurch viele Kongressabgeordnete den sofortigen Rückzug der amerikanischen Streitkräfte gefordert hatten – es sei schlicht undenkbar, amerikanische Soldaten im Irak zu stationieren, wenn diese so leicht angreifbar seien. Aber der US-Präsident hatte nicht nachgegeben. Er versprach, dass die amerikanischen Streitkräfte bleiben würden, um dem Irak zu helfen, eine lebenswerte Zukunft aufzubauen.

Adnan war vor allem darüber traurig, dass sein Freund Aref ums Leben gekommen war. Zwei Tage, nachdem Hashamed al Jarkari und fast 50 weitere Menschen bei einem Selbstmordattentat getötet worden waren, war Adnan in Arefs Wohnung gegangen, um ihm für seine Hilfe zu danken. Die Nachbarn hatten ihm mitgeteilt, dass sie Aref seit zwei Tagen nicht gesehen hatten. Adnan wusste sofort, was das zu bedeuten hatte. Er ging zur Turnhalle der Universität, die in eine behelfsmäßige Leichenhalle umfunktioniert worden war. Er suchte, wie viele Iraker, die jemanden verloren hatten, unter den sterblichen Überresten nach Aref. Dann fand er seine Leiche. Es war nur die Hälfte seines Körpers übrig, aber Adnan konnte ihn anhand der Stiche identifizieren, mit denen er selbst nur fünf Tage zuvor die Hand des alten Mannes genäht hatte.

Er und Ghaniyah hatten danach Vorkehrungen getroffen, Arefs Überreste neben seiner Frau Rafia zu begraben. Adnan glaubte, das sei das Mindeste, was er tun konnte. Er hatte sich nur gewünscht, sein Freund hätte die Zeitungen am darauffolgenden Morgen gesehen – auf sämtlichen Titelseiten prangte ein A.-P.-Foto von Arefs blutverschmiertem Poster, das auf dem Rasen des Hofs gelandet war. Arefs arabischer Text hatte überlebt, die Botschaft war deutlich lesbar: »*Der neue Irak ist eine Regierung des Volkes, durch das Volk und für das Volk.*«

Adnan schaute Ghaniyah an. Sie zitterte leicht. Ihre Flitterwochen hatten sie in Jordanien verbracht, in einem wundervollen Hotel in einem luxuriösen Zimmer, und jeden Tag hatten sie hervorragend gegessen. Ghaniyah hatte ihren Ehemann durch das Jordanien ihrer Jugend geführt, hatte ihm die Schule gezeigt, wo sie ihren Abschluss gemacht hatte, das Haus, in dem sie mit ihrer Mutter gewohnt, und ihren Lieblingspark, wo sie als Teenager gespielt hatte.

Sie hatte ihm von ihrer Flucht aus Basra erzählt, nachdem Saddams sadistischer Sohn Uday sie entdeckt und verkündet hatte, dass er die junge Frau für sich haben wolle. Ihr Stiefvater hatte sich darum gekümmert, dass sie gemeinsam mit ihrer Mutter nach Jordanien fliehen konnte. Wochen später, als Uday und seine Männer nach ihr suchten, hatte ihr Stiefvater Selbstmord begangen, damit er nicht verraten konnte, wo sie sich versteckt hielt.

Sie erklärte Adnan, es sei immer geplant gewesen, dass sie und ihre Mutter eines Tages wieder in ihr Heimatland zurückkehren würden. Und als sowohl Saddam als auch sein Sohn tot waren, konnten sie es endlich wahr machen. Leider war ihre Mutter krank geworden, kurz nachdem sie in Bagdad angekommen waren. Ghaniyahs Rettung war, dass sie kurz nach dem Tod ihrer Mutter Adnan kennenlernte.

Ghaniyah hatte den Amerikanern und Adnan ebenfalls erklärt, weshalb sie in England festgenommen worden war. Sie war mit einem jungen Jordanier zusammen gewesen, der zum Studieren nach Großbritannien gegangen war. Zumindest hatte sie das gedacht. Sie war ihn besuchen gekommen und erst drei Tage im Land gewesen, als die britische Polizei die kleine Wohnung des Mannes gestürmt und sie, ihren Freund und vier weitere Personen verhaftet hatte. Sie hatte keine Ahnung gehabt, dass der Mann und seine Kollegen Dschihadisten waren, geschweige denn, dass sie Rizin versteckten. Sie war entsetzt gewesen.

Natürlich war der Zufall, dass sie mit zwei tödlichen Rizinattentaten in Verbindung gebracht werden konnte, bei den

Amerikanern – vor allem bei Gonz – nicht gut angekommen. Aber Ghaniyah hatte erklärt, dass al Mudtaji davon erfahren hatte, was ihr Exfreund mit dem Gift vorgehabt hatte, und schon immer von der Idee fasziniert gewesen war, so viele Menschen auf so einfache Weise umzubringen. Sie behauptete, dass sie ihrem Halbbruder das Rizin niemals gegeben hätte. Der Beweis dafür war, dass sie das Rizin nicht zum Lagerhaus mitgenommen hatte. Stattdessen hatte sie es bei Thamer gelassen mit der klaren Anweisung, es den Amerikanern zu übergeben, wenn sie bis Sonnenuntergang nicht zurückgekehrt wäre.

Ghaniyah hatte ihre Loyalität weiterhin damit bewiesen, dass sie den Amerikanern die Adresse eines Mannes preisgab, mit dem ihr Halbbruder in Fallujah zusammengearbeitet hatte. Als die irakischen Sicherheitskräfte im kleinen Büro des Mannes eine Razzia durchführten, fanden sie Unterlagen, die einen Bauern in Nordafrika belasteten. Er züchtete Rizinuspflanzen. Und Rizinussamen sind die Basis für die Herstellung von Rizin.

Nachdem die Amerikaner Ghaniyah, Adnan, Daneen und Maaz ausgiebig befragt hatten, kamen sie zu dem Schluss, dass Sharif den Checkpoint in der Grünen Zone beobachtet haben musste, als Ghaniyah den Marines Quizbys Kopf brachte. Obwohl sie es niemals mit Sicherheit wissen würden, war man sich einig, dass Sharif al Mudtaji dann wohl seinen Verdacht mitgeteilt hatte, dass Ghaniyah übergelaufen war. Aber al Mudtaji hatte ihm dies mit größter Wahrscheinlichkeit nicht geglaubt. Also hatte Sharif ihn getötet, anstatt zu riskieren, dass sich Ghaniyah das Rizin schnappte. Niemand wusste mit Sicherheit, warum der Ziegenhirt das Rizin gestohlen oder weshalb er überhaupt gewusst hatte, dass es in der Kiste versteckt war. Niemand würde es jemals wissen.

Als Dank für ihre Zusammenarbeit wurde Adnan und Ghaniyah das Privatflugzeug zur Verfügung gestellt, um nach Jordanien in die Flitterwochen und wieder zurück zu fliegen, vorausgesetzt, sie reisten zu einem Zeitpunkt, wenn sowieso ein Flug geplant war. Sie hatten sofort zugestimmt.

Während Ghaniyah Adnan ihre Wahlheimat zeigte, hatte sie auch zahlreiche Geschenke für Abasah besorgt, die sie dem Mädchen, das nun in der Nähe von Ash Shatrah wohnte, per Post zugeschickt hatte. Die Leichen ihres Vaters, der Großmutter und des Tierarztes waren auf dem Bauernhof gefunden worden. Die irakische Polizei hatte danach die einzigen lebenden Verwandten von Abasah ausfindig gemacht – eine Tante und einen Onkel. Ghaniyah und McKay waren mit Abasah in einem Militärhelikopter in die ländliche Gegend geflogen, wo diese mit ihrer Familie wieder vereint wurde. Sowohl Ghaniyah als auch das Mädchen weinten beim Abschied, aber Ghaniyah versprach, sie bald zu besuchen. Es war ein Versprechen, das sie einzuhalten beabsichtigte.

Der Pilot kündigte über die Lautsprecher an, dass sie in 20 Minuten in Bagdad landen würden. Er ordnete an, die Sitze hochzustellen und sich anzuschnallen. Adnan schaute seine Frau an. Die Durchsage des Piloten hatte sie aufgeweckt. Er küsste sie zärtlich und wurde mit einem wunderschönen Lächeln belohnt. Er half ihr, den Sitz aufrechtzustellen.

»Ich wünschte, wir könnten immer so reisen«, sagte Ghaniyah mit einem verschlafenen Lächeln.

»Ich glaube, diese Reise wird einmalig bleiben in unserem Leben.«

»Man kann nie wissen«, neckte sie ihn. »Vielleicht helfen wir den Amerikanern noch einmal und werden wieder so verwöhnt.«

Adnan lächelte. Sie meinte damit nicht nur das Privatflugzeug, sondern auch den Gratisaufenthalt in dem Luxushotel.

Aber er antwortete einfach: »Ich habe meine Belohnung an dem Tag erhalten, als du mich geheiratet hast.«

Ghaniyah lächelte. »Ich auch.«

Basra, Irak ~ Am selben Tag

Gonz saß an einem Tisch im Garten eines Lokals, das in »The Scottish Highland Inn« umbenannt worden war. Da Basra hauptsächlich durch die Briten kontrolliert wurde, war es wenig überraschend, dass sie dem beliebten Café einen neuen Namen gegeben hatten. An den umliegenden Tischen saßen Menschen, die sich auf Englisch unterhielten. Gonz wusste, wenn er die Augen schließen würde, könnte er sich gut vorstellen, sich in einem warmen Küstenort irgendwo in England zu befinden, weit weg vom Irak. Er musste grinsen. Dann drehte er sich um. Fünf britische Soldaten hatten sich an einen kleinen runden Tisch gesetzt, Bier bestellt und lachten laut.

Er wandte seine Aufmerksamkeit zurück auf den Laptop vor ihm auf dem Tisch. Trotz der Sonnenbrille auf seiner Nase musste er die Augen zusammenkneifen, damit er das Geschriebene im hellen Sonnenlicht auf dem Bildschirm erkennen konnte. Er passte die Bildhelligkeit am Monitor an, um besser lesen zu können. Peterson hatte ihm zwei E-Mails weitergeleitet. In der ersten wurde über die Suche nach dem Terroristen, der unter dem Namen Yusuf bekannt war, informiert. Sie war bisher erfolglos verlaufen. Der Mann war schlicht und einfach verschwunden. Die zweite E-Mail war aus Langley. Sie gab bekannt, dass Peterson nun offiziell, wenn auch nur zeitweise, Teil von Marco Polo 5 war. Innerhalb von 30 Tagen würde er eine ausgiebige Informatikausbildung absolvieren müssen, um weiterhin für MP-5 arbeiten zu können. Nichtsdestotrotz wurden dadurch sämtliche Abkürzungen genommen, damit Peterson in Gonz' Team bleiben konnte.

Peterson hatte »*Danke, danke, danke, Sir!! :o)*« in die E-Mail geschrieben. Gonz wusste, dass der Direktor sehr entgegenkommend gewesen war. Es gab einen einzigen Grund, weshalb er ihm erlaubte, Peterson im Team zu behalten – sein Team war einfach Spitzenklasse. Der Direktor wusste, dass es unvernünftig gewesen wäre, ein funktionierendes Team zu ändern.

Irgendwie passte das Smiley nicht so richtig zu Peterson. Aber Gonz war erleichtert, dass der Schreibkram erledigt war. Er wollte Peterson auf keinen Fall verlieren.

»Was? Kein Bier?«

Gonz blickte auf. McKay nahm sich einen Stuhl und setzte sich zu ihm. Ihre blonden Haare trug sie offen über der Schulter. In diesem Augenblick war er sich sicher, dass sie noch nie zuvor schöner ausgesehen hatte. Er bemerkte, dass ein paar der britischen Soldaten am Tisch daneben dasselbe dachten.

»Ich habe auf das Okay meiner Ärztin gewartet«, sagte er grinsend.

»Ja, klar«, lachte McKay.

Eine Kellnerin kam zu ihrem Tisch und Gonz bestellte zwei Bier. Nachdem sie gegangen war, schaute er McKay an.

»Und?«

»Der Zustand des kleinen Jungen ist immer noch ungewiss. Er wird wohl noch eine ganze Weile im Krankenhaus bleiben. Die Nieren müssen behandelt werden.«

»Es tut mir leid, das zu hören.«

McKay nickte. »Trotzdem, niemand ist gestorben. Das ist toll. Ich meine, Ghaniyahs Tante ist schließlich kein junges Küken mehr.«

»Du hast gute Arbeit geleistet, McKay.«

Die Kellnerin brachte zwei Bier. Die Männer am Tisch nebenan lachten laut. McKay zeigte auf den Laptop. »Etwas Wichtiges?«

»Immer noch keine Spur von Yusuf. Ghaniyahs Vater wird überwacht. Bisher noch keine Ergebnisse, aber ich habe das Gefühl, er wird uns noch nützlich sein.« Gonz spielte auf den Entscheid von Langley an, Ghaniyahs Vater zu überwachen, anstatt ihn zu verhaften. Man war sich einig darin gewesen, dass er höchstwahrscheinlich eine andere Terrorzelle finden würde. Und das würden sie sich dann zunutze machen.

McKay nickte und nippte an ihrem Bier. Gonz fasste in seine Brusttasche und nahm einen Zettel hervor. »Das ist eben hereingekommen.«

McKay faltete den Zettel auseinander und las, was darauf geschrieben stand. Zwei Mal.

»Du bist eine freie Frau, McKay.«

Sie wusste nicht, was sie sagen sollte.

»Pflicht erfüllt.«

McKay nickte bestätigend.

»Was? Ich dachte, das ist es, was du willst. Zurück nach Philadelphia gehen. Eine richtige Ärztin sein. Im Krankenhaus arbeiten.«

»Ja«, antwortete sie leise. Sie bemerkte, dass er sie anstarrte, und fügte hinzu: »Ich dachte nur ... das Rizin und alles andere. Ich meine, es war wichtig, dass ich da war.«

»Machst du Witze? Wir hätten es ohne dich nicht geschafft. Du warst es, die herausgefunden hat, dass die alte Frau vergiftet wurde. Das war entscheidend.«

Sie zögerte. Bedachte ihre nächsten Worte genau. »Ich habe mir überlegt, meinen Vertrag zu verlängern. Vielleicht für sechs Monate.«

»Ich habe deine Papiere bereits eingereicht. Per E-Mail, gestern Abend.«

McKay nickte verlegen.

»Aber wenn du lieber bleiben willst ...«, seine Stimme verstummte.

»Würde ich bei dir sein?«, fragte sie ungeduldig. »Ich meine, bei MP-5?«

»Ja.« Gonz schaute sie an. Er hätte es gehasst, sie zu verlieren. »Da ist jedoch noch etwas ...«

»Was?«

Gonz zuckte mit der Schulter. »Ach du weißt doch, wie es ist. Wir können nicht ... nun, wir sollten nicht ... äh, nicht, wenn wir beide bei MP-5 sind. Ich bin schließlich dein Vorgesetzter.«

McKay wartete. Sie war sich nicht sicher, welche Richtung er einschlagen würde.

»Ich dachte, da es nun offiziell ist, dass du draußen bist, könnten wir vielleicht schauen, was draus wird.« Gonz lehnte sich plötzlich über den Tisch, nahm ihre Hand und streichelte sie zärtlich. »Ich kenne da ein tolles Restaurant. Zwar von den Briten übernommen, aber das Essen ist hervorragend. Man kann dort auch tanzen. Auf dem Wasser.« Er schaute ihr in die Augen. »Und wir sehen, wo es uns hinführt.«

McKay traute ihren Ohren nicht. Wie sich seine Hand auf ihrer anfühlte! Sie traute auch ihrer eigenen Stimme nicht, aber brachte schließlich heraus: »Und was dann?«

»Dann teilen wir dem Boss mit, dass du weiterhin für MP-5 arbeitest. Wenn du das dann immer noch willst.«

»Könnte seltsam werden.«

Gonz schaute sie mit festem Blick an. »Es kann nicht schlimmer sein, als weiterhin zu ignorieren, was ich schon seit so Langem fühle.«

McKay lächelte.
»Bist du einverstanden?«
McKay nickte. »Einverstanden.«

DANKSAGUNG

Ich danke besonders der Herausgeberin der englischsprachigen Ausgabe dieses Buches, Shelley Holloway, für die harte Arbeit, die sie geleistet hat, ihre Geduld und ihren wunderbaren Sinn für Humor. Es ist eine große Freude, mit ihr zusammenzuarbeiten.

Printed in Poland
by Amazon Fulfillment
Poland Sp. z o.o., Wrocław